ULRIKE SOSNITZA

Hortensien sommer

ROMAN

WILHELM HEYNE VERLAG
MÜNCHEN

Dieses Buch ist auch als E-Book erhältlich.

Textauszug auf Seite 95 aus: Elizabeth von Armin, Einsamer Sommer.
Roman. Aus dem Englischen von Leonore Schwartz © Insel Verlag
Frankfurt am Main und Leipzig 1994.

MIX
Papier aus verantwor-
tungsvollen Quellen
FSC® C014496
www.fsc.org

Verlagsgruppe Random House FSC® N001967

2. Auflage
Originalausgabe 04/2018
Copyright© 2018 by Ulrike Sosnitza
Copyright © 2018 dieser Ausgabe
by Wilhelm Heyne Verlag, München,
in der Verlagsgruppe Random House GmbH,
Neumarkter Str. 28, 81673 München
Printed in Germany
Redaktion: Friederike Arnold
Umschlaggestaltung: Eisele Grafik Design, München
unter Verwendung von Bigstock (swkunst, apagafonova),
Gettyimages (milanfoto/E+)
Satz: KompetenzCenter, Mönchengladbach
Druck und Bindung: GGP Media GmbH, Pößneck

ISBN 978-3-453-42214-8
www.heyne.de

1

Ein Garten im Frühling ist wie ein Versprechen. Niemand kann wissen, was das Jahr bringen wird. Herrliche Narzissenfelder oder eher satte Wühlmäuse? Frost zur Apfelblüte? Wie viel wird es regnen, wie oft wird die Sonne scheinen? Wir Gärtner können düngen und gießen, hier etwas pflanzen, dort etwas säen, und trotzdem... aufregend ist es jedes Jahr aufs Neue. Man hofft und beobachtet, aber man hat nicht alles in der Hand.

Was ich aber in der Hand hatte, war die Auswahl meines Mieters. Und da durfte mir kein Fehler unterlaufen, nachdem die alte Mieterin den Garten halb abgefackelt hatte. Ich blickte noch einmal zur Brandstelle im wintergrauen Rasen, schlang die Strickjacke enger um mich und drehte mich zu den wartenden Interessenten um, die sich inzwischen vor der Einliegerwohnung eingefunden hatten. Von jungen Familien über ältere Paare bis hin zu Studenten war alles dabei.

Der Hut fiel mir als Erstes auf. Ein Mann mit Dreitagebart und einem schwarzen Hut. Er war groß und trug einen Dufflecoat, und als er sich mir zuwandte, erkannte ich, dass er jünger war, als ich gedacht hatte – vielleicht so alt wie ich, Mitte dreißig.

Ich fuhr mir durch die kurzen Haare und erklärte zuerst einmal, dass der Weg an der Garage vorbei und die

Treppe hinunter in den Garten der einzige Zugang zur Wohnung sei. Wie erwartet, verdrehten einige die Augen. Aber so ist das eben, wenn man am Berg wohnt, da gibt es nicht nur eine tolle Aussicht, sondern auch jede Menge Treppen. Dafür blühten bereits die ersten Schneeglöckchen.

»Die Terrasse hier nutzen nur die Mieter der Einliegerwohnung.« Auf den Pflastersteinen, die eine Sonne darstellten, waren weitere Brandspuren zu sehen. Wie gut, dass sie nicht mehr da war. Die *Rosenmörderin*. Nach dem Brand hatte ich ihr natürlich sofort gekündigt. Und sie? Brachte mitten in der Blüte meine wunderschöne Kletterrose um. Schnitt einfach den gesamten Stock, der sich im Vorgarten vor meinem Schlafzimmer bis zum Dach emporrankte, unten ab.

Am liebsten hätte ich gar keinen Mieter mehr aufgenommen, aber ich brauchte das Geld, seitdem Christopher ausgezogen war, und so schaute ich mir alle Interessenten genau an, als sie die Aussicht über Sommerhausen und das Maintal bewunderten. Eine junge Familie flüsterte, dass Platz für einen Sandkasten sei, ein Mann fragte, ob hier Beifuß wachse, dagegen sei er nämlich allergisch. Und einer der Studenten wollte unerlaubterweise mit dem Handy fotografieren. Das ging natürlich nicht. Mein Garten war meine Privatsphäre. Ich hatte Fotos der Wohnung ins Netz gestellt, das musste reichen.

Doch die meisten bewunderten die gelben Winterlinge, die als Erste die grauen Beete zum Strahlen brachten. Auf sie war immer Verlass, sie brauchten keine Pflege und breiteten sich großflächig unter den kahlen Büschen und Bäumen zu beiden Nachbargrundstücken hin aus.

Der Mann mit dem Hut sah gerade zu meinem Haus hoch, dessen einzelne Stockwerke stufenartig den Berg hinauf gebaut worden waren. Unten lag die Einliegerwohnung, darüber meine Wohnung, das obere Stockwerk war leer. Sein Blick blieb an meinem Balkon und den Fenstern der beiden Zimmer daneben hängen. Auf einmal schaute er mich an, und mein Herz klopfte plötzlich unnötigerweise.

Schnell wandte ich mich ab und schloss die Wohnung auf. Mitten im Wohnzimmer standen noch die letzten Umzugskisten. Darauf lagen Gartenhandschuhe, dünne mit Blütenmuster, wie ich sie im Sommer gerne trug. Diese Frau hatte wirklich nur Unfug angestellt. Schnell steckte ich die Handschuhe zu meinem Mobiltelefon in die Tasche meiner Jeans.

Dann öffnete ich die Türen zu den beiden anderen Räumen, erklärte die Aufstellung der Nebenkosten, zeigte Herd und Kühlschrank in der offenen Küche, und als ich den Einbauschrank für die Vorräte öffnete, fielen die Handschuhe auf den Boden.

Sofort bückte ich mich und stieß fast mit einem der Interessenten zusammen. Er war der Einzige, der mir helfen wollte: der Mann mit dem Hut. Als er mich anlächelte, blickten mich versteckt zwischen Dreitagebart und Hutkrempe blaue Augen an, die so hell wie der Himmel waren, wenn die Sonne aufgeht.

»Bitte, Frau Laurien.« Er richtete sich auf und reichte mir die Handschuhe. »Wie ruhig es hier ist. Einfach wunderbar.«

»Da… danke«, stotterte ich auf einmal nervös. Er

streckte mir die Hand entgegen. Seine Finger waren lang und schmal und wunderschön. Ich steckte die Gartenhandschuhe zurück in die Hosentasche, dann griff ich zu.

»Philipp Mey, Lehrer für Mathe und Physik aus Berlin, fünfunddreißig Jahre alt, eins achtzig groß, Schuhgröße fünfundvierzig – noch irgendetwas, das Sie wissen wollen?«

Was für eine angenehme Stimme er hatte, tief und mit einem leichten Brummen, es war schwer zu beschreiben, aber ich mochte sie sofort. Er roch ganz leicht nach Kaffee, und unter der Jacke trug er ein weißes Hemd und eine Anzugweste.

»Die Hutgröße?«, fragte ich, und er lächelte. Die ungewohnte Nervosität legte sich trotzdem nicht. »Solange Sie nicht meine Schuhgröße wissen wollen, ist ja alles in Ordnung«, versuchte ich, witzig zu sein. Aber es war nur ein Versuch, denn anstatt zu lachen, schaute ich nach unten auf meine neuen Ballerinas. Und er ebenfalls. Sofort hob ich den Kopf, steckte eine meiner kurzen Haarsträhnen hinters Ohr und lächelte kurz.

»Sie ziehen aus Berlin nach Sommerhausen?« Fakten waren besser. Fakten machten mich nicht nervös. Und normalerweise kamen Berliner nur als Touristen in unser mittelalterliches Weindorf.

»Seit Beginn des Sommerhalbjahrs arbeite ich hier, und die Pension, in der ich untergekommen bin … die Einzelheiten erspare ich Ihnen lieber. Grauenhaft. Genau das Gegenteil von Ihrem kleinen Paradies hier.« Mit einer ausladenden Geste wies er auf die Wohnung.

»Und Sie … möchten die Wohnung alleine mieten?«

Am liebsten hätte ich mir auf die Zunge gebissen. Was für eine dämliche Frage. Bestimmt waren seine Frau und sein liebreizendes Töchterchen nicht weit.

»Gibt's Rabatt, wenn nur einer einzieht?«, fragte er und grinste. Ich verschränkte die Arme vor der Brust und schaute mich vorsichtig um, ob nicht doch jemand zu ihm gehörte. Aber es sah nicht danach aus. Dabei hatte ich als Vermieterin das Recht zu wissen, wie viele Personen hier einziehen würden.

»Wo geht's dorthin?« Er deutete auf die Tür neben dem Bad.

»In den Keller, aber da haben die Mieter keinen Zutritt.« Und über eine Treppe in meine Wohnung. Das brauchte er aber nicht zu wissen. Die Verbindung zwischen beiden Wohnungen gab es nur, falls meine Eltern im Alter hier einziehen wollten. Was hoffentlich nie eintrat.

Ein junges Pärchen mit einem kleinen Jungen fragte, wo der nächste Kindergarten sei, ein älteres Paar wollte wissen, wo man hier am besten einkaufen könne, und die Studenten erkundigten sich nach dem Bus. Ich merkte mir genau, wer nach Rauch roch, und welches Paar sich gegenseitig ins Wort fiel. Nach und nach gingen sie alle. Als Letzter verabschiedete sich Herr Mey mit einem Tippen an seinen Hut.

Am Ende fiel mir die Entscheidung nicht schwer. Auf Studentenpartys hatte ich keine Lust – und das ältere Paar nicht auf die Treppen. Paare mit Kind kamen nicht infrage, nein, das wäre … nein, das ging nicht. Aber ein hilfsbereiter Mathelehrer, der nahtlos den Mietvertrag übernehmen konnte und dem die Ruhe gefiel – perfekt.

Und damit alles perfekt blieb, schrieb ich »Die Benutzung des Gartens ist strengstens untersagt« in den Mietvertrag.

2

Philipp

Bald würde das Leben aus dem Koffer vorbei sein, das schimmelige Bad und der aufgewärmte Kaffee. Jedenfalls schmeckte er so. Einen richtig guten Coffee-Shop, wie es ihn in Neukölln an jeder Straßenecke gab, hatte ich bislang leider vergebens gesucht. Vielleicht irgendwo in der Innenstadt von Würzburg, aber nicht hier in der Zellerau, diesem Vorort voller Sozialbauten. Doch der Espresso im Discounter direkt neben der neuen Schule war erstaunlich gut. Und jetzt, wo ich endlich eine Wohnung hatte, war mir sowieso alles egal. Der Nebel auf dem Weg zur Schule, die schlecht gelaunten Gesichter der anderen Fußgänger, die Kälte.

Bald würde ich wieder selber Kaffee kochen. Den sündhaft teuren Kaffeevollautomaten hatte Katharina nicht mitgenommen. Und alles andere, das holte ich mir zurück. Ganz sicher.

Mit der Wohnung in Sommerhausen war der nächste Schritt geschafft, endlich. Hatte länger gedauert als der neue Job. Jetzt noch streichen, die Möbel aus Berlin holen, und das Gartenleben konnte beginnen.

Sofort sah ich wieder Johanna vor mir, Johanna Laurien, meine neue Vermieterin. Wie ihre kurzen, rotbraunen Haare in der Sonne gefunkelt hatten. Ihre grünen Augen. Die Sommersprossen. Und ihr scheues Lächeln.

Wenn sie lächelte. Selbst als ich gestern den Vertrag unterschrieben hatte, hatte sie ernst geschaut. Ernst und ein wenig traurig, sodass ich sofort versucht hatte, sie zum Lächeln zu bringen.

Dafür meckerte sie nicht ständig wie die Wirtin aus der Pension. Keine hängenden Mundwinkel, keine miese Laune. Nein, Johanna Laurien schien eine ernste, scheue Frau zu sein. Als ich sie fragte, wer noch im Haus lebe, sagte sie leise, es gebe nur sie.

Unvorstellbar, in diesem riesigen Haus. Schon alleine in einer Wohnung zu leben fand ich komisch, das kannte ich noch nicht. Aber in so einem Haus? Alleine? Vielleicht wird man da so ernst. Wer weiß, was für Geister sich dort versteckten.

Ich stellte mich beim Bäcker an und bestellte einen doppelten Espresso. Nachdem ich gezahlt hatte, tippte ich wie immer an die Hutkrempe. Die Verkäuferin starrte mich an, als käme ich vom Mond. Schnell noch zwei Tütchen Zucker in den Espresso. Ein blasser Junge war jetzt dran, er kam mir bekannt vor. Physik 7. Klasse? Könnte sein. Er starrte auf sein Handy und bestellte eine gebutterte Laugenbrezel, ohne aufzusehen. Weder grüßte er die Verkäuferin noch mich, seinen Lehrer.

Wäre ja uncool. Da benahmen sich alle Mittelstufenschüler gleich, egal, ob in Berlin oder in der konservativen Provinz.

Vor dem Discounter standen die Raucher und drehten mir den Rücken zu. Auch das gab es überall. Der größte

Unterschied war die Herkunft der Schüler. Hier waren es höchstens zwei oder drei Migrantenkinder pro Klasse.

Wie ich es geschafft hatte, in so kurzer Zeit als Berliner Lehrer in Bayern eine Stelle zu finden, war mir immer noch unklar. Eigentlich ging das gar nicht.

Die Schule war neu, aber hässlich. Ein dunkler Glas- und Kupferbau, der abweisend und ungemütlich wirkte. Das alte Haus gegenüber mit seinen weißen Wänden und den roten Sandsteinverzierungen sah viel fröhlicher aus. Oder die Kirche des Deutschen Ordens, nach dem die Schule benannt worden war: Deutschhausgymnasium. Ein komischer Name. Aber das Kollegium schien nett zu sein.

»Na, alles klar?«

Neben mir tauchte ein sportlicher Mann mit schwarzer Brille auf.

»Morgen, Robert.« Robert Lakon unterrichtete ebenfalls Mathe und Physik, dazu noch Informatik. Als ich ihn das erste Mal sah, trug er ein Shirt von *Panic! At the disco*, einer meiner Lieblingsbands. Heute war es Albert Einstein mit einer Kaffeetasse als Gesicht. Ich grinste.

»Also, ich habe mir Gedanken über das Problem des Monats gemacht.«

Aber manchmal verhielt er sich doch wie ein Mathefreak – das *Problem des Monats* war ein Mathe-Wettbewerb für die Unterstufenschüler und garantiert nicht das Erste, über das ich mich mit ihm nach den Faschingsferien unterhalten wollte.

»Die Frage, warum du aus Berlin weggegangen bist, kann nur durch die russische Mafia erklärt werden. Du bist auf der Flucht, Spielschulden vielleicht, ja, das würde zu dir passen. Du glaubst, alles im Griff zu haben, verlierst aber immer wieder, und dann musst du fliehen.«

Okay, er war doch kein Nerd, sondern ein Spinner. Wir mussten einem SUV ausweichen, der den Bürgersteig blockierte und aus dem ein junges Mädchen mit langen blonden Haaren stieg.

»Du weißt doch, warum ich nach Würzburg gezogen bin!«

Das Mädchen lächelte uns an.

»Weil dein Vertrag in Berlin nicht verlängert wurde und du hier mehr Geld kriegst? Vergiss es, das habe ich dir keine Sekunde geglaubt.«

Dabei war es nur halb gelogen, ich verdiente hier wirklich mehr Geld.

»Meine Freundin meint ja, dass du im Zeugenschutzprogramm bist. Da werden die Leute doch auch immer in die langweilige Provinz geschickt. Vielleicht bist du in Wirklichkeit doch der coole Schauspieler, für den dich meine Schülerinnen halten.«

Wir gingen ein paar Treppen hoch und über den vorderen Schulhof.

»Ich will auch so einen Hut«, sagte eine Lehrerin im Vorbeigehen. Sie war mittelalt, vielleicht fünfzig. Kunst? Nach einer Woche konnte ich mir noch nicht alle Namen merken. Direkt nach der ersten Woche im Sommerhalbjahr waren Faschingsferien gewesen, in denen ich wieder nach einer Wohnung gesucht hatte. Und endlich, nach so vielen Wochen, war ich fündig geworden.

Robert verwarf gerade die Theorie, dass ich ein Fan

der hiesigen Landesregierung und deshalb nach Bayern gezogen sei. Die Eingangstüren standen offen, und sobald wir das Foyer betraten, nahm ich meinen Hut ab.

»Moin«, grüßte ein Mann in Cordjacke und überholte uns.

»Morgen, Herr Kaufmann!«, rief ich hinterher. Der Mann mit dem Hamburger Akzent war Fachschaftsleiter für Mathematik und neben dem Fachschaftsleiter für Physik der wichtigste Mann für mich. Auch wenn über die Verlängerung meines Vertrages letztendlich das Ministerium entscheiden würde.

»Morgen, Herr Mey«, riss mich eine helle Mädchenstimme aus meinen Gedanken. Eine Schülerin mit rosa Rucksack und blondem Zopf. Die Gruppe Mädchen hinter ihr kicherte.

»Guten Morgen«, grüßte ich zurück und folgte Robert in den Kopierraum.

»Stört dich das nicht, wenn dir alle Mädels so hinterherschauen?« Robert holte eine Mappe aus seiner Tasche.

»Wie kommst du denn darauf?«

»Na, an mir schauen sie jedenfalls immer vorbei. Ich habe auch noch nie Zettel gefunden, auf denen mein Name mitten in einem rosa Herzchen steht. Pass nur auf, dass du keinen Ärger kriegst.« Er legte ein Arbeitsblatt in den Kopierer. Potenzen und Logarithmen.

»Ärger? In Berlin haben die Mädchen in meinen Klassen jedenfalls bessere Noten nach Hause gebracht als bei den anderen. Außerdem trage ich den Hut nicht im Schulgebäude, da können die Schüler mit ihren Basecaps noch was lernen.«

»Also, ich steh auf Männer mit Hut.« Da war wieder diese Kunstlehrerin. Bunte Ohrringe, schwarze Kleidung. Sie streckte die Hand aus, und schwupp, schon hatte sie mir den Hut aus der Hand genommen und setzte ihn sich auf die graubraunen Locken.

»Frau Liebenstein!«, rief Robert.

»Steht er mir?« Sie bewegte ihren Kopf, sodass ihre bunten Perlenohrringe, die genauso selbst gemacht aussahen wie ihre Kette, hin und her wackelten.

»Besser als dem da!« Robert nickte mir zu.

»Wollen Sie ihn behalten?«, fragte ich und lächelte sie an. Mir gefiel ihre spontane, lockere Art.

»Ach, nein.« Sie lachte und gab ihn mir zurück.

»Viel Spaß heute«, rief sie und winkte uns zu.

Robert kopierte derweil Arbeitsblätter und fragte, wie es mit der Wohnungssuche aussehe. Und dass deswegen das Zeugenschutzprogramm ausscheiden würde, weil das BKA verpflichtet sei, mir eine Wohnung zur Verfügung zu stellen.

»Richtig. Es hat endlich geklappt. In Sommerhausen.« Ich zog mein Telefon aus der Hosentasche und zeigte ihm die Maklerfotos.

»Das wäre mir zu weit.«

»Da findet mich die Mafia wenigstens nicht!« Ich grinste. »Der Preis ist super, ein Garten gehört dazu und eine wunderschöne Vermieterin.«

»Oha!« Robert zog die Augenbrauen hoch. »Du bist auf Frauensuche?« Er nahm das Handy und betrachtete die Fotos, die das terrassenförmige Haus von außen, das helle Bad und die offene Wohnküche zeigten.

»Und wo ist ein Foto deiner Vermieterin? Oder hat sie einen Mann, drei Kinder und einen bissigen Kampfhund?«

Ich musste an ihr zartes Gesicht, die kurzen rotbraunen Haare und den federnden Gang denken.

Robert wischte sich derweil durch meine Fotogalerie. Sofort nahm ich ihm das Handy wieder ab. Zum Glück hatte er nur Bilder von Wohnungen gesehen, die ich nicht bekommen hatte.

»Mehr kommt da nicht mehr.«

»Und, was kostet sie?«, fragte Robert.

»Weniger als in Berlin, das ist schon mal klar.«

»Das ist der Charme der Provinz, mein Lieber!« Robert grinste verschmitzt. »Trotzdem würde ich lieber in Berlin leben als hier.«

Ich auch.

3

Zwei Wochen später wärmte mir bereits die Sonne das Gesicht, und ich spürte das Frühlingsversprechen in jedem Grashalm und jeder Knospe. Ich schlenderte den Serpentinenweg bergab und fand Krokusse, Leberblümchen und Blausternchen. Sie verließen mich nicht, zeigten sich jedes Jahr aufs Neue.

Plötzlich entdeckte ich ihn. Im Liegestuhl neben dem kahlen Lilienbeet, mit Hut auf dem Kopf und einem Buch in der Hand. Meinen neuen Mieter. Nachdem es tagelang nach Farbe im Haus gerochen hatte, war er diese Woche endgültig eingezogen. Viel hatte ich davon nicht mitbekommen, denn die Saison hatte begonnen: Rosen pflanzen, Stauden teilen, Bäume schneiden.

Es war komisch, wieder einen Mann im Haus zu haben. Er war ganz anders als Christopher. Wie ich war Christopher Gärtner und trug nie einen Hut. In Berlin waren wohl auch die Mathelehrer Hipster und keine übergewichtigen Nerds.

»Herr Mey!«, rief ich, aber er reagierte nicht. Das fing ja super an.

»Hallo, Herr Mey!«

Er zuckte zusammen, legte das Buch zur Seite und stand auf.

»Hallo.«

Wieder streckte er mir die Hand entgegen, er benahm sich ziemlich formell.

»Philipp reicht, wir sind ja Nachbarn.«

So formell dann wohl doch nicht. Mit Valerie, der Rosenmörderin, hatte ich mich auch geduzt, und wie hatte es geendet?

»Johanna«, antwortete ich und schlug ein, »was machst du hier?« Es fühlte sich gut an, Du zu ihm zu sagen.

»Entschuldige, ich konnte nicht anders, dein Garten ist einfach unwiderstehlich. Überall blüht es schon!« Er deutete auf die Blausternchen. »Ich hoffe, ich störe nicht.« Er schob sich den Hut in die Stirn und lächelte mich entschuldigend an. Wie hell seine Augen waren, so strahlend blau wie die Sternenhyazinthen neben ihm.

»Doch«, entgegnete ich. Wenn er sich nicht einmal an diese simple Regel halten konnte, was würde dann als Nächstes kommen? Welche Pflanze würde dieses Mal das Opfer sein?

Da traf mich ein Tropfen im Gesicht. Und noch einer. Tatsächlich, es zog sich langsam zu. Na, wenn es regnete, erledigte sich das Problem von alleine.

Genau in diesem Moment klingelte mein Handy. Isa Moritz, eine Kundin und die beste Freundin meiner Schwester. Als ich ins Haus gehen wollte, hielt Philipp plötzlich einen großen, schwarzen Regenschirm über uns. Wo hatte er denn den her? Auffordernd deutete er auf mein Telefon, und ich nahm das Gespräch an.

»Johanna, mein Rasen sieht komisch aus«, klagte Isa, »voller weißer Flecken.«

Es war merkwürdig, Philipp so nahe zu sein. Ich drehte mich leicht, damit ich ihn nicht ständig ansehen musste, doch jetzt spürte ich seinen Atem im Nacken.

»Mmh«, antwortete ich abwesend, »die Flecken, sind sie rund?«

»Ja, und an den Grashalmen hängen so Härchen.«

»Schneeschimmel.«

Der Regen wurde stärker, und Philipp rückte näher an mich heran. Ich wich zurück. Lieber wurde ich nass. Ich kannte ihn doch kaum.

»Verschimmelter Schnee?«, wunderte Isa sich. »Bei der Wärme?«

»Nein, Schneeschimmel ist ein Pilz, der sich auf deinem Rasen ausgebreitet hat.«

Der Garten von Isa war von großen Bäumen umgeben. Kein Licht, keine Luft, also perfekte Bedingungen für den *Gerlachia nivalis*. Ich drehte Philipp den Rücken zu und blickte auf die kahlen Rosen. Der Arm mit dem Schirm folgte, aber Philipp blieb stehen. Gut so.

»Du musst die betroffenen Stellen gründlich vertikutieren und düngen. Das ist alles.«

»Vertikutieren? Vergiss es. Ich kann jetzt schon meine Abgabetermine nicht einhalten, die Redaktion von *Theater heute* sitzt mir ganz schön im Nacken wegen der Premiere letzte Woche.«

Wenn ich mich nicht um Isas Garten kümmern würde, wären schon viele ihrer Pflanzen eingegangen.

»Wenn es nach meinem letzten Kunden noch hell ist, kann ich ja morgen Abend vorbeikommen.«

»Oh, Johanna, du bist die Beste. Vielen Dank!«

Ich steckte das Handy wieder in die Tasche meiner Jeans und drehte mich zu Philipp um.

»Du gehst mit einem Regenschirm in den Garten?« In meinen Garten, in den er gar nicht durfte.

»Eigentlich wollte ich am Main spazieren gehen und mich danach zum Lesen in ein Café setzen, aber hier ist es so schön! Aber es kommt nicht wieder vor.« Seine blauen Augen schauten mich so eindringlich an, dass ich den Blick abwenden musste.

»Was ist das eigentlich – eine Gartenfee?«, fragte er und spielte auf die Aufkleber auf meinem Kleinlaster an.

»Eine alberne Idee meiner Schwester. Ich bin Gärtnerin, mehr nicht.«

»Aber das macht doch nicht jeder Gärtner ... so eine Diagnose am Telefon. Und das am Sonntag.« Er streckte seinen Arm aus, um zu fühlen, wie stark es noch regnete, dabei hörte man doch, dass es nicht mehr auf den Schirm tropfte.

»Wie dem auch sei. Ich möchte nicht, dass Sie noch mal in den Garten gehen, okay?«

»Du.«

»Was?«

»Ach, ist egal, Johanna. Ich hab verstanden.«

Er klang traurig, aber ich musste nur zu den Brandflecken auf dem Rasen blicken, um zu wissen, dass ich richtig handelte. Er klappte den Schirm zu, tippte sich an den Hut und lief den Weg zu seiner Terrasse hoch.

Ich atmete tief durch und ging weiter den Hang hinab zum Gartenhaus. Im Geiste sah ich meinen Garten vor mir, wie er in ein paar Wochen aussehen könnte, wenn zartrosa die Hyazinthen blühten, weiß der Kirschbaum, pink die Tulpen. Später dann würde der Garten sich in ein Meer aus Farbe und Düften verwandeln.

Aber das würde nicht passieren, weil Giersch sich überall ausbreiten, selbst ausgesäter Raps die Stauden überwuchern und die Hortensien verdursten würden. Dazu die Kanadische Goldrute, die schon immer hier wuchs, auch damals, als ich noch ein Kind und der Garten eine Wildnis war, in der wir in den Ferien Verstecken spielten und Vater-Mutter-Kind.

Ich seufzte. Jeden Tag half ich meinen Kunden in ihren Gärten. Einige waren berufstätig und hatten keine Zeit, andere waren zu alt oder zu krank. Manche riefen mich auch an, wenn ihre Sorgenkinder nicht so wuchsen, wie sie es sich vorstellten. All diese Pflanzen wollten gehegt und gepflegt werden, und ich tat es gerne. Mein eigenes Paradies musste sich leider viel zu oft gedulden. Doch auch ein gelb getupfter Löwenzahn-Rasen konnte wunderschön sein. Es kam wie immer nur auf den Blickwinkel an.

Am unteren Ende meines Gartens angekommen, öffnete ich das kleine Tor zur Ölspielstraße. Die Hecke war jetzt schon so breit wie der Bürgersteig. Wenn dann noch der Frühjahrstrieb einsetzte …

Es wurde wieder heller, die ersten Sonnenstrahlen kämpften sich durch die Wolken. Wann, wenn nicht jetzt! Krach machte ich ja nicht, das ging auch am Sonntag.

Alles, was ich zur Arbeit brauchte, war in meinem Transporter. Ohne eigene Gärtnerei war er so eine Art rollender Arbeitsplatz für mich. Gummistiefel und Regenjacke warteten auf ihren Einsatz, ich konnte alles vollkrümeln und Kaffeebecher stapeln, so viel ich wollte – es war ja niemand da, der sich darüber aufregte.

Außerdem war der Transporter nicht nur mein Arbeitsplatz, sondern vor allem mein Erkennungszeichen. Frühlingsgrün mit der von meiner Schwester Franziska entworfenen, weißen Aufschrift »Die Gartenfee – mobile Gartenpflege«. Anfangs fand ich es doof, aber es brachte mir ständig neue Kunden.

Bevor ich mich wieder anders entscheiden konnte, ging ich schnell den Berg hoch, zog mir meine Arbeitskleidung an und fuhr mit dem Transporter einmal um den Block zum unteren Ende meines Grundstücks.

Die Hecke war so hoch geworden, dass ich die Leiter aufstellen musste. Für den Kirschlorbeer nahm ich immer die Handschere, die zerstörte die dicken Äste weniger. Ast für Ast schnitt ich die Hecke möglichst tief ein. Sie blutete dicken Milchsaft und bedauerte, ihre lieb gewonnenen Blätter zu verlieren.

Plötzlich fuhr ein Motorrad dröhnend den Berg hoch und stoppte. Neugierig ließ ich die Schere sinken. Es blinkte und glänzte wie neu. Der Fahrer nahm den Helm ab, und zu meiner Überraschung kam Christopher zum Vorschein. War sein alter Jeep nicht mehr cool genug?

»Hallo, Johanna«, sagte er. Die Haare waren kürzer und standen in alle Himmelsrichtungen ab.

»Hallo«, antwortete ich und zog mein altes Shirt gerade.

Er fuhr sich mit den Fingern durch die Haare. »Lange nicht gesehen.«

Das war auch verdammt gut so. Er war damals ausgezogen, nicht ich. Mein Herz pochte stärker, als ich es
erwartet hätte. Schnell schnitt ich noch einige Äste ab
und atmete tief durch.

»Wie geht's dir?«, fragte er, und mir fiel auf, dass sich
die ersten grauen Haare in seine blonden Schläfen misch-
ten.

»Seit wann fährst du Motorrad?«, fragte ich zurück
und ließ die Schere sinken. »Midlife-Crisis?«

»Unsinn«, wehrte er ab und öffnete die Klettverschlüsse
seiner Jacke. Darunter trug er nur ein Shirt. Ein sehr eng
anliegendes Shirt, das seine Muskeln betonte.

»Na ja, du bist jetzt zweiundvierzig...« Ich grinste. Es
machte Spaß, ihn zu ärgern. »Was willst du?«

Er stotterte nur herum, statt zu antworten, und räusperte sich. Dann schaute er auf den Tankdeckel und
wischte einen Fleck weg. »Nichts«, sagte er, »ich bin auf
dem Weg zu Michael, und als ich dich hier arbeiten
sah...«

»Hat deine neue Frau nichts dagegen, dass du Motorrad fährst?« Ich hätte Angst um ihn gehabt. Wie schnell
konnte man mit dem Motorrad verunglücken. Aber sie
hatte es wahrscheinlich nie erlebt, dass alles von einer
Minute auf die andere vorbei sein konnte.

»Lass bitte Vanessa aus dem Spiel.«

»Schon gut, schon gut«, beschwichtigte ich ihn.

Er richtete sich auf, stützte die Hand in die Hüfte und
lehnte an der Maschine, als wollte er wie Marlon Brando
aussehen. Midlife-Crisis, was sonst.

»Wie geht es deinen Eltern?«, fragte ich.

»Mein Vater hört Ende des Jahres in der Gärtnerei auf. Sein Rücken macht einfach nicht mehr mit.«

Ich sah ihn vor mir, wie er sich über die Setzkästen beugte und Pflanzen pikierte. Eine helle Jacke, der Rücken krumm, und wenn man ihn ansprach, dann lächelte er breit wie die schönste Sonnenblume.

»Wie alt ist er jetzt? Siebzig?«

Christopher nickte. »Ohne ihn kann ich mir die Gärtnerei gar nicht vorstellen. Jetzt bin ich für die Büroarbeit zuständig. Von kreativer Arbeit keine Spur mehr. Weißt du noch, Johanna, der Park der neuen Kurklinik? Fehlt es dir nicht? Ich meine, du machst ja nichts anderes mehr als … Hecken schneiden.« Christophers Stimme klang feindselig. Ich verschränkte die Arme vor der Brust.

»Das muss auch jemand machen.«

»Aber – wo sind deine Visionen geblieben?«

Was für eine dämliche Frage. Visionen, Vorstellungen von der Zukunft, Pläne? Wozu?

»Du hast alles aufgegeben, auch dich selbst. Alleine deine Haare … wie konntest du nur deine wunderschönen Haare abschneiden?« Er fummelte erneut sinnlos an dem Tankdeckel rum.

»Was ist los? Bist du hier, um zu streiten?« Er wusste doch genau, warum ich damals mit der Nagelschere Strähne um Strähne meines alten Lebens abgeschnitten hatte und nie nachwachsen ließ. Außerdem konnte ihm das völlig egal sein. Wir gingen getrennte Wege, trafen unsere eigenen Entscheidungen.

Aber trotzdem hingen wir für immer aneinander.

»Michael hat erzählt, dass du einen neuen Mieter hast.«

»Dein Freund ist eine ganz schöne Klatschtante.«

»Schließ auf jeden Fall immer die Türen ab, Johanna.«

»Seit wann machst du dir denn Sorgen um mich?«

Er blickte auf und schaute mir in die Augen. Das erste Mal, seitdem er angehalten hatte. »Ich weiß, du glaubst es mir nicht, aber ich denke oft an unsere gemeinsame Zeit.« Dann machte er seine Jacke wieder zu. »Ich werde sie nie vergessen«, sagte er noch, setzte den Helm auf und fuhr los.

Ich hob die Gartenschere und schnitt weitere Äste ab, als wäre nichts gewesen. Erst als er außer Sichtweite war, hielt ich inne. Die Hecke konnte ich sowieso nicht ausstehen. Immergrüner Kirschlorbeer – lieber wäre mir eine lebendige, abwechslungsreiche Hecke voller Nahrung für Bienen und keine grüne Plastikwand. Christopher hatte die Idee gehabt. Sollte er sie doch schneiden, anstatt mir die Zeit zu stehlen.

Genervt packte ich alles in den Transporter, fegte die wenigen Äste zusammen und verschob den Rest auf ein anderes Mal. Wieso war er nach so langer Zeit nur vorbeigekommen? Um mit seinem Motorrad anzugeben? Bestimmt nicht wegen des neuen Mieters, die hatten ihn noch nie interessiert. Jedenfalls nicht, als der Rasen gebrannt hatte.

4

Ich fuhr nicht sofort wieder mit dem Transporter nach oben. Christopher zu sehen bedeutete weit mehr, als nur an unsere Trennung erinnert zu werden. Es holte noch ganz andere Bilder hervor, die ich sofort wieder verdrängen musste.

Meistens gelang es mir, indem ich an die Zeit dachte, als mein Garten noch die »Wildnis« war. An meine Kindheit hier in Sommerhausen. Geboren wurde ich zwischen Frankfurts Hochhaustürmen und wuchs auch dort auf, aber die Ferien verbrachten meine Schwester Franziska und ich hier bei unserer Oma in Sommerhausen.

Voller Disteln war die Wildnis damals, mit Schlehenbüschen und einem alten, verkrüppelten Apfelbaum. Dazwischen meterhoch die Kanadische Goldrute. Man konnte sich in ihr wie in einem Maisfeld verstecken, und gemeinsam mit den Nachbarskindern flochten wir aus den harten und doch biegsamen Stängeln Wände für eine Hütte oder bauten Pfeil und Bogen.

Frei waren wir, und alles schien möglich zu sein. Mancher missbrauchte das ungenutzte Grundstück als Müllkippe, wir fanden eine Waschmaschine ohne Trommel, ein Fahrrad ohne Reifen, alles wunderbare Sachen zum Spielen.

Und ich fand meine Liebe zum Gärtnern durch eine

halb vertrocknete Zwergtanne. Oma zeigte mir, wie ich sie einpflanzen und pflegen konnte. Sie riet mir zu der Ecke des Grundstückes, was ich erst nicht verstand. Doch heute ist die Zwergtanne über drei Meter hoch und spendet dem weißen Gartenhäuschen Schatten.

Meine Eltern hatten eine Augenarztpraxis im Frankfurter Westend. Sie war das Wichtigste in ihrem Leben. Und wir Töchter sollten hübsch aussehen, gute Noten schreiben und nicht stören. Trotzdem glaubten unsere Eltern, wir würden später Medizin studieren und die Praxis übernehmen – selbst jetzt noch muss ich darüber lachen.

Wir liebten unsere Oma, die Ostereier mit Zwiebelschalen färbte, im Sommer Himbeermarmelade kochte und im Herbst Apfelkuchen backte. Und wir liebten Sommerhausen, wo immer die Sonne zu scheinen schien und sich zwischen den Weinbergen und dem Main so viele Überraschungen versteckten. Die verwinkelten kleinen Gässchen mit den eng stehenden Häusern, die Gärten und Schleichwege entlang der Stadtmauer, die Türme, in denen es spukte.

Leider starb Oma, kurz nachdem ich meinen Meister für Garten- und Landschaftsbau gemacht hatte und endlich bei ihr in der Nähe wohnte. Franzi erbte Omas altes Haus und ich die Wildnis, und so lebten wir heute nah beieinander.

Auch meine kleine Schwester verdankte den Ferien bei Oma ihren Lebenstraum – inspiriert von Sommerhausens Künstlerszene (und vielleicht auch von Vaters Museumsbesuchen, aber das würde sie nie zugeben), hatte sie Kunst studiert und schuf ihre Werke aus Ton und Holz. Gemeinsam mit ihrem Mann Fabian baute sie das Haus um. Die gute Stube und das Esszimmer wurden zur Galerie, Küche und Vorratsraum zur Töpferei. Im ersten Stock wohnten sie.

Franziska. Sie war diejenige, mit der ich über Christopher und seinen merkwürdigen Besuch reden sollte. Schnell startete ich den Motor und fuhr nach oben zum Haus, um mich umzuziehen. Als ich den Schlüssel in den Kasten hängte, musste ich an Christophers Mahnung denken, immer abzuschließen. In Sommerhausen fühlte ich mich sicher, ich schloss nie ab. Er war es gewesen, der früher immer vor dem Schlafengehen alle Türen überprüfte.

Wieso ging er mir nur nicht mehr aus dem Kopf?

Über Franzis Eingangstür hing ein neues Schild: »Rund und Eckig – Tonkunst von Franziska Nowak« stand jetzt in schwarzem Metall über der hell gebeizten Holztür.

»Johanna! Das ist ja eine Überraschung.« Franzi erdrückte mich fast mit ihrer Umarmung. Sie trug ein »Keep calm and create art«-Shirt und roch nach Ton.

»Dein neues Schild sieht ja cool aus!«

Wir gingen die knarzende Holztreppe hinauf. Im ersten Stock hatten Fabian und sie sich ein richtig gemütliches Nest aus hellen, türkisfarbenen Wänden und einem Mix aus Alt und Neu gebaut, und so stand in der Küche der blitzende Induktionsherd neben dem hundertjährigen Geschirrschrank. Wie immer stapelte sich das ungespülte Geschirr auf Omas altem Esstisch.

»Möchtest du mitessen? Fabian kommt später, er musste noch zu einem Patienten.« Sie zog einen Zopfgummi aus ihrer Hosentasche und band sich die langen blonden Haare zusammen. »Es gibt vegetarisches Chili!«

Zum Trost unserer Eltern hatte wenigstens einer der Schwiegersöhne Medizin studiert. Allerdings wollte er nicht in die Praxis einsteigen, aus der mittlerweile eine Augenklinik geworden war, sondern wurde Allgemeinmediziner und übernahm eine Landarztpraxis – in Sommerhausen. Manchmal fügt sich eins ins andere.

Aus einem großen Topf duftete es nach Olivenöl und Knoblauch. Franzi gab klein geschnittene Zwiebelstücke hinein und rührte um. Der Geruch wurde immer verführerischer. Im Brotkorb lag ein Baguette, und ich brach mir das knusprige Endstück ab.

Verschmitzt schaute sie mich an. »Na, mal wieder keine Lust gehabt, selber zu kochen?« Sie küsste mich auf die Wange. »Du weißt, dass du immer bei uns willkommen bist. Hauptsache, du isst was. Du siehst nämlich aus, als hättest du schon wieder abgenommen.« Sie wusch eine knackige Paprikaschote und schnitt sie in kleine Stücke.

»Ja, Mama.« Wie gesagt, Franzi war jünger als ich. Aber sie benahm sich nicht so.

Sie verdrehte die Augen und hackte in einem Wahnsinnstempo auf die Paprikaschote ein. Ich erzählte von Isa und ihrem Schneeschimmel und davon, dass Christopher mich beim Heckeschneiden gestört hatte.

Franzi legte das Messer zur Seite und sah mich an.

»Und wie geht es dir?«, fragte sie und kaute auf ihrer

Lippe herum. Sie machte das immer, wenn sie nervös wurde.

»Gut«, antwortete ich. Mit Christopher hatte ich doch einen zivilisierten Umgang. Also eigentlich gar keinen. Um mich brauchte sie sich jedenfalls keine Sorgen zu machen.

»Was wollte er denn?« Sie nahm das Messer wieder in die Hand und starrte die Paprikaschote an.

»Sich einmischen, was sonst. Michael hat ihm wohl erzählt, dass jetzt ein Mann bei mir wohnt.«

»Ach.«

»Ich soll immer abschließen! Wo leben wir denn, dass ich wegen Philipp Angst haben soll! Der übertreibt völlig.«

»Er macht sich eben Sorgen um dich.«

»Ich schaff das alles auch alleine.«

Sie drehte die Schote auf dem Schneidbrett hin und her und schnitt so kleine Würfel, wie ich es nie schaffen würde.

»Aber Vanessa …«, begann ich, während ich mir ein weiteres Brotstück abriss.

»Mist«, schrie Franzi plötzlich und warf das Messer hin, »ich habe mir in den Finger geschnitten!«

Sie hielt den linken Zeigefinger unter den Wasserhahn. Blut tropfte ins Waschbecken. Ziemlich viel Blut.

»Wow, ist das tief, das muss bestimmt genäht werden.«

»Fabian kommt ja gleich. Schau mal, in der Schublade dort sind Pflaster.« Sie wickelte sich ein Küchentuch um den Finger. Nach einigem Suchen fand ich ein zerknittertes Päckchen Dinosaurier-Pflaster und schnitt ein passendes Stück ab. Die Wunde trockneten wir mit einem Papiertaschentuch und klebten das Pflaster drauf. Dann sah mich Franzi wieder fragend an. »Und was ist mit Vanessa?«

»Na, ich verstehe nicht, wie sie das aushält. Christopher hat voll die Midlife-Crisis und sich ein Motorrad gekauft.«

»Ist nicht wahr.« Sie zog die Augenbrauen hoch.

»Doch! Echt peinlich. Er stand da wie so ein Rocker, schade, dass ich kein Foto gemacht habe. Irgendwie hatte ich das Gefühl, er wollte mir was sagen, aber dann hat er nur an mir rumgemeckert.« Ich schüttelte den Kopf. »Gibt's eigentlich keinen Wein zum Essen?«

Franzi wies mit dem Kinn auf eine Weinflasche neben dem Kühlschrank. »Hat mir der Steinmann vorhin geschenkt.«

Ein Sommerhäuser Rotling, köstlich. Ich öffnete die Flasche und schenkte uns etwas ein.

»Auf den Schrecken«, sagte ich und hob mein Glas.

»Welchen Schrecken?« Franzi kaute schon wieder auf ihrer Lippe herum.

»Na, du bist ja echt durch den Wind heute. Dein Finger!«

»Ach.« Sie wurde rot und stieß mit mir an. Als sie nach der nächsten Paprikaschote greifen wollte, schob ich sie beiseite.

»Nee, lass mal, Schwesterchen, den Rest übernehme besser ich. Meine Finger sind ja noch ganz.« Ausnahmsweise jedenfalls. Mir ging die Gartenarbeit oft genug im wahrsten Sinne des Wortes unter die Haut.

Das Messer war wirklich sehr scharf, dafür konnte man damit hervorragend hauchdünne Scheiben schneiden. Selber gekocht hatte ich schon lange nicht mehr. Für wen auch.

»Von deinem Mieter hast du kaum was erzählt.« Franzi sah mich neugierig an.

»Er ist jetzt eingezogen.«

»Alleine?«

»Ja.«

»Ein gleichaltriger Single, kein Wunder, dass Christopher beunruhigt ist. Sieht er gut aus?«

Wenn ich ihr jetzt von dem Dreitagebart, den blauen Augen und dem Hut erzählte, würden wir den ganzen Abend nur über Philipp reden. Und darüber, dass ich mich mal wieder verabreden soll.

»Keine Ahnung.«

Franzi seufzte, dann holte sie die Teller aus dem Schrank.

»Merkst du eigentlich, wie verrückt die Männer nach dir sind? Oder schaust du immer noch weg, wenn dich einer ansieht?«

»Franziska!« Jetzt fing sie doch damit an. Ich trank mein Glas leer. Am liebsten wäre ich sofort gegangen.

»Du kannst dich nicht ewig einigeln. Das Leben geht weiter, du bist noch jung!«

Ich füllte mein Glas wieder. »Halt dich einfach raus.«

Sie sah mich mit aufgerissenen Augen an und biss wieder auf ihrer Unterlippe rum.

»Du hast ja recht, Johanna. Tut mir leid.«

5

Immer wenn ich mit meinem Transporter den Berg erklomm und Richtung Kitzingen fuhr, genoss ich den freien Blick über die Ebene oberhalb des Maintals. Hier war es anders, hier gab es keinen morgendlichen Schatten, keine Hanglage, keine Weinberge. Alles war offen, und mein Herz wurde weit.

Das grüne Karomuster der Felder und die Windräder erinnerten mich an meine Ausbildung im flachen Niedersachsen in der Nähe von Oldenburg. Nach dem Abi hatte ich mir nichts Herrlicheres vorstellen können, als aus der Enge der Hochhäuser und der Familie auszubrechen und die Welt zu erkunden.

Heute war ich unterwegs zu einem neuen Kunden in Kaltensondheim, einem kleinen Dorf im Osten von Sommerhausen. Am Straßenrand tauchten die Obstbaumplantagen auf. Noch waren die Bäume kahl, aber schon bald wuchs hier ein weißes Blütenmeer. Kurz vor Kaltensondheim säumten grüne Krötenfangzäune die Straßen, einige Naturschützer in orangefarbenen Warnwesten sammelten die Tiere in Eimern und trugen sie über die Straße. Einfach bewundernswert.

Kaltensondheim mit seinen gelben Sandstein-Häusern wirkte etwas trostlos. Manche der alten Bauernhäuser zerfielen langsam. Doch im Sommer rankten sich hier die schönsten Kletterrosen neben den Eingangstüren, und hinter den Häusern blühte es farbenfroh. Im Moment jedoch waren das einzig Bunte die grauenhaften Plastik-Ostereier in den Sträuchern.

Herr Wiedinger war neu im Dorf. Er hatte mich angerufen, weil ich vor vielen Jahren den Garten eines Arbeitskollegen angelegt hatte. Den Namen hatte er mir auch genannt, aber ich konnte mich nicht mehr an ihn erinnern. Es war schon lange her, dass ich einen Garten geplant hatte.

Normalerweise fing man mit den Planungen bereits an, bevor das Haus gebaut wurde. Herrn Wiedingers zweifarbiger Neubau stand jedoch schon – die eine Hälfte weiß, die andere grau, viele schmale Bodenfenster, einen Balkon, der auf die Dorfstraße ging, und einen Wintergarten. Die Farbe passte nicht so richtig zum gelben Kaltensondheim, aber ich hatte schon Schlimmeres gesehen, quadratische Flachdachhäuser aus Stahl und Beton, die ich am liebsten unter schnell wachsendem Efeu oder wildem Wein versteckt hätte.

Der Weg bis zur Eingangstür bestand momentan noch aus Brettern. Durch ein rundes Fenster konnte ich in die Küche sehen, ein Mann in rosafarbenem Hemd winkte mir mit einer Kaffeetasse in der Hand zu und öffnete mir dann die Tür.

»Guten Morgen, Frau Laurien, wie schön, dass Sie da sind.« Obwohl er mich anlächelte, wirkte sein längliches Gesicht mürrisch. Im Eingang lag ein Fahrradhelm, und es standen Sportschuhe herum. Mit seinen hängenden Schultern und dem üppigen Bauch wirkte Herr Wiedinger nicht sonderlich sportlich, aber vielleicht wollte er das ändern.

Ich gab ihm zur Begrüßung die Hand und bedankte mich für den Auftrag. Bevor ich nach weiteren Eckdaten fragen konnte, führte er mich in einen offenen Wohn-Essbereich und wies mit einer ausladenden Geste auf die Theke.

»Sie sollten erst mal einen Cappuccino trinken. Meine neue Maschine macht eine Crema …« Er schnalzte begeistert mit der Zunge.

Da sagte ich nicht Nein. Der Abend bei Johanna und Fabian gestern war lang geworden. Das riesige Hightech-Monster zischte bereits, Herr Wiedinger erklärte weitschweifig, wie alles funktionierte, und verzierte am Ende den Cappuccino mit einem Kakaoherz.

»Der Garten muss Eindruck machen«, er reichte mir den Zucker, »damit die Leute verstehen, warum ich aufs Land gezogen bin. Und er muss anders als die Gärten der Bauern aussehen. Besser!«

»Jeder Garten ist anders«, erklärte ich und trank einen Schluck. Der Kaffee war genau richtig und schön stark. »Es ist nicht nur eine Frage des Geschmacks, sondern auch von Licht und Luft, von Wasser und Erde. Und des Budgets.«

»Oh, darum machen Sie sich keine Sorgen. Ich besitze ein großes Steuerberaterbüro und brauche nicht aufs Geld zu schauen.«

Dann war das Thema auch geklärt. Es machte keinen Spaß, einen Garten anzulegen, wenn bei jeder Pflanze erst die Preisliste gecheckt werden musste.

»Ich möchte alles in Rosa haben. Ich habe gelesen, dass es modern ist, alles in einer Farbe zu bepflanzen. Und Rosa mögen doch alle Frauen.« Er legte seine Hand auf meine. Ich zog sie sofort weg.

»Wir sollten am besten nach draußen gehen.«

»Jetzt schon? Na gut, Sie sind sicher eine viel beschäftigte Frau.« Er zog die Mundwinkel nach unten.

Noch bestand der Garten nur aus gepflügter Erde und den ersten Frühlingsunkräutern. Ich hatte von ihm einen maßstabsgetreuen Plan bekommen, allerdings ohne Himmelsrichtungen, dazu Fotos, die an einem wolkenverhangenen Tag gemacht worden waren. Doch für die spätere Bepflanzung waren gerade die zu erwartenden Lichtverhältnisse von entscheidender Bedeutung. Genauso wie die Bodenbeschaffenheit.

In eine Kopie des Plans übertrug ich meine Beobachtungen und nahm Bodenproben. Herr Wiedinger (der stets auf dem Bretterweg blieb, als hätte er Angst, seine weißen Turnschuhe dreckig zu machen) erzählte, dass sich hier ein normaler Acker mit irgendeinem Getreide drauf befunden habe. Welches, das wisse er leider nicht. Aber es war egal, das Labor würde mir schon genaue Hinweise für die beste Bepflanzung liefern.

»Während der Planungsphase sollten wir mit einer Gründüngung starten, Klee, Lupinen, um die Bodeneigenschaften zu verbessern.«

»Sieht das nicht wie Unkraut aus? Nein, das brauchen wir nicht, ich hoffe, dass alles ganz schnell geht. Wichtig ist vor allem ein Teich.« Er wippte auf den Zehenspitzen. »Mit einem Wasserfall und Seerosen.«

»Nein, keinen Teich«, antwortete ich schnell.

»Aber warum nicht? Das leise Plätschern des Wassers wirkt so beruhigend. Und Seerosen sind wunderschön.«

»Der ... der Platz ist nicht ideal.«

»Na, da wird sich bestimmt was finden lassen, Sie sind doch eine Meisterin, habe ich mir sagen lassen. Herr Wollatschek ...« Und es folgte eine Beschreibung der üppigen Seerosenblüten im Garten seines Kollegen. Jetzt erinnerte ich mich: Das Projekt war eines der letzten gewesen, das ich mit Christopher entwickelt hatte. Er hatte auch die weitere Pflege übernommen. Wieso beauftragte Herr Wiedinger dann mich und nicht ihn?

»Ich baue keine Gartenteiche mehr«, erklärte ich.

»Ach, jetzt verstehe ich, Ihnen fehlen die Geräte, jetzt, wo Sie nicht mehr in Christophers Firma arbeiten.«

Ich nickte, auch wenn es nicht stimmte. Und wieso sprach er von Christopher und nicht von Herrn Laurien? Kannten die beiden sich?

»Ich kann mir das schon so gut vorstellen, hinten der kleine Wasserfall, daneben ein paar Kugeln, eine Kieseinfassung und vor allem: rosa Seerosen. Können Sie sich die Geräte nicht ausleihen?«, fragte er.

»Seerosen mögen kein bewegtes Wasser.«

»Ich kann natürlich auch noch Land dazukaufen, dann kann man einen Bachlauf und einen Seerosenteich anlegen.«

»Ein Quittenbaum würde hier wunderbar Schatten spenden«, warf ich ein, um ihn vom Thema abzubringen.

»Die Quitte ist eine ganz alte Obstsorte, die gerade erst wiederentdeckt wird. Die hat nun wirklich nicht jeder.«

Wobei das eine schlechte Idee war. Quitten sind schließlich leuchtend gelb, aber das wusste er bestimmt nicht.

»Der Teich muss sein«, beharrte er.

»Herr Wiedinger«, sagte ich und versuchte, ihn ruhig anzulächeln, »warten Sie doch erst mal meine Pläne ab. Jetzt kenne ich den Garten und weiß, was Sie für Wünsche haben. Noch eine Frage: Haben Sie Kinder? Oder Haustiere? Wer wird später die Gartenarbeit erledigen, Sie oder Ihre Frau?«

»Der Garten ist nur für mich.«

Das überraschte mich. Bei einem rosafarbenen Garten war ich automatisch davon ausgegangen, er hätte eine Frau. Wer zieht als Junggeselle auch schon in ein Einfamilienhaus?

»Aber ich hoffe, dass ich bald eine Frau finden werde, die ihr Leben hier mit mir verbringen möchte.« Er lächelte mich strahlend an und kam einen Schritt auf mich zu, und für eine Sekunde befürchtete ich, er meinte mich. Ich weiß nicht, wie ich ihn angeschaut habe, aber er zog pikiert die Augenbrauen hoch.

»Ich habe Sie übrigens nicht nur wegen des Gartens von Herrn Wollatschek beauftragt. Ich bin mit Ihrem Ex-Mann zur Schule gegangen. Wollen Sie nicht, dass er auf diesen Auftrag ein wenig neidisch ist?«

Ich verstand nicht, was das bedeuten sollte: Warum sollte Christopher neidisch auf diesen Auftrag sein? Es klang eher so, als ob Herr Wiedinger Christopher neidisch machen wollte. Genauso wie seine Freunde. Der Mann schien Probleme zu haben.

Ich wendete den Wagen und verließ Kaltensondheim in Richtung Würzburg. Trotzdem ließ mich der Gedanke nicht los. Wollte ich mit dem Anlegen dieses Gartens Christopher etwas beweisen? Wollte ich ihm überhaupt irgendetwas beweisen? Manchmal wusste ich gar nicht mehr, was ich eigentlich wollte. Ihn vergessen konnte ich nicht. Dazu müsste ich wegziehen und Sommerhausen und meinen Garten verlassen.

Nein, mit Christopher hatte es überhaupt nichts zu tun gehabt, als ich beim ersten Anruf von Herrn Wiedinger am Tag der Wohnungsbesichtigung nicht sofort Nein gesagt hatte. Ich erinnerte mich an die Kraft, die ich auf einmal gespürt hatte, an das Gefühl, ich könnte etwas ändern, etwas erreichen. Als ob es aufwärtsginge, nur weil ich einen neuen Mieter hatte. Bereits die Fotos hatten meine Fantasie angeregt, und die freie Fläche am Dorfrand in schönster Südlage inspirierte mich noch mehr. Vielleicht war die Zeit reif, etwas Neues zu wagen.

Zuerst steuerte ich die Gärtnerei von Felix Fontana am Ortseingang von Würzburg an. Obwohl er ein Freund von Christopher war, kaufte ich immer noch bei ihm ein. Er zog seine Setzlinge selber und verkaufte nur robuste Pflanzen, auf deren Qualität ich mich immer verlassen konnte, so wie bei den Duftstauden, die ich heute für einen Kräutergarten aussuchte.

Danach brachte ich die Proben nach Heidingsfeld ins Labor. Sobald die Ergebnisse vorlagen, konnte ich mit der konkreten Planung beginnen.

Der Tag flog nur so dahin, und am späten Nachmittag fuhr ich zu Isa nach Winterhausen. Sie jammerte, dass bei ihnen noch gar nichts blühe. Rund um ihren Garten standen dicht gedrängt lauter Fichten und Douglasien und schirmten ihn nicht nur von der Bahnlinie dahinter ab, sondern von jedwedem Licht.

»Du musst die Bäume fällen«, riet ich ihr zum wiederholten Male, »wenigstens die an der Seite, da kann doch niemand reinschauen. Wenn du nichts änderst, bleibt alles kalt und leblos.«

»Das musst gerade du sagen, Johanna.«

Ich verstand nicht gleich, was sie meinte.

»Wenn du willst, dass sich etwas ändert, dann sprich doch mal mit Franzi«, ergänzte sie mit grimmigem Blick.

»Was hat Franzi mit deinen Bäumen zu tun?«

»Frag sie. Oder lass es sein. Nein, lass es sein, ist schon alles in Ordnung so.« Ihre Stimme wurde immer leiser. Sie redete nicht mehr über die Bäume, aber mir war unklar, was Franzi damit zu tun hatte.

Also widmete ich mich dem Schneeschimmel, der sich schon ziemlich ausgebreitet hatte. Kein Wunder, auch das Herbstlaub lag noch auf dem Rasen. Isa rief mich nur dann, wenn es Probleme gab. Schnell machte ich ein paar Fotos für meinen Gartenfeen-Blog, in dem ich über Pflanzenkrankheiten und Schädlinge informierte und Hilfestellungen gab. Vielleicht hatte sich der Pilz auch in anderen Gärten ausgebreitet, und meine Leser wollten mehr darüber wissen.

Da der gesamte Rasen sehr vermoost war, vertikutierte, düngte und goss ich nicht nur die vom Schneeschimmel befallenen Stellen. Trotz fehlender Sonne würde hoffentlich alles schnell trocknen, und der Pilz würde sich von ganz alleine erledigen. Noch ein paar Fotos, fertig.

Als ich mich verabschiedete, versuchte ich Isa damit zu trösten, dass in ihrem Garten die Schneeglöckchen noch blühten, wenn sie woanders längst eingegangen waren. Aber ihr Blick blieb verschlossen. Bestimmt sah sie wieder Probleme, wo keine waren. So war Isa eben.

Der Himmel glühte in unglaublichem Rot und Orange, als ich nach Hause kam. Noch in Arbeitskleidung ging ich in den Garten und setzte mich auf die obere Gartenbank neben dem Küchenfenster, wo der Blick am besten war. Hier hatte ich schon viel zu lange nicht mehr gesessen. Ich genoss den Anblick und dachte nicht mehr an Herrn Wiedinger oder Franzi. Aber das Vergnügen dauerte nicht lange – Philipp lag bereits wieder auf seinem Liegestuhl neben dem Lilienbeet.

Ich hatte schon Wühlmäuse vertrieben, Maulwürfe und Schnecken. Sogar einen Specht, der in unserer Hauswand nisten wollte. Also würde ich auch diesen Eindringling loswerden, der dort unten im Strickpullover und Hut in meinem Garten saß.

»Philipp«, rief ich laut.

Er hob den Kopf, und als er mich erkannte, sprang er sofort auf.

»Sorry.« Er lief zu mir und hielt mir wieder die Hand hin. Ich ergriff sie zögernd. Höfliche Wühlmäuse waren etwas anderes als die, die mir die Blumenzwiebeln wegfraßen.

»Was für ein Sonnenuntergang!«, schwärmte er. »Dieses Orange, Wahnsinn.«

»Wolltest du nicht … auf deiner Terrasse kann man den Sonnenuntergang doch auch sehen.«

»Natürlich, entschuldige. Du warst nicht da, und da dachte ich … Oh, schau mal!« Er deutete auf den Vogel, der vor uns her zum Sanddorn flog.

»Ein Stieglitz!« Das leuchtend gelbe Band in den schwarzen Flügen war gut zu erkennen. Er erhob sich vom Sanddorn und flog erneut an uns vorbei.

»Wie bunt der ist.« Philipp konnte seinen Blick gar nicht abwenden.

»Die sind echt selten.« Jetzt landete er auf der Felsenbirne und pickte an den letzten Früchten.

Philipp drückte mir sein Buch in die Hand. Ein ziemlich zerlesenes Taschenbuch, *Der Wolkenatlas*. Automatisch schaute ich zu dem Wolkenspektakel am Himmel, dann wieder auf das Buch. Etwas über Wolken erschien mir passend für einen Physiker, aber im Klappentext ging es nicht um Thermodynamik, sondern um Schicksale, die über Jahrhunderte miteinander verknüpft waren.

Philipp brachte derweil seinen Stuhl auf die kleine Terrasse, vor die ich einen neuen Sichtschutz aus geflochtenen Haselnusszweigen gestellt hatte. Ich folgte ihm. Durch den Sichtschutz drang kaum Licht.

»Oh«, sagte ich. »Vielleicht kannst du vom Sonnenuntergang noch was sehen, wenn du den Stuhl zur Seite schiebst?«

Er probierte es aus, aber so verdeckte der Kirschbaum die Sicht.

»Im Sommer steht die Sonne höher, dann ist es bestimmt wunderschön.« Ich gab ihm das Buch zurück.

Er blickte vom Sonnenuntergang zu seiner schattigen Terrasse und glaubte mir offensichtlich kein Wort.

»Wenn du den Hut aufhast, kannst du sowieso nicht in den Himmel schauen.« Eine lahme Ausrede, ich wusste es schon, als ich die Worte aussprach.

Er nahm den Hut ab und drehte ihn nachdenklich in der Hand. Eine kleine Vogelfeder steckte im Hutband, und auf der Innenseite stand *Stetson*.

»Der ist noch von meinem Vater. Er soll mich daran erinnern, nie so zu werden wie er.« Er lachte. »Mein alter Herr hat viel zu viel gearbeitet. Und das mache ich ganz bestimmt nicht.«

Der Stieglitz flog hoch am Himmel an uns vorbei.

»Vögel hat er sicherlich auch nie beobachtet. Wie auch, du hast recht, der Hut versperrt einem die Sicht.«

»Na, dann setz ihn ab.«

»Nur wenn du den Sichtschutz abbaust.« Er lächelte mich verschmitzt an. Aber er konnte seinen Charme spielen lassen, wie er wollte. Den Gefallen tat ich ihm nicht.

Auch an den nächsten Abenden sah ich den Stieglitz wie einen bunten Paradiesvogel durch meinen Garten fliegen. Die letzten Früchte des Sanddorns, der Felsenbirne und der Kornelkirschen schienen ihm gut zu schmecken. Auch Philipp machte es sich immer wieder in meinem Garten gemütlich, und wie der Vogel flitzte er durch den Garten, sobald er mich sah, und verschwand auf seiner

Terrasse. Aber ich beschloss, mich nicht gleich zu beschweren, sondern abzuwarten.

Die Woche über wurde es tatsächlich wärmer, und es regnete nur selten. Ostern nahte. In meinen Gärten sprossen die Narzissen und Tulpen, teilweise sogar schon mit Knospen. Wegen meiner Schneeschimmel-Fotos gab es einige interessante Fragen auf meinem Blog, die ich ausführlich beantwortete. Wieso verstand nur keiner, dass es Spaß machte, anderen zu helfen? Christopher glaubte, ich würde nur Hecken schneiden, und Philipp wunderte sich, wieso ich kostenlos am Telefon Ratschläge erteilte.

Natürlich stimmte es, dass andere Gärtner das nicht machten. Auch die meisten Gartenblogs wurden von leidenschaftlichen Hobbygärtnern geschrieben und nicht von Profis wie mir. Aber ich konnte es einfach nicht ertragen, Pflanzen leiden zu sehen.

Wenn ich abends noch Zeit hatte, den Sonnenuntergang zu genießen, hörte ich Philipp oft hinter dem Sichtschutz klappern. Seiten wurden umgeblättert, Getränke eingeschenkt. Es störte mich, egal, ob ich am Lilienbeet oder auf dem Balkon saß.

Am Donnerstag, als ich aus dem neuesten Katalog Rosen für Herrn Wiedinger aussuchte, vernahm ich auf einmal zwei weibliche Stimmen. Die eine klang alt und brüchig, die andere Frau sprach sehr laut. Einmal sagte Philipp: »Mutti, jetzt übertreibst du aber.«

Ich versuchte, mich wieder auf die Katalogangebote zu konzentrieren. Besonders gut gefiel mir die *Voyage*, eine rosafarbene Nostalgie-Edelrose. Ich las mir gerade die Anmerkungen zur Winterhärte durch, als abermals eine laute Stimme hinter der Stellwand erklang:

»Hier wird sich Klara bestimmt sehr wohlfühlen.« Dann redeten sie wieder alle durcheinander.

Klara. Ich hatte mich gleich gewundert, wieso er alleine drei Zimmer brauchte, auch wenn sie winzig waren. Und so weit weg von der Schule. Doch die Vorstellung, dass bald eine Frau zu ihm ziehen sollte, versetzte mir unerwartet einen Stich.

6

Philipp

Gemeinsam mit Dutzenden von Schülern und Touristen wartete ich an der Ampel am Fuß der Würzburger Festung. Schon von hier aus konnte ich sehen, dass die Außenterrasse des Café Brückenbäck besetzt, meine Mutter und meine Oma jedoch nicht da waren. Bestimmt saßen sie drinnen, weil sie Angst vor Zugluft hatten. In Berlin machte man das auch so, da wehte bestimmt immer noch der kalte Ostwind. Aber hier war es viel wärmer. Und ich brauchte dringend frische Luft, um einen klaren Kopf zu kriegen.

Ich hatte mir Hoffnungen gemacht, obwohl mein Anwalt immer wieder betont hatte, dass heute nur eine weitere Anhörung stattfand und kein Beschluss gefasst werden würde. Ich hatte alles Notwendige unternommen, und einfach nur noch abwarten zu können zermürbte mich.

Wenigstens sprang die Ampel jetzt auf Grün. Ich genoss die warme Sonne im Gesicht, die milde Luft und hörte die Hummeln in den bunten Blumenkästen des Straßencafés. Tief durchatmend, stieß ich die schwere Tür auf. Alle Tische waren besetzt.

»Philipp, hier!«, rief meine Mutter und winkte.

Ich zwängte mich zwischen den eng gestellten Tischen hindurch, ließ mich auf den leeren Stuhl fallen und legte meinen Hut auf das Fensterbrett.

»Du bist ganz blass«, sagte meine Mutter. »Was gehst du auch die eine Stunde noch in die Schule, das ist doch viel zu anstrengend!«

»Gesine, nun mach dich nicht verrückt, der Junge schafft das schon.« Oma lächelte mich voller Zuversicht an.

»Ach, Omi.« Ich küsste sie auf die weiche und faltige Wange.

»Er muss auf sich aufpassen. Ich weiß, wie das ist, wenn man jemanden verliert, das ist verdammt anstrengend.«

»Und ich weiß das nicht, Gesine?« Meine Oma schaute streng.

»Ich mache mir ja nur Sorgen um den Jungen.«

»Ist gut, ihr zwei. So ein bisschen Algebra beruhigt meine Nerven. Und gleich in den ersten Monaten Unterrichtsbefreiung zu beantragen kam bei meinem Chef nicht gut an. Im Moment fehlen viele Kollegen wegen des Skikurses.«

Meine Mutter hatte inzwischen die Bedienung herbeigewinkt, aber ich hatte keinen Hunger. Auf ihren Tellern lagen noch Sahnereste, die Kaffeetassen waren leer.

»Wollen wir nicht lieber gehen?«

»Aber du musst doch etwas essen, Junge! Woanders wird es auch nicht leerer sein.«

»Wir könnten nach Sommerhausen fahren und dort was essen.«

»Nein, du musst nichts für uns kochen. Das ist doch alles schon schwer genug für dich.«

Vor allem die Nacht auf dem Sofa. Meine Wohnung war noch nicht richtig auf Besuch vorbereitet. Die beiden hatten in meinem Bett geschlafen, auch wenn ich ihnen lieber ein Hotelzimmer besorgt hätte. Aber das wollten sie nicht, und wie immer hatte ich es ihnen nicht ausreden können.

Doch es lag nicht am Sofa, war schon klar. Da hatte ich schon häufiger drauf geschlafen. Nein, der Prozess hatte mir den Schlaf geraubt, was sonst.

Ich streckte mich und dehnte meine Nackenmuskeln. Sport wäre jetzt genau das Richtige. Oder im Garten in der Sonne sitzen und den Vögeln lauschen. Wieso nur wollte Johanna mich nicht in den Garten lassen? Es war so widersinnig. Nie wäre ich auf die Idee gekommen, dass sie sich auf keine Kompromisse einließ. Jetzt musste ich mich hinter diesem hässlichen Paravent verkriechen. Eigentlich war der Garten doch so groß, dass man sich aus dem Weg gehen konnte. Johanna hielt sich sowieso selten dort auf. Er war ein wenig verwildert und wirkte, als ob er und Johanna mit traurigen Augen und einem seltenen Lächeln auf etwas warten würden, was nie eintrat.

»Aber Gulasch dauert so lange, Lieblingsessen hin oder hier«, riss mich die laute Stimme meiner Mutter aus meinen Gedanken. Die beiden debattierten offensichtlich darüber, was sie zu Hause kochen sollten.

»Wer redet denn vom Kochen, nein, lasst uns in ein Restaurant gehen. Davon gibt es in Sommerhausen eine ganze Menge. Bei dem Sonnenschein könnten wir draußen sitzen!«

Meine Mutter gab mir die Karte.

»Iss was, Junge. Wenn wir nicht selber kochen, kannst du auch hier essen, und zwar jetzt.«

Seufzend schlug ich die Karte auf. Komischerweise lief mir beim Gedanken an einen Bacon-Cheese-Burger und Süßkartoffelpommes das Wasser im Mund zusammen.

»Es ist wichtig, dass du nicht schlappmachst, du wirst noch gebraucht, Junge.« Sie tätschelte mir die Hand, als wäre ich fünf und nicht fünfunddreißig. Doch ihr aufmunterndes Lächeln tat gut.

»Ich fand es schrecklich vor Gericht. Und Klara war noch nicht mal dabei«, sagte ich.

Wie sehr es mich enttäuscht hatte, dass nur Katharina und ihre Anwältin zu der Besprechung im Familiengericht gekommen waren.

»Wie lange hast du sie nicht mehr gesehen?«, erkundigte sich meine Mutter.

»Acht Monate.«

»Du schaffst das, da bin ich mir sicher«, sagte meine Oma und wischte sich eine Träne aus dem Augenwinkel. Meine Mutter fragte zum wiederholten Male, ob der Anwalt gut sei und was er schon alles unternommen habe. Sie brauchte Fakten, um sich dran festzuhalten, meiner Oma reichte ihre Zuversicht. So war es schon immer gewesen, auch damals, als es nach dem frühen Tod meines Vaters uns allen so schlecht ging.

»Ich bin so froh, dass ihr da seid«, gab ich zu, »es tut gut, nicht alleine zu sein.«

Ich bestellte den Hamburger und die Pommes und erklärte ihnen, welche historischen Gebäude auf der anderen Mainseite zu sehen waren.

»Aber sag mal, was meinte Katharina mit ...«, unterbrach meine Mutter mich.

»Bitte lassen wir das Thema. Sie ist es gar nicht wert, dass wir immer über sie reden.«

»Was sie nur an dem Mann findet. Der ist so klein!« Oma kicherte.

Ich rieb Daumen und Zeigefinger aneinander. »Der hat beim Verkauf seiner Firma Millionen verdient.«

»Dafür hängt er jetzt hier in der bayerischen Provinz rum.«

»Fränkische Provinz! Das ist ein wichtiger Unterschied. Die Franken können die Bayern nicht leiden.«

»Sind wir nicht nördlich vom Main?« Meine Mutter schaute auf den Fluss. »Da beginnt für die Bayern doch schon Preußen.«

Ich überlegte.

»Wir sind hier westlich vom Fluss.«

»Na, auch egal. Wir sind Preußen von Geburt an.«

»Es ist wunderschön hier«, warf meine Oma ein, »so sauber und ruhig. Und die Weinberge mitten in der Stadt! Sogar direkt vor deinem Haus! Morgen möchte ich mir die Residenz ansehen.« Oma war achtzig und wissbegieriger als meine Schüler. Jetzt war ich dran mit Händetätscheln.

»Natürlich.«

»Und wo wohnt Katharina?« Meine Mutter konnte es einfach nicht lassen.

»Auf der gegenüberliegenden Seite der Stadt. Schick und teuer. Wenn du willst, zeige ich es dir.«

Die beiden schauten sich an.

»Ach, lassen wir es lieber. Bringt ja nichts.«

Sie schwiegen, und jeder hing seinen Gedanken nach. Oma betupfte noch ein paar Mal ihre Augenwinkel.

»Ich hätte sie so gerne gesehen, wer weiß ...«

Aber dann gab sie sich einen Ruck, steckte das Taschentuch in ihre Handtasche und tätschelte wieder meine Hand.

Das Essen wurde serviert.

»Macht euch mal keine Sorgen. Ich krieg das alles schon hin.«

Nicht nur das Gerichtsverfahren. Auf einmal tauchte Johanna wieder vor meinem inneren Auge auf, in ihrer fleckigen Arbeitsjacke und mit ihrem unglaublich berührenden Lächeln.

7

»Wow, Johanna, du siehst ja toll aus!« Oliver blieb in der geöffneten Tür stehen.

Es war Freitag, ich war bei Oliver, meinem Nachbarn von gegenüber, eingeladen. Er wurde fünfzig. Ich hatte das dunkelblaue Kleid mit den weißen Punkten angezogen, das in der Taille einen Gürtel hatte und leicht ausgestellt war. Es war schon ein paar Jahre alt, aber es stand mir offensichtlich immer noch.

»Herzlichen Glückwunsch zum Geburtstag.« Ich küsste ihn auf die Wange. Dann überreichte ich ihm ein Gartenbuch, über dessen Titel, *Ein Garten wird niemals fertig,* Oliver herzhaft lachen musste.

»Nette Anspielung!«

Er plante gerade, seinen Hanggarten voller Hortensien und Rittersporn in einen Kiesgarten zu verwandeln, der viel weniger Wasser und Pflege brauchte. Letztes Jahr wollte er noch die Staudenbeete durch Gemüsepflanzen ersetzen, war aber noch nicht einmal zum Umgraben gekommen. Ich hoffte sehr, dass er auch den neuen Plan wieder verwerfen würde.

»Wenn du Hilfe brauchst …« Ich grinste ihn an.

»Nein, nein, das schaffe ich alleine!«

Die übliche Runde hatte sich bereits zusammengefunden: Auf dem großen Sofa saßen Dieter und Babette,

Sommerhäuser Urgesteine, die unzählige Anekdoten aus der Orts-Chronik kannten, und auf dem kleinen Sofa gegenüber Eva und Falk, die am Wendehammer frisch gebaut hatten.

»Dein neuer Mieter sieht ja gut aus.« Marion reichte mir ein Glas Prosecco, und wir setzten uns zu Eva. Dieter erzählte Falk gerade Geschichten aus dem Dreißigjährigen Krieg.

»Ist er etwa single?« Eva liebte Klatschgeschichten.

»Keine Ahnung«, sagte ich, »ist ja auch völlig egal, oder?«

»Ach komm, Johanna«, Marion tätschelte mir die Hand. »Irgendwann muss es mal weitergehen, findest du nicht?«

»Nein.« Demonstrativ sah ich zu Dieter hinüber, auch wenn mich die Pest als Folge des Dreißigjährigen Krieges überhaupt nicht interessierte.

»Wenigstens ein Untermieter, bei dem die Kollegen noch nicht ausrücken mussten«, meinte Oliver schmunzelnd.

»Polizei?«, fragte Eva und schüttelte ihre blond gefärbten Locken. »Ich dachte, die Feuerwehr wäre da gewesen?«

»Erst kam die Feuerwehr, und dann die Polizei.«

»Andersrum, Marion.« Mir fiel auf, dass mittlerweile alle mir zuhörten. »Na gut, dann von vorne. Vor Valerie wohnten zwei Studentinnen bei mir, die nach einem Semester nach Würzburg zogen, weil ihnen die Fahrt zu weit war. Valerie wollte eine Galerie für Glaskunst im Ochsenfurter Tor eröffnen und lebte vom Familienerbe.

Die bleibt länger, dachte ich, das passt. Und neue Künstler im Dorf muss man unterstützen.«

»Glaskunst!«, rief Dieter. »Super, wenn man selber der Elefant ist.« Marion und Oliver grunzten amüsiert.

»Die gute Valerie hatte nur ein Problem: den Alkohol«, fuhr ich fort. »Nachts hat sie mit irgendwelchen Männern gefeiert, nie mit denselben, und wenn sie getrunken hatte, wurde sie streitsüchtig. Kam auch schon mal zu mir hoch und pöbelte rum. Zweimal hatte ich bereits die Polizei gerufen, weil sie nachts auf der Straße randalierte. Ich hätte ihr besser gleich gekündigt.

Dann grillte sie nachts um drei mit ein paar stockbesoffenen, laut rumschreienden Typen. Dieses Mal riefen Schulzes von nebenan die Polizei. Ich wollte das eigentlich alleine regeln, da standen schon die Herren in Grün vor der Tür. Ermahnungen, der Besuch muss gehen, das Feuer wird gelöscht, Ruhe im Karton.

Als ich dann wenig später ins Bett gehen wollte und noch mal in den Garten schaute, stand sie auf dem Rasen und machte ein Lagerfeuer. Es war Hochsommer. Der Rasen brannte sofort, ich bin schreiend rausgerannt, zum Gartenschlauch. Und so besoffen, wie sie war, aber den Schlauch hatte sie abmontiert und die Teile im Garten verteilt. Bis ich alles beisammenhatte, waren Schulzes schon mit ihrem Schlauch da. Außerdem hatten sie die Feuerwehr gerufen, bei der Trockenheit kein Wunder.« Ich trank mein Glas leer, Marion schenkte mir nach.

»Am nächsten Tag schnitt mir diese Kuh dann die *Constance Spry* ab. Einfach so. Ich kam von der Arbeit, und drei Meter lange Rosentriebe mit rosafarbenen Blüten lagen im Beet.«

»Das war so traurig.« Marion drückte mir die Hand.

»Und das alles in einer Nacht?«, fragte Eva ungläubig.

»Na ja, in den anderen Nächten war auch genug los. Zwei Jahre hat sie hier gewohnt. Noch mal mache ich so was nicht mit, sobald sich Ärger anbahnt, kündige ich.«

»Aber pass auf, da gibt es strenge Regeln«, warf Falk ein.

»Macht der junge Kerl mit seinem Hut denn Ärger?«, fragte Eva.

»Bis jetzt nicht. Er bleibt sogar brav auf seiner Terrasse, wie wir es vertraglich vereinbart haben. In den Garten kommt mir keiner mehr.«

»Na, dann hast du es ja endlich mal richtig getroffen.« Marion tätschelte mir wieder die Hand.

»Wollen wir es hoffen. Das erste Jahr mit Valerie war eigentlich auch ganz okay.«

Vom Büfett roch es verführerisch, und ich holte mir etwas zu essen. Marion hatte die Gorgonzola-Quiche gemacht, die ich so mochte. Dazu Salat. Als ich mich wieder setzte, erkundigte Falk sich bei mir im breitesten Schwäbisch nach der besten Methode zur Schneckenbekämpfung.

»Ganz einfach: in die Wüste ziehen.« Das war meine Lieblingsantwort zum Thema Schnecken, die auch auf dem Blog zu viel Heiterkeit geführt hatte. Gegen Schnecken, vor allem die eingewanderten großen Nacktschnecken, kann man eigentlich nur Gift streuen, aber wer macht das schon gerne.

Er lachte. Ich wollte mich nach seinem kranken Hund erkundigen, als Dieter in die Runde fragte, ob er schon mal die Geschichte der letzten Sommerhäuser Gräfin und der Liebe zu ihrem Schäfer erzählt habe. Falk wandte sich ihm neugierig zu, Marion und Babette standen auf. Ich kannte die Geschichte auswendig und ging zu den anderen nach draußen.

Abends war es noch immer sehr kalt. Marion und Babette hatten sich zum Rauchen in ihre Jacken gehüllt. Meine Strickjacke hatte ich vergessen, und so hörte ich nur kurz zu, als Marion von ihrer Tochter erzählte, die in Australien Schafe hütete, weil sie nicht wusste, was sie studieren sollte.

Drinnen gab Oliver mit Anekdoten aus seinem Polizistenalltag an. Ich holte mir ein wenig von Marions berühmter Mousse au Chocolat, und als ich mich wieder zu Falk setzte, fragte er, wie er seine Rosen schneiden solle. Doch ich hatte keine Lust, immer nur über Gartenarbeit zu reden.

»Simone und Jörg kommen später«, verkündete da Oliver. Simone, meine Freundin aus Kindertagen, Anführerin unserer Clique, wohnte jetzt schräg gegenüber und war Staatsanwältin, genauso wie ihr Mann.

»Sie bringen die Kinder mit.«

Jetzt war mir die Lust endgültig vergangen.

»Sorry, ich bin hundemüde«, erklärte ich. »Ich glaube, ich geh besser, bevor ich bei dir auf der Couch einschlafe.«

Ich umarmte Oliver und drückte ihn lange. Zu Hause schrieb ich über den Stieglitz auf dem Gartenblog, auch wenn er kein Schädling war, sondern einfach ein wunderschöner Vogel. Meine Nachbarn lachten mitten in der Nacht viel zu laut und schlugen ihre Haustüren zu. Ich musste an die Nacht mit Valerie denken. Jetzt klang es wie eine lustige Geschichte, aber ich hatte wirklich große Angst gehabt, es würde sich alles in Schutt und Asche verwandeln.

Am nächsten Morgen schien strahlend die Sonne. Trotzdem hatte ich schlechte Laune und wälzte meine Gartenbücher hin und her, ohne dass ich auf etwas Inspirierendes für Wiedingers Garten stieß. Dabei wurde es Zeit, sich zu entscheiden, die Laborergebnisse der Bodenproben lagen vor.

Etwas »Besonderes« hatte ich noch nie geplant, auch wenn die neuen Gartenbesitzer ihren Garten als etwas Besonderes empfunden hatten. Ich schaute nur, was zur Landschaft passte, zum Haus und vor allem seinen Bewohnern.

Beim Wiedinger eignete sich eigentlich ein symmetrischer Garten mit viel Metall und Kies, auch wenn ich Kiesgärten nicht mochte. Etwas Pflegeleichtes, Ordentliches. War er nicht Steuerberater, einer, der mit Zahlen hantierte? Warum wünschte er sich dann unbedingt Rosa? In Kaltensondheim?

Vielleicht doch besser ein Cottage-Garten, Platz hatte er ja genug. Mit einer Magnolie, Hortensien und Herbstanemonen. Vielleicht sogar mit einer Laube für die Kletterrosen.

Auf einmal erinnerte ich mich daran, wie Christopher

mit dem kleinen Bagger Erde umgeschichtet hatte. Aber ich wollte nicht mehr an ihn denken. Nicht an ihn und nicht an die Zeit damals. Und darum ließ ich die Bücher und Zeichenblätter liegen und putzte die Küche.

Plötzlich sah ich vor dem Haus Philipp mit seinem Besuch. Mutter und Großmutter, so sah es aus. Er trug seinen Hut und hielt ihnen die Türen auf. Kurz schaute er durchs Küchenfenster und mir direkt in die Augen, und ich starrte wie ertappt ins Spülbecken.

Abends ging ich wie üblich zum Volleyballspielen. Es tat meinem Rücken gut, wenn ich mich reckte und bewegte, anstatt immer nur gebückt Stauden einzupflanzen. Danach ging ich mit Eileen, die unsere Spaßmannschaft organisierte, ins Kino. Sie rauchte gerne Gras, wobei ich es lieber grün wachsen sah. Kaum zu glauben, dass sie eine langweilige Beamtin bei der Stadt Würzburg war. Trotzdem oder gerade deswegen schauten wir uns *Lommbock* an, die Fortsetzung der Kifferkomödie unserer Jugend, die in Würzburg gedreht wurde. Wir lachten uns schlapp, und als wir hinterher noch in die *MS Zufriedenheit* auf ein Glas Silvaner gingen, fragte sie mich allen Ernstes, ob ich als Gärtnerin nicht auch Hanf anbauen könne. Sie würde mir auch helfen.

Sonntagmorgen, es regnete leicht. Ich schlief lang, später kümmerte ich mich um meine Gartengeräte, putzte sie in der offenen Garage, ölte, was nötig war. Bei jedem vorbeifahrenden Wagen schaute ich hoch und erwartete Philipp. Doch sein schwarzer Renault war nie dabei.

Danach kümmerte ich mich um den Blog. Vor Kurzem

hatte ich in einer Hecke am Waldrand einen riesigen Baumpilz fotografiert. So groß wie ein Zwei-Kilo-Brotlaib, wuchs er halbkreisförmig aus einem Apfelbaum. Ich bewunderte das Naturschauspiel, denn bekämpfen kann man den Pilz nicht. Ich riet meinen Lesern nur, bei solchen Bäumen auf herabfallende Äste zu achten, denn früher oder später brachen die Bäume auseinander und starben langsam.

Abends kuschelte ich mich aufs Sofa. Marion hatte von einer Fernsehserie über Queen Elizabeth II. geschwärmt. Aber so richtig packte mich die Geschichte rund um die junge Queen und ihren kranken Vater nicht. Immer wieder checkte ich die Kommentare auf meinem Blog oder schaute auf die Uhr, ohne zu wissen, warum.

Als ich mir gerade eine Pizza in den Ofen schob, hörte ich draußen die Türen eines Autos zuschlagen. Philipp. Ein verstohlener Blick aus dem Küchenfenster verriet mir, dass er alleine war. Ich atmete tief aus. Wie erleichtert ich auf einmal war. Er packte Koffer und Taschen aus dem Wagen, und einige Umzugskartons. Ob ich ihm tragen helfen sollte? Schon zog ich meine Croqs an und eilte nach draußen. Doch ich war zu spät, sein Auto war bereits ausgeräumt und Philipp nicht mehr zu sehen.

Ich stellte den Fernseher leiser und hörte seine Schritte und Musik von unten. Adele, ruhige Bässe, eine klare Melodie, sanft und kräftig, ich liebte Adele. Wieder schlüpfte ich unter die Kuscheldecke. Auf einmal stieg mir der verführerische Duft der Pizza in die Nase. Und als die Queen, als sie noch keine war, von ihrem Mann geküsst wird – gefiel mir die Serie doch.

Die Sonne schien am nächsten Morgen und begleitete mich durch einen ruhigen Montag. Mittags gönnte ich mir eine Pause in einem Straßencafé, bevor ich zwei Rosenbüsche bei einer älteren Dame im Würzburger Frauenland pflanzte. Dann hatte ich frei. Eine Kundin hatte abgesagt, die Enkel kämen zu Besuch. Ich arbeitete nicht gerne, wenn Kinder im Garten waren.

Endlich hatte ich Zeit für die Lorbeerhecke bei mir zu Hause. Und Lust hatte ich auch darauf, wenigstens ein bisschen.

Als ich an Philipps Wagen vorbeiging, fiel mir eine karierte Decke auf, die auf dem Rücksitz lag. Vielleicht war Klara keine Frau, sondern ein Haustier? Ich mochte Hunde. Katzen auch. Es heißt immer, man würde entweder Hunde oder Katzen mögen, aber bei mir war das anders. Viele meiner Kunden hatten Haustiere, und ich mochte sie alle.

Zu Hause trank ich noch einen Cappuccino, ehe ich mich endlich aufraffte und meine rollende Gärtnerei nach unten fuhr. Als Erstes holte ich die Leiter heraus. Mit der oberen Kante war ich das letzte Mal nicht fertig geworden. Einen Ast nach dem anderen schnitt ich ab, bis die Handschuhe vom Milchsaft der Äste völlig verklebt waren.

Auf einmal hörte ich, wie das Gartentor geöffnet wurde, und drehte mich um.

»Hallo.« Philipp stand hinter mir. Die Sonne brachte seine Augen zum Leuchten, und er lächelte mich an.

»Hallo«, antwortete ich und wunderte mich, wie schnell plötzlich mein Herz schlug.

»Wo hast du denn einen Besen?«

»Hast du keinen eigenen?«, fragte ich ihn erstaunt.

»Für die Äste.« Er deutete auf den Bürgersteig. »Ich wollte dir ein wenig helfen.«.

»Bei der Gartenarbeit?« Ob er deshalb die alte Barbour-Jacke anhatte? »Hinten im Transporter.« Ohne zu zögern, nahm er den Besen aus dem Wagen und begann zu fegen.

»Danke.« Ich gab ihm einige Papiersäcke, in die er das Schnittgut packen sollte. Er hob bestätigend seinen Hut und lächelte mich wieder an.

Während der Arbeit schwieg er. Wieso half er mir, obwohl ich ihn hinter den Sichtschutz verbannt hatte? Und dann auch noch so was Langweiliges wie Fegen. Und viel gründlicher als nötig, er zupfte sogar das Unkraut an der Bordsteinkante weg.

Es dunkelte bereits, als wir endlich fertig waren. Es sah gut aus, der Frühling konnte kommen, ohne dass die Spaziergänger gestört wurden.

»Und jetzt«, er lächelte mich warm an, »lade ich dich auf ein Glas Wein ein.«

Das kam unerwartet. Ich rückte die Arbeitsgeräte im Transporter zurecht, um Zeit zu gewinnen. Ich kannte ihn doch gar nicht.

»Das habe ich mir verdient.« Er deutete auf die Hecke.

»Ich ... ich kann nicht.« Sein Lächeln verflog, und es tat mir augenblicklich leid.

»Wirklich nicht?« Er schob sich den Hut aus der Stirn. »Ich habe einen wunderbaren Merlot ...«

»Vielleicht ein anderes Mal, aber heute nicht.« Ich versuchte, zu lächeln und mich davon zu überzeugen, dass nichts dabei war, sich einfach zusammenzusetzen und zu plaudern. Doch ich konnte nicht. Noch nicht. Oder nicht mit ihm. Keine Ahnung. Jetzt jedenfalls nicht.

»Schade«, sagte er und öffnete das Gartentor.

»Danke noch mal«, rief ich ihm hinterher.

Er drehte sich zu mir um und tippte sich wie immer an seinen Hut. Kaum war er verschwunden, fühlte ich mich einsam. Ich sah noch einmal die Straße auf und ab, dann fuhr ich den Wagen nach oben. Im Haus war es still, nur das Brummen des Kühlschranks war zu hören. Langsam ging ich durch den Flur, an der Küche und der Sitzecke im Wohnzimmer vorbei auf den Balkon.

Von hier oben konnte ich auf seine Terrasse sehen. Er saß da, eingehüllt in eine Decke, mit einem Glas Wein und ein paar Kerzen auf dem kleinen Tisch. Er sah einsam aus. Als wäre er abgeschnitten von allen schönen Dingen. War er nicht ganz anders als Valerie, die Rosenmörderin?

Als ich das nächste Mal im Garten war, hatte sich alles verändert. Die Winterlinge zeigten nur noch üppiges Grün, dafür standen die Forsythien in voller Blüte. Zart blühten die violetten Hasenglöckchen. Die Frühlingssonne schien, tagsüber waren es mehr als zwanzig Grad gewesen. Das lockte sogar den Löwenzahn hervor, um den aufgeregt die ersten Bienen schwirrten.

Mit einem Mal raschelte es hinter dem Sichtschutz.

»Philipp?«, rief ich mit zitternder Stimme.

»Hallo Johanna«, antwortete er. Ein aufgeregtes Kribbeln breitete sich in mir aus, als ich zu ihm trat. Er sah hoch und legte seinen Stift hin. Offensichtlich korrigierte er gerade Klausuren. Den ganzen Tag hatte ich darüber nachgedacht, und jetzt, wo ich hier stand, fühlte es sich immer noch richtig an. Und das lag nicht nur daran, dass er mir geholfen hatte. Sondern, weil er nett war. Weil er den Stieglitz bemerkt hatte. Und weil der Garten sich ohne ihn leer anfühlte.

»Du brauchst dich hier nicht mehr verstecken«, sagte ich und strich eine Strähne hinters Ohr.

»Ehrlich?« Strahlend lächelte er mich an, und mein Herz machte einen Satz.

»Hier siehst du doch gar nichts…« Ich lächelte vorsichtig.

Er schlug das Heft zu und stand auf. Mein Herz schlug immer noch heftig.

»Danke.« Er trat auf mich zu. »Danke, Johanna.«

Instinktiv wich ich zurück.

»Und wo kriege ich Holz fürs Lagerfeuer her?«, fragte er und deutete mit dem Kopf auf den Rasen.

»Wehe«, sagte ich, und mein Lächeln wurde zu einem ungewohnten Strahlen.

8

Philipp

Endlich hatte ich es geschafft. Ich durfte nicht nur in den Garten – sie hatte mich angelächelt. Richtig gestrahlt hatte sie und dabei so wunderschön ausgesehen. Und während ich aus Würzburg hinausfuhr, an den Weinbergen und dem Main entlang, freute ich mich darauf, mich in die Sonne zu setzen. Vielleicht war sie ja auch schon zu Hause ... Obwohl mir ihre langen Arbeitstage bereits aufgefallen waren. Und noch mehr.

Sie war so voller Rätsel und Geheimnisse. Diese Traurigkeit in ihren Augen, sobald sie sich unbeobachtet glaubte. Nie kam jemand zu Besuch. Morgens fuhr sie mit dem Van raus, kam abends spät wieder und verschwand in ihrem riesigen Haus.

Ich sollte versuchen, sie noch einmal einzuladen, zu etwas anderem als Wein, vielleicht trank sie keinen Alkohol. Einem Spaziergang? Aber sie war ja schon den ganzen Tag draußen. Vielleicht konnten wir ja irgendwo in Sommerhausen Eis essen oder Minigolf spielen. Das war entspannt und unkompliziert. Allerdings kannte ich mich in Sommerhausen noch nicht richtig aus.

Jeden Nachmittag musste ich bis drei oder vier unterrichten, mittwochs waren Konferenzen, nur freitags hatte ich um eins Schluss, war aber bis jetzt jedes Wochenende nach Berlin gefahren. Und nach dem Unterricht war vor dem Unterricht – auf den neuen Lehrplan musste ich mich gründlich vorbereiten. Sowohl der Rektor als auch der Fachschaftsleiter waren einige Male unangekündigt in meinem Unterricht erschienen, und ich wollte einen guten Eindruck machen, mein Vertrag lief im Juli aus.

In Sommerhausen angekommen, fuhr ich daher nicht den Berg hoch, sondern parkte vor dem gelben Turm in der Stadtmauer mit den eckigen Zinnen. Unter dem Turm war eine Durchfahrt, aber ich wollte lieber laufen.

Auf dem Gebäude stand »Torturmtheater«. Und gegenüber befand sich eine Künstlergalerie. Außer für Wein war Sommerhausen ja fürs Theater und für die Kunst berühmt.

»Rund und Eckig – Tonkunst von Franziska Nowak« verkündete das Schild über der Tür. Vielleicht schaute ich später vorbei, meine Oma hatte bald Geburtstag.

Hinter dem Tor begann die Altstadt mit ihren kleinen Sandsteinhäusern und verwinkelten Gässchen. Überall Blumen, ein Brunnen mit einer historischen Figur war mit grünen Zweigen und Ostereiergirlanden geschmückt. Und es gab einen Tante-Emma-Laden mit gekachelten Wänden und Siebzigerjahre-Charme. So klein wie ein Späti, nur dass der immer aufhat und fast nur Alkohol verkauft. Ich ging hinein, es roch nach Staub und Schmierseife, und es gab zwei Regalreihen.

Die Verkäuferin hinter der Kasse beobachtete mich. Sie war hager und bestimmt siebzig. Neben der Kasse stand ein Ständer mit Postkarten – um irgendetwas zu kaufen, nahm ich eine mit einer Dorfansicht und Weinstöcken.

»Sind Sie nicht bei Frau Laurien eingezogen?«, fragte die Frau und tippte den Preis in ihre Kasse.

»Äh, ja!« Typisch Dorf, da kannte wohl jeder jeden. Ich legte meinen Hut auf den Tresen und streckte ihr die Hand hin. »Mey, guten Tag.«

»Wehe, es passiert wieder was!« Sie knurrte mehr, als dass sie sprach, und ignorierte meine Hand.

»Nein, ich mache kein Lagerfeuer, das habe ich Johanna versprechen müssen.« Ich lächelte die Frau an.

»Das meine ich nicht.« Sie nannte mir den Preis, ich gab ihr die Münzen. Hatten die alten Mieter noch mehr zerstört?

Auf einmal kam ein Mann mit gebeugtem Rücken aus dem Lager, in der Hand eine Palette Hundefutter.

»Adam, das ist der neue Mieter von Johanna!«

Der alte Mann versuchte, sich aufzurichten, und sah mich mit stechenden Augen an. Ich wich seinem prüfenden Blick nicht aus. Ich lebte hoffentlich noch lange hier und wollte, dass die Menschen mich mochten. Wortlos ging er wieder zurück in den Lagerraum. Ich erhielt mein Wechselgeld, steckte die Karte ein und verließ den Laden, wobei ungewöhnlicherweise eine Ladenglocke klingelte.

Mir fiel auf, dass mich alle im Dorf anstarrten. Natürlich nicht die Touristen mit ihren Wanderschuhen, Sonnenhüten und Funktionsjacken, sondern die Frauen mit den Kinderwagen. Der Bäcker, als ich fürs Abendessen frisches Ciabatta kaufte. Die Frau, die vor dem Roten Turm Primeln pflanzte.

Aber es war mir egal. Ich betrat jede noch so kleine Gasse, fand Galerien mit Glaskunstwerken, Ölgemälden und Kunst aus Bocksbeuteln. Winzer boten Verkostungen an, Obstbauern Spirituosen und Marmeladen. Leider hatten sie noch nicht alle auf, erst ab April, also übermorgen. Vielleicht konnte Johanna mir einen guten Winzer empfehlen?

Schon wieder war ich beim Wein gelandet. Gab es nicht auch Ideen für Annäherungsversuche ohne Alkohol? Aber so schön es hier auch war, mir fiel nichts ein. Auf dem Weg zum Auto sprang mir die Galerie »Ton-Kunst« ins Auge. Sie war geöffnet, und zumindest eine Blumenvase für meine Oma sollte doch zu finden sein.

Die Tür quietschte. Rechts konnte man in den Laden sehen, links in die Werkstatt, in der eine junge Frau in einem bunt besprenkelten Kittel an der Töpferscheibe saß.

»Grüß Gott«, rief sie mit heller Stimme, »schauen Sie sich ruhig um, ich komme gleich!«

Was für Überraschungen sich hier versteckten. Einfache Blumenvasen genauso wie fantasievolle Masken und Skulpturen, die an Picasso erinnerten. Körper, die falsch zusammengesetzt waren, Märchenfiguren, Feen und Drachen und sogar eine Prinzessin.

»Kann ich Ihnen helfen?«, fragte die Töpferin. Den Kittel hatte sie ausgezogen und trug ein helles Shirt und Jeans, die langen blonden Haare hatte sie zu einem seitlichen Zopf geflochten. Sie stellte sich hinter einen alten Holztisch und wirkte noch misstrauischer als die alten Leute aus dem Tante-Emma-Laden. Wurden alle Fremden hier so beäugt? Ich nahm den Hut ab und reichte ihr die Hand.

»Philipp Mey, ich bin der neue Mieter von Johanna Laurien.«

Sie verschränkte die Arme vor der Brust. »Ich weiß.«

»Hier kennt wohl jeder jeden.«

»Hier läuft keiner mit so einem elitären Hut rum.«

»Elitär?« Blitzschnell drehte ich den Hut in meiner Hand, ließ ihn einen Looping um mein Handgelenk drehen und setzte ihn wieder auf. Dann zog ich an der vorderen Spitze und grinste sie unterhalb der Hutkrempe an.

Ein Lächeln flog fast unsichtbar über ihr Gesicht, dann wurde sie wieder ernst. »Was wollen Sie überhaupt hier«, fragte sie.

»Ich suche ein Geschenk für meine Oma.« Ich nahm eine Schnecke in die Hand, die sich bei näherer Betrachtung als Vase herausstellte.

»Der Hut, das ist doch nur ein Trick, oder?«

»Ein Trick? Meinen Sie das?« Ich stellte die Vase zurück und ließ den Hut ein weiteres Mal Salto schlagen.

»Nein. Ich meine, dass Sie überhaupt mit Hut rumlaufen. Ich trau Ihnen nicht.«

Langsam war ich mit meiner Geduld am Ende.

»Was ist hier eigentlich los?«, fragte ich und setzte den Hut ab, weil es unhöflich war, ihn in geschlossenen Räumen aufzubehalten. Ich mochte alte Benimm-Regeln, es war wie eine alte Melodie, die das Leben verschönert. Und ich mochte es, wenn man Gäste gut behandelt.

»Alle im Dorf starren mich an, als wäre ich ein Schwerverbrecher.«

»Wir sind … neugierig. Das ist alles. Und vielleicht ein wenig besorgt.«

»Aber weswegen denn? Dass ich Johannas Garten in Brand stecke?«

Sie seufzte. »Ich weiß nicht, ob Sie alles richtig oder alles falsch machen«, sagte sie rätselhaft. Dann streckte sie mir die Hand entgegen. »Franziska Nowak, die Schwester von Johanna.«

Erstaunt drückte ich ihre kalte und schmale Hand. Eine gewisse Ähnlichkeit erkannte ich. Johanna hatte rotbraune Haare und eine helle Haut, die wahrscheinlich nie braun wurde. Franziska hingegen war jetzt bereits ein wenig braun. Aber sie hatten beide grüne Augen. Und dieses scheue Lächeln.

Sie maß mich immer noch mit ihrem Blick. »Ich muss auf Johanna aufpassen, und deshalb wüsste ich gerne, wer du bist.«

Wie Johanna schob sie nervös eine Haarsträhne hinter ihr Ohr.

»Aufpassen? Wieso aufpassen?« Ich wartete auf eine Erklärung, bekam aber keine. Sie schaute mich eindringlich an, als ob sie wissen wollte, ob ich eine tiefergehende Antwort wert wäre.

»Ich bin einfach nur ein Lehrer, mehr nicht. Mathe und Physik. Ich spiele Badminton, liebe Indie-Rock und Gitarrenmusik und lese gerne.«

»Und du bist alleine.«

»Ja.« Ich machte einen Schritt auf sie zu.

»Bleibst du länger hier?«, fragte sie.

»Das hoffe ich. Mathelehrer werden gebraucht, da

werden sogar Nicht-Bayern hier eingestellt. Aber im Moment habe ich nur einen Zeitvertrag.«

Sie nickte, als ob sie von den Schwierigkeiten, einen Job als Lehrer zu finden, gehört hätte.

»Ich habe eine Freundin, die ist Kunstlehrerin am Deutschhaus.«

»Das muss Frau Liebenstein sein!« Bei uns gab es nur eine Kunstlehrerin. Die mit den selbstgemachten Ohrringen.

Franziska nickte. »Sie meinte, du wärst ja ganz nett, aber alle Schülerinnen wären verliebt in dich. Klingt nicht gerade vertrauenerweckend.«

»Spionierst du mir nach?«

»Nein, nein«, wehrte sie ab, »das war … das lag an deinem Hut, von dem hat sie erzählt.«

Aber sie sah nicht so aus, als ob das die Wahrheit war.

»Deine Schwester redet sowieso kaum mit mir.«

»Schade.«

Das klang jetzt aber fast so, als wollte sie nicht Johanna beschützen, sondern mich mit ihr verkuppeln. Offensichtlich wusste sie gar nicht, was das Beste für Johanna war.

»Sie hat schon viel durchgemacht in ihrem Leben.«

Das hatte ich mir schon gedacht. Das leere Haus, so viele Abende, die sie alleine zu Hause verbrachte. Wahrscheinlich konnte ich Franziska sagen, was ich wollte, sie würde mir sowieso nicht trauen, sondern sich immer für ihre Schwester einsetzen. Ihre Loyalität gefiel mir. Wenn ich da an Katharina dachte und wie sie mir in den Rücken gefallen war …

Franziska ordnete Zettel auf ihrem Verkaufstresen. »Wenn ich höre, dass du ihr Kummer bereitest, kriegst du Ärger, ist das klar?«, sagte sie. Noch eine Drohung.

»Ja, Sir!« Ich salutierte und grinste sie an.

Sie grinste zurück, das Eis war endlich gebrochen.

»Deine Schwester scheint mir aber zu vertrauen, schließlich hat sie mich ja als Mieter ausgesucht.«

»Ich will dich ja auch nicht verjagen. Es wird Zeit, dass sie aus ihrem Schneckenhaus rauskommt.« Sie lächelte mich wieder an.

Erneut nahm ich die Schneckenvase in die Hand. Sah aus wie die Skulptur in den Weinbergen oberhalb von Johannas Haus.

»Willst du sie kaufen?«

»Habe ich denn jetzt noch eine Wahl?«

Sie lachte. »Nein.«

»Also, langsam und schleimig wie eine Schnecke finde ich deine Schwester nicht. Eher stachelig wie einen Igel.« Ich stellte die Vase auf den Tisch und zog meinen Geldbeutel aus der Hosentasche.

»Oh, dann kennst du sie also schon besser.«

»Ich wohne mit ihr zusammen! Also, im Keller, meine ich.«

»Mach langsam, und überfordere sie nicht. Und sag ihr auf keinen Fall, dass ich dir das geraten habe. Oder dass wir uns kennen.«

Was für merkwürdige Schwestern. Ich sah ihr in die Augen und nickte ernst. »Keine Angst. Ich werde behutsam sein.«

9

Nun saß Philipp jeden Abend im Garten, einmal sogar unterm Regenschirm. Aber es regnete nicht oft in diesem Frühjahr. Ich gewöhnte mich an ihn. Er war wie eine Distel, die ich wachsen ließ, weil sie so schön an dieser Stelle aussah.

Stiefkinder des Gartens, so hatte meine Oma die Selbstausgesäten genannt, die Kinder von Mohnblumen, Akelei oder Storchschnäbeln, deren Eltern in anderen Gärten oder auf dem Felde standen und die nicht als Unkraut galten. Sie waren Stiefkinder, und wenn Platz war, durften sie bleiben.

Ich machte es mir abends auf dem Wohnzimmerbalkon bequem. Von dort hatte man einen noch weiteren Blick. Manchmal redeten wir miteinander, aber nicht viel. Es ging um alltägliche Tipps, die billigste Autowerkstatt, eine Änderungsschneiderei, lauter Sachen, die er auch leicht im Internet hätte nachschauen können. Mir war schon klar, dass er mich in ein Gespräch verwickeln wollte, aber ich ging nicht darauf ein.

Was, wenn er mich noch einmal einladen würde? Wie sollte ich reagieren? Dabei war er nur ein Nachbar, zu Oliver und Marion ging ich doch auch. Aber als Philipp am Wochenende auch mit Regenschirm nicht in den Garten kam, sondern in seiner Wohnung blieb und abends nicht zu Hause war, musste ich mir eingestehen, dass ich ihn vermisste.

Am Montag beschnitt ich gerade Simones Lavendelbüsche, als mein Handy klingelte. Eine unbekannte Nummer. Vielleicht ein neuer Kunde? Dabei war ich für die nächsten Wochen schon ausgebucht.

»Johanna?«, fragte eine tiefe Männerstimme, »Hallo, hier ist Philipp.«

»Hallo«, antwortete ich erstaunt.

»Dein Wagen steht hier in der Straße, zum Glück habe ich deine Handynummer unter der Gartenfeen-Werbung entdeckt, ich brauche nämlich deine Hilfe … ich will dich aber nicht stören …«

Er klang ganz schön durcheinander.

»Was ist denn?«, fragte ich und setzte mich auf die Treppe neben den Lavendelbüschen.

»Ich habe mich ausgesperrt. Und du hast doch einen Zweitschlüssel …«

»Oh!« Das war sogar Valerie nicht passiert. »Ich bin hier gleich fertig.« Ich stand auf und ging um die Garage herum. Jetzt konnte ich ihn sehen. Er stand mit dem Rücken zum Zaun, ein Bein auf die kleine Mauer gestellt. Den Hut tief ins Gesicht gezogen. Mein Herzschlag beschleunigte sich auf einmal.

»Wo bist du denn?«, fragte er. »Ich kann mir den Schlüssel sonst auch selber holen.«

»Ich habe ihn aber nicht dabei.« Langsam ging ich auf ihn zu, er merkte es nicht.

»Sorry, ich – habe nicht nachgedacht. Natürlich ist der

Schlüssel in deiner Wohnung, und ich möchte auf keinen Fall den Eindruck erwecken, ich wollte alleine in deine Wohnung gehen. Es ... es ist gerade alles sehr kompliziert, ich war mit meinen Gedanken einfach woanders, und ...« Er atmete hörbar aus. Komplizierte Tage kannte ich. Es war bereits halb zwei, und ich war seit sieben Uhr unterwegs. Zeit für eine Mittagspause.

»Alles in Ordnung, Philipp. Ich bin gleich bei dir.«

Als ich näher kam, blickte er auf.

»Es tut mir wirklich leid«, wiederholte er. Er hatte große Schatten unter den Augen. »Es ist nur ... ach, entschuldige.«

Er wirkte verschlossen. Der Schlüsselkasten war neben der Haustür. Ich ergriff den Schlüssel mit der gelben Blume und reichte ihn ihm.

»Danke«, sagte er, »ich bringe ihn gleich wieder hoch.«

Ich nickte ihm zu. Er überquerte den Garagenvorplatz, ich sah ihm nach und atmete tief durch, um meine gewohnte Ruhe wieder zu spüren. In der Küche überlegte ich, was ich essen sollte. Der Kühlschrank war fast leer, ich musste auf meiner nachmittäglichen Tour unbedingt noch einkaufen gehen. Jetzt blieb mir mal wieder nur Müsli übrig. Und ein Kaffee.

»Johanna?«, rief Philipp.

»Komm ruhig rein.« Die Wohnungstür hatte ich offen gelassen. Ich legte ein Pad in meine Kaffeemaschine und deutete auf den Küchentisch. »Leg ihn einfach dahin.« Als ich mich zu ihm umdrehte, spürte ich sofort, dass es ein Fehler gewesen war, ihn hereinzubitten.

Denn er betrachtete die kahle Wand, an der früher Bilder gehangen hatten, die Sammlung leerer Marmeladengläser, die Stühle am Tisch. Alles konnte er sehen. Nein, nicht alles, aber fast. Eine Wohnung, die für mich viel zu groß war, mit zu vielen Möbeln.

»Schöne Küche«, sagte er, »von der Anrichte aus kannst du auf die Straße und von der Spüle aus in den Garten sehen, sehr praktisch. Wenn man Kinder hat, meine ich.«

Kinder? Wie kam er auf Kinder? Meine Hand zitterte, als ich auf den Knopf der Kaffeemaschine drückte.

»Der Schlüssel steckt von innen, ich komme nicht rein.«

Dann blieb nur die Kellertür. Schnell ging ich in den Flur. Die Tür in den Keller hakte erst, dann eilte ich die Treppe hinab. Am Fuß lag seine Wohnung. Ich spürte seinen Atem, als ich aufschloss. Rasch trat ich zur Seite und wollte wieder hochgehen, doch dann blickte ich kurz in die Wohnung.

Mitten im Wohnzimmer stand ein Schreibtisch, dessen Tischplatte wie eine abgeschliffene Holztür aussah. Nutzte er das kleine Zimmer nicht als Arbeitszimmer? Vor dem Fenster standen zwei Sofas, dazwischen ein kleiner Holztisch. Es war so voll, dass man sich kaum umdrehen konnte.

»Danke, Johanna. Bleibst du noch auf einen Kaffee? Als Dank für die Mühe?«

Nein, ich musste gehen. Seine Wohnung war mir zu … privat. Schwachsinn, wir wohnten schließlich in einem Haus. Trotzdem. Das aufgeschlagene Buch neben dem Sofa, das leere Weinglas, die Decke auf dem Sofa, die aussah, als wäre er gerade erst aufgestanden.

»Ich muss weiterarbeiten.«

»Alles klar. Ich habe auch noch viel zu tun.« Er seufzte. Mir fiel auf, dass er noch nicht einmal gelächelt hatte. »Ich hoffe, es kommt nicht wieder vor. Heute Morgen – aber ich will dich damit nicht belasten. Eine unschöne Sache, so viel kann ich sagen.«

War wohl nicht einfach, so ein Neuanfang in der Schule. Die ausgefüllten Arbeitsblätter auf seinem Schreibtisch sahen noch so kindlich aus. Kinder. Er hatte den ganzen Tag mit Kindern zu tun. Wieso wurde ich mir erst jetzt richtig bewusst, was es bedeutete, Lehrer zu sein?

Weg hier, bloß weg hier. Ich murmelte irgendetwas, schloss die Tür hinter mir ab und rannte schnell die steile Treppe hinauf. Das Müsli ließ ich stehen, schüttete den Kaffee in eine Thermostasse und rannte zurück in Simones Garten. Ich musste mich fangen, musste alles wieder unter Kontrolle bekommen, durfte Philipp nicht mehr in meine Wohnung lassen.

Ich hatte mein Leben doch endlich wieder im Griff gehabt.

»Das ist so unnötig! Wir werden die ganze Zeit nur im Stau stehen. Dieses Jahr könnten wir Ostern echt in Sommerhausen bleiben.«

Franzi machte noch ein Foto von den Kunstwerken im *terroir f,* einem Skulpturenpark oberhalb der Sommerhäuser Weinberge. Ich reichte ihr den Zollstock, und sie maß Länge und Breite eines leeren Betonsockels ab. Hier würde sie stehen, ihre neue Statue *Agnes bei der Arbeit*.

Bevor wir zum Spaziergang in den Weinberg aufgebrochen waren, hatte ich den endgültigen Entwurf von *Agnes* bewundert: eine verhärmte Winzerin, die mit gebeugtem Rücken die schwere Kiepe voller Weintrauben schleppt. Die Statue war teils aus Holz, teils aus Metall, besaß sogar getöpferte Elemente, und der Weidenkorb auf ihrem Rücken war echt. Agnes würde mit der Zeit verwittern, aber das war Absicht und sollte die Vergänglichkeit darstellen.

Gegenüber von Franzis Agnes saß bereits eine originalgetreue Weinprinzessin aus bunt lasiertem Ton in lindgrünem Dirndl. Wie die Weinprinzessin hatte auch Agnes ein reales Vorbild. Franzi gestaltete sie nach einem Foto von Uroma Agnes im Weinberg, abgearbeitet und noch gar nicht so alt, vierzig erst.

Ich setzte mich auf die Bank mit Blick auf den Skulpturenpark und das Maintal. Das weiche Licht der untergehenden Sonne drang durch Franzis offene Haare, während sie konzentriert die Messergebnisse in ihr Notizbuch schrieb. Schnell fotografierte ich sie mit meinem Handy, ohne dass sie es merkte.

»Und wenn du die Galerie an einem der beiden Tage schließt?«

»Auf keinen Fall! Wenn die Sonne scheint, wird endlich mal was los sein!«

Natürlich. Ostern war der Anfang der Touristensaison.

»Sonst sind wir abends um fünf nach Schließung der

Galerie gefahren und morgens nach dem Frühstück wieder zurück, das hat doch immer funktioniert.«

»Und wann räume ich auf, dekoriere und stelle die Schilder auf und …« Sie seufzte und setzte sich auf den Sockel in die Sonne. Ihre Lippen waren aufgesprungen, so sehr kaute sie in letzter Zeit daran herum.

»Aber ich helfe dir. Und Fabian bestimmt auch.«

Sie guckte noch immer grimmig.

»Wenn wir nicht fahren, kommen Mama und Papa her. Willst du das?«, spielte ich meinen letzten Trumpf aus.

»Nein, natürlich nicht. Wer weiß, wie lange sie dann bleiben würden, jetzt, wo Papa in Rente ist.«

Ich nickte zustimmend.

»Aber wieso müssen wir uns überhaupt an Ostern sehen? Als wir Kinder waren, wurden wir zu Ostern zu Oma geschickt, und jetzt, wo wir erwachsen sind und ein eigenes Leben haben, müssen wir an Ostern heimfahren.«

Ich antwortete nicht. Wir wussten beide, seit wann es so war. Und warum.

Franzi stand auf und gab mir den Zollstock zurück.

»Weißt du, ich fahre wirklich nicht mit. Das schaffe ich nicht.«

»Du willst mir das tatsächlich antun? Alleine bei Mama und Papa, über Nacht, an Ostern?«

Oh Gott, meine Mutter, die mich ansah, als würde ich selber am Kreuz hängen, und mein Vater, der so aufgesetzt fröhlich war, dass man es nicht aushielt.

Sie steckte die Hände in die Jackentaschen. »Natürlich nicht. Wir bleiben beide hier. Es ist doch jetzt schon so lange her.«

»Als ob Zeit irgendeine Bedeutung hätte.« Vor meinen Füßen lag ein kleines Schneckenhaus im Sand, ich hob es auf. Es hatte ein kleines Loch, aber ich steckte es trotzdem ein. Franzi setzte sich zu mir und wippte mit dem Fuß.

»Ist alles in Ordnung, Franzi?«

Kurz hörte sie mit dem Wippen auf, dann bewegte sich ihr Fuß aufs Neue, ohne dass sie antwortete. Also hatte Isa recht gehabt. »Wenn du Probleme hast, sag's mir ruhig. Vielleicht kann ich ja helfen!«

»Da ist nichts«, entgegnete sie.

Ich glaubte ihr kein Wort.

Wir gingen schweigend nach Hause, sie wollte Agnes fertigstellen, ich die Rechnungen für den März abschließen. Das Haus war dunkel. Warum wollte sie mir nichts sagen? Vielleicht sollte ich mit Fabian reden, oder sie einfach in Ruhe lassen.

Ich ordnete gerade meine Stundenzettel, als es an der Tür klingelte. Besuch erwartete ich keinen. Vielleicht Marion.

Als ich öffnete, hielt mir jemand einen Blumenstrauß hin. Kurz stockte mir der Atem, ich musste an die Blumensträuße von damals denken. Sonnenblumen, überall Sonnenblumen, ich hasste Sonnenblumen seitdem, und Blumensträuße ...

»Ich weiß, es ist idiotisch, einer Gärtnerin Blumen zu schenken.« Philipp streckte seinen Kopf hinter dem Strauß hervor. Ich atmete auf. Er hatte mit damals nichts zu tun, und es waren andere Blumen, eine andere Zeit.

Die Augenringe waren verschwunden und das Lächeln

wieder da, alles lächelte, sein fein gezeichneter Mund, die himmelblauen Augen.

»Entschuldige, dass ich dich heute Morgen stören musste. Und vielen Dank fürs Aufschließen. Dass du mich gerettet hast und ich in den Garten darf.«

Üppige, blaue Hortensienkugeln, dazwischen zarte Lavendelblüten und weiße Moosröschen. Ein Traum in Blau. Ich verspürte ein Kribbeln im Bauch, und unbändige Freude, übergroß.

»Der ist wunderschön«, sagte ich leise und traute mich erst gar nicht, den üppigen Strauß zu nehmen. Er duftete süß und berauschend.

»Die Blüten sehen von Weitem blau aus. Aber wenn man genau hinsieht, sind sie lila und gelb.« Er sah mich an. »Eine optische Täuschung. Ich mag das, wenn man ganz genau hinsehen muss, um den wahren Kern zu erkennen.«

Eindringlich blickte er mich an.

»Dann noch einen schönen Abend«, sagte er, blieb aber stehen. Seine blauen Augen lächelten mich an, und mein Herz schlug immer heftiger. Er tippte sich an den Hut und wandte sich zum Gehen.

Sein genauer Blick für die Schönheit im vermeintlich Einfachen. Er hatte wie ein Gärtner geklungen.

»Philipp.«

Er wandte sich um und sah mich erwartungsvoll an, und beinahe hätte ich ihn hereingebeten.

»Vielen Dank«, sagte ich nur.

Strahlend erwiderte er: »Bis morgen dann, im Garten«, und ich merkte, wie ich mich darauf freute.

10

Als ich am nächsten Morgen in Felix Fontanas Gärtnerei einkaufte, war mir seit Langem mal wieder so leicht und froh ums Herz, dass ich nicht widerstehen konnte und ein Meer aus Blau für meinen eigenen Garten aussuchte: Hornveilchen, Vergissmeinnicht und Anemonen, dazu Zinarien, Zwerg-Iris und Primeln. Sie waren für das kahle Lilienbeet und die Kübel und Kästen, die früher vor der Eingangstür und am Küchenfenster gestanden hatten.

Auf dem Weg zur Kasse entdeckte ich Christopher. Lässig lehnte er in seiner roten Funktionsjacke mit dem »Landschaftsgärtnerei Laurien«-Schriftzug an einem Regal und sprach mit Felix, der Ostergestecke auf einem Tisch arrangierte. Sie lachten beide. Felix klopfte Christopher auf die Schulter, umarmte ihn. Als ich mit dem vollen Wagen auf sie zukam, schaute Christopher weg, als fühle er sich ertappt. Hochrot bis in die Haarspitzen, begrüßte er mich. Felix nickte mir nur zu, grinste aber wie ein kleiner Junge.

Ich kam mir komisch vor, als ich meinen Wagen an ihnen vorbeischob, aber wahrscheinlich bildete ich mir das alles nur ein. Sahen sie mir etwa nach und flüsterten sich etwas zu? Ich hatte wohl Halluzinationen.

Ich zahlte und verließ die Gärtnerei. Die Begegnung

mit Christopher hatte mir einen Dämpfer verpasst, und ich musste meine gesamte Kraft aufwenden, um nicht mehr an ihn zu denken.

Als ich abends den Transporter auspackte, stand da der Klappkasten mit den blauen Setzlingen. Wieso hatte ich mir das nur angetan? Würde ich sie überhaupt einpflanzen?

Da fuhr der schwarze Renault vor.

»Hallo Johanna«, begrüßte Philipp mich. »Warte, ich nehme dir das ab.«

Ich war mir nicht sicher, ob ich ihn sehen wollte, doch er ergriff bereits den Klappkasten. Seinen Hut hatte er in den Nacken geschoben und schaute mich fragend mit seinen himmelblauen Augen an.

»Zum Lilienbeet. Und … danke!«

Er ging voraus, an der Garage vorbei und die Treppe hinunter. Als er fragte, welches das Lilienbeet sei, wies ich auf die schon ziemlich hochgeschossenen Triebe der Taglilien, neben die er so gerne seinen Liegestuhl hinstellte. Noch immer schien die Sonne, und obwohl es bereits nach sechs war, war es erstaunlich mild. Kaum zu glauben für Anfang April.

»Kann ich dir helfen?«, fragte er, wie ich befürchtet hatte.

»Nein, nein«, wehrte ich ab, »das ist nicht nötig.« Er stellte den Kasten ab und betrachtete den Inhalt.

»Wie heißen die denn?«

Ich erklärte es ihm.

»Wie unterschiedlich Blütenformen sein können«,

meinte er, »Kreise, Ellipsen, Symmetrien – die Geometrie der Pflanzen!«

»Erzählst du das deinen Schülern?« Ich musste lächeln, trotz des deprimierenden Tages.

»Wer weiß«, antwortete er, »ist doch interessant, dass die größten Galaxien und einfache Gänseblümchen nach den gleichen geometrischen Prinzipien aufgebaut sind. Oder Schnecken, ich liebe die Geometrie von Schneckenhäusern.«

»Na, da kann ich helfen. Vor allem Weinbergschnecken haben wir hier reichlich.«

Bei ihm klang alles immer so leicht. Vielleicht lag es am Enthusiasmus in seiner Stimme, vielleicht auch daran, dass er so neugierig war und gerne zuhörte, wenn ich etwas erklärte.

»Die Gelben dort sind Narzissen.« Er deutete auf die üppigen Blütenbüschel vor der Felsenbirne. »Die kenne ich. Aber die Weißen dort? Wie heißen die?«

»Das sind Schneerosen. Viele sagen auch Christrosen, weil sie meist an Weihnachten zu blühen beginnen.«

»Schneerosen«, sagte er bedächtig, »Blumennamen sind oft die reinste Poesie.«

»Aber nicht immer. Schneerosen zum Beispiel stammen aus der Familie der Nieswurze.«

»Nieswurze?« Er grinste und schob sich den Hut noch weiter in den Nacken, sodass ihm eine dunkle Haarsträhne in die Stirn fiel. Er sah verdammt gut aus.

»Früher hat man aus der geriebenen Wurzel Niespulver hergestellt«, klärte ich ihn auf und konnte meinen Blick nicht von der Haarsträhne lösen.

»Nieswurz. Wieder was dazugelernt. Klingt auch ein wenig poetisch, oder?« Er bückte sich, hob ein paar Blüten an und betrachtete sie.

»Pass auf, die sind giftig.«

Schon vor Jahren hatte ich sie ausgegraben, aber sie kamen immer wieder. Ein Garten ohne giftige Pflanzen war eigentlich unmöglich. Einzelne Wurzelstücke reichten, und schon wuchsen neue Ableger. Jetzt blühten sie großflächig zwischen den Trieben im Staudenbeet.

Er rieb sich die Hände an der Jeans ab. »Gut zu wissen. War das Niespulver auch giftig?«

Ich zuckte mit den Schultern. »Das war' s dann wohl mit der Poesie, oder?«

»Nein, wieso? Blumen sind Poesie, Zahlen sind Poesie. Alles ist Poesie!« Er stand wieder auf und breitete die Arme aus. »Keine Angst, ich bin nicht verrückt. Ich habe nur gute Laune, das ist alles.«

Er war verrückt.

Als ich Pflanzschaufel und Hacke holte und Vergissmeinnicht vor die Lilienblätter setzte, ging er ins Haus und kam mit einer Kissenauflage und einem Buch wieder. Ich pflanzte noch die Hornveilchen ein, zupfte abgestorbene Blätter vom Vorjahr von den Lilien ab, lockerte den Boden auf und entfernte die ersten Unkräuter. Wenigstens dieses Beet sollte ein Traum werden. Wenigstens das eine. Im letzten Jahr hatte ich nichts Neues gepflanzt.

»Wie heißen noch mal diese blauen Blütenkugeln von dem Blumenstrauß?«, riss Philipp mich aus meinen Gedanken.

»*Hydrangea macrophylla*. Hortensien.«

»Wunderschön, wirklich, diese optische Täuschung. Wachsen die bei dir auch im Garten?«

Ich wies auf die kahlen Triebe vor dem Gartenhäuschen. »Gestatten, *Madame Emile Mouillère*. Sie blüht in dicken weißen Kugeln, die sich im Herbst rosa färben. Daneben die Hortensie *Bodensee*, ihre Kugeln sind etwas flacher, fast tellerförmig. Sie blüht nicht mehr blau, sondern ebenfalls rosa.«

»Hortensien verändern ihre Farbe?«, unterbrach er mich, bevor ich ihm auch noch die Rispenhortensie zeigen konnte.

Ich legte die Hacke weg und zog die Gartenhandschuhe aus.

»Bei uns ist die Erde zu kalkhaltig, ab einem ph-Wert von sechs werden die blauen Blüten rosa. Ich könnte die Erde austauschen oder sie mit Aluminium düngen, dann kann man sie sozusagen nachfärben ...«

»Ah!« Er setzte sich auf. Wie erwartet, stand er auf solche Fakten. Besser, als ihm zu erzählen, dass sie früher am Gartenteich wuchsen, in extra für sie herbeigeschaffter saurer Erde.

»Ich kann dir gerne ein paar Bücher ausleihen, in denen das genau erklärt wird. Obwohl es ja keine Physik ist, sondern Biologie.«

»Mich interessiert alles.«

»Ja, du erinnerst mich immer mehr an den Mann, der die Hortensien in Europa einführte. Ein Namensvetter von dir. Philipp Franz von Siebold. Von dem schon mal gehört?«

»Nö.« Er sah mich erwartungsvoll an.

»Ein Würzburger Arzt, er hat im neunzehnten Jahrhundert in Japan gearbeitet, als es noch von der Außenwelt abgeschnitten war, und von dort unzählige Pflanzen mitgebracht. Magnolien, Anemonen und – Hortensien!«

»Ein Philipp, der Japan und Hortensien liebte?«

»Sozusagen.«

Er hielt sein Buch hoch: »Haruki Murakami – *Von Männern, die keine Frauen haben*. Ein japanischer Autor. Hat mir ein Freund geschenkt, der Titel ist natürlich eine fiese Anspielung, aber die Geschichten sind toll. Das mit dem anderen Philipp hast du dir jetzt ausgedacht, oder?«

Ich lachte. »Nein, das stimmt. In Würzburg gibt es ein Siebold-Gymnasium, ein Siebold-Museum, ein Denkmal glaube ich auch, aber ich weiß nicht, wo. Und im Botanischen Garten haben sie einen Abschnitt mit Pflanzen, die er aus Japan mitgebracht hat. Die kannst du dir ja mal ansehen.«

Ich lächelte Philipp noch einmal zu, bevor ich nach oben in den Vorgarten ging, um dort die Blumenkästen und Töpfe zu bepflanzen.

Dort wartete noch eine Überraschung auf mich. Die *Constance Spry*, meine »ermordete« Kletterrose, trieb wieder aus. Lauter neue Triebe am Stumpf oberhalb der Veredelungsstelle. Teils schon mit zarten Blättern. Blühen würde sie dieses Jahr vielleicht noch nicht, aber ich freute mich so, mit welcher Kraft sie um ihr Überleben kämpfte. Jetzt brauchte sie nur noch reichlich Wasser und eine große Portion Rosendünger.

Es war schon dunkel, als ich mich mit meinem Laptop auf den Balkon setzte, um einige Fotos meiner so tapfer kämpfenden Kletterrose auf den Blog zu stellen. Unter den Fotos der abgeschnittenen Zweige vom letzten Sommer standen zahlreiche Trauerbekundungen und virtuelle Umarmungen anderer Gärtner. Jetzt freuten sich meine Leser bestimmt genauso wie ich, dass sie sich nicht unterkriegen ließ.

Unwillkürlich sah ich in den Garten und erblickte ein ungewohntes Licht. Ich streifte mir eine Jacke über und öffnete die Balkontür. Und da erst erkannte ich, was es war.

Zwei Kerzen auf einem kleinen Tisch. Daneben eine Weinflasche, ein Glas. Und in einem dicken Pulli Philipp auf seinem Liegestuhl. Auf der anderen Seite des Tisches ein zweiter Stuhl, der auf mich zu warten schien.

Wie gemütlich es aussah. So, als ob ich mich hinsetzen, wie er die Augen schließen und den Geräuschen der Nacht lauschen könnte.

Seufzend schloss ich leise die Tür, konnte den Blick aber nicht abwenden.

11

Meine Schritte knirschten auf dem Weg. Philipp schrak hoch und sah erstaunt um sich.

»Störe ich?«, flüsterte ich.

»Nein.« Er sprang auf. »Was für eine nette Über-raschung!« Er gab mir wieder die Hand. Und ließ sie lange nicht los. Es fühlte sich wie das Normalste auf der Welt an. Ich setzte mich, auf seinem Liegestuhl lag eine zweite Decke, und beinahe zärtlich legte er sie mir über die Knie.

Dann zauberte er hinter seinem Stuhl ein zweites Glas hervor und schenkte mir Wein ein.

»Es ist so schön hier draußen«, sagte er. Es klirrte sanft, als unsere Gläser aneinanderstießen. Der Wein schmeckte nach Früchten und dem Duft von Jasmin.

»Ich bin schon gespannt, wie der Garten im Sommer aussehen wird.«

»Grün«, antwortete ich. Auch Unkraut war grün. Der Rasen war sowieso eher eine Grün- als eine Rasenfläche.

»Na, das hoffe ich! Wir hatten immerhin Tomaten auf unserem Balkon. Und in Neukölln wachsen zwar überall Bäume auf der Straße und am Kanal, aber das ist nicht dasselbe.«

Er rückte etwas näher.

»Viel Arbeit ist es schon«, sagte ich.

»Ach, ich kann dir doch helfen.«

»Ernsthaft?« Vorsichtig trank ich einen Schluck.

»Ja. Ich habe nur überhaupt keine Ahnung. Sogar das mit dem Fegen habe ich erst googeln müssen.«

»Du wusstest nicht, wie man fegt?«

Er lachte auf. »Nein, ich habe mir angesehen, wie man eine Hecke schneidet, um zu wissen, wobei ich helfen kann. Da blieb aber nur das Fegen übrig. Das hab ich vorher auch schon mal gemacht.« Er grinste. »Ach, ich liebe die Stille hier. Wir haben in einem tollen alten Haus gewohnt, Gründerzeit mit Buntglasfenstern im Treppen-haus und knarrenden Dielen. Aber gegenüber war eine Kneipe, da standen die Raucher bis nachts um drei vor der Tür.« Er trank einen Schluck.

Ich zuckte innerlich zusammen. Er hatte »wir« gesagt.

»Es war nur zwischen fünf und sechs Uhr morgens still. Dann kamen die Straßenkehrer.«

»Du stehst aber früh auf.«

»Nicht freiwillig.«

»Na. Dafür musst du bei uns selber kehren.«

Ein Mofa knatterte laut durchs Tal, dass man es bis Winterhausen auf der gegenüberliegenden Mainseite hören konnte. Unwillkürlich sahen wir uns an und grinsten.

»In Neukölln wäre der gar nicht aufgefallen.«

»Das ist das Problem am Paradies. Man wird so leicht daraus vertrieben. Da reicht eben ein Apfel – oder ein Mofa.«

Er seufzte. Langsam verebbte das scheußliche Knat-tern.

»Meine Wohnung ist noch so kahl«, sagte er. »Ich muss bei dir ein paar Zimmerpflanzen kaufen.«

»Oh, ich habe keine eigene Gärtnerei.«

Er sah mich fragend an. »Aber es gibt doch diese große Gärtnerei Laurien, gleich im Nachbardorf.«

Ich seufzte. »Mit denen habe ich nichts zu tun. Ich fahre von Garten zu Garten und erledige, was anfällt.«

»Und du machst alles alleine?«

»Ja, aber wenn es sein muss, kann ich Hilfe organisieren.«

»Klingt gut«, sagte er, »du bist unabhängig. Es ist bestimmt eine Marktlücke, du bietest ja auch Hilfe am Telefon an.« Er schmunzelte. »Und dein Blog ist toll.«

Er hatte mich gegoogelt! Zum Glück standen dort keine privaten Sachen, nur Hilfestellungen zur Pflanzenpflege. Ich hatte ihn auch überprüft, bevor ich ihm die Wohnung vermietete. Verräterische Partyfotos und merkwürdige Hobbys findet man zwar selten unter dem echten Namen, doch sollte man keine Möglichkeit auslassen, sich über denjenigen zu informieren, mit dem man im selben Haus wohnte. Aber ich hatte nichts Verdächtiges gefunden.

»Mit was für einem Programm bearbeitest du deine Fotos?«, fragte er.

»Bearbeiten? Gar nicht.«

»Sie sind gut.«

»Ach, das ist nichts Besonderes. Mir macht es Spaß, über meine Erfahrungen zu schreiben, und manchmal hilft es dem ein oder anderen.«

Ich wusste nicht mehr, warum ich angefangen hatte,

einen Blog zu schreiben. Damals hatte ich so viel Zeit gehabt. Zeit, die mit etwas angefüllt werden musste, das mich ablenkte und beschäftigte. Keine großen Gartenlandschaften mehr, sondern das einzelne, verkümmernde Blatt, dem vielleicht nur Eisen fehlte oder Stickstoff.

»Was ist das eigentlich?« Er wies auf eine Steinmauer etwas oberhalb von uns, in der eine blaue Keramik steckte.

»Ein Mauerkobold, hat meine Schwester gemacht. Den Stein hat sie uns damals geschenkt, als wir den Garten planten.«

Jetzt war mir dieses *Wir* auch rausgerutscht, und er wollte bestimmt wissen, wer *wir* waren.

»Tolle Idee«, erwiderte Philipp ungerührt. »Kobolde, die in der Mauer wohnen. Ist es schwer, so etwas selber zu machen?«

Er war zwar nicht neugierig, was mein Privatleben anging, aber ansonsten äußerst wissbegierig.

»Keine Ahnung. Du kannst sie selbst fragen. Ihre Galerie ist gegenüber vom Torturmtheater.«

Er nickte, dann wies er zum Himmel. Die ersten Sterne waren zu sehen. Langsam entspannte ich mich ein wenig, schloss die Augen, genoss die Ruhe.

»Als Lehrer ist man auch ein Gärtner«, sagte Philipp unvermittelt. »Und ich meine nicht Kindergärtner. Das ist man leider zu oft. Nein, manchmal habe ich wirklich das Gefühl, dass ich die Liebe zur klaren Sprache der Zahlen säe. Das Gefühl für die Mathematik.«

»Bei mir hat das kein Lehrer geschafft.«

»Schade.« Er trank noch etwas von seinem Wein.

»Ich habe immer eine Verbundenheit mit der Natur gespürt und mir vorgestellt, wie man den Asphalt vom Schulhof durch Erde ersetzt und Rasen, Blumen und Büsche pflanzt und in ein Labyrinth verwandelt, in dem man sich verstecken kann. Ich liebe Erde. Sie ist weich oder hart, krümelig oder schlammig, riecht nach Torf oder nach Lehm oder nach den Pflanzen, die in ihr wachsen. Erde ist unsere Grundlage, unser Fundament. Manche Naturvölker essen Erde, wenn sie krank sind, wusstest du das?«

Er schüttelte leicht den Kopf.

»Die Erde gibt uns Halt, mit unsichtbaren Wurzeln sind wir mit ihr verbunden. Sie macht aus Sonnenschein Schatten und aus Wasser Quellen und Flüsse und Meere. Es gibt einen Grund, weswegen die Welt, in der wir leben, nach dem Boden benannt wurde und nicht nach der Luft oder der Sonne.«

»Jetzt bist aber *du* poetisch«, sagte er leise, schob seinen Hut in die Stirn und sah mich mit leuchtenden Augen an.

Am nächsten Tag spürte ich den Frühling wie seit Langem nicht mehr. Die Schlehenhecken zwischen den Feldern blühten weiß, die Sonne zauberte mir ein Lächeln ins Gesicht, und auf einmal hatte ich lauter Ideen, was ich aus Wiedingers Garten machen konnte, sodass ich unterwegs anhalten und alles schnell aufzeichnen musste.

Ich musste an Philipp denken. An seine Poesie der Nieswurze, an die geometrischen Formen der Blumen und Franzis Mauerkobold. Ich war enttäuscht, weil er erst gegen zehn Uhr abends nach Hause kam. Am Donnerstag hatte ich keine Zeit. Doch als ich am Freitag in den Garten schaute, klopfte mein Herz schneller, und ich zog meine Strickjacke an, denn er saß lesend in seinem Liegestuhl und hatte sich wegen des kalten Windes eine Decke um die Schultern geschlungen.

Und auf der anderen Liege lag bereits eine Decke. Ich schnappte mir ein Windlicht und ein Glas Grissinis und ging zu ihm.

»Hallo«, sagte ich.

»Johanna! Wie schön, dass du da bist!«

Ich erzählte vom Volleyballtraining, er von einem Schulkonzert. Er schenkte mir Wein ein, ich entzündete die Kerze, und alles fühlte sich wie ein gewohntes Ritual an.

Als ich mich setzte, atmete ich erst einmal tief durch.

»Ich habe übrigens über den anderen Philipp nachgelesen«, sagte er nach einer Weile. »Er hatte eine japanische Geliebte, sie hieß o-Taki-san. Ihr zu Ehren hat er einer Hortensiensorte den Namen *Otaksa* gegeben.«

Wieder sah er mich eindringlich mit seinen himmelblauen Augen an, dass mir ganz anders wurde und ich den Blick senken musste.

Mir sprang das Buch ins Auge, das in seinem Schoß lag, mit bezaubernd gezeichneten Lilienblüten auf dem Cover.

»Du hast ein ziemliches Lesetempo.«

Er schlug das Buch auf. »Ich bin in Bücherbergen groß geworden. Meine Mutter ist Bibliothekarin. Sie hat mir das Buch empfohlen.«

»Wie heißt es denn?«

»Erst mal lese ich dir was vor: ›Ich möchte einmal einen ganzen Sommer hier allein sein und in die tiefsten Tiefen des Lebens hinabsteigen. Ganz für mich sein, damit meine Seele sich entfalten kann. Die ganzen Monate werde ich im Garten, auf den Feldern und in den Wäldern verbringen. Ich will sehen, was in meinem Garten geschieht und wo ich Fehler gemacht habe. Wie glücklich werde ich sein.‹«

Seit ich ein Kind war, hatte mir niemand mehr etwas vorgelesen. Seine Stimme erweckte die Sätze zu Leben. Als wären es seine Gedanken und Wünsche.

»Den Traum kenne ich«, sagte ich.

»Du hast dir deinen Traum ja auch verwirklicht.«

Was für ein absurder Gedanke. Ich hatte keine Träume mehr. Früher, ja. Aber jetzt? Warum hatte ich das überhaupt gesagt?

»Was ist das für ein Buch?«

»*Einsamer Sommer* von Elizabeth von Arnim.«

Ich schloss die Augen.

»Liest du noch weiter?«

Und so entführte er mich in den Garten von Elizabeth von Arnim, in eine Welt vor über hundert Jahren, in der sie Gänseblümchen und Löwenzahn liebt, ihren Mann den »Grimmigen« nennt und ihre Gärtner »die Unfähigen«. Sie selber war eine Frau, die so ganz anders als ich war und in der ich mich doch wiedererkannte.

Sie litt darunter, dass es ihr gesellschaftlich untersagt war, Hacke und Schaufel in die Hand zu nehmen. Sie plante nur und stellte Gärtner ein und fand nie den richtigen. Aber ihre Ziele und Pflanzenbeschreibungen kannte ich. Auch sie beobachtete, bevor sie etwas ausreißen, umgraben oder fällen ließ. Und sie war keine Besserwisserin, sondern eine Lernende.

Es wunderte mich, dass Philipp sich für diesen Roman interessierte. Doch dann fing Elizabeth in ihrem Garten an, Goethe zu lesen und andere mir unbekannte Autoren. Er kannte sie alle und erklärte mir, dass Thoreau ein früher Aussteiger gewesen sei, der Mitte des neunzehnten Jahrhunderts mehrere Jahre einsam im Wald gelebt und dort philosophiert habe.

Wer würde das nicht. Die Natur, der Wald, ein Garten erzählen vom Werden und Vergehen, vom Sinn des Lebens, von Problemen und Lösungen, man musste sich nur die Zeit nehmen zu lauschen.

Wir hörten, wie die weißen Blütenblätter der Kirsche auf uns niederregneten. Insekten schwirrten umher, die Amsel sang ihr Lied, Nachbarn grillten. Philipps Regenschirm brauchten wir nicht, das Frühjahr war wieder einmal viel zu trocken.

Wie zufällig trafen wir uns, ohne Verabredung, und immer im Garten, nie bei ihm und natürlich nicht bei mir. Auch am Wochenende, das er erstmalig hier verbrachte. Eigentlich war es nicht zufällig. Ich freute mich darauf, zog mir extra etwas Nettes an, schminkte mich. Die letzten Jahre war ich viel zu selten im Garten gewesen, und wenn, dann bekam ich ein schlechtes Gewissen, weil ich ihn so vernachlässigte.

Den Abend mit Philipp zu verbringen war ungewohnt

und aufregend. Wir kannten uns ja kaum und redeten nur über Oberflächliches. Mehr wollte ich nicht. Und er wohl auch nicht. Jeder hat seine Gründe und Geheimnisse.

Aber es fühlte sich gut an, draußen in Decken gehüllt zu sitzen, wenn es abends noch zu kalt war, und die Sterne zu betrachten. Er las mir mit seiner tiefen und melodiösen Stimme vor, ich schloss die Augen und versank in einer fremden Welt.

Meine Gedanken flogen in viele ungewohnte Richtungen, und manchmal wenn wir uns ungewollt berührten, durchfuhr mich ein Schauer, und ich zog die Hand nicht weg.

12

Bald waren die Pläne für Wiedingers Garten fertig, und ich fuhr morgens gleich als Erstes mit einem wunderbaren Entwurf im Stile eines Cottage-Gartens nach Kaltensondheim.

Die Obstplantagen oberhalb von Sommerhausen zeigten ihre volle Pracht, und auf den Feldern stand sattgrün das junge Getreide. In Kaltensondheim blühten bunt die Tulpen in den Nachbargärten, doch bei Herrn Wiedinger hatte sich wenig verändert.

Bevor ich klingelte, schaute ich noch einmal über das Grundstück, auf dem sich das Unkraut weiter ausgebreitet hatte, und konnte mir gut vorstellen, wie Magnolie, Lavendel und Hortensien alles in einen gemütlichen Garten verwandelten.

Neben der Tür standen zierliche Osterhasen aus Holz. Herr Wiedinger öffnete im dunklen Anzug und einer rosafarbenen Krawatte. Sah aus, als hätte er einen wichtigen Termin, und wollte gleich das Haus verlassen.

»Bonjour, Frau Laurien! Kommen Sie herein!« Wieso grüßte er mich auf Französisch?

Anstelle von Kaffee roch es nach Lavendel. Er bat mich dieses Mal nicht in die Küche, sondern ins Wohnzimmer. Schade, ich hatte mich schon auf einen guten Cappuccino gefreut.

»Florence war so freundlich, mir diese Bücher auszuleihen.« Er deutete auf einige Gartenratgeber.

»Florence ist meine neue Freundin«, erklärte er mit Stolz in der Stimme, »sie ist Französin und besitzt einen Laden für französische Kinderkleidung in Würzburg. Vielleicht kennen Sie ihn? In der Eichhornstraße?«

Ich schüttelte den Kopf. Kinderbekleidung interessierte mich nicht. Aber es war schön, dass er eine Freundin gefunden hatte.

»Sie ist eine ganz besondere Frau mit einem exquisiten Geschmack!« Er setzte sich seufzend und schlug eines der Gartenbücher auf.

Aber ich schaute nicht hinein, sondern breitete einen handgezeichneten Plan in der Größe eines Posters auf dem Couchtisch aus. Viele Kollegen arbeiteten mit Computerprogrammen, auch ich hatte das früher gemacht, besaß aber nicht mehr die dazugehörigen Computer und Programme. Es machte nichts, denn entscheidend war die Idee, die hinter dem gezeichneten Plan steckte.

»Dies ist ein nachhaltig konzipierter Cottage-Garten. Zum Beispiel wird ein Insektenhotel für den Fortbestand von Wildbienen sorgen, auch die Blühpflanzen wurden danach ausgewählt, sie liefern Nahrung für die Bienen.«

Er warf kaum einen Blick darauf, sondern schlug in seinem Buch das Bild eines Gartens auf, dessen Wege zentral auf eine Marmorstatue zuliefen.

»Florence hat mich darauf gebracht, einen französischen Garten anzulegen, repräsentativ, Sie verstehen. Das ist genau das, was ich möchte.«

Er deutete auf die Marmorstatue, eine junge Frau mit

einem Füllhorn in der Hand. Vermutlich eine griechische Göttin. Kieswege, und die Beete waren streng symmetrisch und mit Buchsbaum eingefasst. Sah wie der Würzburger Residenzgarten aus.

»Von Buchsbaumeinfassungen rate ich ab, wegen der vielen Krankheiten und Schädlinge, vor allem wegen des Buchsbaumzünslers.«

»Zünsler?«

»Ein Schädling. Die Raupen können ganze Parks vernichten. Dann gibt es noch Pilze, die ebenfalls schwer zu bekämpfen sind. Natürlich werden resistente Sorten empfohlen, aber am besten ist es, ganz auf Buchsbaum zu verzichten. Entweder pflanzen wir etwas Ähnliches wie *Euonymus* oder entwickeln einen eigenen Stil mit Beeteinfassungen aus Lavendel, das wäre doch auch französisch.«

»Aber hier in diesem Buch sind nur Buchsbaumhecken!«

»Wie gesagt, Sie riskieren, dass alle Pflanzen eingehen.« Ich nahm ein Buch. Bevor der Autor zu den Empfehlungen für die Privatgärten kam, war seitenweise der Park rund um Versailles abgebildet. Sehr repräsentativ!

»Ich will alles original so haben.« Herr Wiedinger blätterte weiter. »Ach, schauen Sie, ein Springbrunnen! Das ist ja noch besser als eine Marmorstatue.«

»Nein.«

»Sie wissen, dass ich Wasser im Garten haben möchte.«

»Und Sie wissen, dass ich das ablehne!«

»Auch einen Springbrunnen?« Er war mittlerweile sehr laut geworden.

»Der Cottage-Garten hat eine Magnolie als Hausbaum, dazu als Blickfang einen kleinen Pavillon aus Metallbögen, der mit gefüllten, rosafarbenen und wunderbar duftenden Rosen berankt wird.«

»Der ist ja gar nicht symmetrisch.«

»Die Natur ist auch nicht symmetrisch.« Der Vorzug eines Cottage-Gartens war, dass er nicht aussah, als wäre er entworfen worden.

»Ein Garten ist doch keine Natur mehr«, warf Herr Wiedinger ein, »einen Garten plant man. Er ist ein Kunstwerk! Das wird etwas ganz Besonderes, einen Springbrunnen mit einer Marmorstatue hat nicht jeder ...«

»Mit dem fallen Sie hier in Kaltensondheim bestimmt auf«, entgegnete ich leicht sarkastisch und gab auf.

Er wippte auf den Zehenspitzen, offensichtlich fühlte er sich von mir nicht ernst genommen. Dabei konnte ich auch einen französischen Garten planen.

»Geben Sie mir zwei weitere Wochen, und ich ändere alles.« Ich schrieb mir die ersten Details auf.

»Den Springbrunnen werden Florence und ich selber aussuchen, darum brauchen Sie sich nicht zu kümmern. Ostern fahren wir in die Provence.«

Er zeigte mir weitere Springbrunnen.

»Sie wissen, dass Sie dafür haften, wenn jemand hineinfällt und Schaden nimmt?«, sagte ich.

Er schnappte nach Luft. »Jetzt übertreiben Sie mal nicht. Wenn Florence und ich später Kinder haben, lassen wir das Wasser einfach ab. Wir werden unsere Kinder vor allen Gefahren beschützen, das ist doch selbstverständlich.«

Ich schaute ihn verdutzt an. »Sie denken an Kinder?«
Das war wichtig für meine Planung.

»Florence wünscht sich so sehr ein kleines Mädchen,
das sie verwöhnen und umsorgen kann.«

Ich räusperte mich. »Schicken Sie mir ein Foto und
die Maße.« Ich packte die Pläne zusammen. »Mit der
Planung des Gerüsts, also der Wege und Beete und der
immergrünen Pflanzen, kann ich natürlich bereits beginnen, aber die Blumen würde ich mit der Statue abstimmen. Und als Farbe wünschen Sie sich weiterhin Rosa?«

Auf einmal lächelte er mich an. »Ja, auf jeden Fall.
Florence liebt Rosa!«

Dann hatte er ja die richtige Frau gefunden.

13

Philipp

Nach dem Unterricht ging ich noch schnell zur Stadtbücherei am Würzburger Marktplatz. Das gelbe Rokokogebäude machte den Eindruck, als wäre alles darin ebenso alt wie die Stuckverzierungen rund um die Fenster. Innen jedoch überraschte mich gleich hinter dem Eingang eine elektronische Selbstverbuchungsanlage. Alles war hell und neu. Auf dem Weg zur Information fiel mir ein Vogelhäuschen auf, das sich als Ladestation für Handys und Laptops herausstellte, daneben lag Informationsmaterial für Flüchtlinge aus. Und es gab ein Inklusions-Café.

Schnell orientierte ich mich und suchte mir einen neuen Andreas Eschbach aus. Kniffige wissenschaftliche Rätsel las ich wahnsinnig gerne, vor allem wenn ich nachts mal wieder nicht schlafen konnte.

Ratgeber zu Scheidungen und die Folgen für Kinder waren im ersten Stock. Für Romane, die in Gärten spielen, gab es leider keine eigene Rubrik. Die Regalreihen mit den Romanen waren viel zu lang, um sie zu durchforsten. Vielleicht konnte mir meine Mutter noch etwas empfehlen, mit dem *Einsamen Sommer* waren wir fast durch.

Es machte mir großen Spaß, Johanna vorzulesen. Sie schloss immer konzentriert die Augen, lauschte, schlief aber nie ein, sondern war hellwach. Manchmal beobachtete sie mich, und ich verheddette mich, wenn sie mich mit ihren unergründlichen grünen Augen ansah.

Auf dem Weg zur Pädagogik sprang mir ein kleines Buch auf einem Tisch ins Auge. Den Kopf mit der hässlichen Nase auf dem Cover hatte ich schon irgendwo gesehen. Natürlich! Philipp Franz von Siebold. Ich setzte mich und blätterte es kurz durch, doch das meiste hatte ich schon bei Wikipedia gelesen. Im Regal fand ich weitere Bücher über ihn mit sehr schönen Abbildungen der mehr als zwölftausend Pflanzen und siebentausend Tierpräparate, die er aus Japan mitgebracht hatte. Kamelien, Päonien, Hortensien. Und eine grüne »Siebold-Taube«. Er hatte als Arzt Zugang zum abgeschotteten Japan erhalten und alle fremden Pflanzen und Tiere, die er sah, entweder gezeichnet oder mitgenommen. Ein neugieriger und mutiger Mann. Mit einer echt hässlichen Nase.

»Philipp!«

Erstaunt blickte ich hoch. Franziska lächelte mich an. Sie trug ihre blonden Haare hochgesteckt und sah ihrer Schwester auf einmal sehr ähnlich.

»Na, dich hätte ich hier aber nicht erwartet.«

»Das Gleiche könnte ich von dir behaupten«, entgegnete ich und deutete auf den Stuhl gegenüber.

»Ohne Hut hätte ich dich fast nicht erkannt.«

Dabei lag der auf dem Tisch vor mir. Sie setzte sich und sah sich um.

»Mensch, da suche ich die ganze Zeit Bücher über

Muscheln, und dann stehen sie hier.« Sie holte sich einen dicken Bildband aus dem gegenüberliegenden Regal und blätterte durch die Seiten mit den ungewöhnlichen Muscheln und Wasserschnecken. »Wunder dich nicht, ich such Inspirationen. Wir wohnen so weit vom Meer entfernt.«

Ich musste an das Gespräch mit Johanna über die Poesie der Pflanzen denken. Auch diese Tiere waren nach mathematischen Regeln aufgebaut.

»Was machst du an Ostern?« Franziska klappte das Buch zu.

»Äh, ich fahre für eine Woche nach Hause. Also, nach Berlin, meine Oma hat Geburtstag.«

»Schade. Fabian hat vorgeschlagen, dich mal zum Essen einzuladen.« Sie spielte mit einer Haarsträhne herum.

»Fabian?«

»Mein Mann!«

Unwillkürlich sah ich auf ihre Hände. Tatsächlich, ein Trauring. Beim Töpfern hatte sie keinen getragen.

»Er ist neugierig auf Johannas Mieter.«

»Johanna kommt auch?« Das gefiel ihr bestimmt nicht.

»Nein, nur wir drei, einfach so. Aber bei uns gibt's kein Fleisch, schon mal als Vorwarnung. Kannst du vielleicht heute?«

Auf gar keinen Fall. Nur noch heute und morgen Abend, dann fuhr ich schon, und ich freute mich auf Johanna. Wer weiß, vielleicht verschwand sie plötzlich wieder in ihrem Schneckenhaus.

»Sorry, hab schon was vor.«

»Wie schade, dann habe ich immer noch keine Ausrede, um mich vor Frankfurt zu drücken. Wir müssen nämlich auch nach Hause, Johanna und ich, und ich will nicht.« Sie steckte die Strähne wieder in den Haarknoten.

»Ihr kommt nicht aus Sommerhausen?« Da beide Schwestern hier wohnten, war ich automatisch davon ausgegangen.

»Nein, nein. Wir sind echte Frankfurter Bobbelsche. Wir waren nur in den Ferien immer bei unserer Oma in Sommerhausen.«

»Ferien in Sommerhausen, hört sich wie ein Kinderbuch an.«

»Hoho«, sie senkte die Stimme, »pass auf, wir sind die Pesttoten, die in Ketten gelegt auf dem Friedhof nebenan herumgeistern.« Sie hob die Arme, als ob sie ein Zombie wäre.

Ich schaute sie erstaunt an.

»Hei, komm, noch nie von den Sommerhäuser Zombies gehört? Heinz Rühmann und Maria Schell? Fabian und ich winken ihnen nachts immer zu.«

Sie lachte so laut, dass ein älterer Mann, der am Nebentisch Zeitung las, mürrisch zu uns herübersah.

»Du solltest mal dein Gesicht sehen«, versuchte Franziska zu flüstern, doch sie musste laut kichern.

»Heinz Rühmann?« War das nicht ein Schauspieler? Und die Frau? Ich zog mein Handy hervor und rief Google auf. »Heinz Rühmann«. Lieber noch »Sommerhausen« ergänzen.

»Du kannst so was nicht aushalten, oder?«

»Was?«, fragte ich.

»Irgendwas nicht zu wissen. Mein Vater ist auch so. Dabei macht es viel mehr Spaß, sich Geschichten auszudenken.«

Na, dann brauchte ich mir die Suchergebnisse ja erst gar nicht durchzulesen, wenn sie sich nur Geschichten ausdachte. Doch halt, was stand da?

Vater sein dagegen sehr – Deutscher Spielfilm aus dem Jahre 1957, gedreht in Sommerhausen, Unterfranken …

»Mann, das ist ja schon sechzig Jahre her, kein Wunder, dass mir das nichts sagt.«

»Genau – Zombies!« Wieder erntete sie für ihr Gelächter einen mürrischen Blick vom Nebentisch. Ich beschloss, meiner Oma davon zu erzählen, vielleicht kannte sie die Namen ja.

»Aber der ist doch gar nicht in Sommerhausen beerdigt, jedenfalls steht hier nichts.«

»Keine Angst, die geistern trotzdem noch durch die Gassen und treffen sich mit den anderen Prominenten der grauen Vorzeit, die wirklich in Sommerhausen begraben liegen.« Sie heulte noch einmal gespenstisch, dann wurde sie wieder normal. »Philipp, ich muss gehen. Wenn du aus Berlin wieder da bist, ruf mich mal an, wegen des Essens, okay?« Sie schnappte sich mein Handy.

»Sag mal! Du bist ganz schön frech, weißt du das?« Ich versuchte, es mir wieder zu holen, aber sie stand einfach auf. Mein Handy war zwar passwortgeschützt, aber natürlich konnte sie den Bildschirmschoner sehen.

»Wer ist das?«, fragte Franziska.

»Nicht jetzt.«

Sie starrte auf das Display. »Sag Johanna nichts davon.«

»Wovon? Dass wir uns getroffen haben? Dass wir uns kennen? Ich mag diese Geheimnistuerei nicht«, sagte ich.

»Ach komm, du hast doch genauso viele Geheimnisse wie wir. Also versprich mir, Johanna nichts von ihr zu sagen.«

Und sie sah mich mit ihren grünen Augen so eindringlich an, dass ich langsam nickte.

14

Endlich regnete es. Die meisten Menschen mögen keinen Regen, doch Gärtner, Bauern oder Förster sehen das anders, für sie ist der staubige Wind in der Trockenzeit nicht mit Staubwischen erledigt, für sie ist es der Mutterboden, der verloren geht. Waldbrandgefahr besteht nicht nur in Australien, sondern auch in Unterfranken. Und manchmal schon im April.

Doch es regnete gleichmäßig und in einem fort, sodass der Boden sich vollsaugen konnte und nicht wie bei Starkregen in Sturzbächen die Berge hinabgeschwemmt wird. In den Pfützen sah man Ringe aus Blütenstaub, die Tulpen verschlossen ihre Blüten, alles sah grüner und bunter aus.

Und es roch so wunderbar.

Doch aus dem Vorlesen würde wohl nichts werden. Da hörte ich, wie Philipps Terrassentür geöffnet und ein Regenschirm aufgespannt wurde und er tatsächlich durch den Garten ging.

Ich schnappte mir einen Lappen und den Kellerschlüssel und lief nach unten. In Christophers ehemaliger Werkstatt lagerten mehrere Sonnenschirme. Philipp half mir, und bald war es unterm Schirm noch gemütlicher als sonst. Zwar musste man die Beine anziehen, aber das machte nichts.

Philipp überblätterte einige Seiten.

»Das kenne ich schon, es ist verdammt traurig und macht mich wütend und … wir lassen es besser weg.«

»Wie du meinst.« Traurige Geschichten wollte ich auch nicht hören.

Der Abschnitt, den er las, handelte von goldenen Lupinenfeldern und Glockenblumen, von einem heißen Sommertag und Gänsen, »deren Gewatschel Balsam für eine aufgewühlte Seele sei«. Mir gefiel Elizabeth von Arnim immer mehr.

Mit einem Mal kam die Sonne hervor, und es tröpfelte nur noch.

»Wie es glitzert, wenn die Sonne auf die Regentropfen fällt.« Philipp deutete auf den Frauenmantel, auf dessen Blättern die Tropfen wie kleine Perlen schimmerten, und stand auf.

»Diese wunderschönen kleinen Spiegel.«

Er holte sein Handy hervor und fotografierte. Er legte sich sogar ins nasse Gras, und ich musste an seine physikalische Gartenpoesie denken und machte mit meinem Handy ein Bild von ihm, wie er auf dem nassen Rasen lag und die Regentropfen an den Rosenblättern fotografierte. Mit Hut, natürlich.

Plötzlich drehte er sich zu mir um, schob den Hut hoch, und der Blick seiner blauen Augen traf mich.

Karfreitag fuhr Philipp nach Berlin. Eine Woche bei seiner Mutter, Omas Geburtstag feiern und Freunde besuchen. Ohne ihn lag ein düsterer Tag vor mir. Der Regen wollte nicht enden, und die Tulpen drohten umzuknicken.

Am Ostersamstag würden Franzi, Fabian und ich nach Frankfurt fahren. Seit unserem Spaziergang zum Skulpturenpark *terroir f* war von einer Absage Franzis keine Rede mehr gewesen, und ich nahm an, dass Fabian sie überzeugt hatte. Fabian war so ein Familienmensch.

Ostersamstag war wie immer hektisch. Einkäufe, packen und Franzi in der Galerie helfen. Es hatte aufgeklart, aber es parkten weniger Ausflügler als erhofft auf den Straßen. Nach dem frühsommerlichen Wetter vor zwei Wochen hatte der Wetterbericht für heute »spätwinterliche« Temperaturen versprochen. April eben. Ich schminkte mich, zog mir ein neues Shirt zur Jeans an, dazu Ballerinas und meine Strickjacke, denn es war auf einmal wieder empfindlich kalt geworden. Die Regenjacke zog ich mir besser auch noch an.

Eine Traube älterer Damen begutachtete die Gartenstecklinge. So nannte Franzi kleine Figuren, Schnecken oder andere Formen, die, auf Stöcke gesteckt, die Blumenbeete verzierten. Ich beschrieb, zu welchen Blumen welches Kunstwerk passte, und gleich drei Damen konnte ich zum Bezahlen zu Franzi schicken.

Seit Neuestem fertigte Franziska auch Blumenvasen an, deren Bauch wie stilisierte Osterhasen aussahen. Keine Ahnung, warum sie auf einmal so etwas herstellte. Sie waren schön, aber keine Kunst mehr. Mein Vater würde sie sogar als Kitsch ansehen.

Meine Mutter rief an und fragte, wann wir kämen und ob wir schon losgefahren seien. Ich antwortete, wir würden kurz nach fünf fahren. Ihr Seufzen am anderen Ende der Leitung verhieß nichts Gutes. Am Schluss räumte

Fabian die Schilder in die Garage, ich zählte die Kasse, und Franzi machte sich frisch. Dann ging es los.

Kurz nach fünf rief unsere Mutter erneut an und fragte, wo wir blieben. Ob etwas passiert sei.

»Mama, wir wollten um fünf erst losfahren und nicht schon in Frankfurt sein«, versuchte ich, sie zu beruhigen. Je älter sie wurde, desto mehr Sorgen machte sie sich. Dabei war sie erst sechzig. Wie würde das in zwanzig Jahren sein?

Fabian fuhr sowieso nicht über die A3 mit den vielen Baustellen und Staus, sondern über den Spessart. Ich genoss die Fahrt, er war nie zu schnell oder zu langsam. Wenn Franzi sich ans Steuer setzte, überlebte ich ihre gewagten Überholmanöver nur mit geschlossenen Augen.

Fabian strahlte immer eine Ruhe aus, um die ich ihn beneidete. Im größten Stress kratzte er sich höchstens mal an der Glatze. Vielleicht lag es am Überblick, den er durch seine Größe von zwei Metern hatte. Seine Haare fielen wahrscheinlich nur deshalb aus, damit er nicht noch größer wirkte.

Von Dorf zu Dorf fuhren wir, Berg rauf, Berg runter. Vage fiel mir auf, dass die Natur noch nicht so weit war wie bei uns, im Spessart war es kälter als im Maintal. Fabian ließ ein Hörbuch laufen, irgendetwas über den Krieg in Afghanistan, nichts für mich. Ich schaltete mein Handy ein, eine Playlist mit ruhiger Musik, Kopfhörer in die Ohren, ich lehnte mich zurück und dachte an Philipp.

Langsam und leise hatte er sich in mein Herz und meine Gedanken geschlichen. Ich kannte seine Schuhgröße und seine Lieblingsbücher, wusste, wo er aufgewachsen war, und die Namen seiner Lieblingsschüler. Aber nichts darüber, was ihm wirklich etwas bedeutete.

Seine Mutter und seine Großmutter hatten sich nett angehört. Ein bisschen resolut, vielleicht. Wohnte er eine ganze Woche bei seiner Mutter, ohne dass es Streit gab? Wo er jetzt wohl war? Was machte er, wen traf er? Feierte er jede Nacht, flirtete … Und was hatte es mit dem Wir auf sich?

Warum dachte ich nur an so etwas? Wir flirteten doch gar nicht. Wir waren Nachbarn, nein, er war mein Mieter. Der mir ab und an etwas vorlas.

Manchmal aber stellte ich mir vor, er würde mich berühren, umarmen und küssen. Dabei begrüßten wir uns immer noch nur mit einem Kopfnicken. Er hatte bestimmt eine Freundin in Berlin. Eine, die er verschmitzt unter seinem Hut anlächelte, verwöhnte und der er vielleicht auch vorlas. Klara. Die er mitbringen würde. Der Gedanke versetzte mir einen Stich, und ich wunderte mich über mich selber. Seit Christopher hatte mich kein Mann mehr interessiert.

Damals, als ich in der Staudengärtnerei Laurien in Eibelstadt arbeitete, traf mich die Liebe wie ein Blitz. Christopher, der Sohn meines Arbeitgebers, sportlich und gut aussehend mit seinen blonden Haaren und dem markanten Kinn. Seine Lebensfreude begeisterte mich von Anfang an, und es fühlte sich wie ein Traum an, als er meine Gefühle erwiderte.

Für unser Leben gern entwarfen wir neue Gärten, je

größer, desto besser. Ich liebäugelte sogar damit, nach dem Meister noch an die Fachhochschule zu gehen und Landschaftsarchitektin zu werden. Nach dem Abitur wollte ich eigentlich Gärtnerin werden. Doch je mehr ich die Facetten des Berufes kennenlernte, desto klarer wurde mir, dass ich Gärten und Parks gestalten wollte wie früher Fürst Pückler oder Vita Sackville-West.

Wir reisten durch ganz Europa und schauten uns die großen Gärten und Parkanlagen an. Wir überredeten Christophers Vater, neben der Gärtnerei auch Gartenplanung anzubieten. Nach unserer Heirat bauten wir auf der »Wildnis« und träumten von einem glücklichen Leben.

Christopher wollte Natur so gestalten, dass sie immer noch wie Natur aussah. Man sollte den Dingen ihren Lauf lassen und nicht alles in ein enges Korsett stecken.

Aber sein Plan ging nicht auf. Meiner auch nicht. Man sollte keine Pläne machen, sie sind immer zum Scheitern verurteilt.

Fabian musste scharf bremsen, eine Ampel, Häuser. Aschaffenburg. Ich hatte keine Lust mehr auf Musik und schaltete meine Playlist aus.

»Sagen wir es ihnen heute?«, fragte Fabian leise.

»Auf keinen Fall«, flüsterte Franzi.

Fabian trommelte mit den Fingern aufs Lenkrad. »Mit meinen Eltern bin ich da ganz offen, deine werden es sowieso erfahren. Schließlich reden unsere Eltern miteinander.«

»Später. Nicht jetzt.« Sie verschränkte die Arme vor der Brust und kaute schon wieder an ihrer Lippe herum.

Auf einmal drehte Fabian den Kopf zu mir herum, und ich blickte schnell auf mein Handy. Er schaltete das Navi ein, und wir fuhren zur Autobahn.

Was um alles in der Welt verheimlichten sie unseren Eltern? Finanzielle Sorgen? Waren sie der Grund für die kommerziellen Osterhasenvasen?

Was war nur los mit Franzi? Sie war meine kleine Schwester, ich musste sie beschützen, auch wenn sie es nicht mochte. Wahrscheinlich sagte sie deswegen nichts.

Endlich, die bekannte Straße, das Haus, in dem wir aufgewachsen waren. Die Wohnung lag im dritten Stock eines Gründerzeithauses im Windschatten der Türme der Deutschen Bank. Ich liebte das alte Haus trotz der Säulen und vergitterten Fenster und freute mich, dass es nie abgerissen worden war. Im Gegenteil war es gerade frisch saniert, und neben der Eingangstür waren zwei Kletterrosen gepflanzt worden. Westseite, Schlagschatten, aber ich hatte der Eigentümergesellschaft sehr widerstandsfähige und ausdauernd blühende Sorten empfohlen. Ich war gespannt, wie sie den ersten Winter überstanden hatten.

Mein Vater empfing uns vor dem Haus und drückte den Piepser für die Tiefgarage. Er trug ein dunkelblaues Poloshirt und eine Jeans anstelle der ewigen Hemden und Anzughosen. Und er hatte abgenommen. Zur Wohnung nahmen wir den Aufzug, und er ging zu Fuß. Erstaunlich.

»Die Rente scheint dir gut zu bekommen«, meinte Franzi.

»Nicht schlecht, Ernst«, sagte Fabian. Mein Vater sah

neben ihm immer so winzig aus. »Dann sind die Cholesterinwerte bestimmt wieder in Ordnung, oder?«

Mein Vater brummte irgendetwas Unverständliches, aber ich sah ihm an, dass er sich über die Komplimente freute.

»Na endlich«, empfing uns meine Mutter, als wir die Wohnung betraten. »Ich habe mir solche Sorgen gemacht. Zwei Stunden Verspätung!«

Sie saß wie immer in ihrem Lieblingssessel aus weißem Chintz und streckte die Arme nach uns aus.

»Hallo Mama!« Sie fühlte sich zerbrechlich an. Mein Vater bot uns Getränke an. Aus der Küche roch es nach Gulaschsuppe. Meine Mutter vergaß gerne, dass Franzi Vegetarierin war.

»So spät zu essen ist gar nichts für meinen Magen«, meckerte sie weiter.

»Sigrid, du hast Magenprobleme?«, fragte Fabian, und Franzi und ich tauschten einen erleichterten Blick aus. Fabian war der Beste. Jetzt würde unsere Mutter für mindestens eine Stunde mit dem Meckern aufhören und ihm alle ihre gesundheitlichen Probleme schildern, und er würde sie mit sehr viel Verständnis und Lob kurieren.

Mein Vater brachte uns einen gespritzten Äppelwoi, Apfelwein mit Zitronenlimonade, den wir in Franken wirklich vermissten, und fragte Franzi nach ihren neuesten Kunstwerken.

Im Wohnzimmer hatte sich eigentlich nichts verändert. Der Esstisch war bereits gedeckt, dem Ende der Karwoche zuliebe schlicht, aber edel. Weiße Damastservietten, weißes Geschirr. Ein Strauß weißer Tulpen. Auf dem Sideboard standen wie immer Dutzende von Familienfotos in Silberrahmen, einige waren umgedreht. Die Möbel und die Vorhänge waren die gleichen wie immer, der Teppich, die Bilder an der Wand. Aber irgendetwas war anders als sonst.

Ich atmete tief durch. Mein Vater erzählte uns von einer Kunstausstellung in Stuttgart und dass er mal wieder nach Florenz fahren wolle, meine Mutter sich aber nicht kräftig genug fühle.

»Ist sie wirklich krank?«, fragte ich ihn leise.

»Es reicht, wenn sie es glaubt, oder?«, antwortete er. »Sie verdirbt mir noch den Ruhestand. Jetzt haben wir doch endlich Zeit für Städtereisen, Museumsbesuche in der ganzen Welt ...« Er seufzte, und ich musste an sein Lebensmotto denken: Kunst ist Labsal fürs Auge. In seiner Augen-Klinik für Laseroperationen hatte er Ausstellungen aufstrebender Künstler organisiert.

»Ständig hat sie Angst. Am meisten vor Terroristen. Manchmal geht sie tagelang nicht aus dem Haus.«

»Ist sie depressiv?«, fragte Franzi.

»Nein, sie nimmt sich nur immer alles aus den Nachrichten viel zu sehr zu Herzen. Ich habe den Fernseher schon rausgeräumt, der steht jetzt in deinem alten Zimmer, Franzi.«

Ja, genau, das war es! Der Fernseher fehlte.

»War aber umsonst. Jetzt läuft ständig das Radio. Aber ich habe den Eindruck, es nur zu hören, verstört sie nicht ganz so.«

»Früher war sie doch immer so viel unterwegs, und ihre einzige Sorge war, dass die Nachbarn ihr Outfit nicht mögen.« Ich starrte in mein leeres Glas, als wäre die Antwort auf ihre Probleme dort zu finden.

»Früher«, sagte mein Vater und sah zu den Fotos auf dem Sideboard.

Nach einem schweigsamen Essen bereiteten sich die anderen auf die Kirche vor. Ich mochte den Frühling über alles, aber Ostern konnte ich kaum ertragen und schätzte die häschenfreie Dekoration meiner Mutter. Und ich freute mich, dass sie wie üblich ihre Perlenkette trug und zu viel Lidschatten aufgelegt und anscheinend keine Angst davor hatte, zur Ostermesse in die Kirche zu gehen.

Ich blieb zu Hause. Den Glauben an eine Auferstehung hatte ich schon lange verloren. Ich war unendlich müde und würde früh schlafen gehen.

»Und, Franziska, hat dir das Essen geschmeckt?«, fragte meine Mutter, als sie ihren Mantel anzog. »Du bist schwanger, gib's zu! Vegetarierinnen sollen in der Schwangerschaft Fleisch essen, habe ich gelesen. Ist besser fürs Kind!«

»Nein, Mama«, sagte Franzi. »Ich hatte Hunger, und ich wollte dir keine Umstände machen.«

Oh, Mama und ihre kleinen Sticheleien.

»Hat Johanna dir schon von ihrem neuen Mieter erzählt? Der attraktivste Mann Sommerhausens, würde ich sagen.«

Fabian knuffte sie in die Seite. »Und ich?«

Sie drückte ihn liebevoll an sich.

»Johanna!«, rief meine Mutter entzückt.

»Er liest ihr immer im Garten vor.« Woher wusste Franziska das? Familie Schulze? Die konnten in den Garten schauen.

»Oh, Franzi, musste das sein«, beschwerte ich mich. Sogleich nahm meine Mutter mich zur Seite und fragte nach Alter, Beruf und Familienstand. Ich glaube, am liebsten hätte sie sich auch nach Philipps Kontostand erkundigt.

»Ist er nett?«, fragte mein Vater zu meinem Erstaunen. Normalerweise hielt er sich aus unseren Gesprächen raus.

»Ich kenne ihn ja kaum«, wich ich aus.

»Lass dir Zeit«, sagte er.

Zeit – wieso? »Was habt ihr nur, ich bin doch nicht auf der Suche, also ehrlich«, gab ich zurück.

»Franzi, was sollte das!«, flüsterte ich Franzi zu, als sie die Wohnung verließen.

»Ach«, sagte sie grinsend, »ich hatte keine Lust auf einen erneuten Vortrag, wie ungesund es ist, kein Fleisch zu essen. Das ist alles.«

15

»Ich glaub, Papa ist krank«, meinte Franzi und wechselte schon wieder den Sender.

»Spinnst du? Wie kommst du denn da drauf?«, protestierte ich. Ein alter Robbie-Williams-Song erklang. Dann ein Nachrichtensender, dann Klassik. Auf einmal war es still. Fabian hatte wohl am Lenkrad das Radio ausgestellt.

»Sein ganzes Leben lang versucht er, Diät zu halten, und jetzt hat er so viel abgenommen. Da stimmt doch was nicht.«

Trotz des Gottesdienstbesuches in der Osternacht war er heute früh schon joggen gewesen und hatte nicht wie sonst lange geschlafen. Krank sah anders aus.

»Und diese Ängste von Mama – da ist was nicht in Ordnung. Und er glaubt, durch gesunde Lebensführung noch was zu reißen.«

»Ach, Franzi«, sagte Fabian, »wenn was wäre, hätte er es mir erzählt. Er sieht wirklich gut aus.«

Sogar beim Frühstückmachen hatte er geholfen. Unser Pascha-Papa. War eine Krankheit die Erklärung für diesen Sinneswandel?

Ich schob meine Jacke zwischen Kopf und Autofenster. »Als Rentner hat er endlich Zeit, sich um seinen Körper zu kümmern.« Ich schloss die Augen. Wir standen im

Stau. Vielleicht konnte ich noch ein wenig schlafen, letzte Nacht hatte ich mich dauernd hin- und hergewälzt.

»Denk an seine Cholesterinwerte«, fuhr Fabian fort. »Abnehmen war das Beste, was er für seine Gesundheit tun konnte.«

»Aber die Ärzte wollten schon lange, dass er abnimmt. Seine Füße hat er ewig nicht mehr sehen können. Die Frage ist: Warum gerade jetzt?«

Da klingelte mein Telefon. Seufzend kramte ich es aus meiner engen Hosentasche. Eva, meine Nachbarin vom Wendehammer.

»Hast du vielleicht Zeit, kurz vorbeizuschauen? Bei meinen Tulpen verkümmern die Blätter. Und Blüten kommen auch keine!«, jammerte sie.

»Oh, Eva, das tut mir leid.« Franzi drehte sich zu mir um und schaute mich erstaunt an.

»Dabei hat es jetzt endlich geregnet, daran kann es nicht liegen.«

»Ich komm heute Abend vorbei, okay? So aus der Ferne kann ich nichts sagen. Haben sie denn letztes Jahr geblüht?«

»Die Zwiebeln habe ich im Herbst erst gesetzt. Ich tausche die immer aus.«

»Vielleicht waren sie bereits krank, das kann passieren. Mehr heute Abend, wir sind gerade auf der Heimfahrt von Frankfurt.«

»Oh, entschuldige, dass ich gestört habe. Ich dachte, du wärst zu Hause. Dein Wagen steht vor dem Haus.« Wir verabschiedeten uns, und ich beendete das Gespräch.

»Man könnte meinen, es ginge um Leben und Tod,

dabei sind es nur Blumen. Ostersonntag anzurufen!«
Franzi war heute unglaublich gereizt.

»Ist schon in Ordnung«, erwiderte ich.

Sie schnaubte missmutig und lehnte sich zurück.
Fabian summte eine Melodie vor sich hin, und ich betrachtete die gequälte Natur entlang der Autobahnbaustellen im Spessart. Meine Gedanken schweiften zu Philipp
und wie er den Hut hochschob, wenn er mich ansah.

»Und Papa gefällt mein Engagement im Töpfermarkt-
Komitee«, rief Franzi auf einmal. »Gefallen! Seit wann
denn das? Fast hätte ich von den Osterhasen erzählt.
Irgendwas stimmt nicht. Da liegt was in der Luft, das
spürt man doch!«

»Mein Gott, Franzi, bist du misstrauisch«, sagte Fabian.
»Sei doch froh.«

»Bin ich aber nicht.« Franzi verschränkte die Arme
über dem Gurt.

»Dann rede mit ihm, anstatt die wildesten Theorien zu
entwickeln.« Er trommelte mit den Fingern auf dem
Lenkrad herum. »Aber bei euch in der Familie wird ja
immer alles unter den Teppich gekehrt.«

Da schaltete Franzi die Musik wieder ein. Hardrock.

Wie versprochen, half ich Franzi an den Osterfeiertagen
in der Galerie. Es wurde wieder kalt, und es kamen nur
wenige Touristen. Ostermontag gab es sogar Schneeregen,
und Fabians Schwester schickte Fotos von ihrem weiß
verschneiten Garten im Bergischen Land.

Meinen Vater erwähnte Franzi nicht mehr. Sie war
schweigsam und in sich gekehrt.

Philipp hatte mir den *Einsamen Sommer* dagelassen. Aber ohne ihn machte das Lesen nicht so viel Spaß. Einige traurige Stellen überblätterte ich. Der Schluss brachte mich ins Grübeln, wie gerne hätte ich mit Philipp darüber gesprochen. Elizabeth hatte einen einsamen Sommer verlebt, sie war eine sehr kluge Frau, die so viele inspirierende Gedanken hatte. Doch dann behauptete sie ihrem Mann gegenüber, über ihre Seele nichts erfahren zu haben.

Und das stimmte doch gar nicht.

In der kommenden Woche fiel immer noch Schnee. Die Tulpen ließen morgens ihre Stängel hängen, auf den Blättern des Frauenmantels bildeten sich wunderschöne Eisblumen. Meine frisch treibende *Constance Spry* versuchte ich, mit einer Extra-Schicht Kompost und wie die Obstbauern die empfindlichen Kirschblüten mit dem Wasserschlauch zu schützen, sodass sie durch den Eispanzer nicht erfrierten.

Das war auch bitter nötig, da es nachts bis zu sechs Grad minus kalt war. Einige Winzer bliesen mit dicken Schläuchen warme Luft zwischen die Rebstöcke, andere beregneten die empfindlichen Blüten. Sogar ein Hubschrauber, der die warmen und kalten Luftschichten durcheinanderwirbelte, flog über Sommerhausen, und wir alle hofften, dass es etwas nützte.

Das hätte Philipp bestimmt zu einem physikalischen Vortrag inspiriert. Ich fühlte mich einsam. Nicht alleine, das war ich ja schon lange, sondern einsam. Mir war kalt, so kalt wie den Rebstöcken und Kirschblüten.

Ich betrachtete den fallenden Schnee und stellte mir vor, wie Philipp mir die Geometrie der Eiskristalle erklären würde, wie seine Stimme klang und sein Gesicht vor Freude strahlte.

Um die Leere zu füllen, klingelte ich abends bei Franzi, doch es war nur Fabian da. Franzi besuchte Isa.

Wir schauten uns eine merkwürdige Fernsehserie an, in der es um Drogen und den Zusammenbruch einer Familie ging. Sie spielte in Arizona, wo es so heiß und trocken ist, dass die Leute ihren verdorrten Rasen grün färben.

Es war unglaublich, was der Mann in dieser Serie alles tat, um seine Familie zu schützen. Eigentlich immer das Falsche, aber immer mit der besten Absicht.

Genauso einsam wie der Held der Serie, ging ich am Blauen Turm vorbei und den Berg hinauf nach Hause. Es war dunkel, doch ich kannte den Weg. Immer langsamer wurden meine Schritte, immer weniger sah ich einen Sinn darin, in meine leere Wohnung zurückzukehren.

Dann stand ich wieder auf seiner Terrasse, betrachtete den Liegestuhl, das Fenster, sah auf die dunkle Fläche, doch das Einzige, das ich im Mondschein erkennen konnte, war mein Spiegelbild.

»Du hast mir gar nicht gesagt, wie nett er ist«, sagte Franzi am nächsten Sonntag in der Galerie.

»Wer?« Ich schaute mich um. Mein Blick blieb am Zimmerspringbrunnen in der Mitte des Raumes hängen. Hinter der Kugel, über die in kreisförmigen Spiralen das Wasser lief, erblickte ich einen hellen Strohhut. Ein

Mann bückte sich offensichtlich, um sich die am Sockel befestigte Zeichnung des Pumpmechanismus anzusehen.

Plötzlich richtete er sich auf.

Philipp!

Er bemerkte mich nicht, sondern beobachtete, wie das Wasser oben aus der Kugel und durch die Spiralen in das Auffangbecken lief.

»Komm, sprich mit ihm, sei nicht so schüchtern!« Franzi sah immer noch zu ihm hinüber.

»Hör auf, mir Ratschläge zu erteilen.« Ich strich mir eine Strähne hinters Ohr und hielt den Blick auf die Masken gerichtet, die hinter der Kasse an der Wand hingen. Es war eine Sache, mit Philipp im Garten zu sitzen und ihm beim Vorlesen zuzuhören. Aber es war etwas ganz anderes, hier, vor Franzi, mit ihm zu reden. Wir waren – viel zu vertraut für ein reines Mieter-Vermieter-Verhältnis.

»Hallo Johanna«, sagte Philipp auf einmal hinter mir. Ich drehte mich um, er schob sich den Hut aus der Stirn, lächelte mich mit seinen leuchtend blauen Augen an, und mir wurde flau im Magen.

»Hallo Philipp«, antwortete ich.

»Wenn Sie die Schale in Schwarz haben möchten …« Franzi war mit einem Kunden beschäftigt. Ich atmete auf.

»Es ist so voll, dass ich am Main parken musste«, sagte er. »Wahnsinn.«

Ich nickte. »Du kannst dich ruhig vor die Garage stellen. Hauptsache, ich krieg' das Tor noch auf.«

»Deine Schwester kann echt gut töpfern.«

Oh je, tolles Gespräch. Noch belangloser ging es kaum.

»Töpfern!« Ich versuchte zu lachen. »Pass auf, dass sie das nicht hört, für sie ist es Kunst.«

»Das ist doch nicht abwertend gemeint. Außerdem weiß Franzi, wie gut ich ihre Sachen finde.«

»Ihr kennt euch?«, fragte ich erstaunt.

»Nein, ich habe nur gerade etwas für meine Wohnung gekauft.« Er hielt eine Tüte hoch, in der etwas Fußball-großes in Papier eingewickelt war. »Vasen hatte ich überhaupt keine.« Er zog sich seinen Hut wieder in die Stirn, ging zu Franzi an die Kasse und ergriff seinen Koffer. Es kränkte mich, dass er ihr dasselbe Lächeln schenkte wie mir. War er einfach nur ein freundlicher Mensch? Bildete ich mir das zwischen uns nur ein?

»Ein Strohhut. Du hast wohl auch genug vom ewigen Winter«, sagte ich.

»Irgendwie muss man die Sonne doch rauslocken, oder?« Er lächelte wieder so unergründlich, und ich wünschte mir, er würde nur mich so anlächeln. »Außerdem ist das ein Panamahut und kein Hut aus simplem Stroh. Die werden aus *Carludovica*, einer speziellen Pflanze in Ecuador, hergestellt.«

Ich fasste den Hut vorsichtig an. Er war geschmeidiger, als ich es erwartet hatte, und sehr glatt.

»Gehst du auch nach Hause, oder bleibst du noch?«, fragte er. Wahrscheinlich wollte er nur höflich sein.

»Nein, ich muss Franzi helfen.« Sie war gerade mit einer älteren Dame nach draußen gegangen, und ich stellte mich hinter die Kasse, um zu demonstrieren, wie wichtig meine Anwesenheit hier war.

»Ich habe aus Berlin einen ganzen Stapel neuer

Bücher mitgebracht.« Er sah mich eindringlich an. »Ich freue mich schon, dir daraus vorzulesen«, flüsterte er mir zu, als wäre es ein Geheimnis. »Hast du heute Abend Zeit?«

Ich nickte. Jetzt waren es keine inszenierten Zufälle mehr. Wir hatten uns verabredet. Mein Herz schlug mir bis zum Hals.

Er nickte mir zu. Bevor er die Galerie verließ, drehte er sich noch einmal um und tippte sich an den Hut.

Nach getaner Arbeit in der Galerie ging ich am Abend langsam am Blauen Turm vorbei nach Hause. Es war kalt, und ich fror auf dem kurzen Weg. Ich hatte nur meine Strickjacke angezogen.

Philipp und Franzi zusammen zu sehen fand ich komisch. War nun etwas Besonderes zwischen uns oder nicht? Doch je mehr ich mich dem Garten näherte, desto schneller wurde ich. Schloss das untere Tor auf, eilte am Gartenhäuschen vorbei den Weg hoch und stand mit pochendem Herzen vor seiner Tür.

Er öffnete und lächelte mich an. Ich machte einen Schritt auf ihn zu, traute mich, wollte ihn umarmen – doch er wich zurück. Er bot mir einen Platz und ein Glas Wein an. Setzte sich mir gegenüber und nahm ein paar Salzmandeln, die in einer Schale auf dem Couchtisch standen.

Anscheinend hatte er gerade Schulaufgaben korrigiert. Auf seinem Schreibtisch lagen Papierstapel und ein Blatt voller Zahlen, geometrischer Zeichnungen und sehr vielen roten Korrekturen.

Erst jetzt begriff ich, dass ich seine Wohnung betreten hatte. Nervös trank ich einen Schluck.

»Wie geht es dir?«, fragte er und lehnte sich zurück.

»Gut. Und dir?«

»Bestens.« Er breitete die Arme aus. »Berlin war wie immer toll, aber ich bin froh, dass ich wieder zurück bin. Hier ist es nicht so hektisch.«

Er erzählte, seine Freunde hätten ihm nicht geglaubt, dass er hier beim Anmelden auf dem Amt sofort drangekommen sei und die Beamtin mit ihm geflirtet habe. In Berlin funktioniere so vieles in der Verwaltung nicht. Und ein ehemaliger Schüler nehme nächste Woche an der Mathematik-Olympiade in Bremerhaven teil.

Ich berichtete von meinem beliebten Blog-Eintrag über Pilzkrankheiten bei Tulpen und von den Rettungsaktionen der Wein- und Obstbauern.

»Johanna«, sagte er und beugte sich zu mir. »Ich möchte so gerne mehr über dich wissen, und nicht über erfrorene Kirschblüten.«

Vor lauter Schreck trank ich einen großen Schluck.

»Ich … da gibt es nicht viel. Ostern waren wir bei unseren Eltern, aber das weißt du ja schon.«

Ich stand auf und sah zum Fenster hinaus. Es war dunkel draußen. Wieder sah ich nur mein Spiegelbild.

»Du redest nicht gerne über dich, oder?«, fragte er.

Ich schüttelte den Kopf und blickte auf meine Füße. Plötzlich spürte ich eine Bewegung, und ich sah ihn im Fenster, wie er sich neben mich stellte und mich anschaute. Mich, nicht das Spiegelbild.

»Du rettest Blumen vor dem Tod und verzauberst die

Gärten. Du machst die Menschen um dich herum glück-
licher, aber du ... wirkst immer traurig.«

Wie konnte es nur sein, dass er nichts von mir wusste,
nichts, und mich doch erkannt hatte.

16

Die Schule fing wieder an. Philipp stöhnte über die unterschiedlichen Lehrpläne von Berlin und Bayern und musste viel arbeiten. Draußen war es kalt und ungemütlich, wir sahen uns kaum. Fragen nach meinem Privatleben kamen keine mehr. Als ich einmal durchs Fenster in sein Wohnzimmer blickte, fiel mir auf, dass er mehr als die eine Blumenvase von Franzi besaß. Doch wenn ich meine Schwester fragte, wie gut sie ihn kannte, wich sie mir aus.

Rund um den verregneten 1. Mai unternahm Philipp mit einem Kollegen und dessen Freundin einen Wanderausflug in die Rhön. Bei mir ging das Volleyballtraining weiter, er musste Elternabende organisieren.

Als es wärmer wurde, trafen wir uns wieder wie zufällig im Garten. Manchmal sah Philipp mich so traurig an, obwohl er mir lustige Geschichten vorlas. Manchmal berührten wir uns aus Versehen, es war wie ein Innehalten und Auskosten von Millisekunden, und ich glaubte, dass es nicht nur mir so ging.

Aber er brachte mich auch zum Lachen. Das brauchte ich auch dringend, jetzt, wo Muttertag bevorstand, den ich genauso wenig wie Ostern mochte.

Endlich hatte ich mehr Kraft, mich um meinen Garten zu kümmern, er roch so süß und frühlingshaft nach Flieder und Jasmin. Die Zeit der Winterlinge war vorbei, ich entfernte das welke Laub, damit die jungen Triebe der Anemonen und Funkien von der Sonne beschienen wurden. Der Anfang April gedüngte Rasen wuchs üppig, ich säte die kahle Stelle nach, es sah nicht so aus, als ob uns die Eisheiligen noch Frost bringen würden.

Am Wochenende war Franzis Garten dran. Die Himbeeren an der sonnigen und windgeschützten Mauer zum Friedhof blühten, und ich düngte sie mit einer Extra-Portion Hornspänen.

Unter den historischen Friedhofsarkaden fiel mir Herr Ellermann in seiner Uniform als mittelalterlicher Rumorknecht auf, umringt von einer Traube von Menschen. Am ersten Samstag im Mai starteten immer seine wöchentlichen Stadtführungen.

Früher als Kind fand ich es unheimlich, dass Oma neben dem Friedhof wohnte. Um die schwarzen Arkaden, ein jahrhundertealtes Holzdach am oberen Rand des Gräberfeldes, die Sandsteingrabplatten und die eingezäunten Familiengräber rankten sich viele Gruselgeschichten über gefesselte Leichname und Pestopfer.

Davor lag das Gräberfeld der alten Sommerhäuser Familien. Unsere Oma pflegte jeden Samstagmorgen das Grab ihrer Eltern und ihrer unverheirateten Schwester, heute lag sie selber dort.

Und wie damals gingen auch heute die Sommerhäuser mit Blumen und kleinen Gartenhacken durch das schmiedeeiserne Tor. Gedankenverloren schaute ich Herrn Ellermann und seiner Gruppe nach, als mir ein Hut inmitten der Touristen auffiel. Ich hielt die Luft an und sah genauer hin. Ja, eindeutig, es war Philipp.

Was machte er auf dem Friedhof? Unwillkürlich machte ich einen Schritt zurück und verschwand wieder im Garten. Hatte er das Grab entdeckt? Er war doch so wissbegierig. Nie und nimmer würde er nur dastehen und der Geschichte über die gefesselte Pestleiche lauschen.

Tatsächlich, jetzt ging er alleine am Gräberfeld entlang. Ich hielt die Luft an. Er betrachtete die alten Grabsteine. Vor dem Grab mit dem auffälligen weißen Kreuz auf den schwarzen Marmorsteinen blieb er stehen. Omas Familiengrab. Generationen von Schmitts lagen hier beerdigt. Bestimmt war es immer noch voller Tonfiguren von Franziska.

Philipp hielt sich nur auf dem alten Gräberfeld auf, aber wer weiß, vielleicht war er schon auf dem neuen Friedhof gewesen und hatte sich die anderen Gräber angesehen. Nun verließ er mit den anderen den Friedhof und kam direkt an mir vorbei. Schnell wandte ich mich ab und machte mich an den Himbeerbüschen zu schaffen.

Die Gruppe versammelte sich vor dem Blauen Turm, dem ehemaligen Schuldturm, den bereits vor dem Krieg zwei Schauspieler renoviert und damit die Theatertradition in Sommerhausen begründet hatten.

»Zu Gast waren Gustaf Gründgens und ...« Der alte Herr Ellermann machte eine Pause und suchte in seinen Unterlagen den Namen von Luigi Malipiero. Langsam machte sich wohl das Alter bemerkbar, früher wäre ihm das nicht passiert.

Philipp trat etwas näher, um eine alte Tafelinschrift zu fotografieren. Er wirkte wie ein normaler Tourist, und ich hoffte, die Geschichten rund um die Dreharbeiten zu irgendeinem Heinz-Rühmann-Film würden ihn ablenken. Ich wollte nicht, dass er mein Geheimnis entdeckte.

Als er später im Garten auftauchte, merkte ich ihm nichts an. Er schwärmte von der Stadtführung, von Sommerhausens ungewöhnlicher Geschichte als evangelische Enklave im katholischen Bistum Würzburg, dem Glück, von Bomben verschont worden zu sein, und der fast hundertjährigen Tradition als Künstler- und Theaterdorf.

Ich bemühte mich, Untertöne herauszuhören. Aber da war nichts. Er hatte sich die alte Dorfchronik besorgt, las sich durch die Jahrhunderte und verschonte mich zum Glück mit einem Vortrag über den Bauernkrieg.

Für mich brachte er am nächsten Abend ein anderes Buch mit: *Seht meinen Garten!*, eine Sammlung von Geschichten gärtnernder Schriftsteller. Die erste war von Eva Demski und hieß *Florale Sozialfälle*, eine geniale Formulierung.

»Es fängt mit Geschenken an. Was Wurzeln hat und nicht von vornherein als Schnittblumenstrauß die Aussicht auf ein schnelles Sterben mit sich bringt, wächst sich zum Problem aus.« Schon bei dem ersten Satz musste ich schallend lachen.

Eva Demski erzählt von Discounter-Stiefmütterchen und der gärtnerischen Vermessenheit, aus jedem noch so kläglichen Pflänzlein etwas machen zu können. Oft landeten genau diese Hobbygärtner auf meinem Blog und fragten, an welcher Krankheit diese drei kümmerlichen Blättchen mit der halb geöffneten Blüte leiden würden.

»Aber weißt du, was mich an all diesen Gartenliebhaber nervt?«, fragte Philipp, als wir das Buch beendet hatten. Wieder einmal regnete es, und wir saßen eng zusammen unterm Sonnenschirm. Wir hatten so viel gelacht, dass mein Herz aufgeregt klopfte.

»Jeder weiß es besser«, fuhr er fort. »Immer haben die anderen furchtbare Gärten, und der eigene ist der schönste. Wo bleibt da die botanische Toleranz?«

Wieder musste ich lachen. »Die gibt es nicht.«

»Einen Garten zu haben ist doch etwas Wunderbares und ein Privileg. Warum muss man sich durch Missgunst die Freude verderben?«

»Ich weiß es nicht«, sagte ich. »Mein Ziel ist es, zu helfen. Mehr nicht. Die Persönlichkeit des Gartenbesitzers prägt immer den Garten. Und mancher steht eben auf Marmorsäulen oder auf Gartenzwerge, die die Zähne fletschen wie in der letzten Geschichte.«

»Weißt du dann auch, was dein Garten über dich aussagt?«, fragte er.

Unwillkürlich sah ich zu den Taglilien hinüber. Die Ackerwinde, die die Blätter sonst immer zu erdrosseln versuchten, hatte ich dieses Jahr frühzeitig ausgerissen.

»Nein.«

»Du bist Dornröschen. Dornröschen im Regen.«

»Wie bitte?«

»Der Garten liegt im Dornröschenschlaf. Überall wächst und wuchert es, aber nicht das, was ursprünglich gedacht war. Die Goldrute, der Beifuß, Löwenzahn anstelle von Salat und so, das hast du selber gesagt.«

Ich sprang auf, doch er grinste mich so verschmitzt

an, dass es sich nur um einen Scherz handeln konnte. Schließlich hatte ich doch dieses Jahr schon ein wenig im Garten gearbeitet.

»Und die üppigen Rosenbeete. Das weiße Gartenhäuschen, das von dornigen Ranken überwuchert ist. Sie haben sich so um die Türklinke gewickelt, dass man sie erst in hundert Jahren wieder öffnen kann.«

Die wilden Brombeeren zwischen den Hortensien und dem Gartenhaus hatte ich wirklich schon lange nicht mehr ausgerissen.

»Du bist Dornröschen, die sich versteckt«, sagte Philipp.

»Ich verstecke mich nicht!«, gab ich zurück.

Er zog sein Handy hervor.

»Ich wollte dir noch etwas zeigen.«

Es war eine Nahaufnahme, ein stark vergrößerter Regentropfen, der wie eine Träne an einem Grashalm hing, oder … nein, es war der Trieb einer Taglilie.

»Das ist dein Garten.«

Tatsächlich. Der Tropfen war ein kreisrunder Spiegel, in dem ich alles sehen konnte: die Rosen, das Gartenhäuschen und die Hortensienbüsche davor. Und Philipp, der alles fotografiert.

»Ich wusste gar nicht, dass sich in einem Regentropfen ein ganzer Garten spiegeln kann«, sagte er, und ich glaube, in diesem Moment verliebte ich mich in ihn.

17

Von Herrn Wiedinger hatte ich schon lange nichts mehr gehört. Aus seinem Osterurlaub mit Florence in Südfrankreich musste er längst zurück sein. Die Maße des Springbrunnens oder der Marmorstatue, die sie dort kaufen wollten, fehlten noch für meine Planung. Der Rest war fertig – vier große Beete, die reihum zu den verschiedenen Jahreszeiten blühen würden und an die Gestaltung der Statue noch angepasst werden konnten.

Aber dann bat er mich um ein Treffen am Mittwochmorgen. Beim Aussteigen fiel mir eine grau getigerte Katze auf, die unter Herrn Wiedingers SUV saß. Ich hockte mich hin und lockte sie, aber sie rannte davon.

Als ich klingelte, erklang dieses Mal ein Ton, der mich an eine tibetanische Gebetsglocke erinnerte. Herr Wiedinger trug eine helle Leinenhose und ein rosafarbenes T-Shirt. Und neben ihm tauchte eine Frau auf, die so gar nicht nach Florence, der Französin mit der Modeboutique, aussah.

Sie war kleiner als er, hatte lange, blonde Haare mit einem dunklen Haaransatz und eine tätowierte Lotusblüte auf dem Oberarm. Auch sie trug eine Leinenhose und ein weites, weißes Shirt, dazu eine Kette, an der eine handtellergroße Sonne baumelte. Sie legte die Hände wie zum Gebet aneinander und verbeugte sich.

»Namaste«, sagte sie, und Herr Wiedinger machte es ihr nach.

Ich blieb beim ortsüblichen »Grüß Gott«.

»Meine Freundin Serena«, stellte er sie vor. Ich ahnte Schlimmes. Mit Florence gehörte bestimmt auch die Idee eines französischen Gartens der Vergangenheit an.

»Die Gärtnerin«, sagte Herr Wiedinger und vergaß dabei meinen Namen. Serena betrachtete mich lange und erklärte dann mit piepsiger Stimme, meine Aura sei dunkel.

Obwohl es pünktlich zu den Eisheiligen nachts leichten Frost gegeben hatte und immer noch recht frisch war, lagen an einer mit Rindenmulch bedeckten Stelle im Garten zwei Yogamatten einträchtig nebeneinander. Herr Wiedinger rollte sie schnell zusammen und führte mich zu einem Gartentisch und Stühlen auf einer weiteren gemulchten Fläche.

Ich packte die Pläne und ein umfangreiches Pflanzenbuch aus und wollte gerade mit der Erläuterung des Jahreszeitenkonzeptes anfangen, als Serena mich unterbrach.

»Das sieht aber gar nicht wie ein Zen-Garten aus«, sie wies auf die viereckigen Beete. »Soll dort nicht alles fließend ineinander übergehen? Das sieht ja aus wie mit dem Lineal gezogen!«

»Frau Laurien, so hatten wir das nicht vereinbart«, sagte Herr Wiedinger. Serena sah mich strafend an.

Wie ich es befürchtet hatte. Die Suche nach der perfekten Frau mittels eines Gartens fand zu meinen Lasten statt.

»Griechische Marmorstatuen?«, regte sie sich weiter

auf. »In einem Meditationsgarten! Und so etwas lässt du dir bieten, Holger?«

»Herr Wiedinger!«, erwiderte ich. Serenas Gemecker ging mir auf die Nerven.

»Ich finde es auch viel zu streng«, sagte er. »Symmetrien lehnen die Japaner im Garten ab, genauso wie diese vielen üppigen Blumenbeete. Hortensien! Das ist doch was für Bauern.«

»Hortensien stammen aber aus Japan, Herr Wiedinger.«

Sein Blick machte klar, dass das nicht stimmen könne.

»Ich hoffe, Ihnen ist klar, dass ich bei so grundlegenden Änderungen meine Arbeit in Rechnung stellen werde«, sagte ich.

»Aber wieso denn Änderung, du hast doch gesagt …«

»Frau Laurien, wie kommen Sie dazu!«, redeten beide durcheinander. Ich verkniff es mir, Florence zu erwähnen. Sein Ziel hätte Herr Wiedinger dann auch in diesem Fall erreicht: Rotblättrige Akazien, Buddhastatuen und in Wellen gerechten Sand gab es bestimmt in keinem der Dorfgärten.

»Wir brauchen Sie nicht mehr«, sagte Serena. »Ich kenne einen buddhistischen Gärtner, der ist Spezialist für Zen im europäischen Raum.« Sie strich mit der Hand über den Plan, als ob sie all meine Ideen wegwischen wollte.

»Du darfst sie auf keinen Fall bezahlen, Schatz.«

Jetzt reichte es. »Herr Wiedinger, Sie hatten mir den Auftrag dazu erteilt!« Ich zog die Mitschrift des letzten Treffens aus meinen Unterlagen und hielt sie ihm unter die Nase. Hastig ergriff er das Blatt, bevor Serena es lesen konnte, und zerriss es.

»Sie haben viel zu lange gebraucht«, zischte er mir zu, »Dinge ändern sich.«

»Dinge?«

»Außerdem bestehen wir auf einem Gartenteich, und Sie wollen schließlich keinen anlegen.«

Ich packte alles zusammen. Sollte er doch sehen, wo er blieb, ich hatte genügend Kunden, die meine Arbeit zu schätzen wussten.

»Auf Sandgärten und Meditationsecken habe ich sowieso keine Lust«, sagte ich. »Ich schicke Ihnen heute noch meine Rechnung zu.«

»Die er nicht bezahlen wird.« Serena legte mit gönnerhafter Miene die Hände vor der Brust aneinander.

»Namaste«, verabschiedete sie sich, und Herr Wiedinger beeilte sich, es ihr gleichzutun. Dabei verheddderte sich ein Arm in den weiten Ärmeln seines Shirts. Ich grinste.

»Wollen Sie wirklich jeden Tag Muster in den Sand rechen?«, fragte ich. »Was, wenn da mal eine Katze drüberläuft oder ein Vogel draufscheißt? Garten, das heißt Leben!«

Er zog die Stirn in Falten und stockte kurz. Dann erschien auf seinem mürrischen Gesicht ein merkwürdiges Grinsen.

»Grüßen Sie Ihren Mann, wenn Sie ihn sehen. Also, ich meine, Ihren Ex-Mann«, sagte er und legte seinen Arm um Serena. »Wussten Sie eigentlich, dass er wieder Vater wird? Von Zwillingen!«

Es dauerte vielleicht zwei Sekunden oder drei, bis ich seine Worte begriff.

»Zw…« Ich hielt mir die Hand vor den Mund, als ob ich es nicht aussprechen dürfte.

»Gleich das doppelte Glück!«, frohlockte Herr Wiedinger.

So schnell ich konnte, lief ich über den Bretterweg zum Transporter, riss die Tür auf, warf alles auf den Beifahrersitz und raste davon.

Zwillinge. Zwillinge. Immer wieder hörte ich das Wort, es hämmerte sich in meine Gedanken, und ich konnte an nichts anderes denken. Ich fuhr und fuhr, bloß weg von hier. Zum Glück kam mir keiner entgegen, die Straße war schmal, und meine Hände zitterten. Häuser tauchten auf, ein Bach floss auf der anderen Straßenseite, ich war in Kitzingen.

Zwillinge. Kinder. Auf einmal wurde mir schlecht, ich stoppte am Straßenrand und schaffte es gerade noch zur wild bewachsenen Uferböschung. Obwohl ich all mein Elend rauskotzte, ging es mir nicht besser. Mir wurde schwarz vor Augen, und ich setzte mich. Ein Mann mit einem Hund ging an mir vorbei. Ich drehte ihm den Rücken zu, wollte nicht, dass er mich ansprach. Dann stand ich auf.

Vorsichtig tastete ich mich zum Transporter zurück. Ich schaltete den Motor ein, konnte aber nicht losfahren. *I miss you* lief, von Adele, und auf einmal fing ich heftig an zu weinen.

Damals hatte ich nicht geweint. Nicht ein einziges Mal. Aber jetzt, wieso jetzt?

Das nächste Stück auf der CD erklang, *When we were young*.

Wenn man doch die Zeit zurückdrehen könnte.

Ich schluchzte und sah den Teich wieder vor mir, den Teich von damals, den alten Mann und seinen versteinerten Blick. Wie er mich abhalten wollte, dabei hatte ich den Roller sofort erkannt.

Ich bekam keine Luft mehr, hämmerte auf das Lenkrad, hämmerte auf den Gartenteich, auf Christopher, auf mich, aber der Schmerz verschwand nicht. Aber er musste verschwinden, der Schmerz, er musste sich verstecken, er musste, so wie er sich all die Jahre versteckt hatte, damit ich weiterleben konnte.

Das nächste Lied lief, das übernächste. Wieso hörte ich nur immer Adele? Es ging um Erinnerungen und um Wasser unter Brücken. Hastig holte ich die CD aus dem Player, öffnete das Fenster und warf sie hinaus. Ich musste einen klaren Kopf bekommen. Es war doch nichts geschehen, nichts, was ich nicht in den Griff kriegen würde.

Christopher wurde Vater. Das war alles. Er war gegangen, er hatte den Schlussstrich gezogen. Ich war geblieben und hatte all meinen Schmerz weggeschlossen und mich von Tag zu Tag gehangelt. Aber dann fand er eine Freundin, und sie würde ein Kind bekommen.

Jetzt hatte er sie endgültig vergessen.

18

Irgendwann konnte ich wieder atmen und denken. Ich wischte mir die Tränen aus dem Gesicht, trank etwas Wasser. Mein Herzschlag beruhigte sich. Ich fingerte mein Auftragsbuch aus dem Handschuhfach. Isa Moritz wollte, dass ich mir ihre Oleanderbäume ansah, sie hätten aus dem Winterquartier irgendeinen Schädling mitgebracht. Und sie war sich nicht sicher, ob der Schneeschimmel wirklich weg sei. Doch ihre Sorgen und Nöte zu lindern, Isa, die stets zu geizig mit allem war, mit Wasser und Dünger, mit Liebe und Licht, dafür aber ohne Unterlass klagte und jammerte, das schaffte ich beim besten Willen nicht. Schnell rief ich an und täuschte Terminengpässe vor, es hörte sich nach viel Arbeit und Erfolg an.

Für den nächsten Auftrag, die Bepflanzung des Innenhofs eines Gasthofs in Randersacker, lagen die Pflanzen bereits hinten auf der Ladefläche. Ich atmete tief durch, betrachtete mich im Rückspiegel und suchte eine Ausrede für meine verweinten Augen. Ich sah Christopher vor mir, wie er rot geworden war, letztens, bei Felix in der Gärtnerei.

Wieso hatte er nichts gesagt. Und wieso wusste der Wiedinger, was ich wissen sollte? Und wer wusste noch davon? Wieder schossen mir die Tränen in die Augen, und ich startete den Motor, damit ich das Gefühl bekam, dass es weiterging, dass ich den Wagen unter Kontrolle hatte, mich unter Kontrolle, mein Leben. Ich setzte die Sonnenbrille auf, wendete den Wagen und fuhr über Theilheim nach Randersacker.

Im Hotel waren sie so sehr mit der Neugestaltung des Speisesaales beschäftigt, dass ihnen meine verweinten Augen nicht auffielen. Ich arrangierte Vanilleblumen, Salbei und Zauberglöckchen, und für den Moment schweiften meine Gedanken nicht mehr in die Vergangenheit. Ich spürte die weiche Erde, die empfindlichen Wurzeln und kam einen Augenblick zur Ruhe.

Als ich fertig war, fuhr ich zu Franzi und stürmte in die Werkstatt. Sie arbeitete, und ich warf mich in den alten Ohrensessel gegenüber der Drehbank.

»Ist Vanessa wirklich schwanger?«, flüsterte ich, als ob es dadurch weniger real wäre.

Franzi hielt mitten in der Bewegung inne. Sie starrte mich mit großen Augen an, während der Tonklumpen sich weiterdrehte und verformte, bis sie die Töpferscheibe ausschaltete.

»Wer hat es dir gesagt?«, fragte sie.

Es war also wahr. Wieder schluchzte ich laut auf. Sie eilte zu mir, hielt mich fest und strich mir über den Rücken.

»Und es sind Zwillinge?«, fragte ich mit brüchiger Stimme. Franzi ließ mich los und kramte in ihrem Malerkittel, bis sie ein zerknülltes Taschentuch fand. »Sagen die Leute jedenfalls.«

Die neue Frau von Christopher war unglaublich dünn.

Unvorstellbar, wie sie mit einem Zwillingsbauch aussehen würde.

»Wie wäre es mit Tee?«, fragte Franzi. »Oder Schnaps. Mir wäre eher nach einem Schnaps.«

»Mir auch.«

Kommentarlos stand sie auf und holte vom obersten Regal hinter den Lasurfarben eine halb leere Flasche hervor. »Birnenbrand, vom letzten Künstlertreff.« Sie schenkte großzügig ein. Ich trank das Glas in einem Zug aus. Der Schnaps schmeckte überhaupt nicht nach Birnen, aber ein warmes Gefühl breitete sich in meinem Magen aus.

Franzis Glas war ebenfalls bereits leer.

»Warum hast du nichts gesagt?«, fragte ich und hielt ihr mein Glas hin.

»Ich ... wollte Christopher nicht vorgreifen.« Sie schenkte uns erneut ein. »Es wäre doch seine Aufgabe gewesen, oder?«

Christopher hatte gekniffen, das stimmte. Wunderte mich nicht. Alles sollte neu sein, da störten doch die alten Erinnerungen und Verpflichtungen nur. Das hatte er doch damals gesagt, als er gegangen war: »Die Zukunft zählt, Johanna, nicht die Vergangenheit.«

So ein Unsinn. Die Vergangenheit konnte man nicht abstreifen wie eine alte Jacke. Eigentlich müsste er das wissen, unsere tägliche Arbeit bestand darin. Die Zusammensetzung der Erde wurde von dem bestimmt, was früher dort gewachsen war. Oder gelebt hatte. Der Wechsel der Jahreszeiten ist der ewige Kreislauf des Lebens, und es gibt keine Neuanfänge. Jedes Leben entsteht aus dem, was vorher da war.

»Wer hat es dir eigentlich gesagt?«

»Dieser Wiedinger.« Der nächste Schluck, das Zittern ließ nach. »Für den ich den Garten entwerfen soll. Der ist mit Christopher in die Schule gegangen. Ein widerwärtiger Typ. Du hättest sein Gesicht sehen sollen, als er es mir sagte. Er wollte mir eins auswischen, weil seine neue Freundin einen Zen-Garten will und keine Marmorstatuen wie Florence.«

Auf einmal kicherte ich haltlos, Franzi stimmte ein, wir kicherten und lachten, bis mir wieder die Tränen kamen. Franzi umarmte mich und sagte: »Du wusstest, dass es irgendwann passieren würde, Johanna.«

»Aber deshalb muss es ja nicht eintreten! Manchmal klappt es ja auch nicht.«

»Wohl wahr.« Franzi trank ihr Glas leer.

»Er hätte es mir selber sagen sollen. Das ist so typisch. *Du musst den Blick nach vorne richten.*« Ich ahmte seine tiefe Stimme nach.

»Ich denke, das wollte er auch, als er letztens bei dir war.«

»So lange weißt du das schon?« Ich richtete mich auf. »Und du verschweigst es mir einfach? Und dieser Widerling, was für einen Spaß es ihm gemacht hat … Ich dachte, ich kann mich auf dich verlassen!«

»Liebst du Christopher eigentlich noch?«

»Was ist das denn für eine Frage? Der ist doch nur gefühllos und kalt. Ein Egozentriker, mehr nicht.«

Sie öffnete den Mund, als ob sie mir widersprechen wollte, schwieg dann aber. Liebe! Ich konnte mich überhaupt nicht daran erinnern, wie es sich anfühlte, jemanden zu lieben. Auch wenn ich auf einmal einen Hut vor mir sah, und blaue Augen, die mich anlächelten.

»Vanessa musste ins Krankenhaus, ist jetzt aber wieder draußen. Ihr war so oft schlecht, dass sie ein paar Mal ohnmächtig wurde.« Franzi setzte sich wieder an die Drehbank. Wollte sie etwa weiterarbeiten? Aber dann sah ich, dass sie den Tonklumpen in einer Plastikdose verstaute.

»Ich will nicht über Vanessa reden. Und über Christopher auch nicht.« Ich schenkte mir noch etwas von dem Birnenbrand ein. Der würde mir hoffentlich helfen, mein Gedankenkarussell anzuhalten.

Franzi sah mich merkwürdig an. Sie kaute auf ihrer Lippe herum und nahm mehrmals Anlauf, etwas zu sagen. Dann flüsterte sie: »Und Lilly? Wieso reden wir nie über Lilly?«

»Sag nicht ihren Namen«, schrie ich und sprang auf, »nie mehr!«

Franzi sank in sich zusammen. »Es tut mir leid.« Sie sah auf ihre Hände in ihrem Schoß. »Es tut mir so leid, Johanna.«

Abends musste Fabian mich nach Hause bringen. Alles drehte sich, mir war schlecht. Er half mir ins Bett und stellte einen Eimer daneben. Dann überredete er mich, ein großes Glas Leitungswasser zu trinken, strich mir sanft über die Stirn und küsste mich auf die Wange.

Ich fühlte mich geborgen und war so froh, dass er da war. Fabian. Franzi hatte so viel Glück mit ihm. Bevor er das Licht löschte, schlief ich bereits. Ich träumte wirr und schwitzte. Mitten in der Nacht wachte ich auf, wieder war mir schlecht, aber ins Bad würde ich es wohl noch schaffen. Auf dem Weg dorthin blieb ich vor der falschen Tür stehen und rüttelte an der Klinke, die Tür war verschlossen.

Dann fand ich das Bad. Danach fühlte ich mich besser und trank Wasser. Vor Kälte zitterte ich auf einmal am ganzen Körper und legte mich wieder hin. Sobald mir warm wurde, schlief ich ein.

Als um sechs der Wecker klingelte, wachte ich zerschlagen auf. Nach einem Kaffee, einer Kopfschmerztablette und einer Dusche konnte ich wenigstens geradeaus gucken.

Damals hatte ich nie getrunken. Ich hatte Angst davor gehabt. Und jetzt? Tat sich abermals dieses Loch auf, das mich zu verschlingen drohte?

Auf der Anrichte lag ein Zettel von Fabian, auf dem er darum bat, ihn anzurufen. Ich warf ihn in den Müll. So schlecht, dass ich ärztliche Hilfe brauchte, ging es mir auch nicht.

Franzi konnte so froh über Fabian sein. Er kümmerte sich nicht nur liebevoll um sie, sondern passte wunderbar hier ins Dorf, obwohl er aus der Stadt stammte. Bochum. Gab es einen größeren Unterschied?

Aber Christopher war mir auch einmal zuverlässig erschienen, und er hatte mich trotzdem getäuscht.

Ich durfte nicht wieder über alles grübeln. Besser, ich fuhr arbeiten. Doch nahm ich kaum wahr, was meine Hände mit den Blättern, Zweigen und Wurzeln anstellten. Sie wussten allerdings auch so, was sie zu tun hatten. Meine Hände, die schon so vieles gepflegt hatten, auf die ich mich verlassen konnte.

Aber mein Herz war nicht dabei.

Abends schaute ich noch im Tante-Emma-Laden vorbei. Simones Vater legte seine Hand auf meine, als ich das Waschmittel bezahlte. Ihre Mutter seufzte. Oliver und Marion stürmten trotz des Regens nach draußen und nahmen mich wortlos in den Arm. Hatten sie alle davon gewusst? Und es vor mir geheim gehalten? War ich so eine zarte Pflanze, dass sie glaubten, ich würde daran zerbrechen? Was war los hier? Und woher wussten alle, dass ich es jetzt wusste?

Bloß weg von allen mitleidigen Blicken, dem heuchlerischen Trost, den sie mir zu spät spendeten.

Nur Philipp verhielt sich wie immer. Er saß unter dem roten Sonnenschirm im Garten und las. Ich schnappte mir meine Regenjacke, kochte zwei Tassen Cappuccino – Alkohol war heute nichts für mich – und ging zu ihm.

19

Als ich mich näherte, blickte Philipp von seinem Buch hoch und stand auf. Er nahm mir die Tassen ab, stellte sie auf den kleinen Tisch und hob den Arm. Wollte er mich auch umarmen, wusste er auch alles und sah in mir ein zu bedauerndes Wesen? Doch er zupfte einen kleinen Ast aus meinen Haaren. Sah nach den Resten eines Schmetterlingsflieders aus.

Die anderen hatten nichts deswegen gesagt.

»Schön, dass du gekommen bist.« Er hielt ein Buch mit blauen Hortensien auf dem Cover hoch. »Gedichte von Rilke.«

»Heute nicht«, sagte ich und setzte mich.

»Harter Tag?«

Ich nickte und atmete tief ein und aus. Mehr wollte ich gar nicht. Nur dasitzen, die Augen schließen und dem Prasseln des Regens zuhören.

Doch immer wieder schoben sich die Bilder von damals dazwischen, und die große Leere, die Einsamkeit, griff wieder nach mir. Ich wollte aufspringen und mich verkriechen, doch als ich die Augen öffnete, war da Philipp.

Er las, dann schaute er auf, und je länger ich ihn ansah, desto stärker schlug mein Herz. Ohne nachzudenken, streckte ich meine Hand aus, und er nahm sie und hielt sie fest. Auf einmal verspürte ich eine Sehnsucht, ein Begehren, etwas, das ich brauchte und das mit allem um mich herum nichts zu tun hatte. Etwas Neues.

Er drückte meine Hand sehr zart und blickte mich ernst und eindringlich an. Ihn hatte auch etwas tief verletzt, das fühlte ich. Wir standen auf, im Regen, hielten uns noch immer an der Hand, und ich gestand mir ein, dass ich mir das schon so lange gewünscht hatte. Er beugte sich zu mir, immer näher, und näher, und als wir uns endlich küssten, erwachte etwas in mir, nach viel zu langer Zeit.

Unser Kuss wurde fordernder, meine Hände fanden von ganz alleine den Weg unter seinen Pullover und streichelten seine Haut, als berührte ich Blütenblätter. Doch es war so ganz anders, ich brauchte mehr davon und zog ihm den Pullover über den Kopf.

Meine Finger tasteten über seinen nackten Oberkörper, ich wollte mehr, immer mehr. Er nahm meinen Kopf in seine Hände und küsste mich stürmisch. Dann hielt er inne, fasste mich an der Hand, und wir rannten nach oben in seine Wohnung. Fragend sah er mich an, als wir vor seinem Sofa standen.

Ich zog mein Shirt aus.

Es war schon lange dunkel draußen. War das wirklich ich, die hier neben Philipp im Bett lag?

Vorsichtig legte ich die Hand auf Philipps Bauch und schmiegte mich an ihn. Sein Herz schlug ruhig und voller Kraft. Er war real und auch das, was eben zwischen uns, mit uns geschehen war. Es fühlte sich immer noch gut an. Ich war fast glücklich.

Philipp hatte etwas in mir entfacht, das erloschen gewesen war. Er war wie ein unverhofftes Geschenk.

Mit den Fingern erkundete ich zart sein Gesicht, die dichten Augenbrauen, die zarten Augenlider, die feine Narbe unter der Augenbraue. Seine fein geschwungenen Lippen, die mich anlächelten.

Und die in meinen Finger zu beißen versuchten. Na, der konnte etwas erleben! Ich schwang mich auf ihn, er grinste, und ich kitzelte ihn, bis wir beide vor Lachen zurück aufs Bett fielen.

»Hast du auch so Hunger wie ich?«, fragte er.

»Ja!« Er küsste mich, und mir wurde schwindlig. Dann setzte er sich auf. »Welchen Lieferdienst kannst du empfehlen?«

»Auf dem Land?«

Schon sprang er aus dem Bett und zog sich viel zu schnell seine dunklen Boxershorts wieder an.

»Dann müssen wir eben selber kochen! Bei dir oder bei mir?« Er grinste.

»Ich glaub, ich habe nichts da.« Ich schlang mir die Decke um die Schultern und folgte ihm ins Wohnzimmer, in dem die offene Wohnküche war. Vom Sofa aus beobachtete ich ihn, wie er aus dem Kühlschrank die leckersten Sachen zauberte. Fleisch, frische Tomaten, er schnippelte Zwiebeln und rührte und briet alles, es schmeckte scharf und köstlich.

»Ich liebe es, wenn ein Mann kochen kann«, sagte ich und biss in ein Stück Paprikaschote.

»Kochst du nicht?«, fragte er.

»Nicht so besonders gut.«

»Und dann sammelst du Marmeladengläser?«

»Ach, Marmelade«, wiegelte ich ab, »das hat mir meine Oma beigebracht.«

»Ich habe kochen auch von meiner Oma gelernt.« Er erzählte, dass seine Mutter ihn alleine großgezogen und ganztags gearbeitet habe, da sein Vater früh verstorben sei. Seine Großmutter habe sich um ihn und den Haushalt gekümmert. »Sie wollte immer, dass ich später selbstständig bin. Kochen, putzen, Wäsche waschen, kein Problem. Ich kann sogar Knöpfe annähen!«

»Wow! Da weiß ich ja, an wen ich mich das nächste Mal wenden kann. Ich kann dir ja dafür die Winterreifen aufziehen!«

Er schaute sehr erstaunt.

»So was lernt man, wenn man auf Baustellen unterwegs ist und der Meister einen ärgern will.« Ich grinste und spannte meinen Bizeps an.

Und er kam zu mir rüber, küsste mich dort und an so vielen anderen Stellen.

Als ich am nächsten Morgen erwachte, stand die Sonne hoch am Himmel. Es roch nach Kaffee und Brötchen.

»Na, Langschläferin?« Er warf sich aufs Bett und küsste und umarmte mich stürmisch.

»Wie spät ist es? Ich muss zur Arbeit! So lange schlafe ich sonst nie.« Und so gut, wollte ich noch hinzufügen. Es klang nach Noten und Bewertungen, und das mochte ich nicht. Auch nicht bei einem One-Night-Stand.

Aber war es das denn? Etwas nur für eine Nacht? Oder war es mehr, wollte er mehr? Und ich? Was wollte ich?

Schon die Vorstellung, er würde durch meine Wohnung laufen und ungefragt Türen öffnen, erschreckte mich.

»Wie geht es jetzt weiter?«

»Ganz einfach.« Er küsste mich. »Wir frühstücken.«

»Nein, mit uns.«

»Das weiß ich auch nicht. Lass es uns einfach abwarten. Die letzte Nacht ist wie ein Samen, den du in die Erde legst, oder? Manchmal wird eine hundertjährige Eiche draus.«

»Dass ausgerechnet du botanische Vergleiche ziehst.« Ich richtete mich auf. »Manchmal keimt ein Samen gar nicht.«

»Ich möchte dich näher kennenlernen, Johanna. Und vielleicht ... willst du ja mich kennenlernen.«

»Vielleicht«, sagte ich und versuchte, scherzhaft zu klingen. Es ging mir auf einmal viel zu schnell. Was hatte ich mir nur dabei gedacht, einem momentanen Gefühl nachzugeben?

Als er aus dem Bad kam, zog er mit finsterer Miene einen Anzug an und eine himmelblaue Krawatte.

»Was ist denn mit dir los?«, fragte ich.

»Ich muss zum Gericht«, sagte er, ohne mich anzusehen. »Es geht um meine Scheidung.«

»Scheidung?« Sofort musste ich an meine eigene Scheidung, an Christopher und alles, was damit zusammenhing, denken.

»Weißt du, Johanna, ...«

»Nicht jetzt, Philipp.« Ich musste weg hier, sofort. Wo waren nur meine Socken? »Ich bin spät dran. Termine. Lass uns später darüber reden, okay?«

»Ich muss dir aber etwas sagen. Etwas Wichtiges.«
Seine Stimme klang ernst, und panisch suchte ich die
zweite Socke unterm Bett.

»Heute Abend, ja?«

»Vielleicht ändert sich was.«

»Es hat sich doch schon viel geändert.« Ich wollte jetzt
keine Lebensbeichte hören. Da, die Socke, ich schnappte
sie mir und wollte die Kellertür öffnen, als mir auffiel,
dass sie abgeschlossen war. Natürlich.

Er stand mir im Weg, als ob er mich aufhalten wollte.
Ich küsste ihn auf die Wange, einen total langweiligen,
nichtssagenden Kuss, rannte barfuß durch den Garten,
die Socken in der Hand, und fühlte mich erst sicher, als
ich die Tür hinter mir zuwarf.

Ich atmete tief durch und streifte mir die Socken über.
Auf einmal verstand ich nicht mehr, warum ich weggerannt war. Es war seine Scheidung und nicht meine.
Und Christopher – den konnte ich doch wirklich vergessen. Er war unwichtig geworden. Letzte Nacht – was
Philipp mit mir gemacht hatte, was ich endlich gefühlt
hatte nach so langer Zeit, das war wichtig.

Und ich wollte dazu stehen. Ich schloss die Kellertür
auf, rannte wieder hinunter. Philipp rührte in seiner Kaffeetasse und sah mich erstaunt an.

»Entschuldige«, sagte ich, »ich … hab mich idiotisch
verhalten. Hier bin ich und möchte mir gerne anhören,
was du zu sagen hast.«

Er sah auf die Uhr. »Nein, du hast recht. Lass uns in
Ruhe heute Abend darüber reden.« Er drückte mich an
sich und küsste mich so leidenschaftlich, wie ich es vor-

hin hätte tun sollen. »Du brauchst dir keine Sorgen machen, es ist nichts Schlimmes. Wirklich nicht.«

Mir fiel ein Stein vom Herzen.

Nur wenig später schaute ich vom Küchenfenster aus zu, wie er mit seiner ledernen Schultasche in sein Auto stieg, den Motor startete und zurückschaute.

Das Heck verschwand hinter der Kurve. Ich fühlte mich von einer Last befreit. Ich hatte den ersten Schritt gewagt, und er war gefolgt. Das erste Mal Sex nach so langer Zeit.

Es war anders gewesen. Und ich hatte schlafen können, in seinen Armen. Ohne Albträume. Ich hatte mich geborgen gefühlt und eine ungewohnte Vertrautheit gespürt. Er trug auch einen Schmerz in sich. Auch er sprach nicht darüber. Wir waren uns ähnlich. Wir brauchten nicht zu reden.

20

Philipp

Der Richter ließ sich Zeit bei der Zusammenfassung der Gutachten, als wollte er nicht, dass wir seine Entscheidung erfuhren. Ich presste meine Hände auf die Tischplatte, wie ich es schon viel zu oft in diesem kleinen Besprechungszimmer getan hatte, sonst hätte ich die Wut über Katharina und ihre ungerechtfertigten Vorwürfe und Lügen nicht ausgehalten.

Aber jetzt, endlich, fielen die wichtigen, entscheidenden Worte: »Gemeinsames Sorgerecht.« Und: »Umgangsregelung.«

Ich atmete hörbar aus und drehte mich fragend zu meinem Anwalt um. Nicht dass ich mich zu früh freute. Der Richter in seiner schwarzen Robe redete immer noch. Mein Anwalt nickte mir zuversichtlich zu, ich strahlte ihn an.

Katharina saß da, als wäre nichts geschehen. Die perfekte Fassade, wie immer. Das lernt man als Model – gut aussehen, wenn es einem schlecht geht. Sie wäre die perfekte Pokerspielerin.

Aber sie hatte verloren. Der Richter erläuterte weitere Verfahrensdinge, ich konnte nicht zuhören, meine Gedanken wirbelten durcheinander. Klara, ich durfte sie sehen, endlich! Mein Herz hämmerte, ich sah am Richter vorbei aus dem Fenster. Die Sonne strahlte durch die Lamellen, die den kleinen Raum von der Außenwelt abschirmten. Von der Welt, in der Klara auf mich wartete. Papier raschelte, der Richter stand auf. Es war vorbei.

»Und wann kann ich sie sehen?«, fragte ich meinen Anwalt.

»Spätestens in zwei Wochen«, antwortete er, »wenn alles gut geht.«

So ein Mist. *Wenn alles gut geht.* Dann war das nur die erste Etappe. Der Kampf ging weiter.

Uns gegenüber umklammerte Katharina ihre Handtasche wie einen Rettungsanker. Die Anwältin redete leise auf sie ein. Katharina beobachtete mich, und ich hatte den Eindruck, als würde sie der Frau gar nicht zuhören. Ob sie schon den nächsten Schritt plante? Die nächste Lüge? Vergeblich. Alles hatte für mich gesprochen, mein Jahr Elternzeit mit Klara, um Katharina ihr Studium zu ermöglichen. Mein Umzug nach Würzburg, mein neuer Arbeitsplatz, die Gespräche mit dem Jugendamt.

Sie hatte sich eingebildet, nur die Mutter hätte ein Recht auf das Kind, und sie könne alleine über alles entscheiden und endgültige Tatsachen schaffen, um mich aus ihrem Leben zu radieren. Aber als Eltern bleibt man für immer miteinander verbunden, ob man will oder nicht. Klara würde ich nie im Stich lassen.

Bei ihr war Klara doch nur schmückendes Beiwerk, so wie ihre Handtasche. Sie hätte Klara bei mir lassen und mit David Berlin verlassen können. Aber wie hätte das denn ausgesehen. Und das Aussehen, das war doch ihr

Geschäft. Eine gute Mutter zu sein gehörte zu einer angehenden Mode-Designerin genauso dazu wie der richtige Lippenstift. Es hätte mich nicht gewundert, wenn sie von diesem David auch schon wieder schwanger wäre.

David hatte ich bisher kaum gesehen. Ein kleiner Mann mit langem Hipsterbart, immer in Schwarz gekleidet. Ein Mode-Designer aus Dublin, der in Berlin ein bekanntes T-Shirt-Label gegründet hatte, um es dann an eine große Würzburger Mode-Firma zu verkaufen. Er war die Unbekannte in dieser Rechnung. Er war ihr Verbündeter, ihr Berater, der Grund für alles. Und er war mein Feind.

Jetzt flüsterte Katharina der Anwältin etwas zu und öffnete die Tür, die in die Halle vor den Sitzungsräumen führte.

»Mama«, hörte ich. »Mama«, rief Klara. Sie war da? Ich stieß die anderen zur Seite, rannte nach draußen und blieb abrupt stehen.

Da war sie. Ein himmelblaues Stück Glück auf Davids Arm. Sie schaute mich ernst mit ihren großen Augen an, und mein Herz blieb vor Freude und Angst fast stehen.

»Klara«, rief ich.

Katharinas Pokerface verschwand, ihre Augen wurden zu kleinen Schlitzen, sie schob ihren Unterkiefer vor.

»Dann zeig mal, was du kannst. Heute ist Freitag, dein erstes Wochenende beginnt jetzt«, zischte sie. David stellte Klara auf den Boden. »Sie wird es sowieso nicht bei dir aushalten.«

Und meine Tochter, meine geliebte, kleine Tochter, rührte sich nicht. Ich hockte mich hin und lächelte sie an.

»Hallo Klara, ich bin es, Papa.«

Erkannte sie mich? Zehn Monate waren eine lange Zeit für eine Vierjährige. Auch wenn man ein so enges Verhältnis wie wir beide gehabt hatten. Vollzeit-Papa für ein Jahr. Das prägt.

»Erinnerst du dich an die Nutella-Gesichter auf deinem Toast?«

Katharina schnaubte verächtlich, sie war natürlich dagegen gewesen, dass Klara Nutella aß. *Gewöhn sie erst gar nicht an solche Dickmacher.*

Über Klaras Gesicht huschte ein Lächeln.

»Und die Sockenmonster, erinnerst du dich an die?«

Ich streckte meine Hand aus und bewegte sie.

»Eine kleine Schnecke, kriecht um die Ecke …«,

Sie lächelte, und dann strich sie über den Hut, den ich in der anderen Hand hielt, so wie sie es früher immer getan hatte.

»Am Sonntag um sechs bringst du sie wieder nach Hause!«

David gab mir eine Visitenkarte. »Für Notfälle!« Es war das erste Mal, dass er etwas zu mir sagte. Katharina sah aus, als hoffe sie, dass so ein Notfall eintreten würde. Sie umarmte Klara und ging, ohne mir etwas dazulassen, keine Kleidung, keine Zahnbürste, nichts.

»Mama!«, rief Klara. Tränen schossen ihr in die Augen. Kein Wunder, schließlich war ich ein Fremder für sie, auch wenn sie sich bruchstückhaft an mich zu erinnern schien.

»Rufen Sie mich an, wenn es Schwierigkeiten gibt«, sagte mein Anwalt. »Herzlichen Glückwunsch!«

Ich nickte. Dann ging auch er. Klara und ich standen alleine in der großen Halle. Ich streckte meine Hand aus. Sie presste die Arme an ihren Bauch.

Vorsichtig strich ich ihr über die Haare. »Komm, draußen ist es viel schöner als hier.«

»Küken«, rief sie und wischte sich mit den kleinen Händen über ihre Augen.

»Wie bitte?«, fragte ich und schaute mich um. Hatte sie ein Kuscheltier dabei? Aber da war nichts. Sie zog die Nase hoch und lief zum Ausgang, ich hinterher. Vor der Sicherheitssperre blieb sie stehen und starrte den Polizisten an. Er lächelte.

»Ist das Ihre Tochter?«, fragte er.

Ich nickte und wollte Klara an die Hand nehmen, aber sie wandte sich ab.

»Warten Sie, ich mache Ihnen auf.«

Er drückte einen Knopf, und eine Seitentür schwang auf. Vor uns lag ein zweites Gebäude des Würzburger Amtsgerichts, und zwischen den beiden Häusern befand sich eine kleine Grünanlage mit einem Seerosenteich. Und genau dorthin rannte Klara.

»Entlein, wo bist du?«, rief sie. »Entlein?«

Sie hockte sich hin. Hinter dem Zaun rund um den Teich saß eine Entenmutter, vier oder fünf Küken versuchten gerade, aus dem Teich zu klettern. Sie half mit dem Schnabel nach, und bald saßen sie alle bei ihr.

Klara beobachtete sie ruhig. »Wieso sind da Polizisten?«, fragte sie auf einmal und deutete auf den Eingang des Gerichts.

Oh, wie sollte ich ihr erklären, warum jeder Besucher

nach Waffen abgesucht wurde, ohne ihr Angst zu machen?

»Sie passen auf uns auf.«

»Auch auf die Küken?«

»Ganz bestimmt, Klara.«

Wie groß sie geworden war. Und schmaler. Die Haare waren länger. Konzentriert betrachtete sie die Entenmutter und störte sie und die Küken nicht. Ich hätte ihr stundenlang zusehen können.

Doch meine Gedanken ratterten weiter. Wir brauchten Kleidung, Möbel, Spielsachen, ich hatte nichts für sie. Und ich musste eigentlich noch in den Unterricht, fünfte und sechste Stunde Physik in der 10b.

Am Ende des Seerosenteichs begann der Ringpark, und ich konnte durch die Bäume eine Schaukel erkennen. Vielleicht sollten wir auf den Spielplatz gehen.

»Krieg ich ein Eis?«, fragte Klara auf einmal.

»Ein Eis?« Wie kam sie denn darauf?

»David hat mir ein Eis versprochen.« Sie deutete in die entgegengesetzte Richtung.

»Vor dem Mittagessen?«

Ihr trotziger Blick war mir nur allzu vertraut. Warum sollte ich ihr kein Eis spendieren? Ich wunderte mich nur, dass David es ihr versprochen hatte. Was Katharina wohl dazu sagen würde?

»Und wo wollte David dir das Eis kaufen?«

»Beim Bäcker.« Und wieder deutete sie zum Hauptausgang. Gegenüber war die Universität, wo ich geparkt hatte. War da nicht ein Kiosk? Vielleicht meinte sie den.

Ich streckte die Hand aus, aber sie hüpfte voraus.

Schnell lief ich hinterher, da vorne war eine viel befahrene Straße. Und wer weiß, ob sie Regeln befolgte. Ich kannte sie doch gar nicht mehr.

Am Ende des Weges blieb Klara stehen. Auf der Straße fuhr laut ein Bus vorbei, und auf einmal ergriff sie meine Hand. In mir wurde alles weich vor Rührung und Stolz.

Links zwischen den Bäumen konnte man jetzt den kleinen Kiosk erkennen, an dem die Fahne eines Bäckers wehte. »Dorthin?«, fragte ich.

Sie nickte ernst.

Ich hielt sie an der Hand fest und ging mit ihr über den Zebrastreifen auf die andere Fahrbahnseite. Vor dem Kiosk standen Bänke und Tische, und tatsächlich, als wir den nach Kaffee duftenden Verkaufsraum betraten, entdeckte ich eine Eistruhe neben der Brötchentheke.

Sie suchte sich ein Erdbeereis am Stiel aus. Als die Bedienung ihr das Eis reichte, strahlte sie. Wir setzten uns draußen hin. Ich rief meinen Chef an und erklärte ihm, wieso ich heute nicht mehr unterrichten könne. Dann googelte ich schnell, wo wir am besten die fehlenden Sachen kaufen konnten. Währenddessen beobachtete Klara die Spatzen, die zwischen den Bänken nach Bröseln und Würmern pickten. Sie vergaß beinahe ihr Eis, so sehr faszinierten sie die Vögel.

»Wann holt die Mama mich ab?«, fragte sie.

»Am Sonntag, mein Schatz. Zweimal darfst du bei mir schlafen. Wir müssen dir aber erst ein Bett kaufen.«

»Mein Bett ist rosa und hat eine Krone«, sagte sie und biss auf dem Holzstiel herum, wie ich es früher auch gemacht hatte.

»Wunderbar.« Ein Prinzessinnenbett würde ich auf keinen Fall kaufen.

Auf dem Rückweg zum Auto kamen wir an einem kleinen Park mit hohen Bäumen vorbei.

»Wer ist das?«, fragte Klara und deutete auf das Denkmal eines Mannes mit eindrucksvollem Vollbart und einem Ritterkreuz am Kragen. Wir gingen etwas näher. Die Säule, auf der die Büste stand, war mit kleinen Engeln verziert. Nein, keine Engel. Das eine war ein Kind mit Weinlaub im Haar, das andere trug eine japanische Hochsteckfrisur.

Und auf dem Sockel stand »Philipp Franz von Siebold«.

»Ein Mann, der fremde Länder entdeckt hat«, erklärte ich Klara. »Und von dort hat er fremde Tiere und Pflanzen mitgebracht.« So wie ich heute eine fremde Pflanze für Johannas Garten mitbringen würde. Die zarte und wunderschöne Pflanze *Klara Mey*.

21

An diesem Abend kam ich völlig erschlagen und genervt nach Hause. Für Muttertag am Sonntag hatte ich den ganzen Nachmittag Sommerblumen gepflanzt und Rasen gemäht, damit es bei meinen Kunden für den bevorstehenden Besuch besonders schön aussah. Umso mehr freute ich mich auf Philipp. Sein Wagen parkte wie gewohnt vor der Garage. Schnell stieg ich aus.

Kinder spielten draußen, ich hörte sie lachen und jauchzen. Die Heckklappe des Renault stand offen, im Kofferraum lagen viele Kartons. Sah aus, als hätte er sich endlich Möbel fürs Arbeitszimmer gekauft.

Ich eilte ins Haus. Nur kurz duschen und dann zu ihm. Bedeutete er mir etwas? Vermisste ich ihn? Oder vermisste ich nur das Gefühl seiner Hände auf meiner Haut? Fragen, die mich den ganzen Tag beschäftigt hatten und auf die ich keine Antwort wusste.

Zum Föhnen und Schminken brauchte ich viel zu lange, ständig zupfte ich an meinen kurzen Strähnen herum und überlegte auf einmal, dass ich meine Haare wieder wachsen lassen sollte.

Zum Glück war es warm genug für Hotpants, dazu mein neues grünes Shirt, das meine Sommersprossen zum Leuchten brachte. Schon rannte ich die Außentreppe hinab in den Garten.

Von der Treppe aus hörte ich ein Quietschen und Klopfen. Wieder lachte ein Kind, und ich drehte unwillkürlich den Kopf und sah nach oben zur Wildwiese, wo früher ... ein Sandkasten gewesen war.

Jetzt stand dort ein Trampolin. Und daneben Philipp und ein kleines Mädchen im hellblauen Kleid. Es hüpfte und lachte, und mein Herz blieb stehen. Mir wurde schwindelig, ich beugte mich vor, die Welt schien sich zu normalisieren, aber ihre Stimme war noch immer da, und ihr Lachen.

»Johanna!«, rief Philipp voller Freude.

Ich war wie erstarrt. Das Mädchen hüpfte weiter, und ich spürte, wie sich ein Abgrund auftat, wie ich fiel und fiel.

»Papa, sau mal«, rief das kleine Mädchen, anstelle von »Schau mal«. »Sau mal«, wie damals.

»Nein!«, schrie ich, auf einmal bewegten sich meine Beine, mit hämmerndem Herzen rannte ich zu ihnen. Philipp drehte sich zu mir um.

»Aufhören!«, rief ich, »sofort aufhören.« Ich bekam keine Luft mehr, es flimmerte vor meinen Augen. Das Mädchen sah mich mit großen Augen an.

»Johanna? Das ist nicht gefährlich, keine Angst«, sagte Philipp fröhlich und winkte das Mädchen zu sich.

Ich beugte mich vornüber, versuchte zu atmen, zu denken.

»Klara«, er kniete sich neben sie und deutete auf mich, »das ist Johanna. Das ist ihr Garten.« Wie schutzlos die Kleine aussah. So zerbrechlich.

»Johanna, das ist meine Tochter Klara.«

»Nein!«, schrie ich ihn an. Er konnte keine Tochter haben. Er hatte doch nie etwas gesagt.

»Ich freu mich so, endlich ist alles entschieden. Sie darf jetzt jedes zweite Wochenende zu mir kommen.«

Seine Tochter – seine dunklen Haare, seine Augen, so himmelblau wie das Kleid, wie alt war sie, wie alt?

»Du«, schrie ich, »du musst verschwinden, weg hier, ich will nicht, haut ab!« Philipp erhob sich, stellte sich schützend vor das Kind, das sich hinter seinem Bein versteckte. Er hob sie hoch, sie kuschelte sich an Philipps Hals, trat mit den Füßen in meine Richtung.

»Johanna, beruhige dich. Was ist denn los!« Er tätschelte ihren Rücken.

»Du hast mich angelogen!« Ich stolperte, fing mich wieder.

Er sah mich ratlos an. »Beruhige dich doch erst mal, dann können wir über alles reden.«

»Das muss weg.« Ich deutete auf das Trampolin, auf das Kind, auf alles, konnte weder sie noch ihn ansehen.

»Ich habe sie so vermisst«, begann Philipp, »und ...«

Kopflos rannte ich an ihnen vorbei. Ich konnte nicht denken, ich rannte und fand mich im Flur wieder, den Kopf an eine Tür hämmernd. Wo kam dieses Kind her? Warum hatte er mir nichts davon gesagt? Wie sollte ich das aushalten – ein Kind? Ein Mädchen. Ein kleines Mädchen. Er hätte mir etwas sagen müssen. Ein Prozess! Ich dachte, sie stritten sich ums Geld und nicht um ein Kind. Klara. Keine Frau. Kein Hund, keine Katze.

Seine Tochter.

22

Philipp

Fassungslos schaute ich Johanna hinterher. Verschwinden? Was sollte hier verschwinden? Das Trampolin? Schade, es machte Klara so viel Spaß. Aber gut, wenn der Rasen die Belastung nicht aushielt. Wobei hier oben doch nie jemand war. Aber sie war die Chefin, es war ihr Garten.

Ich setzte Klara ab. Sofort kletterte sie wieder aufs Trampolin und hüpfte lachend. Das Ding war ziemlich groß – drei Meter Durchmesser, dazu das meterhohe Auffangnetz rundum. Über eine Stunde hatte ich zum Aufbauen gebraucht, ich hatte gar keine Zeit, geschweige denn Lust, es jetzt wieder in seine Einzelteile zu zerlegen. Klaras Bett musste noch aufgebaut werden, sie musste was essen und duschen und irgendwann auch mal schlafen.

Und wohin damit? Die Garage war mit Johannas Arbeitsgeräten vollgestellt, das Gartenhäuschen zugewachsen. Vielleicht konnte ich es ja in den Kellerraum stellen, in dem die Sonnenschirme lagerten.

Johanna tickte irgendwie nicht richtig. Nach dieser Nacht mich einfach so grundlos anzuschreien. Wegzurennen, ohne zuzuhören. Zugeknöpft war sie ja oft, aber so unberechenbar?

Lag es überhaupt am Trampolin – oder lag es an mir? War das ihre Art, mir klarzumachen, dass es nur ein One-Night-Stand gewesen war, ein Fehler, und sie mich loswerden wollte? Sollte ich verschwinden, und nicht das Trampolin?

Das konnte nicht sein. Heute Morgen war alles in Ordnung gewesen. Wobei – sie hatte schon so merkwürdig reagiert, als ich die Scheidung erwähnt hatte.

Ich hatte mich in sie verliebt, schon gleich am ersten Tag. Und geglaubt, sie würde meine Gefühle wenigstens ein bisschen erwidern. All die Gespräche, die intensiven Blicke und kleinen Gesten und gestern dann dieser Gefühlsausbruch – und jetzt? Wie konnte sie mich so verletzen?

Und warum schrie sie Klara an? Ein Kind!

»Schau mal, ich bin ein Frosch!« Klara nahm die Hände zwischen die Knie und sprang auf und ab. Dabei quakte sie, und es störte sie nicht, dass sie ständig umfiel, im Gegenteil, sie quakte und lachte immer mehr.

»Schatz, wir müssen leider aufhören.«

»Ich will noch hüpfen! Ich bin ein Frosch, schau mal!« Meine süße Kleine.

»Nein, wir müssen noch dein Bett aufbauen.«

»Ich hüpfe so lange weiter.«

»Nein, Klara, du musst mir helfen, alleine schaffe ich das nicht.«

Beim Trampolin hatte sie gewissenhaft geholfen und mir die Federn gereicht. Sie war keine Wilde, die man keine Sekunde alleine lassen konnte. Schon immer war Klara eine ruhige Beobachterin gewesen, ob als Baby, als sie gerade sitzen konnte und nicht krabbeln wollte, oder später, wenn ich ihr etwas vorlas.

Trotzdem war es zu gefährlich, sie alleine Trampolin springen zu lassen.

Mit wildem Gegrunze jagte ich sie lachend die Treppe hoch und holte die letzten Kartons aus dem Auto. Vor Johannas Tür blieb ich stehen und klingelte. Bestimmt hatte sie sich beruhigt und konnte mir erklären, wo wir das Trampolin verstauen sollten.

Vielleicht hatte ein Kunde sie so verärgert.

Doch Johanna öffnete nicht, sondern schloss die Tür ab. Merkwürdig.

»Johanna, bitte, lass uns reden!«

Keine Reaktion. Ich gab Klara das neue Kopfkissen, selber klemmte ich mir die Kindermatratze unter den Arm. Bei Johanna war alles still.

Mein Handy vibrierte, ich zog es aus der Hosentasche, um nachzusehen, ob Johanna mir vielleicht geschrieben hatte. Mein Blick fiel auf den Sperrbildschirm.

Das Foto von Klara.

Wie konnte ich nur vergessen, was Franziska in der Bücherei gesagt hatte: Erzähl ihr nichts davon.

Ging es hier gar nicht um das Trampolin? Oder darum, dass Johanna Ärger gehabt hatte oder ihr es mit dem Sex zu schnell gegangen war und sie mich zurückstieß?

Sondern um Klara?

Schon drückte ich Franziskas Nummer, aber sie hob nicht ab. Ich hinterließ eine Nachricht, dass sie mich sofort zurückrufen sollte.

Was hatte Johanna nur gegen Klara?

23

Franzi ging nicht ans Telefon, auch bei Fabian meldete sich nur die Mailbox. Dafür klingelte es. Ich schloss ab.

»Johanna! Bitte lass uns reden!«, rief Philipp.

Er klingelte erneut. Dann rief er mich an, ich schleuderte mein Telefon weit von mir auf den Teppich. Es machte Pling, eine SMS, ich wollte sie nicht lesen.

Irgendwann stand ich auf, berührte die seit Jahren verschlossene Tür gegenüber vom Schlafzimmer, strich über die Klinke, drückte sie herunter. Als ich den Schlüssel oben auf dem Türrahmen erblickte, wusste ich, dass ich wegmusste. Sofort.

Durch das Küchenfenster hörte ich Klaras Stimme. Keine Minute länger hielt ich es in ihrer Nähe aus.

Ich schnappte mir den Autoschlüssel. Der Transporter sprang nicht sofort an. Hatte sich denn jetzt alles gegen mich verschworen? Endlich brummte der Motor, und ich legte schnell den Rückwärtsgang ein.

Wieso hatte er mir verschwiegen, dass er ein Kind hat? Sie sah so zart und schutzlos aus. Ob Philipp gut auf sie aufpasste? Wo hatte sie bisher gelebt? Und – blieb sie hier?

Ich fuhr Richtung Süden durch die Weinberge. In Ochsenfurt bog ich auf die B 13, gelbe Rapsfelder und Spargel. Ich fixierte den grauen Asphalt vor mir. Irgendwann kam ich durch Ansbach. An einem See stoppte ich, blieb sitzen und beobachtete den Sonnenuntergang. Ich fragte mich, ob es Anzeichen gegeben hatte, irgendetwas. Ich erinnerte mich nur daran, was seine Mutter gesagt hatte: »Hier wird sich Klara bestimmt wohlfühlen«. In seiner Wohnung war mir nichts aufgefallen, aber ich hatte auch nur Augen für ihn gehabt.

Philipp hatte gelogen, als er die Wohnung gemietet hatte. Von wegen, er sei alleine. Er wollte zu zweit dort wohnen, deswegen hatte er Berlin verlassen. Mit Absicht hatte er mich getäuscht.

Ich weinte, trommelte aufs Lenkrad, fühlte mich betrogen und allein gelassen. Nie mehr wollte ich ihn sehen, nie mehr, ich würde ihm kündigen. Und, bis er weg war, mich bei Franzi verstecken.

Drei Monate Kündigungsfrist waren gesetzlich vorgeschrieben. Das war viel zu lang, wie sollte ich das aushalten. Auf keinen Fall durfte er in den Garten, zum Glück hatte ich das schriftlich. Vielleicht ging er ja früher, wenn ich ihm alles erklärte. Aber das konnte ich nicht.

Wie sollte es nur weitergehen, die nächsten Tage und Wochen, bis er weg war? Und wer käme danach? Sollte ich überhaupt noch vermieten oder ganz wegziehen, weg aus Sommerhausen, weg von all diesen Erinnerungen, in eine kleine Wohnung irgendwohin?

Ich saß im Wagen, wusste nicht, wohin. Es wurde kalt, aber ich hatte eine Decke im Wagen. Die Lichter eines Campingplatzes schimmerten durch die Bäume. Auf einmal schlummerte ich ein.

Plötzlich klopfte es. Wo war ich? Was ... da glotzte

mich auf einmal ein Mann mit Baseball-Cap und Taschenlampe an.

»Sie dürfen hier nicht stehen!«, rief er. »Für Wohnmobile geht es dahinten lang. Ich komme dann noch mal wegen der Standgebühr.«

Es war stockdunkel, mein Handy zeigte vier Uhr an. Ich nickte dem Mann zu, startete den Wagen und wendete. Sprit war nicht mehr viel im Tank, in Ansbach fand ich eine Automatentankstelle. Alles war wie ausgestorben, einmal raste ein Krankenwagen mit Blaulicht an mir vorbei. Als ich ins Maintal zurückkehrte, fing es zu dämmern an.

Mein Haus lag friedlich da. Es war ein komisches Gefühl zu wissen, dass ein Kind im Haus schlief. Ich schlich auf Zehenspitzen hinein, kochte Kaffee, klappte meinen Laptop auf. Die Kündigung war schnell geschrieben und ausgedruckt. Ich ging die Treppe in den Keller hinunter, schob den Briefumschlag unter seiner Tür durch und fühlte mich besser. Das Kapitel Philipp war beendet.

Oben schloss ich die Verbindungstür wieder ab. Ich trank einen weiteren Kaffee und konnte nichts essen, wollte nur noch duschen, meine Sachen packen und abhauen.

Da klingelte mein Telefon. Philipp? Morgens um sechs? Ich hatte ihm gekündigt, ich sollte drangehen, ich war seine Vermieterin. Geschäftlich, alles geschäftlich angehen, nicht persönlich.

»Ja?«, sagte ich.

»Johanna! Endlich!« Er klang müde und erschöpft.

»Hast du die Kündigung erhalten?« Besser, ich ging ins Arbeitszimmer, umgeben von nüchternen Aktenordnern, dort befand ich mich auf sicherem Terrain.

»Ja, aber wieso? Lass uns in Ruhe darüber reden. Kannst du runterkommen? Ich will Klara nicht alleine lassen, sie turnt hellwach auf dem Sofa rum.« Wie zärtlich er ihren Namen aussprach, schrecklich.

»Du bist unter Vorspiegelung falscher Tatsachen hier eingezogen. Nie hast du mit irgendeinem Wort erwähnt, dass du beabsichtigst, mit einer weiteren Person zusammenzuziehen.«

»Es … es geht um Klara?« Er schrie so laut ins Telefon, dass ich es kurz weghalten musste. »Du kündigst mir, weil meine Tochter mich besuchen kommt? Kannst du dir eigentlich vorstellen, was ich durchgemacht habe? Katharina ist mit ihr abgehauen, und ich wusste nicht, wo sie ist! Fast ein Jahr habe ich sie nicht gesehen, ein Jahr, kannst du dir das vorstellen?«

Natürlich. Aber ich sagte es ihm nicht. Das Einzige, das mich tröstete, war der verächtliche Ton, mit dem er ihren Namen ausgesprochen hatte. *Katharina.*

Im Hintergrund hörte ich, wie Klara leise vor sich hin sang.

»Johanna«, er hatte sich wieder im Griff und sprach leise, »komm runter, lass uns das nicht am Telefon besprechen.«

»Nein, dazu habe ich keine Zeit.«

»Du kannst mich doch nicht einfach rauswerfen! Katharina wird mir das Sorgerecht wieder entziehen lassen, wenn ich keine Wohnung habe.«

»Du findest was Neues. Es ist besser so.«

»Besser?«

»Ich will keine Kinder hier im Haus.«

Jetzt hatte ich es gesagt. Jetzt würde er gehen, und alles wäre wie früher, ruhig und sicher. Wer mag schon eine Kinderhasserin.

»Du kennst sie doch gar nicht! Klara ist keine laute Nervensäge, sie wird schon kein Feuer entfachen. Sie ist doch erst vier.«

Vier! Ich musste mich setzen. Ich hörte durchs Telefon, wie er durch das Zimmer lief, seine Schritte, seinen Atem. Dann blieb er stehen.

»Was ist los mit dir? Wir beide – bedeutet dir das gar nichts?«

Ich musste schlucken. Aber was auch immer hätte entstehen können, es war vorbei. Da war nichts.

»Nein«, sagte ich und glaubte es tief und fest.

»Es tut mir leid, dass ich es dir nicht schon gesagt habe, bevor du an mich vermietet hast. Es ist als Single leichter, eine Wohnung zu finden. Bei den Wohnungen zuvor habe ich immer gesagt, dass ich ein alleinerziehender Vater bin, und bin nie in Betracht gekommen. Und später, da hätte ich es dir sagen sollen. Es tut mir leid. Kannst du mir denn nicht verzeihen?« Er atmete tief durch. »Gestern, das ging alles so schnell. Das Gericht hat das Umgangsrecht endlich geregelt, und Katharina ließ Klara einfach bei mir.«

Er machte eine Pause, als erwartete er eine Reaktion von mir.

»Ich musste ihr erst mal eine Zahnbürste kaufen und

was zu essen, und in die Schule konnte ich auch nicht –
aber so ist Katharina. Ihr Wille ist Gesetz.«

All seine Erklärungen lösten das Problem nicht. Er
hatte eine Tochter.

»Du ziehst aus, ganz einfach. Drei Monate Kündigungsfrist, das ist gesetzlich so vorgeschrieben.«

»Gesetze! Wer redet hier von Gesetzen. Ich rede von
dir, Johanna! Du kannst mich doch nicht abservieren
und mir kündigen, nur weil ich ein Kind habe.«

»Ich will alleine sein.«

»Was hat dein Mann mit dir gemacht, dass du so verletzt bist? Was ist passiert?«

»Nichts.«

»Das glaube ich nicht«, sagte er.

Es war mir egal, was er glaubte.

24

Ich packte etwas zum Übernachten ein und rief meine Eltern an. Schlaftrunken meldete sich meine Mutter, es war gerade mal halb sieben. Als ich ankündigte, in einer Stunde bei ihnen zu sein, glaubte sie, ich würde sie auf den Arm nehmen, und reichte den Hörer an meinen Vater weiter.

Auch er hielt es für einen Scherz. Aber als ich dann mit knusprigen Brötchen vor ihrer Haustür stand, blieb ihnen nichts anderes übrig.

»Was ist passiert?«, fragten sie ständig, aber ich kochte lieber Tee, deckte den Frühstückstisch und redete von Belanglosem. Als Ausrede war mir nur eingefallen, dass ich zur Ausstellung über Neophyten, neu eingewanderte Pflanzen, im Palmengarten wollte.

Aber sie wussten, dass die Ausstellung erst nächste Woche anfing. Und sie taten das, was sie immer machten, wenn sie mit einer ihrer Töchter nicht zurechtkamen: Sie fragten die andere. Wie gut, dass ich Franzi nichts über Philipp geschrieben hatte, als sie nicht ans Handy gegangen war.

Papa schaute sehr ernst, als er mit Franzi sprach, und legte schnell wieder auf. Schade, ich hätte auch gerne mit ihr gesprochen. Ohne ein Wort zu sagen, schenkte er sich erneut Tee ein, rührte um.

»Was ist?«, fragte meine Mutter. Er räusperte sich, sein Blick ging zur Teetasse, dann sah er sie an.

»Johannas Mieter hat eine Tochter, die ihn gestern zum ersten Mal besucht hat.«

Woher um alles in der Welt wusste Franzi davon? War ich nicht hierhergekommen, um alles zu vergessen?

»Oh Kind!« Sie legte ihre Hand auf meine. Mir schnürte sich die Kehle zu.

»Lasst uns über was anderes reden«, sagte ich.

»Ist gut.« Sie setzte sich aufrecht hin und reichte den Brötchenkorb herum.

»Nein, ist nicht gut, Sigrid.« Mein Vater stand auf. »Wir müssen darüber sprechen. Irgendwann muss das Schweigen ein Ende haben!«

»Nicht heute, Ernst.«

»Wann dann? Den richtigen Zeitpunkt, den gibt es doch gar nicht. Seit Jahren weichen wir dem Thema aus. Vielleicht ist es jetzt so weit. Besser, als wenn Christopher wieder Vater wird. Oder so was Ähnliches.«

»Christopher wird Vater«, sagte ich.

»Was?«, sagte meine Mutter fassungslos.

Ach, davon hatte Franzi nichts erzählt.

»Vanessa kriegt Zwillinge.«

»Endlich«, sagte mein Vater.

»Papa!«

»Das Leben geht weiter. Das habe ich immer gesagt. Und Christopher war der Einzige, der mich verstanden hat.«

»Das stimmt ja auch nicht! Ein Kind! Als ob das ginge! Das ist ja ...«

»Das Natürlichste auf der Welt.«

»Papa! Das verstehst du nicht!«, rief ich.

»Ernst, du bist so unsensibel.« Meine Mutter legte die Serviette neben den Teller und rückte sie gerade. »Das geht alles viel zu schnell.«

»Wie lange soll das noch so bleiben? Johanna wird auch nicht jünger. Ich will Enkel. So, jetzt habe ich's gesagt.«

Mir wurde schlecht.

»Palmengarten.« Meine Mutter stand auf. »Jetzt.«

»Sigrid!« Mein Vater hob entsetzt die Arme.

»Und hinterher gehen wir nett Kaffee trinken. Wie lange bleibst du denn, Johanna?«

»Sigrid!« Die Teetasse meines Vaters klirrte heftig. »Christopher wird Vater! Weißt du, was das bedeutet?«

»Er ist mir völlig egal.«

»Aber die Kinder, das sind doch ...«

»Ernst!«, unterbrach sie ihn und schüttelte den Kopf.

»Ich geh joggen«, sagte er, warf die Serviette auf den Tisch und stand ebenfalls auf. Meine Mutter lächelte mich an, ihre Mundwinkel zuckten. Ohne ein weiteres Wort ging er aus dem Zimmer, ich hörte den Schlafzimmerschrank, die Badezimmertür.

Meine Mutter setzte sich wieder und goss sich erneut Tee ein.

»Was den Mieter und sein Kind angeht – sollen wir dir nicht doch das Geld geben? Dann bräuchtest du nicht mehr vermieten. Was für ein Aufwand, immer diese neuen Leute, sie sind fremd und können Gott weiß was anstellen.«

»Nein, Mama. Ich schaff das schon.«

Die Tür fiel ins Schloss. Mein Vater ging, ohne sich zu verabschieden. Das war nicht seine Art. Aber ich hatte ihn auch noch nie zuvor in Sportkleidung gesehen.

»Er hat ganz schön viel abgenommen«, erwiderte ich. »ist alles in Ordnung?«

»Natürlich!«

Ich glaubte ihr nicht. Meine Mutter war eine Meisterin im Abwiegeln und Unter-den-Teppich-Kehren. Manchmal hatte ich nichts dagegen, so wie eben, als sie beinahe einen filmreifen Abgang mit mir hingelegt hätte, nur um einem Gespräch aus dem Weg zu gehen. Aber ihr Lächeln war ihr ins Gesicht getackert wie bei einer Eiskunstläuferin. Konnte man ihr eigentlich überhaupt etwas glauben?

Mein Handy vibrierte. Eine Kundin von mir aus Würzburg, eine ältere, alleinstehende Frau. Warum ich nicht gekommen sei, ich hätte doch heute den Garten für ihre Familie herrichten sollen.

Muttertag. Ich hatte ganz vergessen, dass ich dann auch samstags arbeitete. Ich schützte eine Krankheit vor und sagte auch noch schnell den anderen Kunden für heute ab.

Dann rief ich Franzi an. Um meine Mutter nicht weiter zu belasten, ging ich ins Gästezimmer. Früher war es mein Kinderzimmer gewesen, mit einem Mini-Gewächshaus und einer riesigen Yucca-Palme. Heute sah es aus wie aus dem Möbelprospekt, alles in Weiß und Grau und ohne ein Staubkorn.

»Du hast Philipp gekündigt?«, fragte sie ohne Begrüßung. »Nur weil er eine Tochter hat, die ihn grad mal alle vierzehn Tage besucht?«

»Na, du kennst dich ja aus. Wo warst du überhaupt? Und woher weißt du das alles?«

»Er … wir … also … wir haben ein paar Mal miteinander geredet.

»Und was hast du ihm gesagt?«

»Nichts. Nichts Wichtiges. Er wollte wissen, wer der Typ auf dem Motorrad ist.«

»Anstatt so neugierig zu sein, hätte er mir besser gleich sagen sollen, dass er eine Tochter hat. Ich glaube, jede Frau wäre sauer, wenn er auf einmal eine Tochter aus dem Hut zaubert.«

»Jede Frau? Geht es doch um mehr als die Wohnung?«

Ich stockte. Franzi hatte ja keine Ahnung von meinen Gefühlen. Aber was wusste sie von Philipp? Was hatte er ihr alles erzählt?

»Er ist eh nicht dein Typ.«

Was hieß das schon wieder? Wie kam sie auf so etwas? Normalerweise wollte sie mich immer verkuppeln. Da dämmerte es mir.

»Hast du von seiner Tochter gewusst?«

Sie schwieg.

»Und du lässt mich einfach so ins Messer laufen?«

»Johanna, das ist doch was ganz Natürliches. Du kannst nicht jedem aus dem Weg gehen, der ein Kind hat!«

Doch, das konnte ich.

»Ich glaube, er ist in dich verliebt.«

»Liebe! Nun übertreib mal nicht.«

»Johanna, du weißt gar nicht mehr, was Liebe ist.«

»Oh Gott, Franzi. Hör dir mal selber zu! Aber über mich mit einem Fremden zu reden, kann ich dir gar nicht mehr vertrauen?«

»Ich habe nichts gesagt, nur geraten, er soll es langsam angehen lassen.«

Ich drückte sie weg und warf das Handy auf das Bett. Da redete sie hinter meinem Rücken über mich – und verschwieg mir das Wichtigste. Aber noch während ich auf die graue Häuserwelt Frankfurts starrte, wusste ich, dass sie es gut gemeint hatte. Mich vielleicht sogar schützen wollte.

Sie hätte auch meine tiefsten Geheimnisse verraten können. Aber wie lange wollte sie mich noch in Watte packen und schlechte Nachrichten von mir fernhalten? Das brachte sowieso nichts, irgendwann erfuhr ich es doch, entweder von so einem schleimigen Kerl wie dem Wiedinger oder dadurch, dass mir plötzlich ein Kind direkt in die Augen sah.

Ich legte mich aufs Bett, starrte an die Decke, hörte die Nachbarn von oben hin und her laufen, einen Hund bellen und leise meine Mutter weinen. Ich wollte nicht an den Grund denken, wollte an gar nichts denken. Auf einmal sah ich den Seerosenteich vor mir, die großen, dunklen Blätter, mein Herz schlug stark, dann setzte es einen Augenblick aus.

Mein Vater polterte in die Wohnung, die Dusche rauschte. Er redete leise, als ob er telefonieren würde, und dann musste ich eingeschlafen sein.

Ich erwachte mit einem Schrei. Bekam keine Luft,

mein Herz hämmerte, irgendetwas zog mich in die Tiefe. Bloß nicht dran denken. Ich setzte mich. Mein Kopf dröhnte, und meine Beine zitterten, als ich aufstand und zu meinen Eltern ging.

Meine Mutter las, ich setzte mich auf das kleine Sofa gegenüber ihrem Lieblingssessel. Ohne viele Worte kochte sie Grießbrei für mich und streute viel Zimt darauf. Der hatte mir schon als Kind gegen Kummer jeder Art geholfen. Mein Vater legte eine CD auf, es klang nach Mozart.

Später ging er zu einer Magritte-Ausstellung in die Schirn-Kunsthalle, ich blieb da. Rätselhafte Kunst war heute nichts für mich, ich hatte genug eigene Rätsel, die es zu lösen galt. Ich wollte mich einfach nur verkriechen. Aber auch in der Wohnung meiner Eltern fühlte ich mich eingeengt, und so ging ich zur Zeil und weiter in die Innenstadt, hohe Häuser, Hitze, Staub in der Luft und viel zu viele Menschen. Ich ging immer weiter, es war so ganz anders als sonst, und es tat mir tatsächlich gut.

25

Muttertag bei meiner Mutter zu verbringen war komisch. Keiner gratulierte ihr, aber mein Vater schenkte ihr einen üppigen Frühlingsblumenstrauß. Sie hatte Muttertag noch nie gemocht, für sie war er eine Erfindung der Nazis. Sie wollte auch nicht als Mutter definiert werden, sondern als emanzipierte, berufstätige Frau. Ein Wunder, dass sie den Blumenstrauß akzeptierte.

Wir blieben zu Hause, Restaurantbesuche lehnte sie am Muttertag ab. Sie ging gerne essen und auch oft und sehr teuer. Aber heute schälte sie demonstrativ den Spargel selber, und ich half ihr dabei.

Mein Vater kümmerte sich derweil um zwei Streamingdienste für meine Mutter, damit sie nicht ständig Nachrichten hörte. Der Fernseher stand wieder im Wohnzimmer, und so schauten wir nach dem Essen eine Dokumentation über englische Schlösser, die so gar nichts mit Muttertag zu tun hatte.

Als ich abends in die Schönblickstraße einbog, stand Philipps Wagen nicht vor dem Haus. Erleichtert atmete ich auf und ging ins Haus. Alles war so still, ich schaltete das Radio ein und drehte es so laut, dass es alles andere übertönte.

Unruhig schlich ich durch die Wohnung, fand mich

vor der verschlossenen Tür wieder und legte meine Stirn an das kühle Holz. Lange stand ich so da und versuchte, an nichts zu denken.

Doch immer wieder tauchte vor meinem inneren Auge das Mädchen auf. Wie es mich angesehen hatte. So voller Ernst und Vertrauen. Ich strich über die Holztür, und mir fiel der Staub auf, der sich auf den schmalen Rahmen gelegt hatte, holte ein Mikrofasertuch und wischte ihn weg.

Als ich mich umdrehte, überkam mich das Gefühl, dass alles voller Staub war. Die Türen. Die Lampen im Flur. Spinnweben hingen in den Ecken, und als der Flur sauber schien, kam das Wohnzimmer dran. Ich wischte und wischte, und doch war nichts so, wie ich es haben wollte.

Irgendwann schlief ich erschöpft auf dem Sofa ein.

Es klingelte. Erschrocken setzte ich mich auf. Was machte ich auf dem Sofa? Mit dem Putzlappen in der Hand? Es klingelte erneut, immer und immer wieder. Ich sprang auf, sah auf die Uhr, halb neun, ich hatte den ersten Kunden vergessen. War das die Post? Schlaftrunken ging ich an die Tür.

»Wie kannst du nur meine Tochter so anschreien!«, schrie mich eine fremde Frau an. Sie hatte lange, blonde Haare, war stark geschminkt und fuchtelte mit dem Zeigefinger vor mir herum.

»Wenn du noch einmal ein Wort mit meiner Tochter redest, zeige ich dich an!« War das die Frau von Philipp? Ihre Beine in den hautengen Jeans sahen wie Streichhölzer aus. Darüber trug sie ein Top mit Volants aus durchsichtigem Stoff.

»Du bist sowieso kein Umgang für meine Tochter.«
Beschämt merkte ich erst jetzt, dass ich immer noch den
Putzlappen in der Hand hielt. Ich räusperte mich und
warf den Lappen hinter mich.

»Wer sind Sie?«, fragte ich.

»Ich bin Katharina Bellmann, die Mutter von Klara.«

Um die Situation nicht weiter eskalieren zu lassen,
reichte ich ihr die Hand. Zögernd ergriff sie sie.

»Johanna Laurien. Es tut mir leid, dass ich Ihre Tochter angeschrien habe, wird nicht wieder vorkommen.«
Ihre Hand war kalt und schmal, die Nägel manikürt. Auf
meine Entschuldigung reagierte sie nicht, sondern betrachtete den Transporter.

»Gärtnerin!« Sie schnaubte abfällig. »Immer mit den
Händen im Dreck. Wenn du sie nur einmal anfasst! Ich
war ja von Anfang an für eine Ortsbesichtigung des Rich-
ters. Auf dem Dorf zur Untermiete zu wohnen! Sie ist so
ein sensibles und intelligentes Kind. Wenn ihre Talente
nicht gefördert werden … diese Dorfkinder, das ist doch
kein Umgang für sie! Wir haben nur Akademiker als
Nachbarn. David und ich wohnen im Frauenland!« Sie
wackelte mit ihren Schultern.

Eine der teuersten Wohngegenden Würzburgs, viele
meiner berufstätigen Kunden wohnten dort.

»David hat ein eigenes Modelabel.« Das war wohl ihr
neuer Mann. Sie hob die Hand, und hinter ihr piepte
eine Zentralverriegelung. Erst jetzt fiel mir das Cabrio
vor dem Haus auf, ein dunkler Mercedes mit dem dezen-
ten Aufkleber einer Würzburger Modefirma. Sah wie ein
Firmenwagen aus.

»Wenn du Kinder hättest, würde ich die auch mal grundlos anschreien. Hast wohl keinen Mann abgekriegt. Wundert mich gar nicht …«

Und sie drehte sich auf dem Absatz um, ihre Haare flogen filmreif herum. Ich schaute mich um – Philipps Wagen war nicht da. Aber es war ja auch Montag, die Schule rief.

»Wie gesagt, solltest du dich meiner Tochter noch einmal nähern, zeige ich dich an«, waren ihre letzten Worte.

Ich schloss die Tür. Die Frau war echt total durchgedreht. Was Philipp an der nur gefunden hatte.

Unter der Dusche sagte ich mir so lange »Ich schaffe das«, bis ich es glaubte. Ich würde auch diesen Tag hinter mich bringen. Einfach weitermachen. Genauso hatte ich es schon einmal geschafft, und dagegen war das alles hier doch nichts. Weswegen hatte ich mich über diese Zwillinge eigentlich so aufgeregt, Christopher war Vergangenheit. Und Philipp würde ausziehen, und der Spuk war vorbei. Und bis dahin ging ich ihm und seiner verrückten Ex-Frau aus dem Weg.

Ich goss gerade Kaffee in einen Thermosbecher, als es schon wieder an der Tür läutete. Wenigstens trug ich jetzt ein sauberes Shirt zur grünen Arbeitshose. Vorsichtig schaute ich aus dem Küchenfenster. Franzi. Ich öffnete. Unsicher sah sie mich an.

»Tut mir so leid, Johanna! Ich wollte dir nicht wehtun.«

»Ist schon in Ordnung«, antwortete ich.

Sie umarmte mich stürmisch und brach in Tränen aus. »Ich habe ihm nichts von ihr erzählt, keine Angst. Ich weiß ja, dass du darüber nicht reden kannst.« Ich strich ihr über den Rücken, langsam wurde sie ruhiger.

»Wenn er nur endlich weg ist«, murmelte ich. Sie suchte in ihren Hosentaschen nach einem Taschentuch, fand keins. In der Garderobe lag mein Arbeitsrucksack, ich gab ihr eine frische Packung Tempos.

»Gehst du nicht arbeiten?«, fragte sie und putzte sich die Nase.

»Doch. Ich bin nur spät dran.«

Sie nickte. »Bleib doch da, gönn dir mal Ruhe«, sagte sie.

»Nein. Auf gar keinen Fall. Mir geht es auch wieder gut, kein Problem.«

Sie sah mich mit roten Augen an. »Wie wäre es, wenn du heute Abend zum Essen kommst? Dann können wir über alles sprechen.«

Ich nickte. Hier zu Hause hielt ich es im Moment sowieso nicht aus.

Der Tag verlief ohne besondere Zwischenfälle. Abends war Philipps Wagen nicht da, sehr gut. Marion von gegenüber winkte mir beim Aussteigen zu, aber ich hatte keine Lust auf ein Schwätzchen. Bestimmt hatte sie das kleine Mädchen gesehen.

Ich ging schnell rein, duschte, dann fuhr ich mit dem Transporter zu Franzi. Zu Fuß traf man zu viele neugierige Menschen.

Die Pfingstrosen verzauberten Franzis Garten mit ihrer pinkfarbenen Blütenfülle, aber die Stimmung war gedrückt. Fabian schürte den Grill ein, Franzi und ich tranken Rotwein und schwiegen. Ich fühlte mich verantwortlich und wollte einen Scherz machen, die Stimmung auflockern. Aber ich war nicht gut im Scherzen.

»Ich bin so froh, dass ihr keine Kinder habt«, sagte ich daher. Franzi riss die Augen auf und schlug sich die Hand an den Mund.

»Wir ... wir müssen dir etwas sagen«, sagte Fabian und legte den Blasebalg zur Seite.

»Nein«, rief Franzi, »nicht jetzt, Fabian. Später.«

»Das bringt doch alles nichts.« Er setzte sich zu Franzi auf die Gartenbank und nahm ihre Hand. Ihre Augen füllten sich mit Tränen. Was war denn jetzt los?

»Auf uns kommen schwere Zeiten zu, Franzi. Du wirst das nicht durchstehen, wenn du es niemandem erzählen kannst«, sagte Fabian und küsste sie auf die Wange. »Vor allem Johanna muss es wissen.« Franzi verbarg ihren Kopf an seiner Schulter.

»Was ist passiert?«, fragte ich.

Schluchzend versuchte sie zu antworten. Fabian atmete tief durch. Dann sagte er sehr ernst: »Wir ... haben Schwierigkeiten. Vielleicht ist es ein hormonelles Problem. Genau wissen wir es noch nicht, aber wir versuchen es jetzt seit einem Jahr, und es klappt einfach nicht.«

Ein hormonelles Problem? Und »es« klappt nicht? Hieß es das, was mir sofort einfiel? Oder etwas ganz anderes? Hormone ... Mir wurde flau im Magen.

Sie auch. Genauso wie Christopher und Philipp.

»Ich denke, du willst keine Kinder kriegen?«, fragte ich Franzi, die sich noch immer weinend an Fabian lehnte.

»Doch. Schon immer«, erklärte Fabian und drückte

ihre Hand, »und jetzt wollen wir nicht weiter abwarten. Wir müssen etwas unternehmen. Es ist schwierig für uns. Für Franziska, vor allem für Franziska.«

»Fabian!«, rief Franzi, »Johanna macht gerade so viel durch. Lass es sein.«

Er sah mich an. Seine Augen glänzten. Weinte er? Fabian, der Fels in der Brandung?

»Sie braucht dich, Johanna«, sagte er. »Ihr seid Schwestern, und jetzt ist es an der Zeit, dass du dich mal um sie kümmerst.«

Du kannst doch nicht jedem aus dem Weg gehen, der ein Kind hat, hatte sie gesagt. Und sich selber gemeint.

Mir wurde schwindelig. Ich versuchte, mich auf den Garten zu konzentrieren, auf die kleinen grünen Kirschen, auf den Löwenzahn zwischen den Wegplatten.

»Am Freitagabend wollten wir darüber reden. Und nur für uns sein.«

»Wolltet ihr mir das verheimlichen?«

Ich würde es überstehen, wenn Christopher Vater wurde. Ihn konnte ich meiden. Philipp musste ausziehen. Aber meine Schwester? Wie sollte ich meinem Neffen oder meiner Nichte aus dem Weg gehen?

Als ich aufstand, wurde mir kurz schwarz vor Augen.

»Setz dich wieder, Johanna. Wir sind noch nicht fertig.«

Aber ich konnte nicht bleiben und ging einfach durchs Gartentörchen hinaus. Ohne mich zu verabschieden. Franzi und Fabian riefen mir hinterher. Dann hörte ich Schritte, Franzi ergriff meinen Arm, zog mich an sich.

Ich machte mich los. Sie entschuldigte sich, und als

sie wieder von ihrem Kinderwunsch anfing, ließ ich sie stehen.

Wieder diese falsche Rücksichtnahme. Auf nichts konnte ich mich verlassen.

Der Weg den Berg hinauf fiel mir so schwer. Ich öffnete das Tor, schlich am Gartenhäuschen vorbei, am Lilienbeet. Ob Philipp da war? Aber der Garten, so bunt und blühend wie er war, war leer. Kein Trampolin, kein Liegestuhl, kein Auto vor der Garage.

Ich lag auf dem Bett und konnte nicht schlafen. Hatte Franzi keine Angst? Kinder, da konnte so viel passieren, das wusste sie doch. Sie zu lieben reicht nicht. Egal, wie sehr man sich bemüht. Man versagt. Das Leben nimmt seinen eigenen Weg, da kann man planen, wie man will. Nicht schwanger werden zu können ist doch ein Hinweis. Ein Zeichen. Man muss es beachten. So ein Kind, ein Baby, klein und zerbrechlich, wer soll es beschützen?

Tante sein. Wie das wohl wäre. Noch nie hatte ich konkret darüber nachgedacht, weil Franzi immer gesagt hatte, sie wolle keine Kinder, und ich hatte ihr immer geglaubt. Wie blind war ich gewesen, dass ich gedacht hatte, ich könnte Kindern ausweichen. Mich nicht mehr mit Simone treffen. Oder mit den anderen Freundinnen, die Kinder bekommen hatten. Für Marion und Oliver keine Zeit zu haben, wenn deren Enkel zu Besuch kamen. Kunden abzulehnen, deren Kinder im Garten herumturnten, wenn ich dort arbeiten wollte. Den Garten des Kindergartens nicht mehr zu betreuen.

Alles umsonst.

26

Der nächste Tag begann trüb, ich konnte mich zu nichts aufraffen. Ich kochte Kaffee, duschte, schaute in den Terminkalender. Routinearbeiten. Ich kochte mir einen weiteren Kaffee, ich wurde einfach nicht wach.

Philipps Wagen stand nicht vor der Garage. Um sechs Uhr morgens war er doch nie und nimmer schon zur Schule gefahren. War er überhaupt nach Hause gekommen? Gehört hatte ich nichts.

Franzi wollte ich auch nicht sehen, aber das war einfacher. Vielleicht sollte ich wegziehen. Eine Tante, die mit niemandem redet, die Kinder hasst. Die Tante, die niemand kennt. Die man vergisst.

Und mit ihr alles andere.

Halb acht, ich musste jetzt wirklich weg. Das Müsli ließ ich stehen, meine Sorgen nahm ich mit.

Auf dem Weg kam ich durch Kaltensondheim. Wiedingers Haus war von der Durchgangsstraße nicht zu sehen. Ich hatte ihm angesehen, wie viel Spaß es ihm gemacht hatte, mir von Christophers Zwillingen zu erzählen. Aber wieso? Was hatte er gegen mich? Ich kannte ihn doch kaum.

Beim ersten Telefonat war Holger Wiedinger nett gewesen, auch beim ersten Treffen. Fast hatte ich den Eindruck gehabt, er wolle mit mir flirten.

Letzte Woche war ich genau denselben Weg entlanggefahren, nachdem ich von den Zwillingen erfahren hatte. Nie würde ich die Kinder in meine Nähe lassen. Christopher und Vanessa wohnten in Eibelstadt, wo ich oft im Supermarkt einkaufte. Aber ab jetzt wohl nicht mehr.

Da klingelte mein Handy, es steckte in der Freisprechanlage. Meine Mutter. War etwas mit meinem Vater?

»Ja, Mama, was ist denn?«

»Hallo, Johanna! Wie geht's dir denn, mein Liebes?« So hatte sie mich schon ewig nicht mehr genannt. Ich brummelte irgendeine Erwiderung und erklärte, dass ich auf dem Weg zu einer Kundin sei.

»Du arbeitest, das ist schön.«

»Geht es euch gut, Mama?«

»Ja, bei uns ist alles in Ordnung, mach dir da mal keine Sorgen!«

»Und weswegen störst du mich dann bei der Arbeit?«

»Ach, ich wollte dich nur mal anrufen. Aber wenn du keine Zeit hast ...«

Seit wann rief sie einfach so an? Kontrollierte sie mich?

»Mama, ich muss jetzt wirklich weiter. Mir geht es gut.«

»Melde dich doch mal wieder!«

»Na dann«, sagte ich nur und legte auf.

Später fuhr ich zu Frau Strobel, der Freundin meiner Oma, nach Winterhausen. Frau Strobel war weit über achtzig und konnte mit ihren arthritischen Händen kaum noch eine Kaffeetasse halten. Ihr Garten war einer der Ersten gewesen, die ich zu versorgen begann. Und ich kam immer gerne her. Ein Enkel wohnte bei ihr im Haus und kümmerte sich um sie, kaufte ein, bezahlte die Putzfrau und mich. Ich sah ihn selten, aber es beruhigte mich, dass sie nicht alleine war.

Vor Isas Haus stand Franziskas Auto. Aber auch früher hätte ich nicht gehalten, um auf einen Kaffee reinzugehen. Keine Zeit. Keine Lust. Wenn Isa nicht Franzis Freundin wäre, würde ich auch ihren Garten nicht betreuen. Sie setzte nie eine meiner Ideen um und nervte mit ihren Anrufen.

Bestimmt saßen die beiden da oben in Isas Büro unterm Dach, tranken Yogi-Tee, und Isa gab mit irgendeiner tollen Theaterpremiere an, die sie in München oder Berlin gesehen hatte. Oder sie redeten über Franziskas Kinderwunsch, von dem Isa offensichtlich viel früher erfahren hatte als ich. Deshalb ihre Andeutungen die ganze Zeit.

Bei Frau Strobel prüfte ich die überwinterten Knollen der Dahlien und Begonien und setzte sie wieder vorsichtig ins Beet. Ihr Garten war ein richtiges sonnendurchflutetes Paradies ohne störende Bäume.

In Winterhausen war es immer etwas kälter als in Sommerhausen. Der Boden war schwerer und erwärmte sich in der Morgensonne nicht so stark wie der leichte Sandboden auf der Sommerhäuser Seite des Mains, der die stets stärkere Abendsonne genießen durfte. Die Sommerhäuser sagen ja gerne, dass das Schönste an Winterhausen der Blick auf Sommerhausens Altstadt sei. Das stimmte natürlich nicht. Aber Winterhausen lag eben nicht nur im Schatten der berühmten Schwesternstadt auf der anderen Mainseite, sondern auch im Schatten der Berge.

Frau Strobel hatte von einer Nachbarin Streuselkuchen geschenkt bekommen und lud mich auf einen Kaffee ein.

»Kind, ich muss mit dir reden«, fing sie an.

Oh je, das klang nach einem langen Vortrag. Waren die Katastrophen der letzten Tage auch schon zu ihr durchgedrungen? Konnte sich denn keiner raushalten und mich in Ruhe lassen?

»Magdas Grab sieht fürchterlich aus. Das hat sie nicht verdient. Der Buchsbaum hat den Zünsler, und du unternimmst gar nichts dagegen?«

Oh. Es ging um Oma. »Davon wusste ich nichts.«

»Aber wieso denn nicht? Das ist doch gar nicht zu übersehen, schon seit Wochen! Ich bin auch schon von den anderen drauf angesprochen worden, die haben natürlich Angst, dass er sich auf ihre Pflanzen ausdehnt.«

Das hätte ich an deren Stelle auch. Die Raupen des Buchsbaumzünslers fraßen gut getarnt die inneren Blätter ab, und bis man sie entdeckte, war die Pflanze oft kaum noch zu retten. Und ob Franziska alles absammeln und die Pflanze mit einem Insektizid einsprühen würde? Sie kümmerte sich zwar um Omas Grab, aber sie hatte keine Ahnung. Und jetzt wollte ich nicht mit ihr darüber reden.

»Danke für den Kuchen, Frau Strobel, sehr lecker! Aber ich muss weiter. Wegen des Zünslers – ich kümmere mich drum. Am besten, wir graben den Buchsbaum aus und ersetzen ihn.«

»Oh, wie schade. Die Grabeinfassung hatte Magda damals gepflanzt, als ihr Mann beerdigt wurde.«

»Mir fällt was ein, versprochen. Machen Sie sich keine Sorgen.«

Vielleicht sollte ich Oliver bitten – oder Dieter. Ja, Dieter, der hatte meine Oma gekannt. Auf den Friedhof brachte mich niemand, noch nicht einmal der Buchsbaumzünsler.

27

Philipp

Die Kopfschmerzen verhießen nichts Gutes. Vor allem nicht, wenn ich unterrichten musste. Vorsichtig öffnete ich die Augen. Tatsächlich, ich lag bei Robert auf der Couch. Gestern hatte ich nach der Schule angedeutet, was am Wochenende passiert war. Daraufhin lud er mich auf ein Bier ein und wollte die gesamte Geschichte hören. Und aus dem einen Bier war wesentlich mehr geworden.

Die Unterrichtsvorbereitungen lagen natürlich zu Hause. Kurz nach sieben, reichte das, um vor der ersten Stunde nach Sommerhausen zu fahren? Im Berufsverkehr?

Schnell stand ich auf. Wo war das Bad? Da. Aus dem Hahn kam abwechselnd kaltes und heißes Wasser, jetzt war ich wach.

In der Küche wartete Robert mit einem frischen Shirt und Müsli auf mich. Milena, Roberts Freundin mit dem tätowierten Unendlichzeichen auf dem Handgelenk, reichte mir grinsend einen Kaffee und eine Kopfschmerztablette. Sie war ebenfalls Mathelehrerin, allerdings am Siebold-Gymnasium. Ich hatte gestern Abend ziemlich damit angegeben, dass ich wusste, wer Philipp Franz von Siebold gewesen war. Aber dann musste ich wieder an

Johanna und die Hortensien denken und hatte noch einen Tequila getrunken …

»Warum habt ihr mich nicht geweckt? Wie soll ich denn unterrichten, ohne mein Zeug?« Ich tauschte das verschwitzte Hemd gegen das Shirt aus. Schwarz mit der Formel von Einsteins Relativitätstheorie vorne drauf. Robert trug gerne solche Sachen.

»Ich dachte, du hast die Erste frei?«

»Nein, ich muss in einer Fünften vertreten.«

Der Kaffee war unglaublich stark. Mit einem Mal fiel mir ein, dass ich meine Daten in der Cloud speicherte und ausdrucken konnte. Und die Bücher lieh ich mir einfach von einem Schüler. Führte zwar bestimmt zu ein paar Lachern, aber egal, da musste ich jetzt durch.

Warum war ich da nicht gleich drauf gekommen? Ich musste echt viel getrunken haben.

»Hoffentlich bin ich bis dahin fit.« Ich schaute auf mein Handy. »In zwanzig Minuten.«

»Kopf hoch«, sagte Milena, »und Johanna, die beruhigt sich auch wieder. Wegen deiner Tochter darf sie dir jedenfalls nicht kündigen, sonst geh zum Mieterbund.«

»Aber wenn sie Philipp und die Kleine rausekeln will? Denk doch nur mal an die vom Vermieter platzierten Ratten während des Studiums. Könnte für die Kleine gefährlich werden.« Robert hielt mir die Müslipackung hin, aber ich schüttelte den Kopf. Hoffentlich wirkte die Tablette bald.

»So schnell kann ich eh nicht ausziehen, im Netz werden nur teure Appartements angeboten.«

»Aber warum will sie dich loswerden? Nur weil du ein Kind hast?«

»Ist mir egal. Ich habe oft genug versucht, mit ihr zu reden. Ich muss an Klara denken, und Robert hat ganz recht: Es könnte gefährlich werden. Lass uns lieber gehen, ich muss noch was ausdrucken und kopieren.«

Robert grinste. »Von mir aus.«

Zum Glück wohnte er in der Nähe des Gymnasiums. Die frische Luft half, den Kopf klar zu bekommen. Gestern wollte ich von Johanna nichts mehr wissen, aber jetzt war ich mir nicht mehr so sicher.

Solange ich nicht wusste, worum es ging, konnte ich auch nichts unternehmen. Johanna sprach nicht mit mir, aber Franziska müsste mir doch alles erklären können. Sie war es mir schuldig. Wenn sie nicht gewesen wäre, hätte ich Johanna schon viel früher von Klara erzählt. Und selbst wenn es an Johannas Reaktion nichts geändert hätte, wäre wenigstens Klara ihr Auftritt erspart geblieben.

Der Unterricht verlief ganz gut. Die Sonne schien, und meine Laune verbesserte sich von Stunde zu Stunde.

Auf dem Weg nach Hause fuhr ich bei Franziskas Galerie vorbei. Sie saß in dem Lehnstuhl in ihrer Werkstatt und las in einem Buch. Als sie es zur Seite legte, konnte ich den Titel lesen: *Kinderwunsch*. Darunter das Etikett der Stadtbücherei. Sie sah mich traurig an und wünschte mir viel Glück bei der Wohnungssuche. Meine Fragen beantwortete sie nicht. Irgendetwas stimmte nicht.

Aber ich musste an Klara denken, sie war die Wichtigste.

28

Ich redete nicht mehr mit Franzi, ich redete nicht mehr mit Philipp, ich redete mit niemandem mehr. Arbeit war angesagt, je mehr, desto besser. Nachts schlief ich schlecht, wollte nicht träumen, wollte nicht wach sein.

Und dann drang etwas Farbe ins Dunkel: Die Erdbeeren wurden reif. Auf dem Nachhauseweg suchte ich mir beim Straßenstand meines Lieblingserdbeerbauern eine Schale roter, glänzender Früchte aus.

Abends setzte ich mich damit in den Garten. Ich liebte Erdbeeren. Es gab hier noch ein verwildertes Terrassenbeet voller Erdbeeren. Sobald die Sonne den Berg überwunden hat, wurde es die ganze Zeit von der Sonne beschienen. Die Steine der Stützmauer speicherten die Wärme für kalte Tage und Nächte. Und jetzt, wo ich mir das Beet einmal genauer ansah, erkannte ich sogar einige Blüten an den von Unkraut überwucherten und verwilderten Pflanzen. Früchte gab es nach dem späten Frost noch keine. Jetzt waren nur die auf Folie gezogenen Erdbeeren reif.

Ich suchte mir die schönste aus. Vorsichtig biss ich hinein und genoss die intensive Süße. Saftig und festes Fruchtfleisch. Perfekt für Marmelade. Und ich hatte richtig Lust aufs Marmeladekochen.

Und so kam es, dass ich gleich am nächsten Tag im großen Supermarkt an der Randersackerer Straße in Würzburg Gelierzucker kaufte.

An den Kassen war es voll, und ich wusste nicht, wo ich mich anstellen sollte. War das nicht …? Die langen blonden Haare? Tatsächlich. Franziska packte gerade Milch aufs Band, Joghurt und Schokolade. Und eine Packung Tampons.

Als sie zu mir sah, senkte ich den Kopf, bemerkte aber noch, dass sie den Arm hob und mir zuwinkte. Doch ich wollte nicht mit ihr sprechen. Nicht wenn ich Gelierzucker kaufte und sie – Tampons.

Zögernd ließ sie den Arm sinken, blickte aber weiter in meine Richtung. Ich wandte mich um und tat, als ob ich mir eine Plastiktüte aussuchte. Sie gab auf und bezahlte. Beim Rausgehen drehte sie sich nicht um.

Wir hatten schon ein komisches Verhältnis. Mit damals, als ich zwanghaft ein Glas nach dem anderen füllte, war es jetzt sowieso nicht zu vergleichen. Ich hatte einfach Lust dazu.

Aber ich wusste, dass sie etwas dazu sagen würde, wenn sie den Gelierzucker sah. Sie würde sich Sorgen machen, dabei müsste ich mir Sorgen machen, weil die Tampons von einer ganz anderen Geschichte erzählen.

Ich kochte die alten Gläser und die Deckel aus, wusch die Beeren. Danach das Grün entfernen, die Beeren teils pürieren, teils in Stücke schneiden, mit Zitronensaft und Gelierzucker aufkochen, lange rühren. Leider blühte der Holunder noch nicht. Erdbeermarmelade mit Holunderblüten war ein Gedicht. Vielleicht sollte ich es mal mit Krauseminze probieren. Oder Zitronenmelisse?

Schnell schnitt ich im verwilderten Gemüsegarten einige Zweige der üppig wuchernden Zitronenmelisse ab, hackte die Blätter klein, fertig. Ab in die Gläser.

Es war, als ob meine Oma neben mir stünde. Mit jedem Handgriff fühlte ich mich sicherer. Die verschiedenen Düfte erinnerten mich an meine Kindheit, und ich achtete nicht mehr darauf, ob der schwarze Renault vor der Tür stand. Ich dachte nicht mehr an Franzi, an Christopher, ich konnte endlich wieder durchatmen.

Am Sonntagabend waren alle Gläser verbraucht. Ich kaufte neue Gläser, verschenkte die Marmelade, bekam zum Dank neue Früchte. Himmelfahrt kam, Vatertag, tagsüber arbeitete ich, abends kochte ich Marmelade, Erdbeeren mit Melisse, Erdbeeren mit Basilikum. Nachts schlief ich erschöpft mit dem süßen Duft in der Nase ein.

Eines Tages stand Franziska vor der Tür. Mit hängenden Schultern und strähnigen Haaren.

»Lass mich bitte alles erklären«, flüsterte sie und sah mich mit roten Augen an.

Meine arme, kleine Schwester. Ich war verantwortlich für sie, und es ging ihr nicht gut. Mit einem Kopfnicken bat ich sie hinein, und sie schenkte mir ein zaghaftes Lächeln. Wir setzten uns ins Wohnzimmer. Franzi umschlang die Beine auf der Couch und machte sich ganz klein. Den Kaffee rührte sie nicht an.

»Es riecht nach Marmelade«, sagte sie.

»Du siehst schlecht aus.«

»Danke.« Sie verzog ihr Gesicht.

»He, komm, als große Schwester darf ich das sagen.«
Ich grinste sie aufmunternd an.

»Als ob du besser aussehen würdest.«

»Ach, Franzi. Wir zwei. Wir machen Sachen.« Früher
war ich diejenige gewesen, die Pflaster auf ihre aufgeschla-
genen Knie klebte, Bienenstiche versorgte, Ärger regelte.
Immer hatte ich mich gekümmert, während meine Mutter in der Praxis gewesen war. Jetzt fühlte ich mich
schuldig.

»Ich habe dich so vermisst«, sagte sie dann auch noch.

»Wieso hast du mich angelogen?« Ich riss mich zusammen, damit ich nicht losheulte.

»Ich … ich hatte Angst, ich würde dir wehtun. Ich
wollte dich nicht verletzen. Ich dachte, es reicht, wenn
du es weißt, sobald ich schwanger bin. Vielleicht wäre es
dir bis dahin besser gegangen, und es sah ja danach aus.
Du warst wieder fast die Alte. Du hast gelacht und wieder Blumen in deinem eigenen Garten gepflanzt. Es ist
schon so lange her. Vier Jahre.«

Sie nahm die Tasse und wärmte sich ihre Finger daran.

»Ich habe gehofft, du würdest dich in Philipp ver-
lieben und alle Probleme wären gelöst. Ganz schön naiv,
ich weiß. Als ich das von Christopher und Vanessa gehört hab, wusste ich, dass dich das wahrscheinlich um-
hauen würde. Und dann tauchte auch noch Klara auf!
Eins nach dem anderen ging schief, und ich wollte alles
vertagen, das Gespräch mit der Frauenärztin, schwanger
zu werden, alles. Aber Fabian wollte nicht. Er … nimm

es ihm nicht übel … er meinte, es wäre Zeit, dass wir endlich mal an uns denken.«

Ich schluckte und atmete tief durch. »Da hat er recht«, sagte ich, setzte mich zu ihr aufs Sofa und umarmte sie. Franz schluchzte auf.

»Wir …«, stotterte sie und putzte sich die Nase, »wir haben uns vorher noch nie so gestritten.«

»Soll nicht wieder vorkommen«, versuchte ich, sie aufzumuntern, und hielt sie fest, bis sie sich beruhigt hatte. »Es tut mir leid«, flüsterte ich.

Ich schüttete den kalten Kaffee weg und kochte frischen.

»Nach der Arbeit will ich nach Frankfurt fahren«, wechselte ich das Thema.

»Warum?«

»Es ist das zweite Wochenende.«

Franzi hob die Augenbrauen. »Klara?«

Ich nickte und sah auf die Uhr. »Zuerst muss ich noch einen Rosengarten anlegen. Mama wird der Schlag treffen, aber ich fahre vorher nicht zum Duschen heim.«

»Nimmst du sie mit nach Sommerhausen?«

»Wieso?« Eine grauenhafte Vorstellung, mit ihr gemeinsam im Transporter zu sitzen. Es wäre ihr zu dreckig, zu laut und vor allem bei jeder Windbö zu wackelig.

»Sie will am Sonntag zu uns kommen. Sie weiß jetzt schon mehr über Kinderwunschbehandlungen als ich. Ich glaube, sie muss in der kurzen Zeit jedes Buch gelesen haben, das es gibt. Dabei waren wir noch nicht mal beim Arzt.«

Ich musste schlucken. Aber dann wurde mir klar, dass es für Franziska eine Chance war. Und auch für mich.

»Das ist gut so.« Ich rang mich zu einem Lächeln durch. »Jetzt hat sie wieder eine Aufgabe, ein Ziel. Sie kann dir besser zur Seite stehen als ich.« Ich atmete tief aus. »Mit mir kannst du nicht rechnen.«

Sie nickte.

»Pass auf dich auf, Johanna. Und hör mit dem Marmeladekochen auf, du stapelst die Gläser ja schon im Wohnzimmer.«

»Die will ich verschenken.«

»Ja, sicher.« Sie verdrehte die Augen.

Abends überhörte ich die Kommentare meiner Mutter über meine Gartenklamotten, weigerte mich, mit ihr am Samstag in die völlig überfüllte Innenstadt zum Shopping zu gehen, und machte stattdessen eine mehrstündige Wandertour mit meinem Vater durch den Taunus bei Glashütten. Am Abend führte er »seine Damen« fein zum Essen aus. Nachts fiel ich in einen tiefen und traumlosen Schlaf. Sie gingen mit mir um, als wäre ich ein rohes Ei, und es störte mich noch nicht einmal.

Am Sonntagnachmittag fuhr ich mit meiner Mutter nach Sommerhausen und brachte sie zu Franzi. Ihr Rasen war frisch gemäht. Sonst machte ich das immer.

Franzi wollte abends nach der Arbeit in der Galerie für uns kochen, aber meine Mutter bestand darauf, uns ins Restaurant einzuladen. Natürlich musste es das *Philipp* sein, das beste Restaurant in Sommerhausen.

Als Franzi mir in die Seite knuffte und mich darauf aufmerksam machte, dass der Souvenirladen daneben Hüte verkaufte, verging mir beinahe der Appetit.

»Was habt ihr nur immer mit den Hüten?«, fragte meine Mutter.

»Nichts, Mama«, sagte ich. »Philipp zieht sowieso bald aus.«

»Das Restaurant macht zu? Warum? Es hat doch einen Michelin-Stern, und es ist immer voll. Hält sich der Laden nicht?«

»So entstehen Gerüchte«, meinte Franzi.

»Nein, Mama«, antwortete ich, »mein Mieter, der heißt auch Philipp. Und der zieht aus.«

»Und was hat der mit den Hüten zu tun?«

29

Am nächsten Morgen goss ich gerade die Erdbeeren. Weil die Blüten so klein waren, hatte ich das Unkraut und die schwächsten Erdbeertriebe entfernt und den Rest gedüngt. Da raschelte es im Beet oberhalb von mir.

Eine Amsel, die im Unterholz der Büsche nach Würmern suchte? Oder eine Maus? Ich reckte mich, um den morgendlichen Besucher zu finden, und was ich erblickte, war: ein rosafarbener Schlafanzug hinter den Lavendelbüschen.

Vor Schreck ließ ich die leere Gießkanne fallen. Klara sah mich mit großen Augen an und rannte wie der Blitz auf Philipps Terrasse. Die Tür fiel ins Schloss.

Es hatte nur ein oder zwei Sekunden gedauert, doch mein Herz stand still, ich konnte nicht atmen.

Was machte sie hier draußen? War sie alleine? Sie war doch noch so klein, was da alles passieren konnte!

Mir wurde schlecht, ich zitterte am ganzen Körper. Bilder tauchten vor meinem inneren Auge auf, die ich nicht gebrauchen konnte. Die Gießkanne ließ ich liegen, langsam tastete ich mich ins Haus zurück, wurde von Schritt zu Schritt schneller, auf einmal raste mein Herz, ich rannte los und schaute nicht zurück.

Gerade so schaffte ich es bis ins Bad, starrte in den Spiegel, aber übergeben musste ich mich dann doch nicht. Draußen auf dem Flur legte ich meine Hand auf die verschlossene Zimmertür, und als wäre ich jetzt sicher, ließ ich meinen Tränen freien Lauf.

Wieso war sie überhaupt noch hier? Es war doch Montag, und sie musste längst wieder bei ihrer Mutter sein.

Irgendwann ging ich in die Küche. Neben der Kaffeemaschine lag mein Handy. Kurz zögerte ich und fuhr mir mit den Händen durchs Haar. Ich räusperte mich und drückte auf Philipps Nummer. Er klang verschlafen, und erst jetzt sah ich auf die Uhr. Halb sechs.

»Sie war eben im Garten.«

»Was? Johanna? Was ist los?«

»Deine Tochter war eben im Garten.«

»Klara?«, fragte er verwundert. Dann rief er sie mehrere Male, ich hörte sie leise antworten. »Sie wacht immer so früh auf und spielt dann eigentlich für sich.«

»Sie spielt nicht, sie geht spazieren.«

»Prinzessin, bist du aus der Wohnung gegangen?«

Glücklicherweise fragte er sie und überschüttete sie nicht sofort mit Vorwürfen.

»Ich habe die Fee gesehen«, vernahm ich ihre zarte Stimme.

»Du hast … was? Du darfst nicht einfach aus dem Haus gehen! War die Tür nicht abgeschlossen?«

»Die Fee passt auf mich auf, Papa.«

»Johanna?«, wandte er sich wieder an mich. »Danke, dass du Bescheid gesagt hast. Nicht auszudenken, was da hätte passieren können.«

Er machte sich auch Sorgen, das war gut. Aber er musste noch viel dazulernen.

»Hast du schon eine neue Wohnung gefunden?«

»Nein.«

»Dann beeil dich. Wieso ist sie überhaupt noch da?«

»Ach, Katharina und David waren eingeladen, und Katharina hat an jedem Babysitter was auszusetzen. David hat dann mich gefragt. Der ist eigentlich ganz in Ordnung. Auf dem Weg zur Schule bring ich die kleine Prinzessin in den Kindergarten.«

Ob ich Philipp erzählen sollte, dass Katharina sich bei mir beschwert hatte? Aber wozu? In die Beziehung von den beiden wollte ich mich nicht einmischen.

Er bedankte sich noch mal und legte auf. Und mir wurde voller Schrecken klar, dass ich Klara nicht aus dem Weg gehen konnte. Jederzeit konnte sie da sein. Ein kleines Mädchen auf der Suche nach Feen. Und das ausgerechnet in meinem Garten.

Als ich wenig später eine neue Kundin besuchte, hatte ich mich wieder im Griff. Frau Bengert wohnte gegenüber vom Ochsenfurter Tor mit seinem hohen Glockenturm, außerhalb der Stadtmauer. Im Sommer blühte eine Klettertrompete üppig an dem dunklen Haus.

Ich war schon häufig daran vorbeigekommen. Es war alt und leider etwas vernachlässigt. Frau Bengert kannte ich bisher nicht. Sie trug einen hellen Hosenanzug und eine Perlenkette, in der Diele stand ein Aktenkoffer. Sie ging direkt in den Garten mit mir, lächelte freundlich, und die Auftragsdetails waren schnell geklärt. Grundsanierung des völlig verwilderten Gartens und Dauerpflege, Änderungen möglich, aber bitte mit ihr absprechen. Sie erwähnte, dass sie vielleicht alles verkaufe, sie habe es gerade erst geerbt.

Ihre Art, zu reden und sich zu kleiden, erinnerte mich an meine Mutter. Frau Bengert schien auch ungefähr Mitte sechzig zu sein. Und kaum, dass ich anfing, die Brennnesseln auszureißen, um Platz zu gewinnen, rief tatsächlich meine Mutter an.

»Komm doch bitte rüber und überzeuge deine Schwester davon, dass sie ins Kinderwunschzentrum der Uniklinik gehen soll.«

Beinahe wünschte ich mir, sie wäre wieder so verängstigt und depressiv wie an Ostern. Jetzt, wo es ihr besser ging, kommandierte sie wieder alle herum.

»Nein, Mama, da mische ich mich nicht ein. Das ist Franzis Sache. Außerdem arbeite ich, ich kann nicht einfach weg.«

»Ach, als ob die Gärten nicht bis morgen warten könnten.«

»Das hätten wir mal sagen sollen, als du früher immer unabkömmlich warst,« erwiderte ich verärgert.

»Da ging es um kranke Patienten, das ist was anderes.«

»Ein Garten ist gut für die Seele, vor allem wenn jemand wie Frau Bengert sich Sorgen um die Rosen macht.«

»Bengert? Wo bist du?«, wollte sie auf einmal wissen.

»Am Ochsenfurter Tor, das Haus mit der Klettertrompete. Karin Bengert. Kennst du sie?«

»Karin«, sagte sie leise. »Karin. Ich bin mit ihr zur Schule gegangen.«

In Sommerhausen lebten immer noch einige alte Freunde meiner Mutter.

»Von der hast du mir noch nie erzählt.«

»Ich habe sie schon lange nicht mehr gesehen.«

»Haus und Garten sind etwas vernachlässigt, sie hat gesagt, sie hätte es gerade geerbt.«

»Dann sind die Eltern gestorben«, sagte meine Mutter. »Die müssen sehr alt gewesen sein. Ist sie verheiratet? Kinder?«

»Mein Gott, du bist vielleicht neugierig. Keine Ahnung. Ich muss jetzt weiterarbeiten.«

Als ich Frau Bengert nach den vereinbarten vier Stunden in ihrem Büro anrief, meldete sich »Rechtsanwälte Bengert, Übeleis, Bengert, was kann ich für Sie tun?« Als ich Frau Bengert verlangte, wurde ich mit der »Seniorchefin« verbunden. Na, über die Neuigkeit würde sich meine Mutter bestimmt freuen.

Ich versprach Frau Bengert, nach Pfingsten wiederzukommen und mich dann um die Stauden und die Rosen zu kümmern.

Abends empfing mich zu Hause Stille, kein Kinderlachen, gar nichts. Die Notizen und Zeichnungen für Wiedingers Garten hatte ich nach der Begegnung mit Serena und dem fies grinsenden Holger Wiedinger auf meinem Schreibtisch geworfen. Obenauf lagen die Gartenbücher, die mich inspiriert hatten, und die vielen losen Zettel der Arbeitsberichte, in denen ich die Stunden, ausgeführten Arbeiten und das verwendete Material für meine Kunden notiert hatte und die ich jetzt für die Rechnungsstellung brauchte.

Notgedrungen heftete ich die unverwirklichten Pläne

ab. Zu schade, dass aus all diesen Ideen nichts geworden war. Der naturnahe Cottage-Garten hatte mir am besten gefallen. Aber auch der französische Garten wäre reizvoll gewesen, die Sichtachsen, die dekorativen Pflanzen. Aber so war das Leben. Unberechenbar, unplanbar. Unkontrollierbar.

Abends hatte ich meine Mutter auf ein Glas Wein eingeladen. Franziska hatte per SMS um Hilfe gerufen, weil sie es mit ihr nicht mehr aushielt. Da musste ich mal wieder ran.

»Jemand hat die Pflanzen auf Omas Grab geklaut«, waren ihre ersten Worte, als sie die Wohnung betrat.

»Wie bitte?«

Sie beäugte jeden Gegenstand in meiner Wohnung, während sie weiterredete. »Ich habe ja schon gehört, dass Grablichter und Blumenvasen gestohlen werden. Franzi hat erzählt, dass in Würzburg sogar eine Marmorplatte von einem Grab abmontiert wurde. Aber dass jemand die Pflanzen von Omas Grab ausgräbt?«

»Etwa die Rose?« Ich wollte es mir gar nicht vorstellen. Die Rose war sehr alt und verzierte den grauen Stein im Sommer mit einer Fülle an kleinen, rosa Blüten.

»Nein, das grüne Zeug rund ums Beet. Ich werde Anzeige erstatten.«

»Der Buchs?« Da fiel es mir wieder ein. Ich lachte laut los.

»Warum lachst du?«, sagte meine Mutter. »Deine Aufgabe wäre es ja, sich um die Gräber zu kümmern.«

Sie sah mich entrüstet an. Hörte sie sich eigentlich auch mal selber zu? Ich atmete tief durch.

»Das war Dieter. Ich habe ihn darum gebeten. Der Buchsbaum hatte einen Schädling, und ich wollte verhindern, dass die Raupen zu den Nachbargräbern wandern.«

»Du? Du hast was?«

»Meinen Nachbarn Dieter Kersten gebeten, die Pflanzen auszugraben und wegzuschmeißen.«

Jetzt musste auch sie grinsen. »Und wieso sagst du das deiner Schwester nicht?«

Zu dem Zeitpunkt hatte noch Sendepause mit Franziska geherrscht. Aber davon würde ich meiner Mutter bestimmt nichts sagen.

Nachdem sie endlich nach Frankfurt gefahren war, stießen Fabian, Franziska und ich mit Prosecco auf unsere Freiheit an. Sie hatte einen Schuhkarton voller Nahrungsergänzungsmittel und medizinischer Ratgeber dagelassen, die Fabian alle wegschloss. Er meinte, darüber reden zu können sei die beste Medizin.

Etwas, woran ich allerdings nicht glaubte.

30

Ende Mai regnete es ungewöhnlich viel, und alle Gärten waren satt und grün. Auf den Blättern des Frauenmantels sammelten sich die Regentropfen. Doch am Morgen des ersten Juni schien die Sonne am wolkenfreien Himmel und lockte mich nach draußen. Ich lief über das kleine Rasenstück oben neben dem Haus und genoss das Gefühl, barfuß durchs nasse Gras zu laufen. Die Vögel zwitscherten, alles war friedlich und freute sich über die Sonne.

Von hier oben sah mein Garten fast wieder so schön aus wie früher. Die Gartenarbeit, die ich während der Wochen mit Philipp erledigt hatte, zahlte sich aus. Sogar der Brandfleck im Rasen war fast verschwunden, und das dunkle Rot der Pfingstrosen überstrahlte alles. Der Kirschbaum trug Früchte. Den Apfelbaum jedoch hatte der Frost erwischt. Da er geschützter stand als der Kirschbaum, hatte ich ihn leider nicht beregnet.

Schimmerte da nicht etwas Rosafarbenes? Tatsächlich, Klara kam hinter dem Sichtschutz hervor und lief einem Zitronenfalter hinterher. Wieder bekam ich keine Luft, mein Herz machte einen Satz. Klara war so voller Leben.

Sie blieb bei den Taglilien stehen.

Sie blühten. Die Taglilien blühten! Sie sprühten vor Farbe, gelb, orange, Insekten umschwirrten sie. Zaghaft berührte Klara die Blüten.

Jede Lilie blüht nur einen Tag, bevor sie vergeht, so wie vieles im Leben viel zu schnell vorbei ist, bevor es die Chance hatte, richtig zu beginnen.

Ich stöhnte laut auf.

Klara. Lilly.

Ein sehnsuchtsvolles Geräusch drang aus meiner Kehle, sie sah zu mir, hob den Arm und winkte.

Ich schrie auf und rannte ins Haus. In der Küche blieb ich stehen. Wie beim Sport beugte ich mich vornüber und bemühte mich, ruhiger zu atmen. Ich musste mich in den Griff kriegen, trank ein Glas Wasser. Das Zittern blieb, und ich verspürte diese nackte, bodenlose Angst. Das Gefühl zu fallen.

Da stand noch der Baldriantee, den meine Mutter mir geschenkt hatte. Ob der wirkte? Noch immer bebte mein Körper, mir war kalt. Ich kochte mir eine Tasse, er schmeckte bitter und erdig, aber ich bildete mir ein, dass er mich beruhigte. Jedenfalls tat die Wärme gut, und ich verfluchte Philipp, der einfach nicht aufpasste und schon wieder außerhalb der Besuchswochenenden den Babysitter spielen musste. Schließlich war heute Donnerstag.

Ich ergriff mein Telefon. »Du musst besser auf deine Tochter aufpassen«, meckerte ich ihn an.

»Was?«, fragte er.

»Sie ist wieder im Garten. Was, wenn sie sich eine giftige Pflanze in den Mund steckt oder auf die Straße rennt?«

»Dein Garten ist kindersicher, Johanna. Jedenfalls habe ich noch keine giftigen Pflanzen gefunden. Und die Riegel an den Gartentoren klemmen doch alle, manchmal kriege nicht einmal ich sie auf.« Ich hörte, wie er die Haustür öffnete und nach ihr rief.

»Der Kirschlorbeer ist giftig! Und die Schneerosen! Da musst du schon genauer hinschauen …«

»Ich hole sie ja schon.« Er klang verärgert. Klara antwortete ihm von weiter weg. Ein Specht keckerte laut, Philipp ging wohl in den Garten.

»Da ist sie, alles in Ordnung. Sie sitzt auf der Liege und schaut sich einen Stein an.«

Ich wollte auflegen, zögerte aber. »Mensch, ich tu dir einen Gefallen!«, konnte ich mir nicht verkneifen. Er schien sich dem Ernst der Lage nicht bewusst zu sein.

»Du übertreibst, aber du willst uns ja auch rausekeln, das passt ins Konzept«, gab er zurück.

»Ich ekle dich doch nicht aus der Wohnung. Ich habe dir gekündigt. Und ich will nicht, dass deiner Tochter was passiert. Das finde ich völlig normal.«

»Normal. Als ob irgendetwas hier normal wäre. Wie kannst du unsere Freundschaft und alles, was geschehen ist, einfach so in die Tonne kloppen, nur weil ich ein Kind habe. Kinder zu haben ist doch das Normalste der Welt. Ich bin doch noch immer der Gleiche!«

Nein, das war er nicht. Er war Vater. Einer, der sich Sorgen machen sollte, einer, der gar nicht wusste, wie gut er es hatte, einer, der sein Glück mit Füßen trat.

»Ich weiß, ich hätte es dir sagen sollen, und es tut mir wirklich leid«, fuhr er fort. »Ich würde es gerne ungeschehen machen. Lass uns doch noch mal darüber reden, Johanna.«

Ich legte sofort auf. Man konnte nichts im Leben ungeschehen machen, sosehr man es sich auch wünschte. Und wenn er meine Sorge als Rausekeln auffasste, brauchten wir auch gar nicht reden.

Manchmal passierten Unfälle, von einer Sekunde auf die andere, wenn keiner damit rechnete.

Ich wollte gerade zur Arbeit aufbrechen, als ich Geräusche vor der Tür hörte.

»Ich will nicht weg«, schrie Klara.

Seit der Kündigung parkte Philipp nicht mehr vor meiner Garage, sondern vor dem Haus, und ich konnte sehen, wie Klara in Jeans und einem knallroten Shirt vor der geöffneten Wagentür stand und theatralisch mit dem Fuß aufstampfte. Ihr Blick war abwartend, als ob sie testen wollte, wie ihr Vater reagieren würde.

Ich hielt die Luft an, mein Herz raste wieder, aber ich wandte den Blick nicht ab. Irgendwie war ich neugierig, wie Philipp mit seiner Tochter umging. Spurlos konnte die Trennung von einem Jahr an den beiden nicht vorbeigegangen sein. Ob Klara ihn überhaupt noch erkannt hatte?

»Prinzessin, du musst in den Kindergarten und ich in die Schule«, sagte er in ruhigem Ton. Er trug wie immer seinen Panamahut und eine Anzugweste und sah merkwürdig vertraut aus.

»Aber ich will hierbleiben!«, rief sie lauter als zuvor.

»Im Kindergarten lernst du so tolle Sachen, Basteln und neue Spiele.« Er legte einen roten Kindergartenrucksack mit weißen Punkten ins Auto. Sie schrie schrill auf.

Er schob sich den Hut in die Stirn, hob seine Tochter hoch und schnallte sie im Sitz fest, während ihr Kopf rot anlief. Gut so. Es gab Situationen, da musste man sich als Eltern einfach durchsetzen. Jetzt musste er nur noch ihre Ausflüge in den Garten stoppen.

Nachdem er die Tür geschlossen hatte, sah er zu Marion und Oliver hinüber, deren Vorhang am Küchenfenster sich bewegte. Da war wohl nicht nur ich neugierig gewesen. Als Eltern fühlte man sich nicht nur unter Beobachtung, man war es meistens auch.

Später, als ich nach Hause kam, spielten sie auf der Straße Fußball. Es dauerte, bis sie endlich den Ball eingesammelt hatten und zur Seite gingen. Er wollte mich ärgern, das sah man, aber das Spielen auf der Straße konnte ich ihm nicht verbieten.

Schade aber auch.

31

Denkt dran, in den Pfingstferien findet kein Training statt. Dafür heute Mädelsabend. Kommt erst zu Pizza und Styling zu mir, später dann Club Ludwig oder Odeon Lounge oder was immer ihr wollt. Eileen.

Entsetzt starrte ich beim Frühstück auf mein Smartphone. Die Ferien hätte ich fast vergessen. Zwei Wochen, die Klara womöglich hier verbrachte. Heute war Freitag, am Wochenende Pfingsten – und da begannen in Bayern traditionell die zweiwöchigen Pfingstferien.

Deswegen war sie also schon seit gestern bei ihm in Sommerhausen. Die Ferien waren natürlich die beste Zeit, sich besser kennenzulernen, das verlorene Jahr nachzuholen. Grauenhaft. Sofort überlegte ich, wohin ich fliehen konnte. Doch meine Eltern fuhren nach Florenz, mein Vater hatte sich endlich durchgesetzt und schon Karten für die Uffizien bestellt. Bei Franzi würde Hochbetrieb sein. Am besten wäre es, sich ins Bett zu legen und die Feiertage einfach durchzuschlafen. Einfach mal gar nichts mitbekommen. Doch wie sollte das funktionieren, wenn Klara laut durch den Garten rennen würde?

Wie immer, wenn ich mit Eileen unterwegs war, wurde der Abend lang und lustig. Irgendwann in den frühen Morgenstunden fuhr ich mit dem Taxi nach Hause. Der

Renault stand nicht da. Und als ich Samstagnachmittag einigermaßen wach und fit war und doch zu Franzi ging, erzählte sie mir, dass Philipp über die Feiertage verreist sei. Irgendwelche Freunde besuchen, die seit Neuestem eine Datsche in der Nähe von Berlin besaßen und am Mittwoch wiederkommen. Und dass Klara erst in den Sommerferien bei ihrem Vater wäre. Es wunderte mich nicht mehr, dass sie es wusste. Ich freute mich nur, dass ich für vier Tage meine Ruhe hatte, wieder durchatmen konnte. Als ob er schon ausgezogen wäre – oder nie hier gewohnt hätte. Den Gelierzucker stellte ich zur Seite und ging abends mit Franzi an den Main zum Baden.

Nach Pfingsten war der nächste Termin bei Frau Bengert dran. Bevor meine Mutter nach Florenz gefahren war, hatte sie mich gebeten, noch ein wenig mehr über ihre alte Klassenkameradin herauszubekommen. Ich fand das albern, ich spionierte meine Kunden nicht aus. Sollte sie sie doch anrufen. Wenn die Privatnummer nicht im Telefonbuch stand, gab es ja noch die Kanzlei, über die sie Kontakt aufnehmen konnte. Aber meine Mutter reagierte sehr reserviert auf diesen Vorschlag.

Frau Bengert war zu Hause und entrümpelte mit ihrem Enkel, einem etwa zehnjährigen Jungen, gemeinsam einen Holzschuppen am Rande des Gartens. Da hatte ich ja eine Neuigkeit für meine Mutter: Frau Bengert hatte einen Enkel.

Das letzte Mal hatte ich den Rasen, der mindestens ein Jahr nicht gemäht worden war, mithilfe des Trimmers gekürzt, sodass man die Fläche wieder betreten konnte.

Um den Rasen wuchsen auf der einen Seite Rosen, deren Blüten auch durch die langen Queckenstängel dunkelrot hindurchstrahlten.

Auf der anderen Seite standen völlig vergreiste Sträucher. Und gegenüber dem Rasen lagen die ehemaligen Gemüsebeete, die nur noch anhand der Rasenkantensteine zu erkennen waren. Ihnen würde ich mich als Letztes widmen. Heute waren die Rosen dran.

Die Quecken zwischen den Rosenstöcken hatten bereits große Horste gebildet, deren Wurzeln das gesamte Erdreich durchdrungen hatten. Sie zu entfernen war mühselig, aber wichtig, sonst wurde man Quecken nie los. Schnell waren die ersten Säcke voll, und ich brachte sie zum Transporter. Und da fiel mir auf, dass die Quecken das kleinere Problem in Karin Bengerts Leben waren.

Das größere hieß Valerie. Die Rosenmörderin.

Ich hatte schon gehört, dass ihre Pläne mit der Galerie im Turm des Ochsenfurter Tors gescheitert waren. Ich war noch nie drin gewesen und wusste nicht, wie klein die Räume wirklich waren, aber die Grundfläche des Turms betrug etwa dreißig Quadratmeter, dazu die Räume im Torwärterhäuschen, das nicht größer als eine Bushaltestelle war. Aber natürlich waren es mehrere Stockwerke.

Bis vor ein paar Jahren wohnte dort ein berühmter Pianist, der in den Sechzigern den historischen, damals aber baufälligen Turm in eine Wohnung umbauen ließ. In der Ortschronik hatte Philipp mir ein Foto gezeigt, auf dem mittels eines Krans ein Konzertflügel durch ein längliches Fenster in den Turm gehievt wurde.

Mittlerweile war die Fassade des Turms und seiner

Nebengebäude weiß und die Ornamente gelb gestrichen, das Dach rot gedeckt. Innen aber gab es Schwierigkeiten mit dem Brandschutz wegen fehlender Rettungswege. Und nur das Torwärterhäuschen zu einer Galerie zu machen war Valerie wohl zu wenig.

»Raus hier, du Scheißkerl!«, vernahm ich ihre wohlbekannte Stimme draußen auf dem kleinen Platz.

Die Fenster im Turm waren geöffnet.

Es rumpelte, und kurz darauf stürmte ein junger Mann in Jeans und nacktem Oberkörper aus dem Torwärterhäuschen, die anderen Kleidungsstücke in der Hand.

Es war noch früh am Morgen, aber einige der Nachbarn kehrten gerade den Bürgersteig oder gossen die Blumen. Schließlich wohnten sie hier alle wie auf dem Präsentierteller. Nun drehten sie den Kopf und beobachteten, wie Valerie in Slip und BH auf die Straße rannte.

»Hau bloß ab, du perverser Scheiß-Wichser!«

Sie warf ihm irgendetwas hinterher und torkelte wieder zurück.

»Was war das denn?«, fragte Frau Bengert neben mir.

»Valerie Neumann, meine frühere Mieterin. Passen Sie nur auf Ihre Klettertrompete auf! Mir hat sie eine wunderschöne Kletterrose mit drei Meter hohen Zweigen abgeschnitten. Ein Massaker.«

»Wie schrecklich! Warum das denn?«

»Eine lange Geschichte. Jedenfalls passen Sie gut auf, die Trompete blüht immer so wunderschön, im Gegensatz zum Garten hinterm Haus.«

»Der Leitspruch meiner Mutter lautete ja auch: *Was sollen denn die Leute denken?*«, sagte Frau Bengert. »Den

Garten sieht ja keiner, der ist hinter einer hohen Mauer versteckt.«

»Der Spruch könnte auch von meiner Mutter stammen.« Ich lächelte sie an. Die perfekte Gelegenheit, um auf meine Mutter zu sprechen zu kommen. »Vielleicht erinnern Sie sich an sie – Sigrid Schmitt, sie ging in Ihre Klasse, hat sie mir erzählt.«

»Schmitti!« Sie sog die Luft ein und hielt sich die Hand vor den Mund. »Die Schmitti vom Würzburger Tor! Und Sie sind ihre Tochter? Wie geht es ihr?«

Ich hatte noch nie gehört, dass jemand meine Mutter *Schmitti* nannte.

»Gut, danke.«

Sie starrte mich an. »Na, können Sie mir nicht ein wenig mehr verraten? Schmitti war mal meine beste Freundin. Vorne am Tor wohnt sie aber nicht mehr, da ist jetzt ein Keramikatelier drin, habe ich gesehen.«

»Das gehört meiner Schwester. Unsere Eltern leben in Frankfurt.«

»Sie wollte dort eine Lehre machen.«

»Das hat sie auch. Und meinen Vater kennengelernt!«

Frau Bengert seufzte. »Dann ist ja alles so gelaufen, wie sie es sich immer gewünscht hatte. Wir sind damals im Streit auseinandergegangen, das kann ich ja sagen, ohne ihr zu nahe zu treten.«

Ah, es wurde immer interessanter. Schmitti erzählte wenig über ihre Kindheit hier in Sommerhausen.

»Rufen Sie sie doch einfach an, ich kann Ihnen die Nummer geben. Im Moment sind meine Eltern allerdings im Urlaub.«

Sie strahlte mich an. »Das wäre schön. Die gute Schmitti. Ja, ich möchte sie gerne anrufen.«

Franzi lachte sich halb tot, als ich ihr von Schmitti erzählte. Den Spitznamen hatte sie noch nie gehört, dabei wurde sie häufiger von alten Sommerhäusern angesprochen, schließlich wohnte sie im Familienstammsitz der Schmitts. Wir freuten uns schon darauf, es bei passender Gelegenheit unserer Mutter unter die Nase zu reiben.

Am nächsten Tag war Philipp wieder da, wir gingen uns aus dem Weg. Er blieb hinter dem Sichtschutz, ich auf dem Balkon. Oft war er unterwegs, ich versuchte, nicht ständig nach seinem Auto Ausschau zu halten. An Fronleichnam begannen die Sommerhäuser Kunst-Tage, und ich sah ihn mit seinem Hut auf dem Kopf durch den Ort flanieren, als ich Franzi in der Galerie half.

Aber ihren Satz »Klara ist die Ferien über bei ihrer Mutter« musste ich falsch verstanden haben. Oder waren die Wochenenden von den Ferien ausgenommen? Jedenfalls ging ich am Samstag am frühen Morgen mit meinem Kaffee in den Garten, setzte mich auf die Liege und genoss die Ruhe, den Duft der Rosen und das Farbenmeer der Blumen. Philipp würde lange schlafen, und ich war alleine mit meinem Garten, so, wie ich es mir immer wünschte.

»Erfüllst du mir einen Wunsch?«

Ich fuhr herum. Klara! Wo kam die denn her? Wieder bekam ich Herzrasen und zitterte am ganzen Körper.

»Verschwinde«, rief ich und wollte sie wie eine lästige Fliege wegscheuchen. Sie jedoch blieb stehen, kratzte sich an der Schläfe und beobachtete mich.

Was für ein merkwürdiges Kind. Ich schloss kurz die Augen, atmete bewusst ein und aus, versuchte, mich zu beruhigen.

»Feen erfüllen doch Wünsche.«

Sie stand immer noch da.

»Geh weg«, rief ich etwas lauter.

»Wieso hast du eigentlich kein langes Kleid an?« Sie deutete auf meine Jeans. »Und wo ist dein Zauberstab? Eine Fee hat einen Zauberstab mit einem Stern vorne dran!«

Ich starrte sie an. Fee? Langes Kleid? Zauberstab? Da kam mir ein Verdacht. *Die Gartenfee*. Die Werbung auf dem Transporter.

»Ich bin keine Fee«, sagte ich und verschränkte die Arme vor der Brust, doch sie schüttelte energisch ihren Kopf.

»Doch. Und ich will, dass du mir einen Wunsch erfüllst.« Wieder kratzte sie sich an der Schläfe.

Wenn ich eine Fee wäre … dann würde ich mir auch gerne einen Wunsch erfüllen. Aber dafür war es zu spät.

Klara kam einen Schritt näher und streckte die Hand aus, als ob sie mich berühren wollte, doch zog sie sie wieder zurück und trippelte auf der Stelle. Glaubte sie wirklich, ich sei eine Märchenfigur?

»Ich wünsche mir …«, rief sie laut. »Der Papa soll das Trampolin wieder aufstellen. Das hat so viel Spaß gemacht! Und du bist doch eine Gartenfee. Und das Trampolin soll in den Garten.«

Ihre Logik war erstaunlich. Wie sollte ich ihr erklären, dass ich, die Fee, keine Spielgeräte im Garten haben wollte? Und auch keine Kinder? Ich war nicht die gute zwölfte Fee.

Sondern die dreizehnte.

»Wo ist denn dein Papa?«, fragte ich.

»Der schläft.«

»Und wie kommst du dann hierher?«

»Ich schließ die Tür auf. Das kann ich schon!«

Na, dann half wohl gar nichts mehr. Wenn sie als Vierjährige Schlösser aufbekam.

»Komm mit, du musst jetzt zu deinem Papa.«

»Und dann erfüllst du mir einen Wunsch?« Sie sprang aufgeregt auf und ab. »Ich will zusehen! Glitzert das? Musst du einen Zauberspruch sagen? Bitte, bitte, ich will zusehen!«

Sie ging eng neben mir. An der Schläfe, da, wo sie sich gekratzt hatte, hatte sie lauter kleine Punkte, auch auf ihren Armen. Ich wollte sie mir gerade genauer ansehen, als ich oben eine Tür hörte.

»Klara?«, rief Philipp.

»Papa!«, antwortete sie laut, »die Fee ist da. Sie zaubert das Trampolin zurück.«

Sein Shirt war zerknittert, die Haare verwuschelt. Als er mich ansah, bekam ich weiche Knie, dabei empfand ich doch gar nichts mehr für ihn.

»Guten Morgen, Johanna.« Er lächelte vorsichtig, als wäre er nicht sicher, wie ich reagieren würde.

»Sie kann deine Tür aufschließen«, sagte ich und steckte die Hände in die Hosentaschen, »du solltest den Schlüssel besser verstecken.«

»Was, Klara, du kannst die Tür öffnen?«

Sie nickte stolz.

»Sie macht mich fertig«, gab er zu. »Sie ist viel zu klug für mich. Und immer dieses frühe Aufstehen, dabei war sie spät im Bett, weil Katharina sie erst abends um zehn vorbeigebracht hat.«

Das hatte ich dann wohl verpasst.

»Hast du ihr gesagt, dass ich eine Fee bin?«, fragte ich.

Er nickte. »Sie wollte wissen, was auf deinem Wagen steht. Das will sie immer, seit sie begriffen hat, was Buchstaben sind.«

»Erfüllst du dem Papa auch einen Wunsch?«, krähte sie dazwischen.

Und er sah mich an, als ob ich ihm noch unzählige Wünsche erfüllen müsste.

»Nein«, sagte ich.

»Warum nicht?«

Ich senkte den Blick und betrachtete meine vom Tau nassen Füße. Und dann beschloss ich, mich auf Klaras eigene Kinderlogik einzulassen.

»Er ist kein Garten, und du auch nicht«, antwortete ich. »Ich kann nur Blumen und Pflanzen Wünsche erfüllen.«

»Und keinen Kindern?«, fragte sie entsetzt.

Ich schüttelte den Kopf.

»Oh nein!«, rief sie.

»Komm, Klara, wir müssen reingehen«, sagte Philipp und hob sie auf den Arm. Sie war schon groß und bestimmt auch schwer, aber er hob sie hoch, als wäre sie leicht wie eine Feder. »Sag der Fee Auf Wiedersehen.

Wir müssen noch ein Geschenk für Amelies Geburtstagsparty heute Nachmittag kaufen.«

»Tschüss, Fee!« Sie winkte mir zu.

»Du willst zu einem Kindergeburtstag, obwohl deine Tochter Windpocken hat?«, fragte ich und wies auf ihre Stirn.

»Was?«, fragte er, »Klara, schau mich an.«

Auf der Stirn hatte sie eines der typischen Bläschen. Der Rest verbarg sich im Haaransatz an den Schläfen und auf den Unterarmen.

»Mist«, entfuhr es ihm, und Klara grunzte vor Spaß. »Was mache ich denn da?«

»Gegen den Juckreiz kannst du dir was verschreiben lassen, mehr kann man nicht machen. Das vergeht.«

»Zum Arzt?«

»Aber ruf vorher an, in die normale Sprechstunde kannst du nicht.«

»Na, du kennst dich ja aus.«

Ich seufzte. »Das kriegt man eben mit, wenn man einen Arzt in der Familie hat.«

»Heute ist Samstag, da muss ich zum Notdienst.«

Ich sah noch mal zu Klara. Ja, es war eindeutig.

»Frag doch Fabian, ob er nicht vorbeikommen kann. Für Schwangere sind Windpocken gefährlich.«

»Heißt das, sie muss zu Hause bleiben?«

Ich nickte. »Den Rest klär mit ihm, okay?«

»Was hat die Fee?«, fragte Klara.

»Ich habe nichts«, sagte ich und war erstaunt, als ich merkte, dass ich sie anlächelte. »Du hast Windpocken. Ich wünsche dir gute Besserung.«

»Danke, Johanna.« Mit hochgezogenen Augenbrauen schaute Philipp mich an. »Du … du bist heute irgendwie anders als sonst.«

Plötzlich zitterte ich wieder und eilte ins Haus.

Seit Jahren hatte ich das erste Mal wieder mit einem Kind geredet. Es war eigentlich ganz einfach gewesen. Ich durfte nur nicht darüber nachdenken.

Mein Haushalt war schnell erledigt. Heute würden Philipp und Klara bestimmt nicht mehr auf der Straße Ball spielen, und ich konnte unbesorgt den Transporter putzen. Gestern war mir ein Cappuccino umgekippt, und der Transporter hatte es sowieso dringend nötig. Eigentlich gehörte er auch in die Werkstatt. Ich hatte letztens einen Bauzaun mitgenommen, und hinten rechts war eine Delle. Doch im Moment konnte ich weder auf den Wagen noch auf das Geld verzichten.

Ich räumte leere Getränkeflaschen und Bäckertüten raus, alle CDs und was sich sonst noch so angesammelt hatte. Gerade als ich die Fenster von innen mit Glasreiniger putzte, fuhr Katharinas dunkles Cabrio vor. Mit großer Sonnenbrille und goldenen Ballerinas zur weißen Jeans hastete sie ohne ein Wort an mir vorbei die Treppe zu Philipps Wohnung hinunter. Ich hörte sie schreien, konnte jedoch kein Wort verstehen.

Die Sitze musste ich shampoonieren, so verdreckt waren sie. Auf einmal wurde das Geschrei lauter, und Katharina eilte mit Klara auf dem Arm an meinem Wagen vorbei. Philipp folgte ihnen.

»Du hast schon immer meine Gefühle missachtet!«, schrie sie hysterisch.

»Es sind doch nur Windpocken«, sagte Philipp ruhig. »Lass sie bitte hier. Auch wenn sie krank ist, kann sie das Wochenende doch bei mir verbringen.«

»Die Sorgen einer Mutter wirst du nie verstehen«, erwiderte Katharina.

»Und du nicht die eines Vaters. Ich kann mich genauso um Klara kümmern wie du. Die paar Bläschen scheinen ihr gar nicht so viel auszumachen.«

Klara winkte mir zu. Schnell duckte ich mich, um nicht zwischen die Fronten zu geraten.

»Was war das überhaupt für ein Arzt? Irgend so ein Dorfdoktor, der hat doch gar keine Ahnung.«

»Katharina, beruhige dich. Es sind doch nur Windpocken. Die haben wir alle als Kinder gehabt. Das ist völlig normal.«

Ich hörte die Zentralverriegelung des Mercedes.

»Katharina, bitte!«

Ich bewunderte, wie er sich nicht aus der Ruhe bringen ließ.

Eine Wagentür wurde geöffnet.

»Mein Teddy!«, rief Klara, dann hörte ich das Schnappen der Gurte eines Kindersitzes.

»Keine Angst, ich hole ihn dir, Prinzessin«, antwortete Philipp. »Wartest du bitte, Katharina?«

Er wusste, dass er verloren hatte. Er rannte nach unten. Katharina setzte sich ins Auto und telefonierte. Philipp kam wieder, eine kleine Plastiktüte von der Apotheke und einen zerschlissenen Stoffteddy in der Hand.

»Den Krempel kannst du hierlassen, selbstverständlich wird unser eigener Kinderarzt Klara noch untersuchen.«

»Tschüss, Prinzessin. Ich hab dich lieb!«

»Tschüss, Papa! Tschüss, Fee!«, rief Klara. Katharina startete den Wagen und fuhr schnell davon.

Ich ging um den Transporter herum. Philipp stand einsam und verlassen mit seiner Apothekentüte in der Hand da.

»Was für eine Drama-Queen«, sagte ich.

»Was? Ach, du bist es, Johanna.« Er versuchte zu lächeln.

Ich ging einen Schritt auf ihn zu und tat so, als ob ich den Transporter auch von außen reinigen wollte.

»Die kriegt was von meinem Anwalt zu hören.« Auf Philipps Stirn erschienen Zornesfalten. »Immer muss sie sich vor Klara mit mir streiten, dabei weiß sie genau, dass ich das nicht will und sie als vermeintliche Siegerin vom Platz geht.«

»Tut mir leid.«

Er sah mich erstaunt an.

»Du magst doch Kinder gar nicht?«

Das stimmte zwar nicht, ich wollte nur keine Kinder um mich haben, aber ich grinste.

»Deine Ex-Frau kann ich auch nicht ausstehen.«

32

Danach sah und hörte ich von Philipp nichts. Auch nicht von Franzi, obwohl Fabian ihr bestimmt erzählt hatte, dass Klara krank war und ich mit ihr geredet hatte. Katharina und Klara sah ich, als ich bei einer Kundin im Frauenland die neuen Triebe ihrer Kletterrose am Rosenbogen festband. Sie fuhren mit dem Cabrio aus der Garage des Nachbarhauses, einem modernen Neubau mit viel zu viel Beton rund um den Garten.

Franzis Agnes-Statue war endlich fertig, und wir trafen uns zum Grillen mit Freunden von Franzi und Fabian, Isa mit ihrem Mann war da, sogar Simone. Die anderen tranken viel und lachten und bewunderten die Statue, die zur Feier des Tages im Garten stand. Zu Beginn der Weinlese sollte sie öffentlich im Skulpturenpark *terroir f* aufgestellt werden.

An Agnes' Rockzipfel hing ein kleines Mädchen mit dem Daumen im Mund. Franzi wollte damit die Belastung arbeitender Frauen in früheren Zeiten darstellen, als es noch keine Kitas gegeben hatte.

Jetzt, wo ich wusste, dass Franzi sich Kinder wünschte, bekam dieses Mädchen auf einmal eine ganz andere Bedeutung für mich.

In Frau Bengerts Garten waren durch das fehlende Unkraut große Lücken entstanden, die ich durch ein paar Sommerblumen ausfüllen wollte, je nachdem, was die Gärtnerei von Felix Fontana gerade im Angebot hatte.

Felix goss gerade den Steppensalbei. Seine Gärtnerei war zwar kleiner als die von Lauriens, und es wunderte mich immer, wie beide so nah nebeneinander existieren konnten, aber die städtischen Gartenbesitzer würden nie bis Eibelstadt fahren, da hatte Felix großes Glück. Seine Konkurrenz waren die Pflanzendiscounter. Und da musste er mit ungewöhnlichen Accessoires für den Reihenhausgarten und vielen Aktionen rund ums Urban Gardening punkten.

Weshalb er selten im Verkauf anzutreffen war.

Bei unserer letzten Begegnung hatte Christopher ihm wahrscheinlich gerade von Vanessas Schwangerschaft erzählt, und sie hatten gelacht und sich gefreut und beide kein Wort zu mir gesagt.

Jetzt grüßte er mich freundlich, half mir, eine Steige Steppensalbei in den Wagen zu heben, und erkundigte sich, wie es mir gehe.

»Danke, gut«, antwortete ich und schob den Einkaufswagen weiter.

»Du legst für den Wiedinger einen Kiesgarten an?«, rief er mir hinterher.

»Nein.«

Felix folgte mir. »Aber er war gerade da und hat es erzählt. Weißt du, er ist mein Steuerberater, und ich habe ihn wegen der Gartenplanung an dich verwiesen.«

Ich verdankte Felix Fontana einen Kunden? Das hätte ich nicht erwartet.

»Danke, das war nett von dir.« Ich lächelte ihn an. »Ist ein komischer Typ.«

»Er ist halt sehr korrekt und manchmal etwas umständlich, dafür kennt er aber auch jeden Trick.«

»Außerdem hat er mir gekündigt. Seine Freundin wollte unbedingt ihren eigenen Spezial-Gärtner für ihr Yoga-Meditations-Wellness-Dingsda.«

»Ein bisschen Wellness täte der doch ganz gut mit ihrem verkniffenen Gesicht.« Felix grinste.

»Wenn er sich alle vier Wochen umentscheidet, wird der Garten nie fertig. Bisher ist noch nichts gemacht! Zwei völlig unterschiedliche Entwürfe habe ich auf seinen Wunsch hin entwickelt, einmal Cottage, einmal Französisch mit Marmorspringbrunnen. Und dann will er was Zen-mäßiges. Wenigstens hat er immer bezahlt.«

»Vielleicht will er ja wirklich, dass du den Kiesgarten machst. Beeil dich, sie sind bestimmt noch da. Sie wollte zur Deko-Abteilung.«

Er schien es wirklich ernst zu meinen. Aber ich würde nie wieder für dieses Ekel arbeiten.

Felix wies eine Mitarbeiterin an, mir beim Auswählen der restlichen Pflanzen zu helfen, dann verabschiedete er sich.

Als ich an die Kasse kam, stand da tatsächlich Herr Wiedinger, dieses Mal in sandfarbenen Sommerhosen und einem hellblauen Poloshirt. Neben ihm eine kleine und sehr zierliche Frau mit hochgesteckten schwarzen Haaren, die auf ihr Handy starrte.

»Frau Laurien!«, rief er mir zu und lächelte mich an.

Ich lächelte nicht zurück.

»Wie schön, Sie hier zu sehen. Alexa?«

Sie reagierte nicht.

»Alexa, das ist Frau Laurien, meine Gärtnerin.«

Jetzt sah sie auf. Kleine Fältchen umrahmten Augen und Mund. Sie steckte ihr Telefon ein und gab mir die Hand. Kurz lächelte sie, taxierte mich mit ihrem Blick und hielt meine Hand fest wie eine Schraubzwinge.

»Holger, denk an unseren Kunden heute Nachmittag.« Ihre Stimme klang schneidend.

»Wissen Sie, Alexa ist schon so lange Mitarbeiterin in meinem Büro, aber gefunkt hat es zwischen uns erst jetzt.«

Er legte seinen Arm um sie, wie er es auch bei Serena getan hatte.

»Was halten Sie von einem Kiesgarten?«

»Für die heißen Sommer, die wir in den letzten Jahren hatten, sind sie sehr geeignet. Pflegeleicht, wassersparend.« Ich mochte diese Steinwüsten nicht, aber das war egal. Wenn Alexa so etwas gefiel …

Der Kunde vor ihm bezahlte, und Herr Wiedinger stellte zwei weiße Schmetterlingsorchideen aufs Laufband. Alexa rückte sie gerade und zückte ihren Geldbeutel.

»Nein, Liebes, die schenke ich dir!«, sagte er und schob ihre Hand mit dem Geldschein weg. Viel zu schnell und ohne sich zu bedanken, steckte sie ihren Geldbeutel ein und schaute wieder auf ihr Handy.

»Wann ist der Plan fertig?«, fragte er und stellte die Orchideen vorsichtig zurück in den Wagen.

»Der Plan?«, fragte ich. Alexa ging bereits nach draußen.

»Sie haben doch schon alle Daten, Bodenproben, Maße und so«, sagte er, nachdem ich bezahlt hatte. »Da müssen Sie nicht noch mal zu uns rauskommen, oder? Alexa wird so schnell eifersüchtig.«

»Wollen Sie etwa, dass ich das mache?«, erwiderte ich erstaunt.

»Natürlich! Herr Fontana hat eben wieder betont, was für eine tolle Gartenplanerin Sie sind.«

»Nein, auf gar keinen Fall.« Ich schob den Wagen zum Ausgang. Er folgte mir. Draußen wartete Alexa vor Wiedingers schwarzem SUV und beobachtete uns.

»Ich kann auch mehr bezahlen!« Er setzte seine Sonnenbrille auf.

»Es geht nicht ums Geld.«

»Nein?« Er betrachtete die kleine Delle am Kotflügel meines Transporters.

»Ich habe keine Zeit.«

Ein Lächeln huschte über sein Gesicht.

»Das macht nichts. Wir wollen für eine Woche in die Karibik fliegen. Vielleicht sieht es ja danach in Ihrem Terminkalender besser aus. Ich melde mich, wenn wir wieder da sind, einverstanden?«

Sein Lächeln wurde immer breiter. Er gab mir die Hand und hielt sie länger fest als nötig.

»Ich kann mich auch gerne um ihre nächste Steuererklärung kümmern. Bei Selbstständigen wie Ihnen, liebe Johanna, gibt es viele Möglichkeiten, das Finanzamt auszutricksen.«

Ich zog meine Hand zurück.

»Nein, Herr Wiedinger, Sie brauchen sich nicht wieder zu melden. Ich arbeite nicht mehr für Sie. Passen Sie nur gut auf Ihre neue Freundin auf, sonst sind Sie die auch bald wieder los.«

Alexa war jetzt die dritte Freundin innerhalb von drei Monaten. Erstaunlich.

33

Philipp

Seit ich den Abend nicht mehr mit Johanna im Garten verbrachte, hatte ich mir angewöhnt, abends noch spazieren zu gehen. Die letzten Tage war es drückend heiß gewesen, heute hingen Gewitterwolken über dem Tal, ich beeilte mich, nach Hause zu kommen. Als ich an Franziskas Galerie vorbeikam, öffnete sich die Tür. Fabian trat heraus, gefolgt von den Schwestern.

»Hallo Philipp«, grüßte mich Franziska im weißen Sommerkleid und ging die Treppe hinab.

Johanna sah umwerfend aus in ihrem dunkelblauen Kleid, das ihre schmale Figur betonte.

Aber sie sah mich kaum an.

»Was habt ihr denn noch vor?«, fragte ich.

»Wir gehen ins Theater«, antwortete Fabian und deutete auf den hellen Turm mit den Burgzinnen in der Stadtmauer gegenüber der Galerie. Das Torturmtheater.

»Schon eine Wohnung gefunden?«, fragte Johanna viel zu laut. Wieso nur war sie so stur?

»Nein.« Ich ging auf sie zu. Ihre rotbraunen Haare schienen im grellen Licht der tief stehenden Sonne richtig zu funkeln.

»Übrigens ist Klara die nächsten zwei Wochen bei mir.

David und Katharina fahren auf die Malediven.« Besser, sie wusste gleich Bescheid.

Franziska und Fabian trafen auf Bekannte vor dem Theater, ich ging noch einen Schritt auf Johanna zu.

»Aber du hast doch Schule!« Sie riss entsetzt die Augen auf. Ihre wunderschönen, grünen Augen.

Es grummelte in der Ferne, das Gewitter kam näher.

»Ach, das geht schon. Sie ist ja im Kindergarten. Aber ich hoffe, es stört dich nicht allzu sehr.«

Es klang gehässiger, als ich beabsichtigt hatte. Auf einmal war ich wütend. Ich wollte ihr nicht mehr nachweinen, egal, wie sehr ich sie vermisste und begehrte. Wer meine Tochter nicht mochte, der hatte in meinem Leben nichts verloren.

»Halt sie nur aus dem Garten fern.«

»Pflanzen, für mehr interessierst du dich nicht«, gab ich zurück.

»Und du? Du denkst, du kannst mich mit deinem Hut und dem Vorlesen um den kleinen Finger wickeln!«

Plötzlich donnerte es wieder, der Himmel war auf einmal völlig schwarz.

»Sei doch froh, dass ich dich aus deinem Schneckenhaus rausgelockt habe!«

Sie kam immer näher, so nah, dass ich ihr blumiges Parfüm riechen konnte. Die Spannung zwischen uns war kaum noch zu ertragen. Am liebsten hätte ich sie gepackt, geschüttelt und geküsst, um sie davon zu überzeugen, was es für ein Fehler war, mich aus der Wohnung und ihrem Leben zu werfen.

»Und du spielst immer die Unnahbare, und dann ...«

Gerade rechtzeitig wurde mir klar, dass wir nicht alleine waren.

»Du hast ja keine Ahnung!«, zischte sie.

»Woher auch, du redest ja nicht mit mir!«

»Das kann dir alles völlig egal sein.«

»Ist es aber nicht.«

Ihre Augen funkelten, und es war auf einmal so viel Leben in ihr.

»Warum streiten wir uns?«, flüsterte ich. »Können wir uns nicht wieder vertragen?«

»Nein. Wir brauchen uns nicht zu vertragen. Du ziehst aus, und alles ist in Ordnung.«

Die ersten Blitze zuckten über den Himmel, sie rannte ins Theater. Und ich starrte ihr hinterher, wie sie in dem Turm verschwand.

34

Und dann machte ich etwas völlig Unverständliches. Wir waren kaum aus dem Theater, als Eileen schrieb und fragte, ob ich am Freitagabend mit zum Weinfest am Stein gehen wolle, einem der angesagtesten Weinfeste überhaupt bei uns. Und ich sagte zu. Von wegen Schneckenhaus und so. Ich hatte ein Sozialleben, ich ging aus, hatte Freunde. Und weil ich in meinem Stolz verletzt und immer noch wütend auf Philipp war, hielt ich es für eine gute Idee.

Tatsächlich war es eine sehr schlechte Idee. Ich ging mit meinen Gartenfingernägeln zur Maniküre, ließ mir beim Frisör die Haare schneiden und lieh mir von Eileen ein viel zu kurzes Kleid. Ich wollte einen draufmachen.

Der Wein dort floss immer in Strömen. Guter Wein, Silvaner. Es spielten Live-Bands, und es war immer wahnsinnig voll. Eileen hatte noch ein paar Freundinnen mit eingeladen, die ich nicht kannte. Ich wollte trinken und tanzen und den Sonnenuntergang genießen.

Und dann tauchte dieser Typ auf, ein Bekannter einer Freundin von Eileen. Seine Witze gefielen mir, er hatte blonde Haare und trug vor allem keinen Hut. Dreitagebart hatte er auch keinen, dafür Locken, die ihm in die Stirn fielen.

Er hieß Leander. Ich fand das lustig. Der Name erinnerte mich an süß blühenden Oleander, und den ganzen Abend sagte ich »Oh Leander« zu ihm, bis er mir viel zu lange in die Augen blickte, mich an der Hand nahm und mit mir in die Weinberge lief.

Liebe unterm Weinstock, inmitten von Erde und Wurzeln und Ästen und Blättern, fand ich erregend. Ich fand auch Leander erregend, er duftete gut und flüsterte mir schöne Worte ins Ohr, die mich glauben ließen, das Leben wäre einfach und leicht.

Doch es funktionierte nicht. Als er mich küsste, fühlte es sich falsch an, und ich stieß ihn weg. Er dachte, es sei ein Spiel, aber ich konnte seine Berührungen einfach nicht ertragen. Meine Haut fühlte sich an, als ob sie brennen würde. Ich zog den Slip hoch und das Kleid nach unten, suchte meine Schuhe und sprang auf.

Leander fragte die ganze Zeit, was er falsch gemacht habe. Er entschuldigte sich für meinen Fehler, knöpfte seine Hose zu und rannte mir nach. Aber ich schlüpfte durch die sich im Takt der Musik wippende Menge und hielt ein Taxi an, das mich zurück nach Sommerhausen brachte.

Eileen schrieb, ich beruhigte sie mit vielen Smileys. Dann hielt das Taxi endlich, ich zahlte, stieg aus. Es war dunkel und sehr still, es hallte, als ich die Autotür zuschlug. Der Taxifahrer wartete, bis ich im Haus verschwand. Ich zog eine Jogginghose und ein Shirt an und kochte Himbeergelee mit viel zu viel Silvaner.

35

Die Küche sah wüst aus am nächsten Morgen. Ich trank einen Espresso und knibbelte an den silbernen Fingernägeln rum. Am liebsten hätte ich nicht nur die falschen Nägel abgerissen, sondern den ganzen Abend ungeschehen gemacht. Was hatte ich mir nur dabei gedacht.

Es klingelte. Elf Uhr, die übliche Zeit für den Paketboten, ich raffte mich auf und ging zur Tür. Durchs Fenster konnte ich niemanden erkennen, es hätte mir eine Warnung sein sollen. Ich öffnete.

Draußen stand Klara im rosa Kleidchen mit dem Aufdruck einer Playmobil-Prinzessin und Kakaoflecken. Ihre langen Haare waren ungekämmt, und sie war barfuß.

»Fee-e?«, fragte sie sehr gedehnt. »Kannst du meinem Papa helfen?«

Ich schüttelte den Kopf, er schmerzte. »Du weißt doch, dass ich eine Gartenfee bin und keine Menschenfee.«

Ich konnte niemandem helfen. Ich half ja noch nicht mal mir selber. Klara sollte besser weit, weit weggehen. Ich taugte nicht zur guten Fee.

»Aber er schläft die ganze Zeit, und sein Kopf ist ganz heiß.«

Das hörte sich nicht gut an. »Ist er krank?«

Sie schaute auf ihre Füße. »Weiß nicht.«

Am besten fragte ich ihn selbst. Doch mein Telefon

war nicht in meiner Hosentasche. Und bevor ich es suchen konnte, streckte Klara die Hand aus. »Du musst ihm helfen, liebe Fee.«

»Na gut« Ich schnappte mir den Schlüssel vom Brett.

»Brauchst du keinen Zauberstab?«, fragte sie und ging voraus. Ich passte auf, dass sie auf der Treppe nicht ausrutschte. Aber sie konnte schon sehr gut jede Stufe einzeln nehmen und war vernünftig genug, sich dabei am Handlauf festzuhalten. Die Tür stand offen, und sie rannte in die Wohnung.

Überall lagen Bilderbücher, Papier und Buntstifte herum. Milchflecke neben einer Tasse auf dem Tisch, verstreutes Kakaopulver. Und überall Kuscheltiere.

»Papa, Papa, ich habe die Fee mitgebracht!«

Sie lief ins Schlafzimmer, und ich folgte ihr langsam. Ich wollte dieses Zimmer nicht betreten. Philipp stöhnte, und Klara rief: »Papa, Papa, wach auf!«

Ich straffte meinen Rücken und atmete tief durch.

Von Philipp war nur der Kopf zu sehen. Aber es reichte, und ich begann zu kichern. Und aus dem Kichern wurde lautes Lachen.

»Angesteckt?«, fragte ich.

Er sah mich fragend an.

»Windpocken!«

»Die sind doch schon lange vorbei. Klara hatte nur wenige Punkte und auch nur ein paar Tage lang.«

»Und du, hattest du welche als Kind?«

»Ach, komm, übertreib mal nicht, das sind nur Mückenstiche. Ich habe die Grippe oder so.«

Sein Gesicht war über und über mit roten Bläschen

übersät. Die Haare standen kreuz und quer ab, und ständig kratzte er sich die Kopfhaut. Seine Augen waren rot und glänzten fiebrig.

»Darf ich?«, fragte ich und streckte meine Hand aus.

»Was?«, fragte er, als ich ihn bereits an der Stirn berührte. Sie war glühend heiß.

Ich hatte schon gehört, dass Windpocken bei Erwachsenen viel schlimmer waren als bei Kindern. Er tat mir so leid.

»Wo ist dein Fieberthermometer?«

»Badezimmer«, brummelte er. »Du musst dich nicht um mich kümmern. Ich bin gleich wieder auf den Beinen. Nur ausschlafen.«

Vielleicht irrte ich mich ja auch. Am besten, ich rief Fabian an.

»Ich komme gleich wieder«, sagte ich, »lauf nicht weg.«

»Scherzkeks«, murmelte er und stöhnte.

»Klara, bleib bitte bei deinem Papa, ja?«

Sie nickte ernst und kletterte zu ihm ins Bett. Nachdenklich ging ich durch den Garten nach oben, fand das Telefon auf dem Küchenboden und überlegte kurz. In der Diele schnappte ich mir den Schlüssel mit der gelben Blüte. Als ich über die Innentreppe die Wohnung von Philipp betrat, kam Klara mir entgegen.

»Die Tür geht ja auf!«

»Natürlich.«

»Papa, Papa, die Tür geht auf!« Sie rannte zu ihm. Noch immer kratzte er sich stöhnend.

»Wie lange hast du das denn schon?«, fragte ich und

wählte Fabians Mobilnummer. Es war Samstag. Hoffentlich hatte er Zeit.

»Seit heute.«

»Hattest du als Kind keine Windpocken?«

Er brummte etwas Unverständliches. Fabian nahm das Gespräch an. Er war gerade im Baumarkt und schwer zu verstehen, und ich musste fast schreien, als ich ihm Philipps Symptome schilderte.

»Du bist wirklich bei ihm?«, fragte Fabian ungläubig.

»Ja, woher hätte ich denn sonst wissen sollen, dass er krank ist.«

»Und seine Tochter?«

Jetzt wusste ich, worauf er hinauswollte.

»Das ... das geht schon«, antwortete ich.

»Du machst Fortschritte, Johanna.«

»Ach, sie hält mich für eine Fee. Das ist keine große Sache.«

Er atmete tief durch. »Er soll Fieber messen, und gib ihm ein Ibuprofen. Ich bin in einer Stunde spätestens da.«

Ich steckte das Telefon wieder ein. Philipp sah wirklich elend aus. Klara strich ihm die Haare aus der Stirn, als wäre er eine Puppe.

»Fee, zauberst du jetzt?«, fragte sie.

»Ja«, sagte ich und half Philipp, sich aufzurichten. Das Thermometer war schnell gefunden, Ibuprofen-Saft für Kinder stand daneben, der tat es bestimmt auch. Ich gab ihm das Thermometer und holte aus der Küche ein Glas Wasser und einen Löffel. Teller und Tassen standen herum, Schalen voller Milch und aufgequollener Cornflakes, halb gegessene Äpfel. Sonst war doch immer alles so auf-geräumt.

»Bist du wirklich erst seit heute so krank?«, fragte ich, er grinste schräg mit dem Thermometer im Mund. Klaras Kleid sah so aus, als hätte sie darin geschlafen. Die Finger waren dreckig, die Füße ebenfalls.

»Ist Katharina schon auf den Malediven?«

Er nickte. Das Thermometer piepste. Neununddreißig fünf. Kein Wunder, dass er so glühte.

»Wo soll Klara hin?«, fragte ich. »Gibt es noch andere Verwandte oder Babysitter, die sich um sie kümmern könnten?«

»Klara bleibt hier. Das geht schon.«

Der spinnte ja wohl.

»Warten wir ab, was Fabian sagt«, meinte ich und zählte die Tropfen ab.

»Johanna, ich schaff das schon! Du musst das nicht machen, echt nicht.«

Da sprang Klara vom Bett.

»Bleibst du hier, liebe Fee? Spielst du mit mir?«

»Nein, Klara, sie geht wieder nach oben.«

Ich blickte vom Bett zu ihr. Ich wollte nicht hier sein. Jedes Wort von ihr tat mir weh, immer noch. Aber ich konnte sie auch nicht alleine lassen. Philipp war krank, es musste jemand auf sie aufpassen. Eine Stunde, bis Fabian käme, das würde ich wohl hinkriegen, oder?

Ich hockte mich hin und betrachtete ihre dreckigen Füße. Eigentlich gehörte sie in die Badewanne.

»Ich heiße Johanna«, sagte ich. »Hast du Hunger?«

Sie nickte. Ich kochte für Philipp und mich Tee, für

Klara machte ich einen Kakao und ein Vollkornbrot mit Käse und Paprikastücken. Der Kühlschrank war zum Glück gut gefüllt.

Es war ungewohnt, ein Kind um sich zu haben. Zudem kannte ich mich in Philipps Küche nicht aus, aber Klara wusste genau, wo sich die Teller und die Tassen befanden. Überhaupt war sie auf einmal sehr redselig, erzählte, wo sie zusammen die Lebensmittel gekauft hätten und dass ihre Mutter ihr eine Katze schenken wolle. Sie fragte, wo ich wohne und warum ich kein langes Kleid trage und so komische kurze, rot-braune Haare hätte. Alle Feen hätten doch lange blonde Haare.

»Ich bin keine Fee«, wollte ich das Thema beenden, als sie auf einmal »Tinkerbell!« rief und zum Sofa rannte. Ich legte die Brote ordentlich auf einen Teller, und schon stand sie mit einem Bilderbuch in der Hand neben mir.

»Schau!« Sie deutete auf die freche, grün gekleidete Elfe. Wenn man nur flüchtig hinsah, wirkte es, als ob sie kurze Haare hätte, dabei waren sie hochgesteckt. Ich konnte mir auch keine Disney-Elfe oder -Prinzessin mit kurzen Haaren vorstellen. Leider. Ob ich sie aufklären sollte?

»Komm, wir bringen deinem Vater was zu essen, das macht ihn gesund.« Ich stand auf und ging mit dem Teller zu ihm.

Nach dem Frühstück, von dem Philipp so gut wie nichts gegessen hatte, forderte ich Klara auf, sich zu waschen und die Zähne zu putzen, was sie sofort machte. Vor dem

Waschbecken stand ein Hocker, sie wusste, wo Wasch-lappen und Handtücher waren.

Der Blick in den Spiegel erschreckte mich. Dunkle Mascara-Ränder zierten meine Augen, ich hatte mich noch gar nicht abgeschminkt oder geduscht. War das den beiden nicht aufgefallen? Aber Philipp hatte mich kaum angesehen, und für Klara war ich eine Art Super-heldin, da war wohl alles erlaubt. Ich wusch mir das Ge-sicht und entfernte mit einem Kleenex und etwas Creme die gröbsten Reste von gestern.

Obwohl es ziepen musste, machte Klara beim Haare-kämmen keinen Mucks. Es hatte wirklich Vorteile, eine Fee zu sein.

Jetzt brauchte sie etwas zum Anziehen. Vorsichtig schaute ich ins Kinderzimmer. Der Raum war hell, weiße Wände, weiße Möbel, nur auf den Vorhängen waren rosa Prinzessinnen. Ich betrachtete sie und hielt mich mit dem Gedanken aufrecht, dass Philipp klug gewählt hatte. Irgendwann soll diese rosa Phase ja angeblich vorbei sein. So genau wusste ich es nicht.

Aber als ich mich weiter umsah, begann ich zu zittern. Ich barg mein Gesicht in den Händen, damit Klara nicht bemerkte, dass ich weinte. Ich ertrug es einfach nicht. Das Bett mit den Kuscheltieren, die Spielsachen. Lego-steine und Dinosaurier. Eine Schultafel mit Kreideblumen. Socken, so klein und winzig, vorm Bett.

Und dieser süße Geruch nach Babypuder, obwohl Klara kein Baby mehr war.

Sie schaute zu mir herüber, und ich wischte mir schnell die Tränen weg. Ich bemühte mich zu lächeln, aber sie

reagierte nicht, sondern sah mich ernst mit diesen großen, himmelblauen Augen an, als ob sie alles verstehen
würde.

Ich stand auf, ging mit unsicheren Schritten zu ihrem
Schrank und öffnete ihn.

»Grün!«, rief sie und zupfte an einem hellgrünen Kleid
mit rosa Blüten. »Ich will auch Tinkerbell sein!«

Der Tag versprach genauso warm zu werden wie die
vorangegangenen, also konnte sie ruhig ein Kleid tragen.
Ich suchte ihr eine Unterhose und Söckchen aus, und sie
zog sich selber an. Sie war wirklich schon sehr selbstständig.

Da klingelte es an der Tür, und Klara rannte in den
Flur.

»Nicht die Tür öffnen«, rief ich ihr nach.

Sofort blieb sie stehen.

»Öffnen dürfen nur Erwachsene«, sagte ich ernst, ehe
ich die Tür aufmachte.

»Du bist der Arzt«, sagte Klara zu Fabian, der mit seiner Sonnenbrille, der kurzen, olivfarbenen Hose und
dem schwarzen Shirt so gar nicht wie ein Arzt aussah.

»Ja«, antwortete er. Ich zeigte ihm den Weg ins Schlafzimmer.

»Das ist eine Fee, und du musst immer machen, was
sie sagt«, erklärte Klara und deutete auf mich. Fabian
schob sich die Sonnenbrille in die Haare und grinste mich
an, ich zuckte nur mit den Schultern. Dann untersuchte
er Philipp, und seine Diagnose fiel eindeutig aus.

»Windpocken. Wenn du Pech hast, kann das lange
dauern. Und du musst dich gründlich schonen, Philipp.

Nicht in die Sonne, nicht duschen, sonst gibt es Komplikationen. Gehirnhautentzündung zum Beispiel.« Er legte ein Rezept auf den Wohnzimmertisch und ging.

»Was ist mit Klara?«, fragte ich.

»Mach dir keine Gedanken«, sagte Philipp. Wegen der Tropfen war das Fieber etwas gesunken, und er wirkte wacher. »Morgen bin ich wieder fit, sind doch nur Windpocken.«

Ich sah ihn fragend an. »Du sollst dich schonen«, wiederholte ich Fabians Worte. »Sagst du Katharina Bescheid?«

»Auf gar keinen Fall. Die ist imstande und bricht den Urlaub ab, und ich kriege wieder Probleme.«

»Aber irgendwer muss sich um Klara kümmern.«

»Johanna, es ist schön, dass du dir Sorgen machst. Aber du stellst dir das viel komplizierter vor, als es in Wirklichkeit ist. Dann improvisiere ich eben, na und? Klara muss lernen zurechtzukommen. Familienleben bedeutet auch, sich zu kümmern und die eigenen Bedürfnisse zurückzustellen.«

Da hatte er schon recht. Aber ob das eine Vierjährige genauso sah?

36

Die Apotheke machte samstags schon um zwölf zu, so war das eben auf dem Dorf. Zum Glück hatte sie Notdienst. Da konnte ich mich erst mal in Ruhe duschen und umziehen.

Vor der Haustür fand ich einen Eimer voll Kirschen mit einem Zettel von Falk, er freue sich schon auf die Marmelade. Er hatte seinen Baum mit einer Folie überspannt, und anscheinend hatte es etwas genutzt.

Ich stellte den Eimer in die Küche und ging ins Dorf. Auf der Hauptstraße, die seit dem Bau der Umgehungsstraße eigentlich nur für Anlieger freigegeben war, versuchten Wagen mit fremden Kennzeichen, den Stadtführer in seiner mittelalterlichen Uniform samt Zuhörern von der Straße zu hupen. Ich schlängelte mich durchs Gewimmel und grüßte die Bedienungen der Straßencafés.

In der Apotheke erzählten sie, Valerie habe mit mehreren Kissen versucht, die Glocke im Ochsenfurter Turm am Schlagen zu hindern. Tja, sie schlug jede Viertelstunde. Wie das früher bloß der Pianist ausgehalten hatte? Ich könnte da auch nicht schlafen.

Auf dem Weg zu Franzi kam ich am Café am Kirchplatz vorbei. Es roch so lecker nach selbst gebackenem Kuchen, dass ich drei Stück versunkenen Kirschkuchen kaufte.

»Du bist eine Fee?«, begrüßte sie mich grinsend. War ja klar, dass Fabian ihr bereits alles erzählt hatte.

»Super-Fee!«, antwortete ich und spannte in Popeye-Manier den Bizeps an.

»Cool.«

»Franzi, bilde dir nichts ein. Ich habe nur kurz geholfen. Und mit Klara habe ich schon häufiger geredet«, sagte ich.

»Das wusste ich gar nicht.«

»Ist ja auch keine große Sache.«

»Ach nein? Bis vor Kurzem bist du weggerannt, sobald nur ein Kind in deine Nähe kam.«

»Du übertreibst.«

»Nein, dein Feenstaub hat gezaubert.« Sie wedelte mit einem imaginären Zauberstab. »Sei doch so nett und kümmere dich um die Kasse. Als Fee könntest du ein paar Goldmünzen hineinzaubern.«

»Nein«, sagte ich. »Heute kann ich nicht helfen.«

Ich hob die Tüte von der Apotheke. »Für Philipp.«

Ein Lächeln breitete sich auf Franzis Gesicht aus. Sie drückte mich an sich und küsste mich auf die Wange.

»Natürlich. Geh nur. Sei eine gute Fee.«

Es war bereits halb drei, als ich die Medikamente vorbeibrachte. Eine DVD der Serie *Kleine Prinzessin* lief, ohne dass Klara hinschaute, das gesamte Spielzeug lag wieder verstreut herum. Sie löcherte mich sofort wieder mit Fragen über mein Leben als Fee, doch ich ging zu Philipp.

Er lag matt im Bett.

»Komm, setz dich zu mir«, bat er, aber ich blieb im Türrahmen stehen.

»Vielen Dank«, sagte er. »Wenn du schon eine Fee bist, wie Klara immer sagt, dann zaubere doch bitte diesen Juckreiz weg, der ist grauenhaft.«

»Oh, ich kann zaubern«, erwiderte ich und hielt die Tüte von der Apotheke hoch.

Er grinste. »Dann bin ich ja gerettet.«

»Der Apotheker hat auf die Verpackungen geschrieben, wie oft du was von den Tropfen und von dieser Lotion nehmen sollst.«

»Danke noch mal, Johanna. Bist du so nett und machst die CD in meinem Laptop an? Er müsste irgendwo im Wohnzimmer sein.«

Ich fand ihn auf dem Schreibtisch unter den Bilderbüchern. Daneben die Hülle von *Der Distelfink* von Donna Tartt.

Ich musste lächeln. »Da hat dich wohl der Stieglitz inspiriert!«

»Wieso?«

»Na, Distelfink ist nur ein anderer Name für Stieglitz.«

»Ach, das wusste ich gar nicht. Das Buch hat mir meine Mutter empfohlen.«

»Er ist auf der Hülle sogar abgebildet.«

Ich zeigte Philipp das weiße Cover mit dem farbenprächtigen Vogel. Er nickte teilnahmslos. Ich steckte die CD ins Laufwerk und ging ins Schlafzimmer, um den Laptop neben Philipp aufs Bett zu stellen. Klara rannte zu uns, und ich erklärte ihr, dass ihr Vater Ruhe brauche, erzählte, dass ich Kirschkuchen mitgebracht hätte, und bat sie, ein Spiel für uns rauszusuchen.

Er lächelte mich an.

»Schade, dass du keine Kinder hast, Johanna. Du wärst eine tolle Mutter geworden.«

37

Ich wurde ganz starr, und alles um mich herum verschwand. Bis auf ihn und das, was er gesagt hatte.

Ich wäre eine tolle Mutter geworden.

Es stimmte nicht. Es stimmte ganz und gar nicht. Ich musste es ihm sagen, musste ihn warnen, denn ich war keine Fee, sondern … Ich musste mich räuspern und tief Luft holen, und auf einmal gelang es mir, das zu sagen, was ich so lange schon nicht mehr gesagt hatte. Oder gedacht.

»Ich bin eine Mutter.«

Und ich klappte zusammen. Ging in die Hocke, klammerte mich an einem herumliegenden Kissen fest, bekam kaum Luft.

Ich hatte es gesagt.

»Ich war eine Mutter. Eine schlechte Mutter. Eine ganz und gar schlechte Mutter.« Tränen stiegen mir in die Augen, ich ließ sie einfach laufen, sah auf den Boden, die Fransen des Teppichs unter Philipps Bett, mehr war ich nicht wert, als mir die Teppichfransen anzusehen.

»Johanna?« Er setzte sich auf.

»Du weißt doch längst alles«, brach es aus mir heraus.

»Nein, ich weiß nichts.« Er kratzte sich am Unterarm.

»Aber ich habe dich doch gesehen, auf dem Friedhof.«

Die Fransen waren weiß, so wie der Teppich und Lillys Haut, damals.

Er schwang die Beine aus dem Bett, streckte die Hände aus, ich blieb sitzen. Auf einmal saß er neben mir.

»Sie ist gestorben. Lilly ...« Ihren Namen brachte ich nur unter Schluchzen heraus. Ich vergrub mein Gesicht im Kissen, und als Philipp mir seinen Arm um die Schultern legte, schluchzte ich noch lauter. Klara fragte etwas, und Philipp antwortete, ihre Füße tippelten nach draußen. Er zog mich an sich, und ich ließ innerlich los und weinte und weinte.

Irgendwann spürte ich, wie er zitterte. Ich hob den Kopf und befühlte seine Stirn.

»Ab ins Bett.« Ich stand auf.

»Das tut mir so leid«, flüsterte er.

»Mehr kann ich darüber nicht sagen.«

»Soll ich deine Schwester anrufen? Geht es dir gut?«

»He!« Ich versuchte zu grinsen. »Du bist doch krank und nicht andersrum.«

»Ich dachte nur ...«

»Ich komm schon so lange damit zurecht, keine Angst. Ich bin doch eine Fee!« Ich wischte mir die Tränen aus dem Gesicht und stellte unerwarteterweise fest, dass ich ihm nichts vorspielte, sondern mich wirklich gut genug fühlte, zu Klara zu gehen.

»Aber ...«

»Du brauchst keine Angst haben«, unterbrach ich Philipp. »Ich war eine schlechte Mutter, aber ich bin eine gute Fee. Denkt jedenfalls deine Tochter. Und für eine Runde Memory wird es wohl reichen.«

Er legte sich wieder hin und kratzte die Windpocken an seinem Unterarm auf. »Jetzt endlich verstehe ich dich.«

Klara saß auf dem Sofa und schaute mich erstaunt an. Wahrscheinlich hatte sie das erste Mal eine Fee weinen gesehen, aber sie sagte nichts. Ich stellte ihr den Kirschkuchen hin und kochte Tee für Philipp und mich. Essen konnte ich nichts. Ich räumte den Tisch ab, und wir spielten ein Memory, zum Glück nicht mit Feen oder Prinzessinnen, sondern mit Tierkindern.

Klara wirkte eingeschüchtert, sie sagte kaum etwas. Nach dem Memory war ein Puzzle dran, danach malten wir ein wenig.

Als ich mich kräftiger fühlte, räumten wir zusammen auf. Philipps mitfühlenden Blick ertrug ich kaum und ging lieber in die Küche. Klara hatte Hunger. Es war halb sechs, ich wusste gar nicht, wo die Zeit geblieben war. Zum Abendessen gab es Spaghetti mit Tomatensoße und Salat. Danach durfte sie noch eine Folge *Kleine Prinzessin* sehen und schlief auf dem Sofa fast ein.

Und ich stand mitten in Philipps Wohnung und kam mir vor wie ein fremdgesteuertes Wesen in einem Film. War das wirklich ich, diese Bilderbuchmutter? Wieso schaffte ich es auf einmal, Klara die Nase zu putzen, während alleine die Vorstellung, Christopher könnte Kinder bekommen, mich zur Verzweiflung gebracht hatte?

Philipp kam aus dem Schlafzimmer. Er trug nur ein Shirt und Boxershorts, seine Beine waren mit roten Punkten übersät.

Sein Anblick erinnerte mich an unsere gemeinsame

Nacht, und ich wandte mich ab. Er streckte seine Hand aus, berührte mich an der Schulter.

»Willst du darüber reden?«

Ich deutete auf Klara und ihre neugierigen Ohren.

»Wollen wir uns ein wenig raussetzen?«, fragte er und ging zur Wohnungstür.

Ich blieb stehen. »Du sollst doch nicht in die Sonne.«

»Nur kurz, in den Schatten. Ich muss mal hier raus, sonst fällt mir noch die Decke auf den Kopf.« Er ergriff seinen Panamahut, der auf einem Haken neben der Tür hing. Klara fielen die Augen endgültig zu.

Ich wollte alleine sein, jetzt, wo er mein größtes Geheimnis kannte. Wie würde er mich jetzt ansehen, was würde er sagen? Würde er mich verurteilen? Dass er mit mir reden wollte, sprach schon Bände! Wie ich es hasste, dass alle sich immer einmischen wollten, es besser wussten.

»Nicht heute.« Ich öffnete die Kellertür.

Wieder sah er mich mit diesem Blick an, der noch vor wenigen Wochen die Schmetterlinge in meinem Bauch tanzen ließ.

»Wenn irgendetwas ist, melde dich«, sagte er.

»Das sollte eigentlich ich sagen«, antwortete ich und lächelte zaghaft.

»Du weißt, was ich meine.« Er schob den Hut hoch und sah mich so intensiv an, dass ich mich abwenden musste.

»Bis morgen«, sagte ich, als wäre alles völlig normal.

38

Philipp

Sie war eine Mutter. Eine verwaiste Mutter. Johanna hatte ihr Kind verloren.

Klara drehte im Schlaf ihren Kopf zur Seite, ich legte meine Hand auf ihren warmen Körper und fühlte ihr Herz schlagen. Bei der Vorstellung, es könnte aufhören, lief es mir kalt über den Rücken. Ich hatte sehr darunter gelitten, dass ich Klara nicht sehen konnte, aber zumindest hatte sie gelebt. War in Sicherheit gewesen, satt, gesund.

Mein Kopf dröhnte trotz der vielen Tabletten, mir war schwindelig, und ich fühlte mich beschissen. Den Hut warf ich zur Seite. Raus in die Sonne wollte ich nur Johanna zuliebe, weil ich gedacht hatte, es würde ihr guttun, wenn wir draußen in ihrem geliebten Garten säßen und sie mir von ihrem Kind erzählte.

Hätte ich es merken können? Gab es Anzeichen, Warnungen? Warum hat mir Franziska nichts gesagt? *Sie hat schon so viel durchgemacht* – eine nette Untertreibung. Ich hatte gedacht, es ging um Johannas Ex-Mann.

Vorsichtig angelte ich mir mein Handy vom Couchtisch. Klara gehörte eigentlich ins Bett, aber ich konnte sie nicht alleine lassen. Ich küsste sie auf die Wange, streichelte ihr zartes Gesicht. Kein Wunder, dass Johanna so panisch wurde, als Klara im Garten gewesen war. Sie hatte keine Angst um ihre Pflanzen gehabt, sondern um Klara.

Mein Handy war blutverschmiert, ich musste mir eine Pustel aufgekratzt haben. Egal. Ich drückte Franziskas Nummer, aber sie hob nicht ab.

Ein Kind. Ich fasste es immer noch nicht. Mir war nichts aufgefallen in ihrer Wohnung, nirgends hing ein Foto. Allerdings war ich nur ein Mal dort gewesen, damals, als ich mich ausgesperrt hatte. Johanna war schon sehr verschlossen gewesen, die ganze Zeit.

Das Telefon klingelte. Klara drehte sich grunzend um, schlief aber weiter.

Franziska. »Philipp? Ist was passiert?«

»Johanna …« Ich musste mich räuspern.

»Ja?« Ihre Stimme klang, als ob sie ahnte, was ich gleich sagen wollte.

»Warum hast du mir nichts von Lilly erzählt?«

»Sie hat ihren Namen ausgesprochen?«, rief sie aufgeregt.

»Warum hast du mir nichts gesagt?«

»Ich konnte nicht.«

»Aber wieso? Wenn ich es gewusst hätte, hätte ich mich doch ganz anders verhalten.«

»Johanna will kein Mitleid«, erwiderte Franziska.

»Ich rede nicht von Mitleid, ich hätte ihr nur gerne erspart, die Babysitterin spielen zu müssen.«

»Ich durfte nicht.«

Das war wirklich lächerlich. Der Tod war etwas so

Einschneidendes, man konnte doch nicht so tun, als ob nichts passiert wäre.

»Und ich habe ihr noch gesagt, dass sie eine gute Mutter wäre! Mir hat es das Herz gebrochen, wie sie weinte und sich nicht trösten lassen wollte.«

»Sie hat geweint?«, erwiderte Franziska.

»Natürlich, ich war ja unglaublich unsensibel.« Mein Kopf dröhnte, ich musste mich hinlegen, aber eines musste ich unbedingt noch fragen: »Was ist denn damals passiert?«

»Ich habe ihr versprochen, nicht darüber zu sprechen, und ich halte mich daran. Schon, dass ich dir geraten habe, Klara nicht zu erwähnen, war zu viel gewesen. Und Johanna nichts von Klara zu erzählen. Ich halte mich da jetzt völlig raus, ich ertrage es nicht, wenn sie sauer auf mich ist.«

»Und ich?«

»Keine Ahnung.«

Na, das Gespräch hätte ich mir auch sparen können. Ich legte auf, lehnte mich zurück und schloss die Augen. Wieder sah ich Johanna vor mir, wie sie vor meinem Bett gesessen und geweint hatte.

Wieso hatte ich das mit der Mutter nur gesagt? Weil ich immer noch hoffte, sie würde die Kündigung zurückziehen, wenn sie erst einmal merkte, was für ein liebes und tolles Kind Klara war? Weil ich glaubte, sie würde sie nur deshalb ablehnen, weil sie keine eigenen Kinder hatte?

Ich Idiot.

39

Als ich oben ankam, stand dort immer noch der Eimer mit Falks Kirschen. Automatisch begann ich, sie zu waschen. Hatte ich noch Gelierzucker im Haus? Und Gläser? Zimt? Plötzlich quälten mich wieder diese Gedanken, die mich schon einmal ins Unglück gestürzt hatten. Ich hätte den Mund halten sollen. Allein, dass ich ihren Namen ausgesprochen hatte …

Überall waren auf einmal Bilder und Erinnerungen wie wilde Tiere, die mich in der Dunkelheit anzuspringen versuchten.

Ich musste mich ablenken, musste alles überwinden, so wie damals, ich musste weiterleben, und Kirschmarmelade mit Schokostückchen kochen würde mir dabei helfen. Doch während ich die Kirschen entkernte, kam mir wieder Philipps Blick in den Sinn, als ich es ihm gesagt hatte. Entsetzen, Scham und Trauer. Und er hatte sofort zu Klara gesehen. Ja, wenn man von einem solchen Unglück hörte, vergewisserte man sich besser, wie es den eigenen Kindern ging. Das hatte ich schon oft beobachtet. Es baute sich eine Distanz auf, als ob Unglück ansteckend wäre. Man fühlte sich schuldig.

Ich war nie in einer Trauergruppe gewesen, bei einem Therapeuten oder Pfarrer. Nie hatte jemand vermocht, mir Trost zu spenden. Alle sprachen immer vom Loslassen und Bewältigen, als wäre der Tod etwas, das man bewältigen konnte, wenn man sich nur genügend anstrengte, so wie – die Besteigung des Mount Everest.

Nein, man lernte einfach, weiterzuleben. Loslassen, das klang nach Vergessen. Aber ich vergaß nichts. Ich lernte zu verdrängen, ging Kindern und allem, was mit ihnen zusammenhing, aus dem Weg. Ich existierte nur noch, von einem Tag zum nächsten, nicht weiter.

Doch jetzt musste ich an morgen denken. Was würde geschehen? Sollte ich wieder Fee spielen, Bilder malen, Fieber messen? Wollte ich das wirklich? Mich um die beiden kümmern, als wäre ich eine Krankenpflegerin?

Und wie auf Kommando klingelte mein Festnetztelefon. Nur noch wenige Menschen riefen dort an, und so war ich nicht erstaunt, als das Display »Eltern« anzeigte. Aber ich hatte keine Lust auf ein Gespräch mit meiner Mutter. Irgendwann hörte das Telefon auf zu läuten. Auf dem Handy meldete sie sich nicht, war also nichts Wichtiges.

Ich pürierte die Kirschen, mischte sie mit dem Zucker und kochte sie, bis es sprudelte. Ich hackte Schokolade, schmeckte mit Zimt und Piment ab. Am Schluss standen fein aufgereiht die Gläser in der Küche, und ich ging ins Bett, voller Angst vor den unausweichlichen Traumbildern.

Gerädert wachte ich am nächsten Morgen auf, froh, dass die Nacht vorbei war. Der Versuch, an etwas nicht zu denken, misslingt meistens, und ich hatte sehr oft von hundert rückwärts zählen müssen, bis sich meine Gedanken endlich beruhigt hatten und ich einschlief, kurz nur, bis ich keine Luft bekam und erwachte.

Es war bereits nach zehn. Ich zog mich gerade an, als wieder das Festnetztelefon klingelte. Es hatte keinen Sinn, sich zu drücken. Meine Mutter konnte hartnäckig sein.

»Guten Morgen, Mama«, begrüßte ich sie

»Na endlich, Johanna. Du warst gestern aus?« Ihre Neugier war nicht zu überhören.

»Ich war im Garten«, log ich, »als ich gesehen habe, dass du angerufen hast, war es zu spät für einen Rückruf.«

»Na, auch egal. Sind diese Neuigkeiten nicht wundervoll?«

»Was meinst du?« Irgendwie befürchtete ich, sie könnte meinen Auftritt als Fee bei Klara meinen.

»Ich habe sie so vermisst.«

»Wen, Mama?« Ich wollte nicht wahrhaben, dass sie … meinte.

»Na, Karin! Hat Franziska dir nicht erzählt, dass sie mich angerufen hat?«

»Ach, Frau Bengert!« Was hatte ich mir da nur wieder eingebildet. »Komm, erzähl.« Ich nahm meine Kaffeetasse, setzte mich auf den Balkon und schaute übers Tal.

»Ach, da gibt es nicht viel zu erzählen. Wir waren beste Freundinnen und verloren uns später aus den Augen.«

»Aber was hat es mit diesem alten Haus auf sich, das sie geerbt hat, und warum habt ihr euch so lange nicht mehr gesehen?«

»Das weiß ich alles noch nicht. Aber sie kommt nächsten Sonntag zu uns nach Frankfurt, ist das nicht toll?«

»Wow! Sie hätte ja auch warten können, bis du mal wieder in Sommerhausen bist.«

»Ja, aber ich weiß ja nicht, wann ich wieder dort bin.

Wir sind so beschäftigt, Ernst plant wieder eine Kunstausstellung in der Klinik. Schade ist nur, dass ich Franzi nicht weiter unterstützen kann. Aber sie will ja sowieso zu keinem Arzt. Fabian auch nicht. Ich verstehe nicht, warum sie erst so einen großen Aufstand machen und dann die Hände in den Schoß legen. Künstliche Befruchtung, das dauert doch, bis es klappt«, sagte meine Mutter entrüstet.

Nicht schon wieder! Aber ich wusste, wie ich sie schnell ablenken konnte.

»Grüß Frau Bengert von mir, Schmitti.«

»Johanna! Woher hast du das denn?«

»Von deiner Karin.« Ich konnte mir ein Lächeln nicht verkneifen. »Und Franzi und ich werden in Zukunft auch Schmitti zu dir sagen.«

»Also nein, auf gar keinen Fall! Ich war so froh, als ich in Frankfurt war und niemand mich mehr so genannt hat.«

»Hier leben übrigens noch mehr alte Freunde von dir, vielleicht sollte ich die mal nach alten Geschichten fragen. Die Mutter von Simone, den Wirt …«

»Untersteh dich«, schrie sie schrill.

»Ach, ist schon gut, Mama!«

Auf einmal machte mein Handy ping. Eine SMS von Philipp.

39,5 schrieb er, mehr nicht.

Ich wollte nicht. Ich konnte nicht, jetzt, wo Philipp alles wusste.

»Mama, ich muss auflegen, da ist ein Kunde am Handy.«

»Am Sonntag?«

Doch ich verabschiedete mich. Ein paarmal atmete ich tief durch, ehe ich nach unten ging, wo ein Kind wartete, das meine Hilfe brauchte. Ich klopfte.

Philipp war ganz bleich. Klara hüpfte auf dem Sofa herum und winkte mir zu.

»Guten Morgen«, krächzte er.

»Leg dich wieder hin«, bat ich ihn.

»Wenn du vielleicht nur kurz nach Klara schaust, ich bin so müde … Nur, bis die Tablette wirkt. Ich will dir nicht zur Last fallen, aber ich will nicht schlafen, wenn sie wach ist.«

»Ist schon in Ordnung, Philipp.« Ich schaute ihm in die Augen und suchte nach Mitleid, nach irgendeiner Folge meines Geständnisses von gestern, aber da war nichts. Nur Müdigkeit.

»Feeeee!!«, rief Klara und sprang vom Sofa auf den Sessel, rappelte sich auf, der nächste Sprung.

»Nein«, forderte er kraftlos. Sie machte weiter.

»Klara, hör bitte auf!«, sagte ich, und sie hielt in der Bewegung inne und sah mich staunend an.

»Aber ich kann fliegen, genauso wie du, Fee!«

»Hier ist es zu eng zum Fliegen, setz dich lieber wieder hin.«

Sie zog die Mundwinkel nach unten, ließ sich dann aber aufs Kissen plumpsen.

»Sei brav und mach, was Johanna dir sagt!«, flüsterte Philipp.

»Die Fee«, betonte Klara.

»Meinetwegen die Fee. Hauptsache, du bist brav.«

Sie grinste.

»Philipp, leg dich hin, du schläfst ja schon im Stehen ein.«

Er schlich davon und schloss die Tür hinter sich.

Und ich wurde wieder zur Fee, und alles war ganz einfach. Frühstück, Zähneputzen, Waschen, Anziehen. Küche aufräumen, das Wohnzimmer. Ich schwang einen unsichtbaren Zauberstab, und sie tat so, als ob sie verzaubert wäre und alles machen müsste, was ich sagte. Ich ließ sie sogar zum Spaß auf einem Bein hüpfen.

Ich überlegte, ob ich mit ihr rausgehen sollte, aber Philipp schlief immer noch. Es war so schön draußen, die Sonne stand hoch, die Meisen zwitscherten. Dann gab ich mir einen Ruck. Ein Ausflug in den Garten wäre bestimmt okay.

Ich setzte mich mit Klara auf den Rasen und zeigte ihr, wie man aus Gänseblümchen eine Kette flechten konnte. Sie war sehr geschickt, und wir fanden beinahe nicht genügend weiße Blüten für all die Kränze, die in unseren Haaren steckten. Danach holte ich die Polster für den Liegestuhl und sie Michel aus Lönneberga.

Es fühlte sich fremd an, als ich zu lesen begann und ihren warmen und weichen Körper neben meinem spürte. Meine Haut schien auf einmal Stacheln zu haben, ich konnte ihre Berührung nicht ertragen. Mir wurde heiß, mein Herz schlug stärker, ich bekam keine Luft mehr und sprang auf.

»Nicht aufhören«, rief sie und nahm das Buch an sich, um sich die Bilder weiter anzusehen. »Ist das so ein Schuppen wie der von Michel?« Sie deutete auf das weiße Gartenhäuschen. »Ich will auch Männchen schnitzen!«

Ich musste weg hier.

»Lass uns reingehen und schauen, ob dein Papa aufgewacht ist.« Sie kletterte von der Liege. Auf dem Weg nach oben eilte ich voraus, aus Angst, sie würde mich anfassen. Philipp stand in der Tür und schien auf uns gewartet zu haben.

»Die Tablette wirkt.« Er kam auf mich zu, ich wich zurück.

»Danke, Johanna, vielen, vielen Dank.« Seine Stimme klang wieder fest, die Augen waren klar, er konnte auf Klara aufpassen. Ich hastete nach oben, schloss die Haustür hinter mir und lehnte mich mit klopfendem Herzen an sie.

Was hatte ich mir nur dabei gedacht, so zu tun, als wäre ich jemand anders, eine Fee, eine Babysitterin, eine Freundin.

Aber ich war Johanna Laurien, Mutter von Lilly Laurien, gestorben vor drei Jahren, elf Monaten und zwei Tagen, weil ich einen Moment lang nicht aufgepasst hatte.

40

Wie machte Christopher das? Wie hielt er es aus? Musste er nicht ständig an Lilly denken, jetzt, wo er wieder … ich konnte nicht dran denken, weder an Babystrampler noch daran, ein Kind aufwachsen zu sehen. Neue Hoffnungen, neues Leben, neue Pläne. War das die Lösung? Sich auseinandersetzen, ohne Angst davor, wieder zu versagen?

Gab es einen Trick, den ich lernen konnte, um die wilden Tiere, die Erinnerungen, die mich überallhin verfolgten, im Zaum zu halten?

Dabei hatte ich sie doch alle weggesperrt und den Schlüssel weggeworfen.

Noch immer lehnte ich an der Wohnungstür. Franzi hatte mir erzählt, dass Christopher mit Vanessa in Eibelstadt wohnte, in einem gelben Haus in der Nähe der Schule. Schon kletterte ich in den Transporter, startete den Motor und fuhr den kurzen Weg am Main entlang in den Nachbarort.

Das Haus war schnell gefunden. Als mein Finger über der Klingel schwebte, überfielen mich Zweifel. Was, wenn er nicht mit mir sprechen wollte? Und Vanessa? Ich kannte sie kaum. Sie hatte bestimmt etwas dagegen, wenn die Ex-Frau aus heiterem Himmel am Sonntagnachmittag hier auftauchte.

Ob er noch die alte Handynummer hatte? Von gelegentlichen zufälligen Begegnungen abgesehen, hatten wir eigentlich keinen Kontakt mehr. Doch als ich auf die Nummer drückte, wurde sofort eine Verbindung hergestellt.

»Johanna?«, fragte er bereits nach dem ersten Klingeln.

»H... Hallo.« Wie sollte ich ihm erklären, was mir durch den Kopf ging? Dass ich von ihm Hilfe im Umgang mit Kindern brauchte? Was für eine Schnapsidee.

»Ich – entschuldige, wenn ich dich einfach so anrufe, ich ... hast du vielleicht Zeit für mich? Ich würde gerne etwas mit dir besprechen.

»Immer, Johanna. Das weißt du doch.«

Wieder musste ich schlucken.

»Wann passt es dir denn?«, fragte er. »Soll ich schnell vorbeischauen, Vanessa ist bei einer Freundin.«

Vor dem Haus stand sein geputztes Motorrad. Bestimmt freute er sich auf eine Spritztour nach Sommerhausen, bei dem herrlichen Wetter. Pech gehabt.

»Also, ehrlich gesagt«, ich drückte auf die Klingel, »bin ich schon da.«

Er war überrascht, schien sich aber zu freuen. Sie wohnten im mittleren Stockwerk, die Wohnung war hell und freundlich eingerichtet, weiß und rot, voller Herzen und Stoffblumen. Im Wohnzimmer standen IKEA-Kartons, er bat mich auf die Terrasse, wo er offensichtlich Zeitung gelesen hatte. Zu den Kartons sagte er nichts, aber ich ahnte, was drin sein könnte.

Aber genau deswegen war ich ja gekommen, wenn ich auch überhaupt nicht wusste, wie ich anfangen sollte.

Er bot mir einen Kaffee und Kekse an und stellte mir ein Glas Wasser hin. Unter der Markise staute sich die Hitze geradezu, es ging kein Lüftchen.

»Riecht nach Gewitter«, meinte Christopher. Wie vertraut es sich anfühlte, noch immer bildete er sich ein, er könne einen Wetterwechsel riechen.

»Wäre gut, wenn es regnen würde«, antwortete ich und trank das Wasserglas leer. Er schenkte mir nach. Meine Kehle fühlte sich wie ausgetrocknet an, ich trank, auch, um Zeit zu schinden und zu überlegen, wie ich es formulieren sollte.

»Herzlichen Glückwunsch.« Mehr fiel mir nicht ein.

Er sackte etwas in sich zusammen.

»Ich hätte es dir schon längst sagen sollen. Tut mir leid.«

Er faltete die Zeitung vor sich zusammen, immer kleiner und kleiner, legte sie zur Seite.

»Heute ist Babyfrühstücksparty«, murmelte er und sah über meine Schulter hinweg zu den Kartons im Wohnzimmer.

»Es bringt Unglück, vor der Geburt etwas zu verschenken«, sagte ich.

Jetzt faltete er die Servietten ganz klein zusammen.

»Das ist den Mädels heute egal. In jedem amerikanischen Liebesfilm gibt es Babypartys, also mussten ihre Freundinnen für sie auch eine organisieren.« Er klang, als wäre er nicht Vanessas Mann, sondern ihr Vater. Vanessa war fünfzehn Jahre jünger als er.

»Und du? Warum bist du nicht dabei?«

Er faltete die Serviette wieder auseinander und strich

sie glatt. Die oberste Lage löste sich ab, er begann, daran herumzupulen.

»Ich habe versprochen, das Babybett aufzubauen.«

Früher hatte er gerne geschraubt. Sogar unsere Küche hatte er gemeinsam mit einem Freund aus dem Fußballverein aufgebaut.

»Nur ein Bett?«

»Das weißt du also auch schon.« Die Serviette zerfiel langsam in kleinen Fetzen. »Ja. Vorerst nur eines, das andere kommt in den Keller. Solange sie klein sind, soll es besser sein, wenn sie zusammen schlafen, weil sie es so gewohnt sind. Mutterleib, und so.«

Auf einmal sah ich Lilly vor mir, wie sie in einem kleinen Korb neben unserem Bett geschlafen hatte. Mein Herz klopfte, auch hier lauerten die wilden Tiere der Erinnerung, ich musste aufstehen und in den Garten sehen. Ein vertrockneter Rasen, Waschbetonplatten, Thujahecken. Auf der Terrasse unter uns ein Grill, Teakholzmöbel. Ein Bobbycar.

Hastig wandte ich mich ab.

»Du freust dich ja gar nicht auf deine Kinder.«

»Aber natürlich«, rief er aus, aber wo blieben sein Lachen und die vor Freude und Aufregung roten Ohrläppchen?

Er schob die Serviettenbrösel weg.

»Ach, Johanna.« Sein Kopf sank tiefer.

»Was ist? Sind die Kinder krank? Oder Vanessa?« Anders konnte ich mir seine Niedergeschlagenheit nicht erklären. Jetzt bekam er doch alles, was er sich immer gewünscht hatte!

»Nein, nein, es ist alles in Ordnung. Es ist nur so schwer. Weißt du …« Er sah mich an. »Dir kann ich es ja sagen. Vanessa will ich damit nicht belasten, aber du, du wirst mich verstehen. Ich bin froh, dass du gekommen bist. Ich kriege die Bilder von damals nicht aus dem Kopf. Ständig habe ich Angst, es könnte etwas passieren. Wieso auch nicht, ich habe damals alles falsch gemacht. Wie konnte ich nur so dumm sein und denken, mit einem neuen Kind würde alles besser werden. Nichts wird besser, niemals.«

»Christopher.« Ich streckte die Hand aus und legte sie auf seinen Unterarm. »Das wird schon.«

Aber wie konnte ich mir da sicher sein? Wieso log ich ihn an? Ich schaffte es doch auch nicht. Das klang wieder so nach Selbsthilfegruppe und Loslassen.

»Du hattest damals recht, Johanna. Ich habe so einen Bullshit verzapft, von wegen auf den Winter folgt der Frühling, der Kreislauf des Lebens.« Er holte tief Luft. »Ich habe Angst, Johanna.«

Sein Arm war mir so vertraut. Die breiten Adern, die vielen Haare, die festen Muskeln. Die Narbe am Ellenbogen, wo er in einem rostigen Stacheldraht hängen geblieben war, als wir uns durch Wildwuchs gekämpft hatten. Sie erinnerte mich an den Christopher von damals.

Und heute? War das er, so zweifelnd und ängstlich? Selbst nach Lillys Tod war er stets gefasst geblieben. Er hatte einen Weg gewählt, der ihn retten sollte und den er jetzt als Bullshit bezeichnete.

»Beim Frauenarzt bin ich rausgerannt, als ich das Ultraschallbild gesehen habe«, flüsterte er, »und das Geräusch des CTG. Beim Geburtsvorbereitungskurs für Erstgebärende bin ich nicht der einzige Vater, der bereits Kinder hat, aber ich gebe nie zu, all das schon zu wissen, was dort erzählt wird. Ich mache den Mund nicht auf. Vanessa hingegen blüht förmlich auf.« Abrupt stand er auf, meine Hand glitt auf den Tisch.

»Ich sollte endlich das Bett aufbauen.« Er streckte sich, sah in den Garten. Dann setzte er sich wieder. Er hob sein Glas, es war leer. Wir schwiegen.

»Ist bei dir alles in Ordnung?«, fragte er auf einmal. »Läuft der Laden?«

»Ja.« Über mich wollte ich jetzt nicht reden. Christopher ging es schlecht, ich musste ihm helfen. Wie sollte er sich sonst um seine neue Familie kümmern? Da kam mir eine Idee.

»Bauen wir zusammen auf?« Ich wies mit dem Kopf ins Wohnzimmer.

»Na, ich werde ja wohl so ein kleines Kinderbett alleine aufbauen können.«

Ich sah ihn an, er erwiderte meinen Blick.

»Na gut.« Seufzend stand er auf.

Der blaue Werkzeugkasten stand bereits neben dem Karton. Mit dem Federmesser schnitt er ihn auf und reichte mir die Einzelteile, damit ich sie auf dem Wohnzimmerboden ausbreitete. Das Zimmer war nicht sehr groß, ich schob die Sessel zur Seite. Staubflusen flogen durch die Luft.

»Ich wollte nach dem Aufbauen saugen. Vanessa soll sich schonen.«

Alles klar. Früher hatte Christopher sich nicht so um

Ordnung geschert. Vor allem nicht, wenn er dafür sorgen sollte. Aber nun waren die roten Kissen mit den weißen Punkten symmetrisch auf dem weißen, fleckenfreien Sofa verteilt, die wenigen Bücher im Regal der Farbe nach geordnet. Daneben standen Fotos in weißen Bilderrahmen, ich schaute darüber hinweg.

»Gibst du mir mal einen Kreuz-Schlitz-Schraubendreher?«

Im Werkzeugkasten lag eine ganze Kollektion. Der mittlere würde wohl passen.

»Kennst du einen Holger Wiedinger?«, fragte ich, um ihn etwas abzulenken.

»Wiedinger? Wie kommst du denn auf den Schleimer? Wir waren zusammen auf der Realschule. Wollte der nicht zum Finanzamt?«

»Steuerberater.«

»Passt zu ihm.«

Das weiße Bett hatte ein geschwungenes Kopf- und Rückenteil und Schubladen mit bunten Knöpfen. Sah schön aus.

»War der schon immer so komisch?«, fragte ich. »Er wollte sich von mir einen Garten anlegen lassen und änderte ständig seine Vorgaben. Je nachdem, welche Freundin er gerade hatte, sollte es entweder was Japanisches sein, oder er fuhr nach Frankreich, Marmorstatuen kaufen.«

»Der hatte doch nie Erfolg bei Frauen.«

»Ich soll dich von ihm grüßen.«

»Echt?«

»Erst wollte er mit mir flirten. Und dann hat er schadenfroh erzählt, dass du wieder Vater wirst.« Ich reichte ihm einen Imbus-Schlüssel, damit er die Querstreben befestigen konnte.

»Von dem weißt du es?« Er schaute mich schuldbewusst an. »Scheiße. Der versuchte früher schon immer, mir eins auszuwischen. Wir waren beide mal hinter dem gleichen Mädchen her.« Er schraubte die Führungsschiene der Schublade ans Kopfteil.

»Und er hat den Kürzeren gezogen?« Welche Frage, jedes vernünftige Mädchen hätte ja wohl nicht den schleimigen Wiedinger, sondern den humorvollen, warmherzigen Christopher genommen.

»Aber dass er das jetzt nach so vielen Jahren an dir auslässt … Du hättest es von mir erfahren müssen. Das war feige.« Er blickte auf. »Tut mir leid, Johanna.«

»Ist schon okay.«

»Finde ich nicht. Als Vanessa den Test machte, fühlte ich mich unschlagbar. Aber dann, als ich den Herzschlag das erste Mal hörte – so viel Angst hatte ich noch nie. Echt, ich hatte eine Panikattacke, volle Kanne. Und seitdem verstehe ich, weswegen du kein Kind mehr willst. Ich schämte mich für das, was ich zu dir gesagt hatte.«

Erstaunt blickte ich auf. Er legte das Werkzeug und irgendein Brett weg, stand auf, stieg über die zusammengebauten Möbelteile und streckte die Hand aus.

»Entschuldige, Johanna.«

Zögernd ergriff ich seine Hand. Er zog mich an sich und umarmte mich, er roch nach Holz und hielt mich fest und wiederholte ein ums andere Mal, wie leid ihm alles tue.

Als ich mich wieder in den Transporter setzte, konnte ich nicht sofort losfahren. Es fühlte sich alles so merkwürdig an. Ich hatte mir doch eine Lösung von ihm erhofft, einen Weg hinaus aus der lähmenden Trauer. Und nun ging es ihm noch schlechter als mir. All seine Ängste waren meine eigenen, ich verstand ihn so gut. Und genau da lag das Problem.

Wir waren wieder ein Team gewesen, als wir das Bett aufgebaut hatten. Und auf meinen Vorschlag hin auch noch das zweite, damit es erledigt war und als Notbett zur Verfügung stand, wenn das mit dem Gemeinsam-schlafen der Kids nicht klappen sollte.

Und je länger wir geschraubt hatten, desto mehr hatte er sich entspannt und wieder gelächelt. Er erzählte von der Schwangerschaft und seinen Ängsten vor jedweder Gefahr. Er wollte eine Nannycam und ein Ortungssystem anschaffen. Aber hätte das damals etwas genutzt?

Es schien ihm gutzutun, sein Herz auszuschütten. Nachdem wir das zweite Bett aufgebaut hatten, grinste er mich breit an, und in meinem Bauch hatte es auf einmal gekribbelt.

41

Vor der Garageneinfahrt stand ein weißer SUV. Keine Chance, auf mein Grundstück zu kommen. Ich fuhr die Straßen auf und ab, nirgendwo war etwas frei, sodass ich mich genervt in den Feldweg stellte.

Im Vorgarten fiel mir gerade ein neuer Trieb an der *Constance Spry* auf, als ich aus dem Garten Stimmen hörte. Ging es Philipp schlechter, war Fabian wieder da? Besser, ich schaute mal nach.

Philipp sprach mit einer Frau. Ich wollte mich wieder zurückziehen, doch Klara hatte mich bereits entdeckt und rief: »Die Fee ist da!«

Sofort blickten Philipp und die Frau im hellen Sommerkleid zu mir.

»Frau Marek, darf ich vorstellen, Frau Laurien, meine Nachbarin.« Ich ging langsam die Treppe hinab.

»Johanna, das ist Frau Marek, Katharinas Anwältin.«

Wir nickten uns zu. Frau Marek war vielleicht Ende fünfzig, hatte die Haare rotbraun gefärbt und roch nach einem pudrigen Parfüm.

»Grüß Gott«, sagte sie, lächelte kurz und mechanisch und notierte etwas in dem kleinen Block, den sie in der Hand hielt.

»Frau Marek wollte mir gerade erklären, warum sie einen Kontrollbesuch macht.«

»Meine Mandantin Frau Bellmann macht sich Sorgen um ihre Tochter, seit sie erfahren hat, dass der Kindsvater während des Umgangs schwer erkrankt ist.«

Kindsvater. Was für ein schreckliches Wort. Es klang nach Bürokratie und nicht nach einer liebevollen Beziehung.

»Ich habe Windpocken, das ist alles. Eine Kinderkrankheit, wie Sie wissen«, sagte Philipp.

Zum Glück wirkte die fiebersenkende Tablette noch, seine Augen waren klar, er stand gerade und zitterte nicht. Aber die roten Punkte waren unübersehbar.

»Wie wollen Sie sich um die Bedürfnisse Ihrer Tochter kümmern? Um ihre Sicherheit? Sie handeln fahrlässig, und das wissen Sie!«, sagte Frau Marek.

Klara bückte sich und zupfte von einem Löwenzahn, der sich zwischen den Terrassensteinen durch die Fugen gekämpft hatte, die Blüte ab.

»Aber ich versorge Klara doch«, entgegnete ich. Die Anwältin drehte sich zu mir um.

»Sie sind die Nachbarin, habe ich das richtig verstanden?«

»Klara mag mich sehr«, sagte ich.

Wie zur Bestätigung reichte mir Klara die Löwenzahnblüte. Philipp stellte sich demonstrativ neben mich. »Mir als Vater obliegt die Alltagssorge, wie ihr Anwälte so schön sagt. Wenn Klara bei mir ist, darf ich alltägliche Entscheidungen selber treffen, auch die Auswahl eines Babysitters. Katharina hingegen hat, obwohl wir beide sorgeberechtigt waren, unsere Tochter entführt, mir monatelang den Kontakt zu ihr verwehrt und Klara mit

David eine neue Bezugsperson zugemutet, einen neuen Wohnort und einen neuen Kindergarten!«

»Herr Mey, das hat doch gar nichts mit der jetzigen Situation zu tun.«

»Der jetzigen Situation! Also, fürs Protokoll: Ich bin leicht erkrankt, und unserer Tochter geht es blendend. Zusätzlich unterstützt mich meine Freundin, wenn es nötig ist.«

»Sie sind also mehr als die Babysitterin?« Frau Marek schrieb wieder etwas auf den Notizblock. »Über eine weitere Bezugsperson für Klara muss ich Frau Bellmann informieren.«

Während ich mit »Ich bin nur die Babysitterin« abwiegelte, baute Philipp sich vor der Frau auf: »Das geht Sie alles gar nichts an. Auf Wiedersehen, Frau Marek!«

»Dieses ganze Hin und Her ist nichts für Klara. Ständig wechselnde Bezugspersonen schaffen nur Unruhe. Ich werde meiner Mandantin raten, erneut das alleinige Sorgerecht zu beantragen.«

»Frau Marek!«

»Regen Sie sich doch nicht so auf, lieber Herr Mey. Es geht uns nur um das Wohl von Klara.«

»Nein!«

»Sie verhalten sich nicht wie ein verantwortungsvoller Vater.«

»Klara geht es bestens!« Philipp hob sie auf seinen Arm, und sie steckte eine Löwenzahnblüte hinter sein Ohr.

»Sie sind krank, Herr Mey, und können sich nicht um Ihre Tochter kümmern.«

»Muss ich meinen Anwalt anrufen? Es ist alles in Ordnung. Meine Frau hat kein Recht, sich einzumischen.«

Langsam reichte es mir. »Frau Marek, als Eigentümerin dieses Hauses bitte ich Sie höflich, mein Grundstück zu verlassen.«

Sie hob die Augenbrauen und machte sich eine weitere Notiz. »Auf Wiedersehen«, sagte ich.

Sie musterte uns noch einmal, bevor sie hocherhobenen Hauptes betont langsam die Treppe hinaufstieg. Ich folgte ihr, um zu überprüfen, was sie noch alles vorhatte. Aber sie stieg ohne ein weiteres Wort in ihren Wagen und fuhr davon. Als ich mich umdrehte, standen Philipp und Klara hinter mir.

»Danke, Johanna.« Er lächelte mich an. Die Anspannung war aus seinem Gesicht gewichen.

»Am liebsten hätte ich ihr noch mit der Polizei gedroht.« Ich deutete auf das Haus von Oliver und Marion gegenüber. »Oliver ist zwar der Leiter der Bereitschaftspolizei, aber Knöllchen aufschreiben kann er auch.«

»Verdient hätte sie es. Einfach so bei mir zu Hause aufzutauchen«, meinte Philipp.

»Woher weiß sie denn, dass du krank bist?«

»Ach, Katharina hat mir geschrieben, dass sie mit Klara skypen will. Das ist ja auch völlig in Ordnung.«

»Klara hat es erzählt?«

»Nein, nein, viel besser, ich wollte nett und höflich sein und habe Katharina begrüßt, als die Verbindung stand.«

»Tja, Pech gehabt. Man sieht es dir an der Nasenspitze an.« Grinsend deutete ich auf die rot gepunktete Nase.

Ich schloss die Haustür auf. »Vielleicht hatte Frau Marek ja auch noch keine Windpocken.«

»Schön wär's ja.« Er blieb vor der Tür stehen. »Danke noch mal, dass du sie abgewimmelt hast. Von wegen Freundin…« Er zögerte. »Ich weiß, wie schwer dir das Ganze fällt. Du musst auch nicht mehr helfen, mir geht es besser.«

»Ist gut, Philipp. Seitdem Katharina versucht hat, mich hier runterzuputzen, stehe ich eh auf deiner Seite.«

»Was? Wann? Und wieso?«

Ich schaute zu Klara, die die Kieselsteine der Hausdrainage untersuchte und garantiert zuhörte. Klara war immer aufmerksam und neugierig, das hatte ich mittlerweile mitbekommen. »Ach, nichts. Ruf an, wenn du mich brauchst.«

Falk und Eva freuten sich über die Marmelade und luden mich auf einen Kaffee ein. Auf ihrer Terrasse dufteten die Nostalgierosen, sie erzählten von ihrem geplanten Islandurlaub im August. Es war wie ein Luftholen, und ich ging erst, als Philipp mit zittriger Stimme anrief.

Wie in Trance kümmerte ich mich um alles, Abendessen, Nachthemd anziehen, Zähne putzen. Mein Feenzauber half, oder Klara war ein pflegeleichtes Kind. Jedenfalls bekam sie keine Trotzanfälle und saß ruhig in ihrem Bett und schaute sich ein Bilderbuch an, während ich noch schnell die Küche aufräumte.

Gerade als ich gehen wollte, rief Philipp nach mir. In Boxershorts und T-Shirt saß er auf der Bettkante. Das Fieber war zurückgekehrt, er hatte tiefe Schatten unter

den Augen, und die Wangenknochen oberhalb des Fünf-
tagebarts traten stärker hervor als sonst. Er deutete auf
die Lotion, die Fabian ihm verschrieben hatte.

»Am Rücken komme ich nicht ran, kannst du bitte?«

Er zog sein Shirt aus. Ich hielt den Atem an, musste an
die Nacht hier in seinem Schlafzimmer denken, doch die
herumliegenden Kuscheltiere und vor allem der Anblick
seines Rückens holten mich in die Gegenwart zurück. Er
sah wie ein Streuselkuchen aus.

Vorsichtig tränkte ich ein Wattestäbchen mit der
Lotion und betupfte den Ausschlag. An der Taille, wo der
Bund der Boxershorts saß, hatte er ihn sogar aufgekratzt.

»Das tut gut«, flüsterte er.

»Wie hältst du das nur aus?«

»Reine Willenskraft.« Er schnaubte, als ob er lachen
wollte. »Wahrscheinlich wird es morgen noch nicht besser sein. Im Internet habe ich gelesen, dass ich bei der
Krankenkasse eine Tageshilfe beantragen kann. Dann
brauchen wir dich nicht mehr so einzuspannen.«

»Von heute auf morgen? Das klappte doch nie und
nimmer.«

»Hauptsache, mir geht es morgen früh gut genug, damit ich Klara in den Kindergarten bringen kann.«

»Du? Auf keinen Fall. Mit Windpocken in den Kindergarten gehen ist wirklich eine Schnapsidee. Das mache
ich.«

»Der ist aber nicht hier in Sommerhausen, sondern im
Frauenland.«

»Dann nehme ich sie eben auf dem Weg zur Arbeit
mit. Wie lange ist sie denn immer dort?«, fragte ich.

»Von acht bis um fünf. Katharina will ja wieder arbeiten, hat nur noch keine Stelle.«

»Na, dann, kein Problem.«

Ich war fertig mit dem Betupfen und verschloss die Flasche. Er drehte sich zu mir um.

»Danke, Johanna.« Er saß so dicht vor mir, dass ich seinen Geruch wahrnahm, nicht die weiße Lotion. Er sah mir in die Augen. Traurigkeit lag in seinem Blick, aber auch Begehren. Wie an dem Abend, als ich ihn vor dem Theater getroffen und wir uns so gestritten hatten. Ich verstand nicht, warum ich damals auf einmal so wütend geworden war. Schnell wandte ich mich ab, räusperte mich und ging zur Tür.

»Ich komm dann um halb acht runter, ja?«

Er nickte und saß weiterhin kerzengerade da, ohne sich wieder anzuziehen. Zuerst wunderte ich mich, aber dann begriff ich, dass er warten musste, bis alles getrocknet war.

»Danke, Johanna«, wiederholte er.

»Ist schon gut. Ich kann euch doch nicht hängen lassen.«

Dann winkte ich Klara noch mal zu und ging durch den Keller nach oben.

Dort angekommen zitterte ich wieder am ganzen Körper, aber nicht so schlimm wie die Tage zuvor. Ich schenkte mir ein Glas Rotwein ein und setzte mich auf die Terrasse. Noch war die Sonne nicht untergegangen. Plötzlich musste ich an die Abende denken, als Philipp mir vorgelesen hatte. Doch das war vorbei. Ich musste auf mich aufpassen, ich konnte ja an Christopher sehen, was passierte, wenn man sich überschätzte. Seine Skrupel, ob es richtig war, neue Kinder in die Welt zu setzen, kamen eindeutig zu spät.

Er holte jetzt das nach, was ich damals durchgemacht hatte. Und ich? Waren Philipp und Klara dasselbe für mich, was Vanessa und die ungeborenen Kinder für ihn waren? Prüfsteine für unsere Seele und unsere Liebe zu unserem Kind?

Was für ein Schwachsinn. Hastig trank ich noch ein Glas, aber was war das überhaupt für eine Idee – ein Prüfstein? Nein, sie stellte ein Problem dar, dem ich mich stellen musste. Ich floh nicht mehr, ich konnte mich beherrschen, ich konnte sogar mit ihr lachen. Aber auf Dauer konnte ich nicht mit ihr in einem Haus leben.

Philipp musste ausziehen, sonst würde ich wieder in einen Abgrund stürzen.

42

Schweißgebadet wachte ich mitten in der Nacht auf, hatte Beklemmungen und Atemnot. Der übliche Albtraum. Aber – war nicht Philipp darin aufgetaucht? Warum? War er ebenfalls untergegangen? Hatte er mich nicht aus dem Wasser gezogen? Mich gerettet?

Was für ein absurder Gedanke.

Ich wälzte mich hin und her, sah auf einmal Lillys Kindergartentasche mit dem Katzenbild vor mir, stand auf. Trank ein Glas Wasser, legte mich wieder hin.

Philipp musste aus meinem Leben verschwinden.

Um sechs klingelte der Wecker. Ich hatte Angst vor der Fahrt mit Klara nach Würzburg und war schlagartig wach.

Mit unsicheren Schritten ging ich um halb acht hinunter. Klara lief noch im Schlafanzug herum, auf dem Wohnzimmertisch stand eine halb leer gegessene Schale knallbunter Cornflakes. Philipps Augen glänzten fiebrig.

»Kommt Fabian heute noch mal vorbei?«

Philipp schüttelte den Kopf. »Erst wenn das Fieber länger als drei Tage dauert oder höher als 39,9 Grad steigt.«

»Und, wie hoch ist es?«

»39,3«

»Weniger als gestern.« Ich hielt die Lotion hoch.

»Darum kann sich ja die Tageshilfe kümmern.« Er setzte sich auf. Den Glauben daran, schnell Hilfe organisieren zu können, hatte er also noch nicht aufgegeben.

Klara hatte sich ein empfindlich aussehendes rosa Rüschenkleid ausgesucht, das eher für eine Hochzeitsfeier als fürs Toben geeignet war. Wortlos hängte ich es zurück und legte eine kurze Jeans und ein rotes T-Shirt raus.

»Aber ich bin heute eine Fee wie du«, sagte sie.

»Und, was habe ich an?«

Sie verschränkte die Arme und betrachtete mit trotzigem Blick meine dunkelgrüne Arbeitshose und mein schwarzes T-Shirt. Kurze Hosen trug ich bei der Arbeit selten, auch wenn es heiß war, da verkratzte ich mir nur die Beine.

»Papa!« Sie rannte zu Philipp, der jedoch die gleiche Meinung vertrat. Knapp zehn Minuten später war Klara fertig. Philipp gab mir ein Formular mit seiner Unterschrift mit, das mich berechtigte, Klara vom Kindergarten abzuholen.

Klara fand es sehr aufregend, vorne im Transporter sitzen zu dürfen. Eine Rückbank hatte ich nicht.

»Wie eine Prinzessin auf ihrem Thron«, sagte sie, als ich sie im Kindersitz festschnallte, und meinte wohl, dass sie viel höher saß als in Katharinas Cabrio oder dem Renault ihres Vaters.

»Was machst du heute, Fee?«

»Ich kümmere mich um meine Gärten. Gießen und Rasen mähen und Unkraut jäten, ganz normale Sachen.«

»Kann ich mitkommen?«

»Nein, das geht nicht.«

»Ich will nicht in den blöden Kindergarten!«

Da war es, was ich die ganze Zeit befürchtet hatte. Sie machte nicht mehr, was ich wollte. Der Feenzauber war verflogen. Und natürlich, als ich mit ihr alleine war. Im Auto. Klara kannte mich kaum. Und sie musste gerade die Scheidung ihrer Eltern verdauen, die Angst, die Unsicherheit.

Ich sagte nichts.

Bei der Einfahrt auf die B 13 musste ich warten, bis die Autos vor mir sich eingefädelt hatten, und warf ihr einen Blick zu. Mit einem süßen Schmollmündchen und verschränkten Armen saß sie da und drehte sich demonstrativ zum Beifahrerfenster, als sie es bemerkte.

Schmollen und ignorieren anstelle eines Wutanfalls? So würden wir wenigstens ohne Stress nach Würzburg fahren.

Doch schon in Eibelstadt kam ihr nächster Vorstoß: »Meine Mama hat gesagt, ich muss nicht in den Kindergarten, wenn ich bei Papa bin.«

Ich überlegte. Mit Erwachsenen-Regeln wie dem Umgangsrecht und dass der Papa bestimmen darf, konnte man ihr nicht kommen. Sie war erst vier.

»Möchtest du, dass dein Papa wieder gesund wird?«

Sie nickte. »Er hat versprochen, dass wir dann Eis essen gehen.«

»Toll. Ich esse auch gerne Eis. Und wenn du in den Kindergarten gehst, kann er sich ausruhen und wird schneller gesund.«

»Aber du bist doch da und zauberst ihn gesund.« Sie wedelte mit einem imaginären Zauberstab herum.

»Oh nein, ich kann keine Menschen gesund zaubern.«

»Warum?«

Ihr auffordernder Blick versprach ein langes Warum-Spiel. Mir war es recht. Wer redete, schrie oder weinte nicht. Beim Ortseingang von Würzburg waren wir bei der Frage angekommen, warum Peter Pan nicht erwachsen werden wollte, und als wir vor dem Kindergarten hielten, wollte sie wissen, warum die Vögel fliegen können.

»Da fragst du am besten deine Erzieherin, Klara!«, sagte ich.

Im Kindergarten stellte ich mich vor, zeigte das Formular und wurde fotografiert. Die Sicherheitsregeln waren in den wenigen Jahren viel strenger geworden.

Währenddessen lümmelte Klara in der Garderobe herum. Hausschuhe anziehen? Fehlanzeige. Doch da ich ja nur eine Fee und keine Mutter mit Erziehungsauftrag war, bestand ich nicht darauf, dass sie es selber machte. Schnell hockte ich mich vor sie und streifte die roten Hausschuhe mit den Marienkäfern über ihre kleinen Füße.

»Die hat mir der Papa gekauft«, sagte Klara mit Stolz in der Stimme.

»Wunderschön. Sie passen toll zu deinem T-Shirt! Dann spiel mal schön, ja? Ich hole dich am Nachmittag wieder ab.«

Sie umschlang meine Beine. Spontan hob ich sie hoch, und sie legte ihre Ärmchen um meinen Hals. Sofort schossen mir Tränen in die Augen, und ich vergrub mein Gesicht in ihren Haaren und versuchte, die Tränen hinunterzuschlucken, aber es gelang mir kaum.

Ich hörte Schritte, ein anderes Kind wurde gebracht. »Tschüss, Fee!«, rief Klara und zappelte, damit ich sie runterließ. Hastig wischte ich mir über die Augen. Klara stand vor einem blond gelockten Mädchen in einem rosafarbenen Kleid.

»Ich durfte kein Kleid anziehen.« Klara zuppelte an ihrer kurzen Hose herum. »Wollen wir malen?« Und sie fasste das Mädchen an der Hand und rannte mit ihr davon.

»Amelie, komm zurück, deine Schuhe!«, sagte die Mutter und eilte hinterher.

Draußen im Wagen musste ich mich sammeln, bevor ich losfuhr. Aber ich war ziemlich stolz auf mich, dass ich diese Hürde geschafft hatte.

Als ich Klara am Nachmittag wieder nach Hause brachte, erzählte sie, dass eine der Erzieherinnen sich die Haare rot gefärbt habe. Dann wurde sie still, und auf einmal sagte sie: »Ich will zu meiner Mama.« Mir brach der Schweiß aus. Wenn Klara weinen würde, das könnte ich nicht ertragen.

»Das versteh ich, Klara«, sagte ich.

»Und du kannst sie nicht herzaubern?« Sie klang resigniert.

»Nein, meine Kleine, das kann ich nicht.«

Sie schwieg, bis wir in Sommerhausen waren. Schnell rannte sie zu Philipps Wohnungstür und klingelte.

Eine ältere Frau mit kurzen Haaren öffnete die Tür und lächelte mich freundlich an. Sie stellte sich als Frau Vierhaus vor und kam mir bekannt vor.

»Frau Laurien, ich freue mich, Sie wiederzusehen«, sagte sie. »Erinnern Sie sich nicht an mich? Ich bin die Oma von Oskar.«

Oskar. Natürlich. Er war ein Freund von Lilly gewesen. Seine Oma hatte ihn immer zum Kindergarten gebracht und abgeholt. Ich gab ihr die Hand und fragte sie nicht, wie es Oskar ging. Er musste jetzt schon neun Jahre alt sein.

»Ich gehe Philipp zur Hand, solange er krank ist, sagte sie, »als mobile Tagesmutter sozusagen.« Sie lachte herzlich.

Klara begrüßte ihren Vater stürmisch. Philipp erzählte mir ausführlich, wen er angerufen und genervt hatte, von der Krankenkasse bis zu etlichen Pflegediensten, die aber momentan keine Haushaltshilfe gehabt hätten, bis er dann endlich bei der Gemeinde Sommerhausen den Tipp bekommen hatte, sich bei Doris Vierhaus zu melden.

»Ich mache so was manchmal, wenn Not am Mann ist, seitdem meine Tochter mit der Familie weggezogen ist«, erklärte Frau Vierhaus.

Das hatte ich nicht gewusst. Damals war der Kontakt zu den anderen Müttern sehr schnell abgebrochen.

Sie würde ab jetzt jeden Tag Klara zum Kindergarten bringen und abholen und sich um beide kümmern, bis die Kleine abends ins Bett ging. »Den Haushalt hier schaffe ich auch abends«, sagte sie, »so viel ist es ja nicht.«

Philipp bedankte sich überschwänglich für die Hilfe, ich verabschiedete mich schnell.

Meine Mutprobe war beendet.

In den nächsten Tagen fühlte es sich komisch an, dass sich nun Oskars Oma um Klara kümmerte. Sie ging mir nicht gerade aus dem Weg, aber sie suchte auch kein Schwätzchen, so wie früher. Nach dem Kindergarten war sie viel mit Klara unterwegs, ich hörte sie ab und an, wenn sie nach Hause kamen und Klara »Ich habe die Ziegen gestreichelt« rief oder »Wir haben Eis gekauft«. Philipp durfte ja nicht in die Sonne, und davon hatten wir reichlich.

So war ich wieder alleine im Garten. Aber außer die Pflanzen zu wässern, hatte ich zu nichts Kraft. Ständig hatte ich schlechte Laune. Die Sommerferien nahten, alle waren in Aufbruchsstimmung. Ich bekam Aufträge für Urlaubspflege und war jeden Morgen ab sechs Uhr auf den Beinen. So um zehn oder elf wurde es zu heiß, und ich machte Pause und fing so gegen sechs mit der zweiten Runde an. Vierunddreißig Grad waren es jeden Tag, beinahe gewöhnte man sich daran. Es sei aber schon heißer gewesen, sagten viele und dachten an den Hitzerekord von vierzig Grad vor ein paar Jahren.

Ich hatte keine Ahnung, wie es Philipp ging und ob er fit genug war, am Wochenende Klara zu versorgen, wenn Oskars Oma nicht arbeitete. Noch einmal in die Rolle der Fee zu schlüpfen war viel zu riskant.

Ich hatte keine Zeit, das war immer eine gute Ausrede, und es stimmte sogar. Am Samstag fand das Spaß-Turnier vom Volleyball statt, wo alle Freizeitmannschaften der Region gegeneinander antraten, da musste ich hin. Meine Mannschaft war ohne mich nicht spielfähig. Zu viele waren bereits im Urlaub. Und Sonntag musste ich Franzi in der Galerie helfen.

Am Freitag hingen Gewitterwolken überm Maintal, ich hatte Kopfschmerzen. Der Himmel verfärbte sich gelb, und es hagelte. Vom Küchenfenster aus beobachtete ich, wie Blitze über den Weinbergen zuckten, als ein Taxi hielt und eine Frau mit rotem Regenschirm ausstieg und ums Haus hinunter zu Philipp hastete. War das nicht…? Ja, die grauen Locken, das bunte Halstuch: Philipps Mutter.

Dann war sie also die Babysitterin.

Blitz und Donner verzogen sich langsam, aus dem Hagel wurde Regen. Ich tigerte durch die Wohnung. Schon von hier aus konnte ich sehen, welchen Schaden mein Garten nahm. Einige Hortensienblüten waren abgeschlagen, der Boden unter den Rosenbüschen bedeckt von Blütenblättern. Ich trat auf den Balkon, ein frischer Wind blies mir ins Gesicht, als könnte er alle Sorgen vertreiben. Aus Philipps Wohnung drang Gelächter, ich ging wieder hinein.

Beim Volleyballturnier flogen wir gleich beim ersten Spiel raus und mussten auf dem Schulhof den Grill anwerfen. Die Sonne stand wieder sengend am Himmel, gegessen wurde wenig, getrunken viel. Eileen ermahnte mich ab und an augenzwinkernd, nicht gleich wieder mit irgendeinem Typen zu verschwinden, aber danach stand mir nicht der Sinn. Zum Glück wusste sie nichts von meinen wahren Problemen, von Philipp oder Klara. Oder Lilly.

Am Sonntag half ich in der Galerie, es fühlte sich fast wieder wie Alltag an. Ich hatte Philipp mein Geheimnis verraten, ich hatte auf ein Kind aufgepasst, und jetzt war alles wie vorher. Gut so. Franzi berichtete, dass sie Ärger bei der Organisation des Sommerhäuser Töpfermarktes hatte. Wir hatten viel zu tun, und abends versuchte ich einen Blogeintrag über Hagelschäden zu schreiben, aber mir fiel nichts Originelles ein.

Frau Bengert wollte den vernachlässigten Gartenteich zuschütten lassen, in ihren Augen war er nur eine Brutstätte für Mücken. Sie konnte Teiche im Garten nicht leiden, und ich hätte sie knutschen können dafür.

»Karin«, sagte sie und gab mir die Hand. »Ich bin doch eine Freundin deiner Mutter.«

»Johanna«, schlug ich ein.

»Das Wiedersehen mit Sigrid war schön. Sie hat sich gar nicht verändert. Immer noch eine herzensgute Frau hinter der anspruchsvollen Fassade.«

Beinahe hätte ich gelacht. Anspruchsvoll war meine Mutter. Aber herzensgut?

»Ich hatte ihr sowieso schon lange verziehen«, fügte Karin hinzu.

»V... verziehen?«, fragte ich.

»Ach, das sind alte Geschichten, unwichtig. Wir waren damals einfach zu verschieden.«

Jetzt allerdings glichen sie sich sehr. Beide waren ursprünglich blond gewesen und färbten sich jetzt die grauen Haare. Und Karin kleidete sich genauso konservativ. Perlenkette, Kostüm, und sie hatte lackierte Fingernägel. Ich war gespannt, was meine Mutter zu der Versöhnung sagen würde.

Karin lächelte mich glücklich an und ging wieder ins

Haus. Und das war wohl einer der wenigen Unterschiede, denn meine Mutter wäre nie und nimmer in dieses alte und dunkle Haus gezogen.

Ein leerer Kaffeeplastikbecher und das Einwickelpapier eines Eises hatten sich unten am Stamm der Klettertrompete verfangen, und ich bückte mich. Doch kaum dass meine Hand in die Nähe des Stammes kam, schrillte ein Alarm. Ich erstarrte, Passanten blieben stehen, und ein älteres Ehepaar eilte auf mich zu, mit dem Handy in der Hand.

»Alles in Ordnung«, rief ich. Ob sie die Polizei rufen wollten? Und warum?

Plötzlich rannte Karin aus dem Haus.

»Ach, du bist es!«, rief sie und begann zu lachen.

»Was ist das?«, fragte ich.

»Eine Mini-Alarmanlage.« Sie griff in die Blütenkaskaden und holte einen kleinen weißen Kasten heraus. »Hier, der Bewegungsmelder. Du hast mir doch geraten aufzupassen.«

43

Freitagabend läutete es an der Tür, und Klara erwartete mich im rosa Tüllkleid und mit einem selbst gebastelten Feenstab in der Hand.

»Der ist für dich«, sagte sie und hielt ihn vor mein Gesicht. Philipp tauchte hinter ihr auf, noch immer mit roten Punkten unterm Panamahut, aber strahlend lächelnd. Der Bart wurde immer länger. Hatte Fabian ihm auch das Rasieren verboten? Durch den dunklen Bart fielen seine hellen Augen noch mehr auf.

»Na, was sollst du sagen«, flüsterte er Klara zu.

»Danke!«, sagte seine Tochter laut.

»Was für ein wunderschöner Stab, Klara.« Er fühlte sich wie ein mit Alufolie umwickelter Löffel an, auf dessen rundes Ende ein gestanzter Stern aus Metallfolie klebte.

»Aber wofür willst du dich denn bedanken?«

Doch die Kleine flitzte an mir vorbei in die Wohnung. Philipp versuchte noch, sie zu fassen zu kriegen. Als er sich wieder aufrichtete, stießen wir beinahe zusammen, zuckten zurück, grinsten unbeholfen.

»Prinzessin, komm zurück!«, rief er über meine Schulter.

»Ach, lass doch, Philipp, trink lieber einen Kaffee mit mir.«

»Wirklich?« Erstaunt setzte er den Hut ab. Ich wunderte mich auch, nicht über ihn, sondern über mich. Er musterte mich, und ich senkte den Blick und ging voraus in die Wohnküche.

»Lange her, dass ich hier bei dir war«, meinte Philipp.

Das stimmte. Jetzt wusste er, was früher dort gehangen hatte, wo die Tapete verblichen war. Wer früher auf den Stühlen gesessen hatte. Erleichtert fühlte ich mich trotzdem nicht, sondern fühlte mich wie auf dem Präsentierteller, oder: am Pranger. Wieso um alles in der Welt hatte ich ihn nur hereingebeten?

»Kaffee? Oder lieber was anderes? Kamillentee?«, versuchte ich, witzig zu sein, um meine Unsicherheit zu überspielen.

»Lieber was Kaltes.«

Ich legte den Feenstab zur Seite und öffnete den Kühlschrank. Alkoholfreies Bier schien mir die beste Wahl für einen kranken Vater zu sein. Ich nahm mir auch eins und bat ihn ins Wohnzimmer.

Wir setzten uns, er aufs Sofa, ich auf einen Sessel. Klara rannte durch die Wohnung, und immer wieder vernahm ich etwas wie »Die Fee hat auch ein Bett!« oder »Und hier ist ein Feen-Bad!«.

»Ich bin immer noch eine Fee für sie? Hört das denn nie auf?« Wir stießen an.

»Prost.« Er trank einen Schluck. »Das ist doch nur ein Spiel. Ich bin so froh, dass sie die Trennung bisher ganz gut zu verkraften scheint. Allerdings weiß ich nicht, wie sie sich gegenüber David, Katharinas Freund, verhält. Vielleicht ist er für sie einer von Schneewittchens Zwergen.« Er grinste. David schien wohl klein und dick zu sein.

Mit dem längeren Bart sah Philipp richtig gut aus. Er trug ein Shirt, das seine Muskeln betonte. Wie hatte ich nur vergessen können, wie anziehend er auf mich wirkte.

»Wir wollten uns dafür bedanken, dass du dich um uns gekümmert hast.« Und verdammt nett und fürsorglich war er auch noch.

»Ach«, ich musste mich räuspern, »das war doch selbstverständlich.«

»Das glaube ich ehrlich gesagt nicht.«

Ich richtete mich auf. »Was soll das denn heißen?

Irgendetwas klimperte im Hintergrund.

»Nur weil ich keine Kinder im Haus haben will? Die Situation war doch völlig anders. Es war ein Notfall. Oder gehst du vorbei, wenn jemand krank am Boden liegt?«

»Nein, natürlich nicht.«

»Ich will immer noch, dass du ausziehst.«

Wir schwiegen, es war nicht angenehm.

»Hast du was Interessantes gelesen?«, fragte ich schließlich.

Er kratzte sich am Arm. »Ja, eine ganze Menge.« Dann stockte er. »Interessiert es dich wirklich?«

»Ja!«, antwortete ich und wünschte mir, wir könnten uns wieder so unverfänglich unterhalten wie zuvor.

»Science-Fiction-Kurzgeschichten hauptsächlich. So was wie *Minority Report*, kennst du den Film?«

Ich stellte das Bier ab. »War das nicht der, wo Frauen

ein Unglück vorhersagen und es dadurch verhindern konnten?« Deswegen las ich keine Science-Fiction – da kam man nur auf dumme, deprimierende Ideen und Wünsche.

»Geschrieben hat es Philip K. Dick. Warte mal ...«, unterbrach er sich und reckte den Kopf. »Klara, wo bist du? Es ist so verdächtig still.«

Ich hörte auch nichts.

»Klara?«, rief ich.

Wir standen auf. Was war das nur für ein Klappern gewesen? Waren das nicht – Schlüssel?

Mit einem lähmenden Gefühl in der Brust ging ich in den Flur. Licht drang aus einem Zimmer.

»Klara?«, rief er hinter mir.

Ich stand im Schatten, und vor mir lag das Licht. Ich müsste mich nur zur Seite drehen und könnte hinein-schauen.

»Klara! Was ...« Er sah hin. Er brauchte sich nicht zu fürchten.

»Komm raus da!« Er blieb an der Türschwelle stehen.

»Papa, das ist ein Kinderzimmer, schau mal!«

Schau mal, jetzt konnte sie es, ich hielt mich daran fest, es war Klara, es war ein anderes Kind, welches jetzt »Lass mich« schrie, und es war ein anderer Vater, der durch die Tür schritt und »Leg es wieder hin« sagte und der mit dem anderen Kind, das braune Haare hatte und ein rosafarbenes Tüllkleid trug, auf dem Arm wieder herauskam.

Und sie hinter sich schloss.

Schwindel erfasste mich, ich taumelte ...

»Johanna, ist alles in Ordnung? Du bist weiß wie die Wand.«

»Darf ich wieder da rein, liebe Fee?«, bettelte Klara. »Bitte, bitte, bitte ...«

»Niemals«, brachte ich nur flüsternd hervor, obwohl ich es hätte schreien wollen. Mein Herz hämmerte so stark, dass ich kaum atmen konnte.

»Warum hat die Fee ein Kinderzimmer?«, fragte sie. Philipp trug sie ins Wohnzimmer, was antwortete er?

»Du bleibst hier sitzen, verstanden?«, sagte er in strengem Ton. »Spiel ein bisschen *Sendung mit der Maus* auf meinem i-Phone.«

Auf einmal stand er neben mir. Er streckte die Hand aus, wollte mich an der Schulter berühren, doch ich zuckte zusammen und sprang auf und rannte in mein Schlafzimmer, warf mich aufs Bett. Alleine sein, nur alleine sein.

Ich hörte, wie ein Schlüssel umgedreht wurde, wie es im Schlüsselkasten klapperte, entspannte mich ein wenig. Doch dann vernahm ich Schritte und drückte meine Augen fester zu.

»Es tut mir so leid, Johanna«, sagte Philipp. »Wirklich! Ich hätte besser aufpassen sollen.«

Er setzte sich zu mir aufs Bett, legte seine Hand auf meinen Rücken, wieder zuckte ich zusammen. Es wurde mir zu eng, ich brauchte Platz, ich brauchte Raum um mich. Warum ging er nicht und verschwand, gemeinsam mit seinem neugierigen Balg?

»Kann ich dir irgendetwas bringen? Was zu trinken?«, fragte er.

»Geh bitte«, flüsterte ich.

»Kann ich dich denn alleine lassen?«

»Geh«, sagte ich etwas lauter.

»Soll ich deine Schwester anrufen?«

»Auf gar keinen Fall!«

»Dir geht es doch nicht gut. Das Zimmer – das ist immer verschlossen, oder?«

»Ich will nicht drüber reden«

»Du hast alles weggesperrt und versuchst, es zu vergessen, aber das klappt nicht, Johanna.«

Wie kam er dazu, mir Ratschläge zu erteilen? Entsetzt richtete ich mich auf und starrte ihn an.

»Geh!«, schrie ich. »Verschwinde! Nimm deine Tochter mit und bring ihr endlich bei, verschlossene Türen nicht einfach so aufzuschließen! Halte dich aus meinem Leben raus!«

44

Philipp

Ich war verantwortlich für ihren Schmerz. Es war unerträglich, in ihr verzweifeltes Gesicht zu sehen und sie nicht in den Arm nehmen zu können, um sie zu trösten.

Ich konnte mir überhaupt nicht vorstellen, was Johanna durchmachte. Welche Qual es für sie bedeutete, durch Klara an den Verlust erinnert zu werden. Er war noch immer eine offene, schmerzende Wunde. Was konnte ich tun, um ihr zu helfen, dass sie heilte? So schnell wie möglich ausziehen? Verdrängung war keine Lösung. Sollte ich nicht doch ihre Schwester anrufen, oder Fabian? Der war schließlich Arzt.

Auf dem Flur drehte ich mich erneut um und spähte in ihr Schlafzimmer. Betrachtete ihren bebenden Körper, hörte ihr Wimmern. Es tat weh, so hilflos zu sein, sie so leiden zu sehen. Bisher hatte ich den Gedanken nie zugelassen, doch ich liebte sie und würde alles unternehmen, um sie wieder glücklich zu machen.

Im Wohnzimmer saß Klara, das i-Phone unbeachtet in ihrer Hand.

»Was hat die Fee?«, fragte sie.

Ich hob sie hoch und drückte sie an mich, atmete kurz durch und hielt mich an ihr fest.

»Wieso hat sie ein Kinderzimmer?«

Normalerweise schätzte ich Klaras Neugier, ihren Drang, die Welt zu erkunden und sich durch nichts aufhalten zu lassen. Aber nicht jetzt. Mit ihr auf dem Arm ging ich leise in meine Wohnung. Wie sollte ich ihr nur alles erklären?

»Johanna hatte eine Tochter. Es ist ihr Zimmer.« Ich setzte mich mit ihr aufs Sofa.

»Ein Feenkind? Es gibt ein Feenkind?« Ihre Augen wurden immer größer.

»Nicht mehr. Lilly lebt leider nicht mehr.«

Klara ließ den Kopf an meine Brust sinken.

»Wie Opa«, fügte ich hinzu. Sie wusste, dass ihr Opa nicht mehr lebte. Bei meiner Mutter hingen überall Fotos von ihm. Und als ihre Fragen danach, wo er wohnt und warum er nie zu Besuch kommt, nicht enden wollten, versuchten wir zu erklären, dass er nicht mehr lebt. Nicht bei uns und nirgends anders.

»Opa ist im Himmel«, sagte sie.

Ich glaubte nicht an Gott und hätte nichts von einem Himmel erzählt. Aber wie soll man dem Tod den Schmerz nehmen, damit ein Kind ihn ertragen kann? Katharina fing dann vom Himmel an, und so blieb es. Opa lebte im Himmel.

»Ja.«

»Opa war krank. War das Feenkind auch krank?« Sie zuppelte am Saum ihres Kleides herum und blickte mich mit großen Augen an.

»Ich weiß es nicht«, antwortete ich. Und ich wollte es mir ehrlich gesagt auch nicht vorstellen. Es gab so viele

Krankheiten. So viele Unfälle. So viel, vor dem man als Eltern Angst hatte, wenn man darüber nachdachte.

»Sind Opa und das Feenkind zusammen im Himmel? Und wenn es regnet? Werden sie dann nass?«

»Nein. Sie … sitzen dann auf den Wolken, und es regnet ja nach unten.«

»Aber was macht denn, dass man tot ist?« Es dauerte nicht mehr lange, und sie hatte mit dem Finger ein Loch in den Stoff gebohrt, aber es war mir egal.

»Der Körper hört auf zu atmen«, sagte ich.

Hoffentlich verband Klara damit nichts Konkretes. Ich ging oft so wissenschaftlich an die Sachen ran und vergaß, wie jung sie noch war.

»Wieso kann man im Himmel nicht atmen, da ist doch so viel Luft«, sagte sie.

»Luft zum Atmen ist nur unterhalb der Wolken, nicht darüber.«

Beinahe hätte ich die Stratosphäre erklärt, nur um das Schweigen zu durchbrechen.

»Tut das weh?«, fragte sie.

»Keine Ahnung.« Ich war wirklich keine große Hilfe. Sie zog immer noch am Saum, ohne hinzusehen. Sie machte das, seitdem sie den Schnuller der Schnullerfee geschenkt hatte. Die schenkte ihr dafür dieses rosa Kleid. Das Schnullerfeenkleid. Kein Wunder, dass Feen für Klara so real waren. Bald würde wohl auch noch die Zahnfee kommen.

»Ich glaube, das tut nicht weh. Vielleicht vorher. Aber der Tod nimmt den Schmerz mit.«

»Wenn sie auf der Wolke sitzen.«

»Ja, dann sind alle Schmerzen vorbei.«

»Hatte das Feenkind Schmerzen?«, fragte Klara.

»Lilly, mein Schatz. Sie hieß Lilly.«

»Wieso zaubert die Fee nicht, dass sie wieder Luft bekommt?«

Ich seufzte. »Das kann sie nicht. Sie würde es bestimmt gerne. Sie ist traurig, dass Lilly nicht mehr bei ihr ist.«

Jetzt war das Loch daumengroß. David oder Katharina, die beiden Modedesigner, konnten es ja wieder zunähen.

»Lacht deshalb die Fee so wenig?«

Ich drückte sie noch enger an mich. »Ja, mein Schatz.«

Wir blieben noch eine Weile sitzen. Irgendwann sprang Klara auf, und ich ging in die Küche, um etwas zu essen für sie zu machen. Sie holte Stifte und Papier und malte eine Frau mit einem grünen Kleid und einem Zauberstab und kurzen, roten Haaren. Über ihren Kopf malte sie eine Wolke und ein kleines Kind mit einem rosa Kleid und roten Haaren und einen Mann mit Bart, Opa. Und lauter Blumen rund um Johanna. In die Blumen malte sie lachende Gesichter. Aus der Wolke regnete es.

»Die Fee hat gesagt, dass die Blumen sich freuen, wenn es regnet«, sagte Klara. »Bestimmt macht Lilly, dass die Wolken oft regnen.«

Ach, ich hätte mein neunmalkluges, mein vorlautes und neugieriges Kind und seine eigenartige Weise, die Welt zu sehen, vor lauter Glück und Liebe aufessen können.

Wenn da nicht der Schmerz von Johanna gewesen

wäre. Seit ihrer Beichte verging kaum eine Minute, in der ich nicht an sie dachte oder mir vorzustellen versuchte, wie es ihr erging.

Und dann verstärkten Klara und ich auch noch ihren Schmerz.

Meinen Vater früh zu verlieren war auch schwer gewesen, aber anders. Natürlich vermisste ich ihn, immer noch. Es war traurig, dass Klara ihn nie kennenlernen konnte. Und er nicht sie. Mein Vater war ein ehrgeiziger Mann gewesen, der sich keine Pause gegönnt hatte. Ein Workaholic, immer auf der Überholspur, immer am Limit. Klara mit ihrer ruhigen Art hätte ihm gutgetan.

Seinen Todestag werde ich nie vergessen. Ich hatte mich in der Schule gelangweilt und aus dem Fenster gestarrt. Eine Taube flog ans Fenster, und mir kam es so vor, als ob sie mir direkt in die Augen sehen würde. Und während die Taube mich beobachtete, blieb das Herz meines Vaters stehen. Ein Herzinfarkt im Büro, mit dreiundvierzig Jahren.

Als Kind fand ich Trost in der Vorstellung, in den Vögeln würden die Seelen der Verstorbenen weiterleben, denn sie waren es, die im Himmel lebten. Und die Taube wäre mein Vater, der sich von mir verabschiedet hatte.

Wo lebte für Johanna ihre Tochter weiter? In dem Zimmer, das zugesperrt war? Wieso tat sie sich das an? Wie sollte die Wunde heilen, wenn nie Luft an sie kam? Keine Sonne, keine Liebe?

Enden würde der Schmerz nie, aber man konnte ihn lindern, erträglich machen. Mit ihm leben.

Ich wollte, dass sie wieder lachte und fröhlich war.

Der Weg würde steinig werden, aber sie musste ihn gehen, sonst hätte sie keine Chance.

Sie musste ihn ja nicht alleine gehen. Die Hoffnung, dass sich unter dem Schmerz immer noch Gefühle für mich verbargen, hatte ich nicht aufgegeben.

Denn meine Gefühle für sie wuchsen mit jedem Tag.

45

Alles von Lilly war in diesem Zimmer, von der Lieblings-
tasse bis zu den Kinderbildern, die am Kühlschrank gehangen hatten, dem ausrangierten Laufstall, der Wickel-
kommode. Ihr Bett, ihre Spielsachen. Sie selber war dieses
Zimmer. Damals hatte ich darin ausgeharrt, es nicht geschafft, es zu verlassen. Tagelang lag ich in ihrem Bett,
sah mir alte Bilder und Videos auf meinem Handy an,
hörte ihr Lachen. Aß nichts, trank nichts. Alles schien
sinnlos.

Schließlich zerrte Christopher mich aus dem Zimmer.
Ich schrie und schlug um mich, trat nach ihm. Er schloss
das Zimmer ab und rief Franzi an.

Und dann ging er.

Franzi nahm alles andere, Lillys Kindergartenrucksack,
die Gummistiefel und Turnschuhe, und schloss sie ebenfalls dort ein. Fabian verschrieb mir Tabletten, und als
ich sie nicht mehr nahm, fühlte ich mich so leer. Mein
Leben war leer.

Nach einer Weile verspürte ich nur noch eine Riesen-
wut auf Christopher. Und hatte Angst, wieder das Zimmer zu betreten. Denn ich wusste genau, dass ich kurz
davor gewesen war, noch ein Tag, nur eine Möglichkeit,
und alles wäre vielleicht zu Ende gewesen. Aber wer
hätte dann an sie gedacht?

Christopher bestimmt nicht. Der wollte sie ersetzen, als ob das ginge.

Irgendwann aß ich wieder. Redete wieder, jedoch nie über sie. Und nur das Nötigste mit meinen Eltern, mit Franzi, die mitten in der Renovierung des Hauses steckte und vorübergehend bei mir einzog. Mit Marion und Oliver, die für mich kochten, später.

Dann schenkten meine Eltern mir den Transporter, die ersten Kunden fanden sich ein, und Franzi schrieb »Gartenfee« auf den Wagen. Hätte sie es doch lieber gelassen.

Kinder waren gefährlich. Das Zimmer war gefährlich. Und ein Kind in diesem Zimmer unerträglich.

Wie lange dauerte es bloß, bis Philipp endlich auszog?

Ich musste weg von hier. Sollten die Leute ihre Blumen doch selber pflegen.

Alles war still. Im Flur lag der Feenstab mitten im Weg. Wieso musste ich denn jetzt wieder weinen? Dieses Kind war so grässlich neugierig. Welche Vierjährige sucht einen Schlüssel, wenn sie eine Tür nicht öffnen kann, findet ihn sogar und schließt dann tatsächlich auf?

Die rosa Blume war schuld. Sie hing an Lillys Zimmerschlüssel. Aber wie war Klara an den Schlüsselkasten gekommen, war sie denn überhaupt groß genug? Und wieso passte Philipp nicht besser auf? Dieses Gottvertrauen in Klara, irgendwann würde er schon noch merken, dass es keine Sicherheit gab.

Im Kühlschrank war noch Bier, ich öffnete eines, trank es im Stehen. Dann ging ich in den Flur, stellte mich vor die wieder verschlossene Tür. Ich musste es vergessen.

Was war schon geschehen? Nichts. Ich hatte doch gar nicht reingesehen. Und Philipp wusste eh von Lilly.

Doch was jetzt? Hierbleiben konnte ich auf keinen Fall. Eileen und ihre Clique gingen heute Abend auf Kiliani. Volksfest, genau, wozu immer in der Bude hocken.

Mein Blick fiel auf den Feenstab. Der musste verschwinden. Aber wohin? Ich nahm ihn und ging durch die Wohnung, Küche, Bad, Arbeitszimmer, Schlafzimmer, nirgends gab es einen Platz für ihn, überall störte er mich, und schließlich stand ich wieder vor Lillys Tür.

Mein Handy klingelte. Philipp. Ich ging nicht dran, sondern rannte in die Küche und warf den Stab in den Müll.

Dann duschte ich, suchte mir die engste Jeans und ein Top mit großem Ausschnitt aus, schminkte mich. Bloß weg hier. Vergessen, alles vergessen. Das Telefon läutete erneut, wieder Philipp. War mir doch egal.

Vor dem Schuhschrank im Flur konnte ich mich nicht entscheiden. High Heels? Es regnete immer noch. Der Boden auf Kiliani war nur teilweise asphaltiert. Lieber Ballerinas?

Ich stockte. Was war das für ein Geräusch? Schritte? Plötzlich wurde die Kellertür aufgerissen, und Philipp erklomm die letzte Stufe.

»Was …?«, sagten wir beide gleichzeitig, »… machst du hier?«, setzte ich mich lautstark durch. »Los, hau ab! Stürmst einfach so hier rein und klopfst noch nicht mal an.« Ich ließ die Schublade vom Schuhschrank laut zuklappen.

»Ich … ich habe mir Sorgen gemacht. Hier oben herrscht absolute Stille, Licht ist an, dein Wagen ist da, und du gehst weder ans Telefon, noch hast du auf mein Klingeln reagiert …«

Da musste ich unter der Dusche gestanden haben.

»Schon mal auf die Idee gekommen, dass ich dich einfach nicht sehen will? Alles in Ordnung, ich geh jetzt auf Kiliani.«

»Das bildest du dir doch nur ein.«

»Kiliani? Oh nein, ganz bestimmt nicht.« Jetzt hatte ich mich entschieden: High Heels. Am besten die silbernen, die zog ich sowieso viel zu selten an.

»Lass das«, sagte er, als ich im Schuhschrank nach ihnen suchte. »Du musst darüber reden, Johanna. Verdrängen, das bringt doch nichts.«

»Misch dich nicht in Sachen ein, die dich nichts angehen.«

»Ich kann aber nicht vorbeigehen, wenn jemand am Boden liegt, genau wie du.«

»Und du meinst, ich liege am Boden?« Mein Lachen klang erstaunlich schrill, aber Philipp redete ja auch totalen Blödsinn. Endlich hatte ich den zweiten Schuh gefunden und streifte ihn mir über. Mann, hatte ich schon lange keine High Heels mehr getragen, ich schwankte und musste mich an der Wand festhalten.

Plötzlich wurde alles schwarz, und als ich wieder zu mir kam, bemerkte ich, dass ich mich an Philipps Schulter anlehnte.

»Was ist?«, fragte er und führte mich ins Wohnzimmer. Ich setzte mich aufs Sofa, froh, Luft zu bekommen.

»Komm, ich koch dir einen Kaffee, du bist ja völlig bleich. Hast du was gegessen?«

»Lass mich in Ruhe«, flüsterte ich mit zitternder Stimme. In der Küche klapperten Schranktüren, die Kaffeemaschine zischte. Philipp brachte mir eine Tasse Kaffee und ein Käsebrot.

»Du musst was essen.«

Ich schlug es ihm aus der Hand, traf den Kaffee, schluchzte und weinte, bis sich meine Fäuste kraftlos senkten und er sich neben mich setzte, seine Arme um mich legte und festhielt. Ich ließ es geschehen.

»Geht schon«, sagte ich irgendwann und suchte nach einem Taschentuch. Überall lagen Scherben, und alles war nass, der Boden, der Tisch, das Sofa. Ich wollte aufstehen und einen Lappen holen, aber er hielt mich zurück.

»Das machen wir später. Jetzt lass uns reden.«

»Nein, wozu. Es ist vorbei.« Ich bückte mich, um die gröbsten Scherben zusammenzulesen, aber er hielt meine Hände fest.

»Trauer hört nie auf«, sagte er.

»Was weißt du schon.« Ich entwand mich ihm und stand auf. Doch mir wurde wieder schwindlig, und ich plumpste aufs Sofa. »Irgendwelche Kalendersprüche kannst du dir sparen, die kenne ich schon alle.«

»Was war sie für ein Kind?«

Eines mit Blättern in den nassen Haaren und geschlossenen Augen, die sich nie wieder öffnen würden, aber das würde ich ihm nie sagen. Niemals.

Ich atmete tief durch. Philipp würde keine Ruhe geben.

»Sie war einfach wunderbar«, sagte ich, um irgendetwas zu antworten, und es fühlte sich gut an. Auf einmal änderte sich das Bild vor meinen Augen, sie saß auf ihrem Laufrad und lachte und rief »Sau, ich kann das schon«.

»Sie liebte es, draußen zu spielen, in der Gärtnerei oder hier bei uns. Und sie liebte Tiere, die Meerschweinchen von Oskar und vor allem die Katzen in der Gärtnerei.« Vor das Bild einer davonrennenden Katze schob sich das von Lilly, wie sie mich anlachte und die Arme nach mir ausstreckte.

»Geht es dir jetzt besser?«, fragte er.

»Mir geht es nie besser«, entgegnete ich, aber ich musste ihn trotzdem anlächeln. Sein Blick ging mir durch Mark und Bein, und ein Schauer lief mir über den Rücken.

»Trauer hat viele Gesichter«, sagte er. »Man kann auch fröhlich sein und an die guten Zeiten denken, das hast du doch gerade.«

»Aber es fühlt sich wie Verrat an.«

»Du musst sie dir zurückholen.«

»Die Trauer?«

»Nein, deine Tochter. Du hast sie da in diesem Zimmer versteckt und lebst, als wäre sie nicht da. Aber sie ist es, in dir. Sie ist in diesem Haus und diesem Garten, sie ist in Franzi und wahrscheinlich auch in diesem Motorrad-Heini.«

»Christopher.«

»Genau. Was für eine idiotische Idee, aus ihr ein Geheimnis, ein Tabu zu machen, über das keiner redet.« Er schüttelte den Kopf. »Wieso hat er dir das nur angetan? Dich hier alleine zu lassen.

»Ich kann nicht.«

»Doch, du kannst.«

»Nein, ich kann nicht. Glaube es mir.«

Wieso stand ich nicht einfach auf? Der Tod eines Menschen ist kein Problem, das gelöst werden kann. Es ist eine Tatsache.

»Mein Vater ist immer bei mir«, sagte Philipp. »Immer. Vielleicht nicht im alltäglichen Leben, aber tief in mir. Er sagte immer »Schau genau hin«, er fragte nach Details und lehrte mich, selbstständig zu denken. Dieses *Schau genau hin*, das höre ich immer noch.«

Natürlich, das hatte er erzählt. Sein Vater war gestorben. Seine Oma hatte sich um ihn gekümmert und ihm das Kochen beigebracht, während seine Mutter arbeitete.

»Wie alt warst du, als er starb?«, fragte ich.

»Acht.«

Acht. So alt wäre Lilly jetzt.

»Hat deine Mutter wieder geheiratet?«

Er schüttelte den Kopf. »Dazu hat sie ihn viel zu sehr geliebt. Er war immer Teil unseres Lebens. Sie erzählte Geschichten über ihn, es war, als wäre er nur kurz zum Einkaufen. Natürlich vermisste ich ihn, war verzweifelt. Auch sie. Aber wir stützten uns gegenseitig, meine Oma war da, Freunde. Seine Brüder, seine Eltern. Seinen Geburtstag feiern wir noch heute.«

Geburtstag! Da versteckte ich mich immer in meinem Bett. Wie sollte ich feiern, dass sie diesen Tag nicht erleben durfte, keine Torte, keine Freunde, nichts.

»Wollen wir nicht zusammen in ihr Zimmer gehen?«, fragte Philipp plötzlich.

»In ihr Zimmer?«

»Ich kann nicht zusehen, wie du dich quälst, die traurige Musik, der Garten, um den du dich viel zu selten kümmerst, genauso wie um dich selbst, du bist dir egal. Schau dich doch nur an.«

Dass ich ein Wrack war, wusste ich. Deshalb durfte ich ja dieses Zimmer nie mehr betreten.

»Die Frage ist doch, ob es dir schlecht geht, weil sie tot ist oder weil du sie aus deinem Leben verbannt hast«, meinte Philipp. »Du versteckst dich, du hast Angst, und ich möchte dir helfen hinauszufinden. Das ist alles. Hol dir Lilly zurück.«

Er hatte das erste Mal ihren Namen ausgesprochen. Lilly. Meine kleine Lilly.

»Nicht heute«, flüsterte ich.

»Doch. Heute. Jetzt. Morgen bist du wieder in deinem Schneckenhaus. Kriegst du dort überhaupt Luft?«

»Philipp, hör auf, das geht dich alles nichts an.«

»Doch. Es geht mich etwas an.«

»Warum?«

»Das weißt du ganz genau. Und jetzt gehen wir zu dieser Tür und öffnen sie. Du musst ja nicht hineingehen. Aber schau rein. Für einen Moment. Und schließe nicht wieder ab.«

Er ergriff meine Hände, zog mich hoch und drückte mich fest an sich. Er roch nach der Tinktur, mit der er seine Windpocken betupfte. Lilly hatte auch mal so gerochen.

»Ich war in diesem Zimmer«, flüsterte ich ihm ins Ohr, »es ist abgeschlossen, um mich zu schützen.« Ich schluchzte auf.

»Das war damals vielleicht richtig. Aber jetzt brauchst du deine Tochter.«

»Es tut so weh … Damals …«

»Johanna, du hast die Kraft, zu trauern und zu leben. Gleichzeitig. Davon bin ich überzeugt.«

»Ich kann nicht.«

»Du bist nicht alleine.«

»Christopher …«

»War ein Idiot. Na ja, er war selber verzweifelt. Er hat seine Tochter verloren, sein Ein und Alles, und dich. Aber ich bin da, ich helfe dir. Ich passe auf.«

Er trat einen Schritt zurück und sah mich an. Auf seiner Wange glitzerten Tränen.

»Ich bin bei dir, Johanna.«

Meinte er es wirklich ernst? Sollte ich es wagen? Nur einen Blick?

Wie oft ich schon davorgestanden hatte, vor lauter Einsamkeit und Verzweiflung. Manchmal sogar mit dem Schlüssel in der Hand, einmal hatte ich ihn sogar schon ins Schloss gesteckt.

Aber meine Angst hatte mich jedes Mal zurückgehalten.

War das Vergessen ein Fehler? Gab es eine Lösung? Und war diese Lösung – Philipp?

Eindringlich sah er mich an, und je länger ich seinem Blick standhielt, desto mehr spürte ich, dass es eine Chance war. Eine Chance, die ich nicht vorüberziehen lassen wollte. Auf gar keinen Fall.

Wir stehen vor deiner Tür, Lilly, und Philipp hat den Schlüssel in der Hand, den mit der rosafarbenen Blüte.

»Bereit?«, fragt er.

Ich atme flach, zu schnell, mein Herz flattert. Philipp streckt seine Hand aus, ich ergreife sie nicht, vergrabe meine Hände in den Hosentaschen. Ich stelle mich neben ihn, eher vor die Wand als vor die Tür. Nur ein kurzer Blick, mehr nicht.

Seine Hand zittert, als er den Schlüssel ins Schloss steckt. Dann dreht er ihn um. Ich halte die Luft an, wage kein Geräusch.

Langsam öffnet er sie. Alles liegt im Dunkeln, das Licht flammt auf, der Sternenhimmel aus Leuchtdioden, von denen du glaubtest, dass man sie nicht zählen kann.

Dein Teddy liegt im Bett, als wäre er du. Die Stoffarme auf der hellen Bettwäsche. Nie warst du ohne ihn, überall war er dabei.

Er sieht einsam aus. Als ob er dich vermissen würde. Und ich gehe hinein, ergreife ihn und drücke ihn an mein Herz.

46

Etwas hatte sich geändert, aber ich konnte nicht sagen, was. Philipp war schon lange weg, die Sonne ging bald auf. Obwohl ich nicht eine Sekunde geschlafen hatte, war ich hellwach. Entgegen meiner Befürchtung wollte ich nicht sofort wieder in Lillys Zimmer, vergrub mich nicht weinend in ihren Sachen, fühlte kein Loch, das sich vor mir auftat. Die Tür war offen, ich konnte hinein-schauen, wann ich wollte, oder sogar hineingehen, was ich aber nicht gemacht hatte. Nein, ich befolgte Philipps Rat, einen Schritt nach dem anderen zu machen.

Ich saß, in eine Decke gehüllt, auf dem Balkon und schaute in den Garten. Noch immer drückte ich den Teddy an mich, noch immer fühlte es sich so an, als würde ich ihn trösten. Erinnerungen an Lilly kamen und gingen. Ich sah ihr blondes Haar im Sonnenschein fun-keln, spürte ihre weiche Haut, die Wärme, die sie aus-strahlte, wenn sie in meinem Arm einschlief.

Je höher die Sonne stieg und langsam den Berg über-wand, desto mehr füllte sich mein Herz mit Freude. Und Stolz.

Ich hatte es geschafft. Ich war in ihrem Zimmer gewe-sen, ohne wieder zusammenzubrechen. Das nächste Mal hielt ich es vielleicht sogar etwas länger aus. Der Raum musste doch voller Staub und Spinnweben sein. Und all die Sachen, die Christopher hineingeräumt hatte, die standen bestimmt im Weg rum.

Vielleicht räumte ich das nächste Mal auf. Ja, ich würde alles hübsch herrichten. Ob die Wäsche wie der Teddy noch nach Lilly roch? Ihn würde ich wohl nie waschen.

Dort unten lag das weiße Gartenhäuschen. Noch so eine verschlossene Tür, hinter der die Erinnerungen lauerten. Mit dem Teddy unterm Arm ging ich in den Garten.

Die üppig blühenden Hortensienbüsche vor dem Gartenhäuschen reichten mittlerweile bis an die verrammelten Fenster heran, vor der Tür ragten wilde, dornige Brombeertriebe aus der Erde.

Es zuckte mir in den Fingern, sie aufzumachen. Was hatte ich zu verlieren, fragte eine Stimme in mir. Konnte ich ihr trauen, oder war es nur das Adrenalin, das mich vorantrieb?

Aber jetzt hatte ich angefangen, mich den Dämonen zu stellen, dann sollte ich es auch beenden. Angefangene Sachen mag ich nicht. Als ob man sät und die Sämlinge nicht pflegt.

Ich hatte Schuld. Ich hatte gepflegt und mich gesorgt und dann einen Moment nicht aufgepasst. Einen Moment nur.

Und alle Pflanzen, die ich vor Wühlmäusen, der Wurzelfäule oder Welkekrankheiten rettete, konnten nichts daran ändern. Sie musste leiden, hatte Angst, unerträgliche Angst, weil ich nicht aufgepasst hatte.

Mir schnürte es die Kehle zu. Ja, ich musste das Gartenhäuschen öffnen, aber nicht jetzt. Es war besser, ich wartete ab, wie sich mein Verhältnis zum Kinderzimmer entwickelte. Und ich brauchte dabei Unterstützung. Das hatte ich gelernt.

Auf einmal war ich unglaublich hungrig. Ich fühlte mich schwach und lebendig zugleich. Es war schon fast acht, und ich hatte Lust auf frische Brötchen.

Am Flurer Turm vorbei lief ich durch die alten Gassen. Mir war noch gar nicht aufgefallen, dass auch am Berghof eine der Terracotta-Katzen stand. Oder die Blütenfülle des Rosenbogens an der Vinothek. Die vielen Geranientöpfe auf den Mauervorsprüngen der alten Häuser.

Rollläden wurden hochgezogen, die Holzterrassen, die für die Straßencafés über das rumpelige Kopfsteinpflaster gebaut worden waren, wurden gefegt, die Tische schön hergerichtet. Sommerhausen bereitete sich auf die Touristen vor. Beim Bäcker standen die Kunden an, der Apotheker, unser Rumorknecht, ich reihte mich ein. Da kam Franzi mit einer großen Tüte beladen aus dem Geschäft.

»Du strahlst ja so«, begrüßte sie mich und verdeckte ihre müden Augen mit einer Sonnenbrille.

»Ja.« Ich umarmte sie. »Wenn du nachher vorbeikommst, habe ich eine Überraschung für dich.«

»Kannst du es mir nicht gleich sagen? Ich habe noch so viel zu erledigen, bis ich die Galerie aufmache.«

»Nein. Geht nicht. Das musst du selber sehen.«

»Fabian will die Garage aufräumen, dabei schaffen wir das in der kurzen Zeit bis zur Öffnung der Galerie um zehn sowieso nicht.«

»Franziska Nowak. Bitte tu deiner einzigen und älteren Schwester den Gefallen. Und danach helfe ich Fabian bei der Garage.«

»Du willst … unsere Garage aufräumen?« Sie schob die Sonnenbrille hoch und zog die Augenbrauen hoch.

»Wieso denn nicht?«, gab ich zurück. Sie klang gerade so, als wäre es ungewöhnlich. Dabei half ich ihr doch häufiger.

»Ich weiß nicht genau, was da alles zum Vorschein kommt«, sagte Franzi.

Ah – alles klar. Irgendetwas von Lilly. Aber das hatte jetzt ein Ende – allerdings durfte sie davon noch nichts wissen.

»Komm doch kurz mit, es dauert wirklich nicht lange«, sagte ich.

»Na gut.« Sie seufzte. »Dann lass uns gehen, ich habe sowieso keinen Hunger und viel zu viele Brötchen gekauft.«

Ich nahm ihr die Tüte ab, und wir liefen den Rathausweg hoch. Unterwegs rief sie bei Fabian an und entschuldigte sich, dass sie später komme. Ich bewunderte das neue Dach vom Roten Turm, aß ein Hörnchen aus der Hand und grüßte jeden, der uns entgegenkam.

»Das war übrigens Frau Bengert«, flüsterte ich Franzi zu.

»Ach, die ist das.« Sie schaute ihr nach. »Die kenne ich vom Sehen. Vielleicht weiß sie ja noch mehr peinliche Dinge aus dem immer so makellosen Leben von Schmitti.«

»Das Wichtigste ist, dass sie sich versöhnt haben, oder? Der Rest geht uns nichts an.«

»Mit dir stimmt irgendetwas nicht«, sagte Franzi.

Ich umfasste ihre Schulter. »Mit mir ist alles in Ordnung.«

Wir erreichten meinen Garten und nahmen die Stufen nach oben. Auf den Steinen vor dem Sichtschutz saß Klara und malte.

»Fee!«, rief sie. »Ich hab was für dich.« Sie stand auf, da kam Philipp und hielt sie auf.

»Johanna?« Er grüßte mich mit einem vorsichtigen Lächeln. »Geht's dir gut?«

»Ja. Ich will meiner Schwester nur was oben zeigen.«

Sein Lächeln wurde breiter. »Na dann.«

»Aber mein Bild«, rief Klara.

»Später, Prinzessin, später«, sagte Philipp.

Franzi und ich zogen in der Diele die Schuhe aus, und als wir in die Küche gehen wollten, wanderte ihr Blick wie erwartet nach rechts in den Flur, wo die Tür aufstand.

»Johanna! Ist das wahr?« Langsam ging sie darauf zu. Auch sie scheute sich, hineinzusehen. Dann holte sie tief Luft, sah noch einmal zu mir und setzte dann einen Fuß hinein.

»Oh, Johanna. Sieh nur, die Fotos!« Sie ging zum Bücherregal. Ihre Augen glänzten. Lilly mit Schnuller, der größer als sie selber war, Lilly, die bei Christopher auf dem Bauch schlief, Lilly, überall Lilly, auf Franzis Arm, mit Puppenwagen, mit Oma und Opa vor einer Giraffe im Frankfurter Zoo.

»Dass du das geschafft hast …«, sagte sie mit brüchiger Stimme.

In ihrer Wohnung hingen ebenfalls keine Fotos mehr.

Ob Fabian und Franzi noch ihr Album anschauten, wenn ich nicht dabei war? Meine Eltern hatten nicht auf ihre Fotos verzichtet. Aber es hatte mir immer einen Stich versetzt, wenn ich die umgedrehten Bilderrahmen sah.

Ein Foto in einem gelben Rahmen betrachtete Franzi besonders lange. Lilly, vier Zähne, Möhrenbrei im Mundwinkel und auf der Nasenspitze und das breiteste Lächeln, das man sich vorstellen konnte. Und ein Blick, der zu sagen schien: Na, hast du mich vermisst?

»Aber wieso?«, fragte sie, »was ist passiert?«

»Klara. Und Philipp.« Ich erzählte, was am Vorabend geschehen war und wie gut ich mich seitdem fühlte. Dass ich vor dem Gang zum Bäcker bestimmt fünf Minuten dort gestanden und alles in Ruhe betrachtet hätte. Jeden Dinosaurier, jede Puppe, einfach alles. Der Schmerz war zurückgekehrt, aber ich hatte ihn in Schach gehalten.

»Das ist unglaublich.« Sie schlang die Arme um mich und hielt mich fest, als ob sie mich nie mehr loslassen wollte.

»Und du und Philipp?« Sie wischte sich die verlaufene Schminke weg.

»Keine Ahnung.«

»Wenn du ihm egal wärst, hätte er das heute Nacht nicht mit dir durchgezogen.«

»Ich habe sie wieder, Franzi. Das ist das Wichtigste. Es gibt so viele schöne Erinnerungen. Ich konnte immer nur an ihren ... letzten Tag denken. Aber jetzt ...«

»Und Christopher?«

»Einen Schritt nach dem anderen.«

»Also, ich brauch jetzt erst mal einen Kaffee«, sagte

sie, »und ich glaube, ich könnte doch was essen. Ist noch Erdbeer-Holundermarmelade da?«

Erneut rief sie Fabian an, und wir deckten den Frühstückstisch. Lillys Foto wollte Franzi erst in die Mitte stellen, aber dann stellte sie es auf den Beistelltisch neben einen Kerzenständer.

»Wer will denn schon die Garage ausmisten, wenn es hier so gute Neuigkeiten gibt!«, sagte Fabian zur Begrüßung. Auch er war tief erschüttert, und seine Augen füllten sich mit Tränen. Franzi telefonierte derweil mit unseren Eltern. Es fühlte sich komisch an, als hätte ich etwas Sensationelles geschafft. Mir war gar nicht klar gewesen, wie sehr das alles auch die anderen belastet hatte.

Ich machte mir Vorwürfe, dass ich so egoistisch gewesen war. Wie sehr mich doch alles verändert hatte.

Der Teddy saß auf einem Stuhl und leistete uns Gesellschaft. Ich nahm ihn, drückte ihn an mich, aber die Leere, die ich auf einmal fühlte, konnte er nicht füllen.

Kurz darauf verabschiedete sich Franzi, es war kurz vor zehn. Zeit, die Galerie aufzuschließen. Ich zwang mich zu einem Lächeln, wollte die Kälte nicht wahrhaben, die sich auf einmal wieder in mir ausbreitete.

»Hast du noch Panikattacken?«, fragte Fabian, sobald Franzi gegangen war, und schenkte sich einen weiteren Kaffee ein.

Ihm konnte ich nichts verheimlichen, er hatte mich durchschaut. Zaghaft nickte ich. »Gestern Abend erst. Als ich die offene Tür sah.«

»Verging sie von alleine, oder hast du Tabletten genommen?«

»Mir war schwindelig, und ich hatte dieses Engegefühl, aber es war nicht so schlimm wie früher«, antwortete ich.

»Und wie oft hattest du welche in letzter Zeit?«

»Eigentlich – oft. Häufiger als letztes Jahr. Ich meine, Christopher wird Vater! Hier zieht ein Kind ein. Und Franzi will schwanger werden. Jedes Mal zieht es mir den Boden unter den Füßen weg, aber, und das ist komisch – es wird besser. Als mir der Wiedinger von den Zwillingen erzählte, das war das Schlimmste.«

»Und wie fühlst du dich jetzt?«, fragte Fabian. »Mit Klara hier im Haus?«

»Da bin ich nicht ich, sondern eine Fee. Und wenn ich ihr nur eine Rolle vorspiele, geht es eigentlich.«

»Außer, sie schaut neugierig in verschlossene Zimmer.« Er grinste.

»Natürlich. Aber die Panik, die kam ja nicht von ihr.«

»Ich weiß. Jetzt siehst du auch sehr blass aus, lass mal deinen Puls fühlen.« Er ergriff meinen Arm.

»Ach, lass.« Ich zog ihn weg, »Ich bin doch nicht in der Sprechstunde. Außerdem habe ich die ganze Nacht nicht geschlafen, da sieht man schon mal so aus.«

»Dann leg dich lieber hin! Nicht, dass du dich überforderst.« Fabian kniff die Augen zusammen. Das tat er immer, wenn er sich Sorgen machte.

»Wenn ich nur wüsste, was ich jetzt machen soll. Ändert es irgendetwas? Lilly fehlt mir so unendlich.«

»Alleine, dass du es aussprichst, Johanna. Natürlich hat sich was geändert. Sogar eine ganze Menge. Ich finde es gut, dass du nicht wieder im Zimmer geblieben bist, sondern nur kurz hineingeschaut hast.«

»Schritt für Schritt hat Philipp mir empfohlen.«

»Da hat er völlig recht! Mach langsam.«

»Sag das mal Franzi, die war ja eben völlig aus dem Häuschen. Gleich in Frankfurt anzurufen.«

Fabian nickte. »Ich pass schon auf. Und, wollen wir die Garage aufräumen?« Er grinste verschmitzt.

»Äh – nein! Ich glaub, ich leg mich gleich schlafen.«

»Braves Mädchen«. Er küsste mich auf die Wange. »Und melde dich, wenn du Hilfe brauchst. Versprichst du es mir?«

Ich nickte. Er half mir noch, den Tisch abzuräumen, bevor er ging. Das Foto von Lilly ließ ich auf dem Balkon stehen. Es wartete dort auf mich.

Als ich an Lillys Zimmer vorbeikam, zog es mich wieder magisch an, und ich betrachtete es lange, bis ich merkte, wie müde ich war.

In meinem Zimmer war es mir zu eng. Ich wollte raus und klappte den Sonnenschirm auf, holte Kissen und Decken und legte mich auf die Liege im Garten.

Als ich aufwachte, verspürte ich inneren Frieden. Ich hatte von Lilly geträumt, und von Christopher. Ob er sich an den Gedanken gewöhnt hatte, erneut Vater zu werden? Vanessa und er hatten sich das Geschlecht sagen lassen – es wurden zwei Jungs. Lillys Brüder.

Hatte Vanessa Probleme damit, dass er bereits Vater gewesen war? Wie fühlte sie sich eigentlich bei der ganzen Sache? Vielleicht sollte ich beide mal zum Kaffee einladen. Ich ergriff mein Handy und tippte auf WhatsApp. Tatsächlich, er war online.

Ob ich ihm schreiben sollte? Ach nein, das war idiotisch. Besser, ich rief an.

Sein Profilbild war das Logo der Firma. Nutzte er WhatsApp für die Gärtnerei? Und Facebook? Früher hatte er dort ein Profil. Aber dort fand ich nur die Gärtnerei mit Bildern der schönsten Sommerblumen.

Die Bilder in Vanessas Chronik waren jedoch privat, sehr privat. Ein Ultraschallbild der Zwillinge als Hintergrundbild. Zu viele Herzchen auf den Bildern von der Babyparty. Und: »Der stolze Papa hat den Ikea-Test bestanden«, dazu ein Foto von Christopher zwischen den beiden Babybetten. Ob er ihr erzählt hatte, dass ich geholfen hatte? Besonders glücklich sah er nicht aus.

Vielleicht freute er sich ja über das geöffnete Zimmer.

47

»Hallo Johanna.« Christopher klang entspannt am Telefon.

»Hallo Christopher.« Ich setzte mich in der Liege auf. »Na, stehen die Betten noch?«

»Ja, natürlich. Stell dir vor, sie haben uns eine mehrstöckige Torte aus Windeln zur Babyparty geschenkt!«

Von der hatte ich gerade ein Foto vor mir.

»Na, wunderbar. Und wie geht es dir? Kommst du mit dem Vaterwerden jetzt besser klar?«, fragte ich.

»Ich weiß nicht.« Er seufzte. »Aber erzähl Vanessa nichts, ja?«

»Natürlich.« Schließlich kannte ich sie nur vom Sehen.

»Ich träume so verdammt schlecht«, sagte Christopher. »Johanna – ich weiß, du redest nicht über sie, und es ist für dich besser so, aber ich … ich muss über Lilly reden, ich vermisse sie. Wenn ich doch nur alles ungeschehen machen könnte. Ich hätte sie retten können, nur eine Minute, ich hätte sie retten müssen.« Er klang verzweifelt.

»Ich vermisse Lilly auch«, erwiderte ich.

»Du … hast ihren Namen gesagt.«

»Ja.« Ich holte tief Luft. »Du hast mich doch damals aus ihrem Zimmer geworfen und es abgeschlossen. Seitdem war ich nie mehr drin. Auch, wenn ich es damals nicht einsehen wollte, so war es doch meine Rettung. Und gestern … gestern haben wir die Tür aufgemacht. Ich bin reingegangen. Es … es fühlt sich gut an. Als wäre sie wieder da.«

»Johanna!«, rief er erstaunt.

»Auf einmal erinnere ich mich daran, wie sie gelacht hat, wie sie roch und wie sie bei dir auf dem Bauch geschlafen hat. Und nicht an … du weißt schon.«

»Sind denn ihre Sachen noch da? Ich dachte, du hättest alles weggeschmissen.« Er redete immer schneller und lauter, wie immer, wenn er aufgeregt war.

»Willst du sie anschauen?«, fragte ich und hörte, wie er aufsprang und den Schlüssel nahm.

»Bin schon unterwegs.«

Es dauerte keine zehn Minuten, da tuckerte das Motorrad vor dem Haus, und ich ging durch den Garten hoch. Er zog gerade den Helm vom Kopf und wuschelte sich durch die Haare.

»Johanna!«, sagte er und strahlte mich an. Seine Umarmung war stürmisch und ungewohnt.

»Ich freue mich ja so.« Er hielt mich von sich weg, schaute mir in die Augen, dann drückte er mir einen Kuss auf die Wange. Über seine Schulter sah ich Philipp, der hinter Klara herrannte, sie hochhob und die Treppe hinunter verschwand.

»Komm, lass uns reingehen.« Ich löste mich aus Christophers Umarmung und öffnete die Haustür.

»Ich bin so aufgeregt!« Er hängte seine Lederjacke an

den Haken, den er früher immer benutzt hatte, stürmte in den Flur. Auch er blieb stehen und schaute, dann drehte er sich um, hielt sich an meiner Schulter fest und brach in Tränen aus.

»Alles ist noch da. Was ich mich schon geärgert habe, nichts mitgenommen zu haben ...«

»Was für ein Missverständnis.«

Er ließ mich los und stürmte hinein. Berührte das Bett, den Schrank, öffnete ihn, verbarg sein Gesicht in ihrer Kleidung.

»Kann ... kann ich etwas mitnehmen?«, fragte er mit zitternder Stimme.

»Eine Sache!«, rief ich, »nur eine Sache. Schritt für Schritt, hat Philipp gesagt, und so mache ich es auch. Langsam, nichts überstürzen.«

»Philipp?« Er ließ einen Babystrampler sinken und musterte mich.

»Mein ... Mieter.«

»Und was hat der mit Lilly zu tun?« Der Strampler wanderte wieder in den Schrank, er schloss die Tür.

»Habe ich es dir nicht erzählt? Er hat eine Tochter, von der ich nichts wusste. Klara, sie ist vier Jahre alt und kommt alle zwei Wochen übers Wochenende. Sie war es, die die Tür geöffnet hat.« Ich lächelte. »Vor der ist kein Türschloss sicher.«

»Ich verstehe nicht – dieses Gör war hier oben? Was macht sie hier?« Er kam näher, seine Stimme klang bedrohlich. »Franziska meinte, du willst nichts mehr mit Kindern zu tun haben, hast sie förmlich aus deinem Leben verbannt?«

»Und wieso redest du mit Franzi anstatt mit mir«, gab ich zurück.

»Ich habe mir Sorgen gemacht.«

Ich zuckte zusammen. Ich redete schlecht über ihn, und er machte sich Sorgen.

»Bei Klara«, verteidigte ich mich, »musste ich eine Ausnahme machen, das ging nicht anders. Deshalb war ich auch bei dir, weil ich wissen wollte, wie du das schaffst mit Kindern, mit deinen Kindern, und dann ...«

»Schaffe ich es selber nicht.« Er streckte seine Arme aus. Glücklicherweise klingelte es an der Tür, denn ich wollte Christopher nicht schon wieder umarmen. Doch diejenige, die vor der Tür stand, wollte ich auch nicht sehen.

Vanessa. Die langen blonden Haare hochgesteckt, trug sie ein rosafarbenes, kurzes Kleid aus Baumwolle mit Spaghettiträgern, das nicht nur den Babybauch, sondern auch ihre makellosen Beine betonte. Sie sah umwerfend aus, wie das blühende Leben.

Ich kam mir alt vor in meiner Allerweltsjeans und dem grauen Shirt.

»Ist mein Mann hier?«, fragte sie ohne Umschweife.

»Ja«, rief Christopher hinter mir.

Ich trat zur Seite, um sie reinzulassen.

»Was machst du hier?«, fragte sie sehr laut.

»Johanna brauchte meine Hilfe«, bog er sich die Wahrheit zurecht.

»Und du bist seine Ex?« Sie musterte mich kritisch. »Kein Wunder.«

»Schau mal, Vanessa.« Christopher ging auf die unverschämte Äußerung seiner Frau nicht ein. »Hier, das ist Lillys altes Kinderzimmer.«

»Ach, wie niedlich!« Ohne Scheu betrat sie das Zimmer und nahm einen Bilderrahmen nach dem anderen in die Hand. Es tat weh, ausgerechnet Vanessa in diesem Zimmer zu sehen. Zu beobachten, wie sie die Babybadewanne zur Seite schob, um neben Christopher Platz zu haben, ihm einen Kuss auf die Wange gab und dann die Fotos in die Hand nahm, woanders hinstellte.

»Ach, die Süße! Aber deine Fotos sind viel besser, Chris.«

Auf einmal erklangen Schritte.

»Fee, wo bist du«, rief Klara. Bitte nicht jetzt, doch da stand sie schon neben mir und hielt mir ein Bild hin.

»Schau mal, das habe ich für dich gemalt«, sagte sie und gab es mir.

Schon ein flüchtiger Blick reichte, und mir kamen die Tränen. Blumen, eine Frau auf einer Wiese, eine Wolke. Und auf der Wolke ein Kind in einem rosa Kleid und ein Mann mit grauen Haaren und Bart.

»Das ist mein Opa da auf der Wolke, und das bist du, und das ist das Feenkind. Mein Opa ist auch tot.«

Klara sprach darüber, als ob es das Einfachste auf der Welt wäre. Ich musste mich räuspern. »Klara, vielen Dank, das ist wunderschön.«

Sie stockte, als ob sie erst jetzt bemerkte, dass ich nicht alleine war. »Wer sind die denn?« Sie deutete auf Christopher und Vanessa, die andere Hand schob sie in meine.

»Klara, das ist Christopher, der Papa von dem … Feenkind.«

»Und ich bin Vanessa, seine Frau.« Sie beugte sich zu Klara und strich ihr über die Haare. »Und wer bist du?«

Klara deutete auf ihren Bauch. »Ist da ein Baby drin?«, fragte sie gerade, als auch noch Philipp auftauchte.

»Oh, hallo«, sagte er, »komm, Klara, wir stören.«

»Das ist der Papa von dem Mädchen, das jetzt im Himmel ist«, rief Klara naseweis.

»Ich weiß.« Philipp betrachtete Vanessas Bauch. »Wir sollten gehen.«

Er hob Klara hoch und verschwand. »Warum?«, rief Klara noch.

»Na, der ist ja unhöflich«, sagte Christopher.

»Aber die Kleine ist goldig«, meinte Vanessa und hakte sich bei Christopher ein.

Aber Verschweigen brachte nichts, und daher fragte ich sehr direkt: »Hattest du schon Windpocken, Vanessa?«

»Das geht dich gar nichts an.« Ihr Bauch wippte, wenn sie sich aufregte.

»Philipp hat nicht damit gerechnet, dass ich Besuch von einer Schwangeren habe, die er anstecken könnte«, erklärte ich.

»Er hat Windpocken? Das hättest du sagen müssen«, rief Christopher und drückte Vanessas Hand. »Wenn sie sich ansteckt. Das ist total gefährlich für die Jungs!«

»Ist schon gut, Chris.« Vanessa zog ihre Hand weg. »Wir haben doch schon vor der Schwangerschaft eine Blutuntersuchung machen lassen und alle wichtigen Impfungen nachgeholt.« Sie drehte sich noch einmal um, ehe sie das Zimmer verließ.

»Können wir dann, Chris?«, fragte sie.

»Geh schon mal vor, Liebes, ich komm gleich.«

Christopher wollte bestimmt einen Moment lang alleine mit Lilly sein. Ich bot Vanessa etwas zu trinken an. Als sie mir in die Küche folgte, schaute sie sich neugierig um.

»Also ich hoffe doch sehr, dass das Haus, das Chris für uns baut, größer wird«, sagte sie.

»Im oberen Stockwerk sind auch noch Zimmer.«

»Wohnen da deine kranken Mieter?«

»Nein, die wohnen im Keller.« Das obere Stockwerk war noch nicht ausgebaut, anfangs hatte uns das Erdgeschoss gereicht. Oben gab es Anschlüsse für ein weiteres Bad und drei weitere Zimmer. Christopher hatte sich viele Kinder gewünscht.

Ich goss uns beiden Wasser ein und bot ihr an, sich ins Wohnzimmer zu setzen.

»Geht es dir und den Kindern denn gut? Christopher klingt immer so besorgt«, sagte ich.

Sie sah mich scharf an. Ich wusste nicht, warum ich das gesagt hatte. Es klang, als ob wir uns häufiger sehen würden.

»Bei mir und den Kiddies läuft alles bestens. Wir werden eine ganz tolle Familie.« Lächelnd strich sie sich über den Babybauch.

Bestimmt strengte es sie in ihrem Zustand an, dass Christopher so übernervös war. Bei mir damals war er die Ruhe selbst gewesen, aber das erwähnte ich besser nicht.

»Er verwöhnt mich die ganze Zeit«, fuhr Vanessa fort, »aber so muss es auch sein, wenn man schwanger ist, nicht? Und er hat so viel Ahnung. Er redet so viel über Lilly, mir kommt es vor, als würde ich sie kennen. Überall hängen Fotos von ihr.« Sie zog die Mundwinkel nach unten, als sie sich umsah. »Bei dir ist es so ... karg.«

Das versetzte mir einen Stich. Lilly, über die ich nicht zu reden gewagt hatte, war ein Teil des Lebens von dieser Frau, die gerade auf eine Scherbe der kaputten Kaffeetasse letzte Nacht deutete. »Pass auf, da kann man sich schneiden!« Sie legte ihre nackten Füße auf die Gartenzeitschriften, die auf dem Stuhl lagen.

Ich konnte sie kaum ertragen. Sie nahm eine der Zeitschriften und blätterte darin. Wann gingen sie endlich? Was machte Christopher nur so lange?

Als ich nachschaute, lag er in Lillys Bett und weinte. Ich setzte mich zu ihm und strich ihm die Haare aus der Stirn.

»Du musst zu deiner Frau gehen«, sagte ich. Er nickte und drückte den Plüsch-Panda an sich.

»Nimm ihn mit«, sagte ich.

»Ach, Hanni«, flüsterte er. Hanni, so hatte er mich früher immer genannt. »Ich vermisse ja nicht nur sie. Dich vermisse ich auch.«

Eine Welle ungeahnter Gefühle erfasste mich, und ich beugte mich zu ihm, um ihn auf die Wange zu küssen. Er drehte sich um, umschlang mich und zog mich zu ihm in das kleine Kinderbett.

»Wenn ... wenn nicht ... dann wären wir doch noch zusammen, oder?«, flüsterte er in mein Ohr und presste mit einem Mal seine Lippen auf meine.

Ich schreckte zurück. »Christopher, was soll das?«

»Komm, du vermisst mich doch auch, warum solltest du mich sonst so oft anrufen?« Er versuchte, mich wieder an sich zu ziehen. »Ich habe nie aufgehört, dich zu lieben.«

»Lass das.«

»Hanni!«, flehte er.

»Geh bitte«, sagte ich und stand auf. »Geh. Sofort«, wiederholte ich etwas lauter.

»Chris?« Vanessa musste uns gehört haben. Er sprang auf, wischte sich die Tränen weg.

»Wo ist der Teddy?«, fragte er.

»Der bleibt hier.« Ich hob den Panda vom Boden auf und drückte ihn dem Mann, dem ich damals nicht mehr genügt hatte, der mich verließ, als ich mich fast aufgegeben hatte, in die Hand.

48

Wie ein eingesperrtes Tier tigerte ich durch die Wohnung. Wie kam Christopher dazu, mich so zu küssen? Nicht tröstend, wie ich es getan hatte, sondern fordernd und voller Begehren. Der spinnte ja völlig. Seine Frau war schwanger, und er sprach davon, dass unsere Trennung ein Fehler gewesen war?

Was für ein Unsinn. Auch wenn ich es nicht sofort akzeptieren wollte, so war sie doch richtig gewesen. Denn eines stand für mich fest: Ich wollte keine Kinder mehr.

Seine Eltern hatten immer wieder davon angefangen, dass ein neues Kind den Schmerz besiegen könne, es sei der Kreislauf des Lebens, ein Kind bringe wieder Freude ins Haus. Und Christopher hatte sich daran festgeklammert.

Er konnte sich gerne einreden, dass er mich noch liebte, aber ich liebte ihn nicht mehr. Die Liebe war mit Lilly gestorben.

Auf einmal vibrierte mein Handy. Eine SMS von Philipp.

Alles in Ordnung mit der schwangeren Frau?

Ja, schrieb ich zurück.

Ich öffnete den Kühlschrank und schloss ihn wieder, ich schaltete Musik an und stellte sie aus, ich zog Schuhe an und wieder aus. Plötzlich stand ich wieder vor Lillys Zimmer.

Die Dinge waren durch den Besuch in Unordnung geraten. Schon drehte ich mich um und holte mein Putzzeug aus dem Flurschrank. Wischte und wedelte und saugte, schüttelte Kuscheltiere aus, putzte jede kleine Playmobilfigur im Regal. Stellte alles in gewohnter Reihenfolge hin und legte Wickelauflage und Babybadewanne auf den Spielteppich.

Es dauerte lange. Aber es fühlte sich gut an. Als ob ich mir alles wieder aneignen würde. So schnell kam mir hier kein anderer mehr rein.

Ich ließ die Tür offen, duschte und legte mich schlafen. Und bevor ich einschlief, bildete ich mir ein, Schritte über den Flur tapsen zu hören.

Es wurde wieder ein heißer Julitag, sodass ich nur schnell einen Kaffee trank, den Rasensprenger anstellte und mit dem Schlauch die Hortensien wässerte. Die weißen Knospen der Pink-Diamond-Rispenhortensie würden bald aufgehen. Weiß und zart, änderten sie ihre Farbe, wurden zuerst hellgelb, dann pfirsichfarben, jeden Tag etwas dunkler, bis sie am Schluss im Oktober in tiefem Altrosa strahlten.

Isa rief an. Ich seufzte. Immer vernachlässigte sie ihre Pflanzen und hatte keine Lust, sich um sie zu kümmern.

»Wir wollen die großen Fichten fällen lassen«, sagte sie. Das kam unerwartet.

»Super! Und äh ... wieso? Nicht, dass ich mich nicht freuen würde, schließlich rate ich dir seit Jahren dazu.«

»Ach, Gregor ist mit der Renovierung der Dach-geschosswohnung endlich fertig, wir suchen jetzt Mieter. Aber alle, die sich die Wohnung angesehen haben, fanden sie zu dunkel. Deswegen hat Gregor beschlossen, dass die Bäume gefällt werden.«

Ihr Mann hatte sich endlich durchgesetzt.

»Isa, ich find's toll. Du wirst sehen, der Garten wird sich total verändern«, sagte ich. Doch wie sollte ich die Bäume fällen, ohne dass sie aufs Haus oder Frau Strobels Garten fielen? Oder die Eisenbahngleise?

»Ruf am besten bei der Baumpflege in Uengershausen an, der klettert wie ein Bergsteiger in den Baum und schneidet ihn Stück für Stück von oben her ab. Das braucht am wenigsten Platz.«

»Baumpflege?«, fragte Isa.

»Ja. Und er soll dir auch den Wurzelstock entfernen, damit wir hinterher den Garten neu anlegen können.«

»Wird das teuer?«

»Keine Ahnung. Aber es lohnt sich. Ach, und du musst bis zum ersten Oktober warten, im Sommer ist das Bäumefällen aus Naturschutzgründen verboten.«

Sie verabschiedete sich. Ich starrte auf mein Telefon. Isa würde tatsächlich die Bäume fällen. Was sich nicht alles auf einmal änderte.

»Mama!«, schrie Klara auf einmal laut durch den Garten. Erschrocken sah ich hoch. Absätze klackerten auf den Terrassensteinen, und Klara rannte in die Arme ihrer Mutter.

»Philipp! Wie siehst du denn aus?«, rief Katharina. Seine Antwort verstand ich nicht. Schnell ging ich mit dem Gartenschlauch etwas bergauf und goss die Rose neben seiner Eingangstür.

Philipp hätte besser seinen Hut aufgesetzt und etwas Abstand zu Katharina gewahrt. Aber so konnte sie noch den kleinsten Punkt auf seiner Nase erkennen.

»Na, meine Kleine«, sagte Katharina in diesem Augenblick, »war das nicht schrecklich, dass der Papa die ganze Zeit krank war?« In ihrer Stimme schwang tatsächlich so etwas wie Sorge mit. Klara aber schüttelte den Kopf. »Die Fee war doch da. Und die Doris. Und Oma!«

»Wer bitte schön ist denn Doris? Hast du Klara zu Fremden geschickt?«, wandte sie sich an Philipp.

»Frau Vierhaus wurde mir vom hiesigen Kindergarten empfohlen und ist Notfall-Tagesmutter«, antwortete er.

»Sie ist eine pensionierte Lehrerin«, warf ich ein.

»Was mischen Sie sich da ein«, gab Katharina zurück. »Sie haben hier gar nichts zu sagen.«

»Die Doris war mit mir bei den Ponys!« Klara stampfte mit dem Fuß auf.

»Aha. Nun lass uns gehen, Kleines«, sagte Katharina. »Schlimm genug, dass ich dich hier abholen muss, weil dein Vater krank ist. Zu Hause wartet eine Überraschung auf dich.«

»Ich habe auch noch was für dich.« Klara rannte in die Wohnung und kam mit einem weiteren Feenstab zurück, den sie ihrer Mutter gab.

»Habe ich ganz alleine gebastelt. Zuerst einen für die Fee und dann einen für dich.« Sie deutete auf mich »Das ist die Fee.« Oh, das hätte sie besser nicht getan.

»Ich weiß«, zischte Katharina, gab Philipp den Stab und zerrte Klara mit sich.

»Dann zaubern Sie doch mal die Koffer zum Auto, Sie Fee, Sie«, sagte sie erbost.

Philipp hob den Arm. »Ich mach das.« Er ergriff den pinken Prinzessinnen-Trolley und eine schwarze Tasche und trug beides die Treppe hoch. Aus Angst, Klara zu verlieren, ließ er sich viel zu viel gefallen.

Kurz darauf setzte er sich seufzend auf die Mauer vorm Gartenhäuschen. Ich stellte das Wasser ab.

»Gab es noch Ärger?«, fragte ich.

»Nicht mehr als sonst. Sie kam zu früh, eigentlich war abends um sechs vereinbart. Klara hat heute Geburtstag, und Katharina hat eine große Party organisiert. Natürlich ohne mich.«

»Geburtstag? Davon wusste ich ja gar nichts.«

»Das interessiert dich doch auch gar nicht.« Er klang immer noch wütend.

»Aber als Fee gehört es sich doch, ein kleines Geschenk zu zaubern!« Der Gedanke kam unerwartet, aber ich glaube, ich hätte es gemacht.

»Die kriegt heute genug geschenkt, keine Angst. Katharina wird sie überschütten mit lauter unsinnigen Sachen.« Er atmete tief durch, dann sah er mich endlich an. »Wollen wir uns heute Abend mal wieder im Garten treffen?«

Ich schüttelte den Kopf.

»Franzi und Fabian haben mich zum Essen eingeladen.«

Er schaute mich an, als würde er mir nicht glauben.

49

»Johanna Laurien, die Gartenfee?« Mein Handy zeigte eine unbekannte Nummer an. Montagmorgen, da meldeten sich die meisten neuen Kunden. Als hätten sie am Wochenende gemerkt, dass ihnen die Zeit, die Kraft und oft auch die Lust fehlt, selber Unkraut zu zupfen.

»Wiedinger hier, guten Morgen!«

Von ihm hatte ich ja lange nichts mehr gehört. Und dann mit neuer Nummer? Was er wohl dieses Mal haben wollte? Ein Orchideengewächshaus? Ein Spargelbeet? Möglich war alles.

»Ich bin verzweifelt«, sagte er, »die Nachbarn zerreißen sich das Maul, weil mein Garten nur aus Unkraut besteht. Wenn sich doch nur mal eine Frau als Glücksgriff erweisen würde! Alexa hat unsere Kunden betrogen, ich musste sie entlassen. Jetzt lauert sie mir überall auf, ich habe schon die Polizei rufen müssen, das war natürlich wieder was für die Nachbarn. Es ist furchtbar. Ich bin wieder allein, brauchte eine neue Schließanlage, und ich weiß einfach nicht, was ich machen soll.«

Ich seufzte. Irgendwie konnte er einem leidtun.

»Was für einen Garten hätten Sie selber denn gerne? Ohne an eine Frau oder die Nachbarn zu denken. Einfach nur für Sie. Wo Sie sich wohlfühlen.«

»Das ist es ja. Ich weiß es nicht.«

»Was machen Sie denn gerne? Grillen? Freunde einladen? Rasen mähen? Möchten Sie viel oder wenig Arbeit haben?«

»Ich will, dass es fertig ist.«

»Herr Wiedinger, ein Garten ist niemals fertig.«

»Das befürchte ich auch. Was würden Sie denn aus dem Chaos machen? Wenn es ihr Garten wäre?«

»Nein, Herr Wiedinger, die Frage kann ich Ihnen nicht abnehmen«, entgegnete ich. »Schauen Sie sich die Gärten Ihrer Nachbarn an, surfen Sie durchs Netz, oder gehen Sie in die Stadtbücherei, die haben eine tolle Sammlung von Gartenbüchern. Oder in eine Buchhandlung. Wenn Sie dann wissen, was Sie wollen, können Sie mich gerne anrufen.«

»Und in der Zwischenzeit?«

»Eine Gründüngung. Wir säen Pflanzen an, die den Boden verbessern, Wilde Malve, Rot-Klee und Gelbe Lupinen zum Beispiel. Im Frühjahr werden die Reste in den Boden eingearbeitet, dann starten Sie gleich mit besseren Bedingungen. Und bis dahin wissen Sie bestimmt, was Sie wollen.«

»Und wie sieht das aus?« Er klang skeptisch.

»Sehr fachmännisch. Jeder kluge Gartenbesitzer sät als Erstes eine Gründüngung.«

Im Frühling hatte ich ihm auch dazu geraten. Nun, manche brauchten eben Zeit, bis sie wussten, was sie wollten. Und die Gründüngung, die konnte ich für ihn erledigen. Über den Rest konnte ich später nachdenken.

Nicht nur Herr Wiedinger war unentschlossen, auch das Wetter. Ein Gewitter lag in der Luft, aber es entlud sich nicht. Die Regenwolken zogen über uns hinweg, es regnete wohl erst am Kamm des Steigerwalds. Kunden vergaßen den Schlüssel rauszulegen oder verwöhnten mich mit Kaffee. Alles wie immer, und trotzdem anders.

Zu Hause wartete Lilly im geöffneten Kinderzimmer. Ich fühlte mich unsicher, fuhr beim Ausparken beinahe gegen einen Laternenpfahl, freute mich darauf, heimzukommen, und fürchtete mich gleichzeitig.

Abermals stand ich mit klopfendem Herzen vor ihrem Zimmer und überlegte, was ich heute mitnehmen sollte.

Mir fiel ein Buch ins Auge: *Unsere liebsten Tiere*. Wie oft ich ihr das vorgelesen hatte. Ich schlug es auf. Wie vertraut mir die Bilder waren. Vor allem das, wo die Katzenmutter ihre Jungen säugt.

Ich seufzte. Ja, das war das Richtige.

In der Nacht träumte ich von Lilly, ihrer weichen Haut, den kleinen Grübchen am Ellbogen, den Flaumhaaren, als sie noch ganz klein gewesen war. Ihr Blick, wenn ich sie stillte, dieser eindringliche, wissende Blick, das Ziehen im Bauch. Auch wenn die Augenlider sich schlossen, trank sie noch im Schlaf, bis sich die Lippen mit einem Milchtropfen im Mundwinkel lösten.

Wieder schlug das Wasser über mir zusammen, ich bekam keine Luft und wachte mit einem lauten Keuchen auf. Mein Herz raste, Angst erdrückte mich. Mein ganzer Körper brannte auf einmal, meine Brüste schmerzten, als ob sie sich genauso wie ich nach ihr sehnten.

So etwas hatte ich noch nie geträumt. Ich konnte

kaum aufstehen, ging mit gesenktem Blick zu ihrem Zimmer, die Tür stand offen, ich versteckte mich im Flur hinter ihr.

Was für ein Tag, ich fühlte mich wie unter einer Glocke, konnte kaum geradeaus gucken, und ich hatte Angst vor der nächsten Nacht.

Abermals träumte ich von ihr. Es kam mir so alltäglich vor, wie ich im Traum an der Küchenarbeitsplatte stand und Lillys kleine Finger betrachtete. Sie zupfte kleine Blättchen von einem Stängel Zitronenmelisse und warf sie in eine Schüssel Himbeeren.

Sie drehte sich, und ich konnte ihr Gesicht erkennen. Lächelnd steckte sie sich ein Blatt Zitronenmelisse in den Mund. Sie liebte den zitronig-minzigen Geschmack.

Und ich erwachte, ohne zu ertrinken, sondern sah ihr Lächeln vor mir, fühlte mich wie in rosa Zuckerwatte gepackt und versöhnt.

Als würde Lilly mir sagen wollen, dass es ihr gut ging.

Früher hatten wir gerne zusammen Marmelade gekocht. Sie hatte vom Obst genascht und auf den Etiketten herumgekritzelt, und ich hatte den heißen Obstbrei in die Gläser gefüllt. Etwas von der heißen Marmelade hatte ich stets auf einen Teller gegeben, und wir aßen sie mit frischem Brot und Butter. Lilly war ein quirliges Kind gewesen, immer in Action, doch beim Marmeladekochen stand sie still.

Sie hatte mich im Traum angelächelt und so glücklich ausgesehen. Und sie hatte mir im Traum gesagt, dass es ihr gut geht.

Der Tag verging wie im Flug, ich konnte lachen und

die Rosen nach ihrem Duft unterscheiden. Ich wählte ein Foto von Lilly aus dem Zimmer aus und stellte es auf meinen Nachttisch. Am nächsten Tag hängte ich krakelige Blumen neben Klaras Bild an den Kühlschrank. Doch immer wieder überkamen mich Zweifel, ich hing meinen Gedanken nach und war froh, dass ich meine Ruhe hatte, wenigstens bis Sonntag, wenn meine Eltern kamen.

Ideen zu neuen Gärten schossen mir durch den Kopf, nicht nur für Herrn Wiedinger, auch für Isa und sogar für meinen eigenen Garten.

Aber das alles musste warten, da in zwei Wochen die Ferien begannen. Dann herrschte Hochsaison, und ich musste auch am Wochenende arbeiten und mich um die Urlaubspflege kümmern.

Philipp sah ich selten. Er schien jeden Abend Besuch zu bekommen. Einmal kamen zwei Jungs, bestimmt Schüler, und brachten ihm Kartons.

Als ich abends die Blumen goss, hörte ich, wie er jemanden mit »Mensch, Robert, toll!« begrüßte.

Ich musste an die Zeit denken, als die Hortensien noch nicht aufgegangen waren und wir die Abende mit Elizabeth von Arnim verbrachten. Eine Zeit, in der alles möglich schien, wir über die Poesie der Nieswurze lachten und ein Regentropfen einen ganzen Garten enthalten konnte.

Auf einmal vermisste ich ihn, vermisste sein Lächeln, die Freude, die er in mein Leben gebracht hatte. Vermisste, was wir in dieser Nacht erlebt hatten.

Wenn er doch keine Tochter hätte … wenn …

Philipp und sein Freund saßen bis weit nach Mitternacht im Garten, lachten und hörten laut Musik. Führten sich alle Mieter so rücksichtslos auf, wenn man ihnen gekündigt hatte? Als wäre ihnen alles egal?

50

Philipp

»Ich halte es nicht mehr aus«, rief ich. »Seit drei Wochen das Haus nicht verlassen zu dürfen ist das Schlimmste überhaupt.«

»Stimmt, die hässlichen Pusteln im Gesicht sind völlig egal. Du siehst ja immer so hässlich aus.« Robert grinste und hielt mir seine leere Bierflasche hin.

»Im Kühlschrank ist mehr. Ich bin ja krank«, entgegnete ich und musste grinsen. Roberts Besuch war ein Lichtblick in dieser öden Zeit, auch wenn wir nur auf meiner kleinen Terrasse saßen.

»Und warum gehen wir nicht in den Garten?« Er brachte eine Tüte Chips mit.

»Dir ist doch schon gekündigt worden, was soll denn schon passieren.«

»Nein, ich will sie nicht verärgern.«

»Du willst immer noch was von ihr.«

»Ach, Robert.« Ich öffnete meine Flasche. »Ich verstehe sie nicht.«

»Frauen sind so«, sagte er und stieß mit mir an.

»Nicht so einen abgegriffenen Unsinn. Johanna ist nicht oberflächlich und launisch.«

»Aber sie ist unberechenbar. Was, wenn sie wieder

eine Krise kriegt und Klara ablehnt? Lass sie, die macht nur Probleme.«

»Ich kann sie nicht vergessen. Habe ich ja probiert.« Ich ging in die Küche und holte eine Schale für die Chips. Die untergehende Sonne überzog den Himmel mit rosa Kondensstreifen.

»Wie ist denn die Aussicht in der Wohnung, die du dir heute für mich angeschaut hast?«, fragte ich.

»Super. Du kannst sogar Johannas Haus sehen, falls die Sehnsucht zu groß wird.«

Ich füllte die Chips in die Schale und setzte mich wieder. Süßkartoffelchips, köstlich.

»Ich glaube nicht, dass es gut für sie ist, wenn wir ausziehen«, sagte ich. »Sie hasst Kinder nicht, weil sie ein schlechter Mensch ist. Sie hat Angst. Und der Umgang mit Klara kann ihr die Angst nehmen. Wie eine Mutter hat sie sich um sie gekümmert.«

»Du solltest die Wohnung in Winterhausen nehmen.« Er reichte mir sein Tablet, auf dem die Bilder der heutigen Wohnungsbesichtigung waren. »Solch ein Angebot kriegst du so schnell nicht mehr.«

»Du hast ja recht, Robert. Echt super, dass du das für mich gemacht hast.«

»Ist doch klar, außer mir hast du hier doch niemanden.« Er hob sein Bier. »Jedenfalls niemanden, der es gut mit dir meint!«

»Stimmt nicht, der bayerische Staat meint es auch gut mit mir«, entgegnete ich und spielte darauf an, dass mein Vertrag für zwei Jahre verlängert worden war.

»Aber von denen gibt keiner dir ein Bier aus, oder?«

Ich schlug meine Bierflasche gegen seine, trank und schaute mir die Bilder an.

Von außen war es ein unscheinbares, beiges Mehrfamilienhaus aus den Sechzigern an einer Durchgangsstraße. Hinter dem Haus lag ein riesiger Garten. Die Wohnung selber hatte drei Zimmer und war ungefähr so groß wie meine jetzige.

»Darf man den denn betreten?« Ich deutete auf den Rasen.

»Habe ich vergessen zu fragen.«

»Robert!«

»Nein, kleiner Scherz. Du darfst, und Klara auch.«

Das Bad war frisch gemacht, alles weiß. Helles Laminat. Dachfenster. In der Küche die nackten Anschlüsse in der grauen Wand.

»Eigene Küchenmöbel kann ich mir nicht leisten.« Ich wollte Robert das Tablet zurückgeben.

»Nein, nein, die kommt noch. Die Wohnung ist ja noch nicht bezugsfertig, es fehlen auch noch die Lichtschalter und Steckdosen. Die Küche soll weiß werden, das sieht mit der grauen Wand bestimmt toll aus.«

»Ich kann Grau nicht ausstehen.«

»Perfekt ist es nie«, meinte Robert.

»Doch. Hier.«

Meine Küche war auch weiß, aber sie hatte eine Holzarbeitsplatte und Terracottafliesen.

»Und die Züge? Hört man die?«, fragte ich.

»Keine Ahnung, fuhr grad keiner vorbei.«

Ging gar nicht anders, man hörte die Güterzüge ja im ganzen Tal.

»Da muss ich noch mal selber hin, wer weiß, wie laut das wirklich ist«, sagte ich.

»Da stehen Lärmschutzwände. Und pass auf, sonst schnappt dir wieder jemand die Wohnung vor der Nase weg.«

Ich schaute zum Haus hoch. Ob Johanna oben auf dem Balkon saß und uns belauschte? Aber das wäre aber nicht ihre Art.

»Ich vermisse es, ihr abends vorzulesen.«

»Vergiss sie.«

»Und dann hängt auch noch ihr Ex ab und an hier rum, seitdem das alte Kinderzimmer wieder auf ist.«

»Aha, daher weht der Wind. Du bist eifersüchtig.«

Mein Bier war leer, ich öffnete ein neues. Ich trank zu viel in letzter Zeit. Hatte Robert recht, und ich sollte sie vergessen? Hatte ich schlechte Laune, weil meine Haut noch immer juckte wie verrückt? Oder lag es an Johanna?

»Erzähl lieber, was in der Schule so los ist«, sagte ich.

Er grinste. »Morgen ist Schulfest.« Und dann erzählte er von den Spielen, die geplant waren, den Generalproben der Theatergruppen, die ständig das Foyer blockierten, und der physikalischen Rallye, die unsere Fachschaft organisierte.

»Du weißt schon, dass wir dich da gut brauchen könnten.«

»Klar, ich geh zu so einer Massenveranstaltung und steck alle an. Zwölfhundert Schüler plus Lehrer plus Eltern, wie viele kommen da? Zweitausend?«

»Und ich darf für die auch noch Bratwürste grillen. Wieso hast du dich eigentlich nie impfen lassen?«

»Ich habe ja nicht gewusst, dass ich als Kind keine Windpocken hatte! Sonst hätte ich das sofort gemacht. Meine Mutter kann sich nicht erinnern.«

»Und warum habt ihr Klara nicht impfen lassen? Hätte das Problem doch auch gelöst.«

»Ach, Katharina war immer dagegen.« Ich seufzte. »Ich glaube, ich muss mal mit Klara zum Arzt und eine ganze Menge Impfungen nachholen.«

»Darfst du das alleine entscheiden? Da kriegst du bestimmt Ärger mit deiner Ex.«

»Ist mir egal. Klaras Gesundheit ist das Wichtigste.«

»Und, was machst du jetzt mit Johanna?« Robert schaute wieder zum Haus. Mittlerweile war die Sonne untergegangen, aber es brannte kein Licht bei ihr. Sie war wohl nicht zu Hause.

Ich schob ihm die Dockingstation rüber. »Wolltest du mir nicht noch Musik vorspielen?«

51

Am nächsten Morgen kurz vor sieben, ich wollte gerade das Haus verlassen, stand ein ziemlich zerknirschter Philipp vor meiner Tür, den Hut tief ins Gesicht gezogen, ein zerknittertes Shirt über einer hellen Bermudajeans.

»Entschuldige, dass wir gestern so laut waren, Johanna. Du hast bestimmt nicht schlafen können ...«

»*Du* kannst dich ja wieder hinlegen!« Ich packte meinen Rucksack in den Transporter.

»Das werde ich auch. Wirklich, entschuldige. Ich halte es nur nicht mehr aus, hier drin gefangen zu sein.«

Er rieb sich die Augen. »Gestern Abend habe ich es wohl übertrieben mit meinem Selbstmitleid. Es ist aber auch ätzend, ständig kommen neue Bläschen. Ich bin eigentlich ganz fit, kein Fieber, keine Kopfschmerzen, nur dieses Jucken und die Tatsache, eingesperrt zu sein.«

Betreten blickte er mich an.

»Entschuldigung angenommen«, sagte ich und öffnete die Ladefläche.

»Aber geh bloß wieder rein, hier oben steckst du ja die ganze Nachbarschaft an.« Ich grinste.

»Ich ... ich wollte dich fragen, also, falls du Zeit hast, heute Abend muss ich unbedingt raus. Übers Land fahren, die Aussicht genießen und spazieren gehen, wo kein Mensch unterwegs ist«, sagte er.

»Du willst mit mir… spazieren fahren?« Ich wusste nicht so recht. Seit der Nacht, in der wir Lillys Zimmertür geöffnet hatten, hatten wir uns nicht mehr richtig unterhalten. Ich hatte gedacht, er wollte nicht, so wie viele meiner Freunde damals, die sich nach Lillys Tod von mir abgewandt hatten.

»Das ist jetzt zwar nicht dasselbe, als wenn ich dich zum Essen einlade…«

Zum Essen einladen? Wieso sollte er mich zum Essen einladen? Was war nur los mit ihm? Ich packte einen Sack Kompost, um ihn auf die Ladefläche zu hieven, und Philipp half mir.

»Bitte, Johanna. Ich würde mich sehr freuen, wenn du mich begleiten würdest.«

»Ich kann nicht«, erwiderte ich.

»Wir können auch morgen fahren oder übermorgen. Ich bin das Wochenende alleine.«

Er schob den Hut etwas in die Stirn, sodass ich seine Augen sehen konnte. Wieso war ich nur auf einmal so misstrauisch?

»Komm schon, das wird lustig, einfach nur rumfahren, Musik hören, irgendwo Eis essen. Hauptsache, ich komme endlich mal wieder raus hier.«

Ich öffnete, stieg ein.

»Warst du schon mal in Marktbreit?«, fragte ich. »Da gibt es das beste Eis aller Zeiten.«

»Na, dann, auf nach Marktbreit! Wann?«

Am Wochenende kamen meine Eltern, da konnte ein bisschen Spaß vorher echt nicht schaden. Wenn ich ehrlich war, so hatte ich heute auch gar nichts vor.

»Heute Abend. Ich sag dir Bescheid, wenn ich mit der Arbeit fertig bin, ja?«

Beschwingter als sonst verging der Tag. Kurz vor sieben war ich zu Hause und schrieb Philipp, ich sei um acht fertig. Beim Duschen fiel mir auf, dass ich an den Beinen blaue Flecke und Schürfwunden hatte. Wegen der Hitze hatte ich beim Arbeiten kurze Hosen getragen. Besser, ich zog etwas Langes an, aber keine Hose, dazu hatte ich keine Lust. Blieb eigentlich nur das ärmellose Kleid, zu dem mich Franzi letztens überredet hatte. Das zarte Blau passte hervorragend zu meiner blassen Haut. Unter dem Busen war es gerafft, hatte Spaghettiträger und ein Muster aus Schmetterlingen. Dazu Ballerinas und eine Jeansjacke, falls es später kühl werden würde.

Vorm Spiegel fand ich mich völlig overdressed, und gerade als ich mich doch für eine Jeans entschieden hatte, klingelte es bereits.

»Wow«, sagte Philipp, als ich die Tür öffnete, und beinahe hätte ich das auch zu ihm gesagt.

Dabei trug er wie immer Jeans, ein weißes Hemd und den Panamahut. Aber er hatte sich den Bart rasiert und kaum noch Windpocken im Gesicht, er sah ganz anders aus. Er wirkte so lebendig und lächelte so strahlend wie schon lange nicht mehr, seine Augen blitzten.

»Du bist wunderschön.« Sein Blick ging von oben nach unten und wieder hoch, und ich spürte, wie ich rot wurde.

»Ist das nicht übertrieben?«, fragte ich, »ich zieh lieber auch eine Jeans an.«

»Auf gar keinen Fall.« Er reichte mir seinen Arm und brachte mich formvollendet zu seinem Wagen. Jetzt lag die karierte Decke zum Schutz der Polster unter Klaras Kindersitz. Philipp öffnete mir die Tür, dann setzte er sich hinters Lenkrad und stöhnte behaglich.

»Langsam werde ich wieder ein Mensch.« Er startete den Motor, es erklang leise Gitarrenmusik.

Ich genoss es, dass ich zur Abwechslung mal nicht selber hinterm Steuer saß. Durch meine täglichen Fahrten hatte ich zwar das Gefühl, im Umkreis von fünfzig Kilometer jeden Grashalm zu kennen, aber das stimmte nicht. Ich kannte nur jeden Zentimeter Asphalt.

»Schade, dass ich das Verdeck nicht aufmachen kann«, meinte Philipp.

»Ach«, entgegnete ich grinsend, »dann hätten die Windpocken ihren Namen wenigstens zu Recht.«

»Ich liebe den Wind. Bist du schon mal mit einem Heißluftballon gefahren? Diese Stille. Faszinierend, sich nur von der Luft bewegen zu lassen.« Er fuhr in die Ölspielstraße Richtung Ochsenfurt, das Navi hatte er ausgeschaltet.

»Hört sich toll an, aber Fliegen ist nicht so meins, ich bin immer froh, wenn wir wieder gelandet sind.«

»Das passt zu dir.«

»Wirke ich so ängstlich auf dich?«

»Nein. Aber du … du brauchst Bodenkontakt. Barfuß im feuchten Gras, die Hände in der Erde, dann bist du glücklich. Du bist nicht der Typ, der in der Luft schwebt.«

Obwohl er konzentriert auf den Verkehr achtete, lächelte er mir kurz zu.

»Und du …« Natürlich fiel mir auf die Schnelle nichts Passendes ein. Ich schaute noch mal zu ihm, dann auf den Tacho. »Du bist zu schnell.«

Er ging vom Gas. »Wird hier geblitzt?«

»Ist mir schon passiert.« Als ich wegen ihm und Klara fluchtartig meine Wohnung verlassen hatte. Der Bescheid war gestern mit der Post gekommen. Verstohlen sah ich zu ihm hinüber. Auf einmal verspürte ich wieder dieses Kribbeln, das mich immer dazu brachte wegzulaufen. Ich schaute aus dem Fenster auf den Main, ein Motorboot fuhr flussaufwärts.

»Überall die Weinberge.« Er deutete aus dem Fenster. »Das ist echt toll. Wie in Frankreich.«

»Wo willst du eigentlich hin?«, fragte ich, als wir den Kreisel vor Kleinochsenfurt erreicht hatten. »Nach Marktbreit könnten wir hier abbiegen.«

»Lass uns auf dem Rückweg dort halten, okay? Und, Johanna, sorry noch mal wegen gestern Abend. Das war Robert, ein Kollege von mir. Wir haben gefeiert, dass mein Vertrag verlängert wurde.«

»Sind Lehrer nicht Beamte?«

»Oh, das ist lange her. Mein erster Vertrag ging nur über ein Schulhalbjahr, der neue jetzt über zwei Jahre.«

»Du bist nur für ein halbes Jahr umgezogen?« Ich verschränkte die Arme vor der Brust.

»Das war die einzige Möglichkeit, um Klara wiederzusehen.«

»Ich will nicht über Klara reden.« Das Kribbeln wurde stärker.

Als wir an einer roten Ampel hielten, drehte er sich

um und sah mich ernst an. Seine Augen wirkten dunkler als sonst. Einen Augenblick lang erschien eine Falte zwischen seinen Augenbrauen, dann entspannte sich sein Gesicht wieder.

»In der Schule haben sie natürlich wahnsinnig über meine Windpocken gelacht.« Er legte den Gang ein und fuhr wieder an. »Heute Abend ist Schulfest, eigentlich müsste ich eine Physik-Rallye mitorganisieren. Und hinterm Grill stehen.«

»Schade, dass du das verpasst«, antwortete ich und versuchte, so viel Ironie wie möglich in meine Stimme zu legen.

Jetzt lächelte er. In Kleinochsenfurt überquerte er nicht den Main, sondern lenkte den Wagen souverän durch die unübersichtliche Baustelle an der Mainbrücke und fuhr immer weiter am Main entlang, als ob er wüsste, wohin er wollte. Gegenüber von Marktsteft bog er auf einen schmalen Uferweg ein und wurde immer langsamer.

»Siehst du Menschen?«, fragte er.

»Nein.«

Er fuhr rechts ran, vor uns lag friedlich der Main, gesäumt von Bäumen. Wir waren alleine. Die Sonne uns gegenüber war noch nicht untergegangen, aber längst nicht mehr so stark wie tagsüber. Sie tauchte alles in ein mildes, orangefarbenes Licht. Philipp breitete an einer flachen Stelle eine Decke aus und holte einen Korb aus dem Kofferraum, aus dem ein Baguette und eine Weinflasche ragten.

»Wo hast du das denn her, du kannst doch gar nicht einkaufen gehen«, sagte ich.

»Mir hat eine gute Fee geholfen.« Er öffnete die Flasche. »Allerdings keine Gartenfee, sondern eher ein ... wie heißt der Mann einer Fee?«

»Gibt es nicht.«

»Ach so, das erklärt vieles. Robert als gute Fee zu bezeichnen ist auch völlig falsch, er ist eher ein Kobold.« Er lächelte mich an, wir setzten uns, er schenkte ein. Eine Lerche hoch oben am Himmel zwitscherte, die Grillen zirpten, und in der Ferne hörte ich einen Mähdrescher.

Philipps Freund hatte einen fränkischen Merlot ausgesucht, er schmeckte wunderbar. Ich legte mich auf die Decke und schaute auf den ruhig dahinfließenden Main, und endlich verflog das panische Fluchtgefühl.

Philipp redete auf einmal ununterbrochen, als hätte er Angst, dass das Gespräch abreißen würde. Er fragte nach meinen Reiseplänen, aber ich hatte keine. Ich konnte nur im Winter Urlaub machen. Er wollte mit Klara ins Playmobil-Land nach Nürnberg fahren, danach zu einem Freund nach Stockholm, segeln, ein paar Tage Berlin und Verwandte besuchen. »Endlich raus aus dem Gefängnis! Wenn ich jemals wieder gesund werden sollte.«

Als er sich neben mich legte, roch ich sein Rasierwasser. Er schwieg. Plötzlich berührte er meine Hand, ich zuckte zurück. Nach einer kleinen Weile probierte er es erneut und legte seine Hand auf meine. Es fühlte sich so wahnsinnig gut an, aber – es war nicht richtig.

»Johanna«, flüsterte er, »Johanna, ich vermisse dich.« Was sollte das? Was hatte er vor?

»Du bist die wunderbarste Frau, die ich je kennengelernt habe. Du bist so – echt. Keine Selfies, keine Ablenkung. Nur du und die Pflanzen und dein Lachen.«

»Philipp, nein. Ich kann nicht.« Ich zog die Hand weg und setzte mich auf.

»Entschuldige«, sagte er sofort, »ich wollte nicht ... ich weiß nur nicht ... wie es weitergeht.«

»Das weiß ich auch nicht.« Ich umschlang meine Knie. »Ich lebe von einem Tag zum nächsten. Mache einen Schritt nach dem anderen, wie du es mir geraten hast, und mir geht es gut dabei, aber du ...« Wie sollte ich es sagen, ohne ihn zu verletzen?

»Hilft es dir, dass wir die Tür zu Lillys Zimmer geöffnet haben?«, fragte Philipp.

Ich vergrub meinen Kopf zwischen den Knien.

»Eigentlich schon.« Meine Zweifel und die Momente, in denen ich die Tür wieder verschließen wollte, erwähnte ich nicht.

»Christopher ...«, fuhr ich fort, »du hast ihn ja gesehen. Die ganze Zeit habe ich mich gewundert, wie er das hinbekommt, heiraten, Kinder planen. Ich konnte Kinder noch nicht einmal ansehen.«

Ich hob den Kopf. »Er hat viel mehr Angst als ich. All seine Sprüche waren immer nur – Sprüche. Es gibt kein Mittel gegen den Verlust, das begreift er erst jetzt. Wie wird er nur damit klarkommen, wenn die Zwillinge geboren sind?«

»Die Zwillinge, das sind nicht nur die Kinder deines Ex. Es sind die Geschwister deiner Tochter.«

Mir schossen die Tränen in die Augen. Wo war mein Glas? Ich musste etwas trinken. »Wollten wir uns nicht einen schönen Abend machen? Komm, erzähl was Lustiges, oder lies mir was vor.«

»Ich habe nichts dabei.« Er brach ein Stück Brot ab und reichte es mir. Dann stellte er das restliche Essen auf die Decke, schnitt ein Stück Camembert ab, aß ihn aus der Hand. Ich legte das Brot unangebissen auf die Decke.

»Vergiss mal deinen Ex«, sagte er, »mir geht es um dich und wie du dir die Zukunft vorstellst.«

»Die Zukunft? So ein Schwachsinn. Es gibt keine Zukunft.«

»Aber für deine Gärten planst du doch, wann was gesät oder geerntet wird. Und für dich selber?«

»Planen ist etwas für Dummköpfe.«

»Aber ...«, begann er.

»Jetzt hör mit deinem ewigen Aber auf«, unterbrach ich ihn verärgert. »Alles ist vorbei, kein fünfter Geburtstag wie der von Klara, keine Fragen, was Buchstaben bedeuten, kein selbst geschriebener Name, nichts. Keine Einschulung oder Tanzschule. Keine Tränen wegen einer Zahnspange oder einem Streit in der Schule. Kein heimlicher erster Kuss. Gar nichts. Also frag nicht.«

»Es liegt noch ein weiter Weg vor dir, aber das Ende kann doch ganz anders aussehen, als du denkst. Auch wenn dein Ex-Mann gerade ein Tief hat, so scheint es mir die richtige Entscheidung zu sein – weiterzuleben, eine neue Familie zu gründen, nach vorne zu schauen.«

»Niemals. Ich kann nie wieder ein Kind in meinem Leben ertragen. Das geht einfach nicht.«

Abermals schaute er mich mit diesen dunklen Augen an.

»Dann werde ich morgen den Mietvertrag in Winterhausen unterschreiben. Spätestens am 1. Oktober sind Klara und ich weg. Unsere Vermieterin muss nur noch eine neue Küche einbauen, und ein paar Bäume sollen gefällt werden.«

Winterhausen? Bäume fällen? Er zog zu Isa! Ich musste lachen, es klang hysterisch, aber ich konnte nicht aufhören.

Er zog die Stirn in Falten.

»Isa lässt die Bäume niemals fällen«, brachte ich hervor.

»Isa? Du kennst Frau Moritz?«

Ich nickte und bekam den Lachanfall endlich unter Kontrolle. Dann wurde mir klar, was das bedeuten würde – Philipp ging. Zog aus, wie ich es gefordert hatte. Ich hätte meine Ruhe, und kein Kind wäre morgens im Garten, niemand würde mich für eine Fee halten. Auf einmal fühlte ich mich ganz elend, und ich fing heftig an zu weinen.

»Johanna?« Philipp legte seinen Arm um meine Schulter und drückte mich an sich.

Ich ließ es zu, kurz nur, doch dann lehnte ich mich an ihn, und ehe ich es mich versah, küsste er mich.

Ich stieß ihn weg, sprang auf, rannte am Ufer entlang, bis große Steine mir den Weg versperrten. Und als ich dort stand, raste mein Herz, ich rang nach Luft und verspürte gleichzeitig eine unvergleichliche Sehnsucht nach einem weiteren Kuss.

Langsam ging ich zurück. Philipp trug wieder seinen Hut, Wein und Brot waren im Korb verstaut, er faltete gerade die Decke zusammen.

»Entschuldige«, sagte er, »ich weiß gar nicht, was in mich gefahren ist. Ich ... ich will doch nur, dass du glücklich wirst.«

Ich zog meine Jeansjacke an. Fast tat es mir leid, dass wir schon wieder gingen. Es wirkte so endgültig. Als ob wir uns trennen würden. Und das wollte ich nicht, dazu war er mir zu wichtig geworden. Aber ich hatte ihn eher als Freund betrachtet. Bis auf die eine Nacht, von der ich nicht wusste, ob sie ein Fehler gewesen war. Ein One-Night-Stand? Einfach nur Spaß? Oder war es nicht doch mehr gewesen? Was bedeutete Philipp mir wirklich?

All diese Fragen hatte ich wegen Klara verdrängt. Wegen Klara – und Lilly.

»Wollen wir nicht noch ein wenig spazieren gehen?«, fragte ich. »Und reden?«

»Worüber?«, fragte er ruppig und öffnete die Fahrertür.

»Na, über Isa!« Ich versuchte zu grinsen. »Freiwillig würde ich da nicht einziehen.«

»Lass gut sein. Ist wahrscheinlich besser so. Du weißt doch gar nicht, was du willst.« Er hielt mir die Tür auf. Zögernd stieg ich ein. Neben ihm zu sitzen fühlte sich komisch an, das Schweigen sowieso. Wieder ein Sänger mit Gitarre, dieses Mal kannte ich das Lied. *Let her go* von Passenger. »Only know you love her when you let her go.« Philipp schaltete den DVD-Player aus.

Selten hatte ein Schweigen so geschmerzt.

52

Warum hatte er mich bloß geküsst? Konnte er nicht einfach ein Freund sein, mein Berater, Begleiter, einer, der mir Kraft gab, die ich so nötig brauchte?

Dann wäre es auch nicht wichtig, dass er ein Kind hatte. Denn dann wäre ich keine Ersatz-Mutter, sondern weiterhin die Fee. Alles andere machte mir Angst.

Aber ob er hier oder bei Isa wohnte, er würde sich nie damit zufriedengeben, nur ein Berater zu sein. Und Klara gehörte zu ihm. Sie war das Wichtigste für ihn.

Genau das zeichnete ihn eigentlich aus. Nicht die blauen Augen, sein cooles Outfit oder der tolle Körper, der sich darunter versteckte. Sondern seine Wärme, seine Freundlichkeit und die Liebe zu allem, was er tat.

Und ich? Meine Liebe war mit Lilly gestorben, und sie würde niemals zurückkehren. Doch dann küsste mich Philipp, und ich lag nachts hellwach im Bett.

Dabei brauchte ich meine Kraft für die kommenden Tage. Übermorgen war Sonntag, der dreißigste Juli. Der Tag, an dem meine Eltern kamen, was an sich nicht schlimm war, nur der Grund für ihren Besuch. Denn sie kamen immer am dreißigsten Juli.

An Lillys Todestag.

Und ich hatte keine Ahnung, was ich machen sollte. Mich wegducken, abhauen und mich in meinem Schmerz vergraben wie in den letzten Jahren? Oder hatte ich nicht mittlerweile genügend Kraft, mich diesem Tag zu stellen? Vielleicht wäre es besser gewesen, mit Philipp darüber zu reden, anstatt mich von ihm küssen zu lassen.

Auch wenn sich dieser Kuss so gut angefühlt hatte.

Voller Zweifel und mit Pflaumenkuchen von unserem Lieblingsbäcker besuchte ich am Samstag Franzi in der Galerie. Es war sehr heiß und wenig los. Wir setzten uns hinter die Kasse, und während wir den Kuchen aßen, sagte ich ihr, dass ich überlegte, auf den Friedhof zu gehen. Zum ersten Mal seit Lillys Tod.

»Ernsthaft?« Franzi vergaß, sich die Gabel mit dem letzten Kuchenstückchen in den Mund zu schieben.

Ich nickte und spürte, wie mir die Tränen kamen.

»Aber ich will auf gar keinen Fall Christopher begegnen oder seiner Schwester. Am liebsten wäre ich allein.«

»Geh doch einfach vor uns hin«, meinte Franzi, »und wir kommen dann nach. Als Rückendeckung, sozusagen. Und keine Angst, Lauriens sind in den letzten Jahren immer am Nachmittag auf dem Friedhof gewesen.«

Philipps Wagen stand nicht da, als ich nach Hause kam. Vielleicht brauchte er mal wieder frische Luft um die Nase. Umso besser. Ich musste mich konzentrieren, meine Kräfte bündeln.

In der Nacht schlief ich schlecht. Morgens dann schnitt ich die schönsten Blüten der rosafarbenen Tigerlilie ab und band sie zusammen mit einigen Federbüscheln Chinaschilfgras zusammen. Lilly liebte Lilien, klar, schließlich trugen beide den gleichen Namen.

Früher pflanzte ich im Herbst eine reiche Auswahl an Tiger- und Madonnenlilienzwiebeln überall in den Garten. Sie blühten nur einmal, sodass man stets neu pflanzen musste. Dieses Jahr hatte ich es das erste Mal seit ihrem Tod wieder getan, wenn ich auch im Frühling ausgewachsene Pflanzen gekauft hatte.

Die Taglilien waren anders, als Staude wuchsen sie jedes Jahr von alleine und blühten sogar, wenn man das Düngen oder Gießen vergaß. Doch dafür stets nur einen Tag.

Ihr wunderschönes, intensives und doch kurzes Leben hatte ich bei der Wahl von Lillys Namen nie bedacht. Nun kam es mir wie ein Omen vor. Giersch wäre dann wohl der passendere Name gewesen, er geht nie ein. Oder Rosa wie der tausendjährige Rosenstock in Hildesheim, der gemeinsam mit dem Kloster einem Bombenangriff zum Opfer gefallen war und doch wieder ausgeschlagen hatte.

Beim nächsten Mal ... halt, wo kam denn dieser Gedanke her? Ich würde kein Kind mehr bekommen, es würde keine Rosamunde, Rosalinde, Rosemarie geben.

Nur Lilly, klein und kostbar.

Langsam durchquerte ich den Garten und öffnete das quietschende Tor. Ich bog nicht zum Blauen Turm ab wie sonst, sondern folgte der Ölspielstraße, bis zum kleinen Park oberhalb des Friedhofs und ging die Treppen hinab, immer langsamer und langsamer werdend.

Das Grab befand sich nicht im historischen Teil, sondern in der Neuanlage, die an die Ölspielstraße grenzte. Ich brauchte nur durch das kleine Tor zu gehen, aber ich blieb wie angewurzelt mit dem Blumenstrauß in der Hand stehen.

»Entschuldigen Sie, wo geht es denn hier zur Schnecke?«, fragte ein Mann.

Schnecke? Lilly, zu der ich immer Schnecke gesagt hatte?

Ich drehte mich zu ihm. Ein älterer Mann im Karohemd, neben ihm stand eine Frau, die sich Fotos auf ihrer Kamera ansah. Da erst verstand ich, dass sie die große Marmorschnecke oberhalb meines Hauses in den Weinbergen meinten. Schnell beschrieb ich den Weg, sie bedankten sich.

Endlich überwand ich mich, das Tor zum Friedhof zu öffnen. Das Grab musste gleich hier in der ersten Reihe sein, ziemlich in der Mitte. Zitternd ging ich weiter, las die Namen auf den Grabsteinen, Erwin Meisner, Alfons Thorwart, Charlotte Sofie Mankowski.

Plötzlich erblickte ich einen schmalen Grabstein aus weißem Muschelkalk. Oben schmückte ihn eine fein gearbeitete Madonnenlilie, deren Blütenblätter sich als feine Linien um die Inschrift wanden.

»Lilly Laurien, 01.10.2009 – 30.07.2013«.

Ich hielt die Luft an. Alles war so fremd, nur der Name war vertraut. Erinnerungen an die Beerdigung hatte ich keine. Die ganze Zeit hatte ich auf meine Schuhe gestarrt. Nur ein einziges Mal hatte ich aufgeblickt, als der Sarg … Eine Schleife hatte an den Ballerinas gefehlt, und ich hatte mich mit der Frage aufrecht gehalten, wann die kleine Schleife abgegangen war.

Doch jetzt hob ich den Blick.

Das Grab war das reinste Blütenmeer aus Rosa, Lila und Weiß. Lilien, Petunien, Schleierkraut. Steine lagen dazwischen, darauf Namen und Grüße. Oskar, Mia, Liam – all ihre Kindergartenfreunde und die Erzieherinnen, die Nachbarn, Franzi und Fabian, und sogar von Christopher lag ein Stein hier. »Nie werde ich dich vergessen«.

Nur meinen Namen suchte ich vergebens.

Ich atmete aus, bemerkte welke Petunienblüten, bückte mich und zupfte sie ab. Und je mehr ich mich um die Blumen auf dem Grab kümmerte, vorwitzigen Löwenzahn ausriss, hingewehtes Laub entfernte, desto mehr entspannte ich mich.

Die mitgebrachte Vase mit den Lilien stellte ich an den weißen Stein und blieb noch lange. Ich würde auch einen Stein beschriften lassen und wiederkommen.

Als ich mich umdrehte, stand meine Familie hinter mir. Wir fielen uns in die Arme, stellten noch mehr Blumen ans Grab, fassten uns weinend an den Händen.

»Und jetzt gehen wir was essen!«, meinte mein Vater und hakte sich unter. »Das beruhigt die Nerven.«

»Ich habe gar keinen Hunger«, antwortete ich.

»Keine Angst, der kommt von ganz alleine.«

Und er hatte recht. Kaum dass ich mich im *Ritter Jörg* an einen der rustikalen Tische gesetzt hatte, knurrte mein Magen.

»Der Fisch sieht gut aus.« Fabian wies mit der Karte auf den Nachbartisch. Ein Mann saß dort gemeinsam mit einem Jugendlichen und einem kleinen Jungen. Ein Platz war frei, und während wir alle auf den appetitlich angerichteten Fisch auf seinem Teller starrten, erschien eine ältere Dame im hellen Kostüm.

»Karin!«, rief meine Mutter.

Karin Bengert drehte sich um, und wir begrüßten uns. Sie stellte uns ihren Sohn und ihre Enkel vor, der Junge, der mit ihr den Schuppen ausgeräumt hatte.

Wir gaben unsere Bestellung auf.

»Aber sag mal, Mama, weswegen habt ihr zwei euch damals so verkracht?«, fragte Franzi.

Meine Mutter atmete tief durch.

»Es ist mir etwas peinlich«, sagte sie, während sie die Tischdekoration gerade rückte.

»Komm, Mama.« Franzi knuffte sie in die Seite. »Sonst frag ich sie selber.«

»Oh nein!« Ihre Stimme wurde schriller.

»Was denn, wart ihr in denselben Jungen verliebt?«, fragte Fabian, und ich musste an Christopher und Holger Wiedinger denken.

»Nein. Aber um Männer ging es irgendwie schon. Ihr müsst das verstehen, damals, 1971, herrschten andere Zeiten. Hier bei uns eher das Mittelalter. Wir waren sechzehn und gerade mit der Schule fertig. Noch fünf Jahre bis zur Volljährigkeit, deswegen konnten wir auch nicht machen, was wir wollten. Meine Eltern fanden es gut, dass ich nach Frankfurt zog, dort eine Lehre zur Arzthelferin machte und solange in einem christlichen Heim wohnte, so eine Art Studentenwohnheim für minderjährige Lehrlinge. Karin wollte das auch, aber ihre Eltern waren dagegen, dass sie in die gefährliche Großstadt zog, so machte sie eine Lehre zur Rechtsanwaltsgehilfin hier in Würzburg.«

»Komm zum Punkt, Sigrid«, meinte Ernst und sah sie streng über seine Lesebrille hinweg an.

»Es ging ... um unsere Lebenseinstellung. Wir wollten beide raus aus Sommerhausen und später ein gutes Leben haben.«

Die Getränke wurden gebracht, wir stießen an, aber danach schwieg meine Mutter, als wäre das Thema abgeschlossen.

»Und du wolltest reich heiraten«, sagte Ernst.

»Ja, wie hätte das sonst klappen sollen! Natürlich wollte ich einen Mann mit Geld oder guten Karriereaussichten, eine andere Chance hatte ich doch gar nicht!«

Er räusperte sich, und Franzi kicherte.

»Karin hatte andere Pläne«, gab meine Mutter zu. »Sie wollte selber Karriere machen. Abitur nachholen, studieren. Sie fand, dass ich altmodisch bin, eine verwöhnte, dumme, spießige Kuh. Sie wollte eine moderne Frau sein, emanzipiert und nicht so wie ihre Mutter, die den Vater wegen jeder Kleinigkeit fragen musste.«

»Und?«, fragte Fabian.

»Ich ... ich habe ihr gesagt, dass sie das nie schaffen wird.«

»Sigrid!«, ermahnte mein Vater sie wieder, und ich hätte ihn küssen können für seine Beharrlichkeit. Woher er wohl die ganze Geschichte kannte? Meine Mutter hatte sie ihm bestimmt nicht erzählt. Aber schließlich war Karin letztens in Frankfurt gewesen.

»Und ich habe ihr gesagt, dass sie sowieso keinen Mann abbekommen würde, so hässlich wie sie wäre. Und dann hat sie nie mehr ein Wort mit mir gesprochen.«

Unwillkürlich drehten Franzi und ich uns zu Karin um und kicherten los. Wie sollte diese schöne Frau jemals hässlich gewesen sein?

»Oh Mama, da hast du dir ja echt was geleistet.«

»Ja, hackt nur auf mir rum. Ich weiß. Sie hat alles bekommen, einen Mann und eine Karriere.«

Es war so befreiend, hemmungslos draufloszulachen. Nie hätte ich gedacht, an Lillys Todestag lachen zu können. Vater entlockte meiner Mutter noch einige andere »echt peinliche« Geschichten, und wir amüsierten uns köstlich.

Befreit von einer großen Sorge, ging ich auf dem Nachhauseweg wieder am Friedhof vorbei. Ein wenig lächelte ich immer noch über meine Mutter und darüber, wie sie sich in der Lehre eine Bleistiftspitze in ihren Fuß rammte, die vom Arzt aus dem Mittelfußknochen herausoperiert werden musste.

Langsam gingen ein paar Leute vor mir die Treppen hoch, und erst als ich sie überholen wollte, fiel mir auf, dass es Familie Laurien war.

Die Eltern zusammengesunken in dunkler Kleidung vorneweg, dann Christophers Schwester Antje mit ihrem Mann und den Kindern. Mir stockte der Atem. Mit Antje konnte ich auch auf keinen Fall reden. Ich versuchte, unerkannt um sie herumzugehen, aber natürlich klappte das nicht.

»Johanna!«, rief Christopher, der mit Vanessa am Arm vor der Friedhofsmauer stand. Ihr Bauch war noch größer geworden.

»Hallo«, antwortete ich. In seinen Augen schimmerte es.

»Es tut mir so leid.« Vanessa streckte ihre Hand aus. »Waren von dir diese wunderschönen Lilien?«, fragte sie.

Auch sie hatte Tränen in ihren Augen. Ich nickte.

»Du kannst immer zu uns kommen, wenn die Jungs da sind«, sie räusperte sich, »ich meine ... es sind ihre Brüder.«

»Du gehörst zur Familie«, sagte Christopher, »das wird sich nie ändern.«

Er sah so niedergeschlagen aus. Wie egoistisch von mir, dass ich immer alles ihm überlassen hatte. Die Organisation der Beerdigung, das Grab und seine Pflege ... Wie feige, ich hatte mich in meinem Schmerz verkrochen, und er ...

»Das Grab ist wunderschön. Und der Stein erst – danke, Christopher.« Ich ging einen Schritt auf ihn zu und umarmte ihn. »Ich hätte mich mehr kümmern müssen.«

»Hauptsache, es geht dir wieder besser«, sagte er, und ich merkte, wie es ihm schwerfiel, mich loszulassen.

Ich gab noch seinen Eltern die Hand, beide waren alt geworden, älter, als ich es erwartet hätte. Antje war schon längst mit ihrem Mann und den Kindern verschwunden, und ich überlegte das erste Mal überhaupt, wie es ihr seit damals ergangen war. Sie war nicht schuld, nein, auch ihre Kinder nicht. Aber trotzdem waren sie der Anlass für alles.

53

An diesem Abend nahm ich das Foto von Christopher aus Lillys Zimmer, auf dem er mit ihr im Arm im Bett liegt und schläft. Als Mahnung, nicht zu vergessen, dass ich nicht die Einzige war, die trauerte.

Ich schlief tief und traumlos und wachte erholt auf. Der Renault war weg. Schade, ich hätte Philipp gerne von Lillys Todestag erzählt, und ich war so stolz auf mich, dass ich diesen Satz denken konnte. Der Streit mit Philipp beim Picknick war unnötig gewesen. Nicht nur, weil ich es ihm zu verdanken hatte, dass ich wieder über Lilly reden konnte.

Sondern auch, weil ich ihn vermisste. Jetzt, nachdem ich diesen schrecklichen Tag so gut überstanden hatte, fühlte ich mich leicht und unbeschwert.

Auch am Abend tauchte Philipp nicht auf, und die Sonne ging ganz umsonst in den glühendsten Farben unter. Wie gerne hätte ich mit ihm im Garten gesessen und seiner Stimme gelauscht. Aber es war der erste Ferientag, offensichtlich war er wieder gesund und unterwegs.

Scheinbar war alles wie früher, arbeiten, essen, schlafen. Doch die Zimmertür blieb offen, ich holte ab und an etwas heraus, Babysöckchen, das Fotoalbum, in dem wir Lillys erstes Lebensjahr festgehalten hatten. Christopher kam nicht mehr.

Es war, wie es war. Kein Stillstand, sondern ein Atemholen. Kraft tanken. Die Angst, es nicht durchzustehen, schwand, trotzdem fühlte ich mich, als würde ich ziellos dahintreiben. Es fehlte etwas, und wenn ich im Licht der untergehenden Sonne in den Garten schaute, dann wusste ich, was es war.

Vor dem Einschlafen dachte ich an den Kuss, an die gemeinsame Nacht mit Philipp. Und jeden Morgen wartete ich darauf, dass er zurückkam. Ich fühlte etwas, von dem ich dachte, es nie mehr fühlen zu können.

Immer wieder wollte ich ihn anrufen und traute mich doch nicht. Wie oft ich schon das Telefon in der Hand gehalten hatte und dann doch nichts unternahm. Einmal wischte ich seine Telefonnummer weg und rief die Kamera auf und fotografierte meine Füße, als ob ich dokumentieren wollte, wo ich schon wieder an ihn gedacht hatte. Vor der Liege, auf der er mir immer vorgelesen hatte. In Lillys Zimmer. Am Mainufer. Mit einem Gänseblümchen zwischen den Fußzehen.

Mit klopfendem Herzen schickte ich ihm die Fotos.

Und bekam Antwort.

Füße an einer Bootsreling. Ich hätte in die Luft springen können vor Glück. Er hatte es verstanden! Füße neben einer schwedischen Bierdose auf einem Felsen. Füße in Gummistiefeln. Füße mit Mückenstichen. Ich konnte es kaum erwarten, bis er wieder da war, und meine Sehnsucht verdrängte all die Probleme, die wir miteinander hatten.

Irgendwann schickte ich ihm ein Foto meiner Füße vor Lillys Grab. Und es kam ein Bild zurück, auf dem er den Kopf zwischen die Beine gesteckt hatte und mich anlächelte.

Und ein Foto von ihm am Grab seines Vaters.

Ich freute mich so sehr auf unser Wiedersehen, machte Pläne für meinen Garten und baute Philipps Sichtschutz ab. Die Herbstanemonen begannen zu blühen, der Apfelbaum verlor die ersten gelben Blätter. Der Sommer würde bald zu Ende sein, im Garten merkte man es immer zuerst.

Eines Tages fuhr ich an der Würzburger Festung vorbei nach Höchberg und hörte im Radio wieder Passenger. *We've got holes in our heart.* Holes. Löcher im Herzen. Wenn es doch nur Löcher gewesen wären, mir wurde mein Herz herausgerissen. Genau dort, wo ich gerade vorbeifuhr, oben auf diesem Berg.

Ohne nachzudenken, setzte ich den Blinker. Ich fühlte mich so sicher, so stark, und glaubte, es sei der richtige Tag, sich auch dem letzten der Dämonen zu stellen.

Rechts den steilen Berg hoch. Hier sah alles gleich aus. Hunderte von Reihenhäusern und Straßennamen, die sich kaum unterschieden. Der Hexenbruch.

Ich erreichte den Wendehammer am Waldrand und parkte. Blieb sitzen. Auf dem Spielplatz war viel los, der Kindergarten hatte bestimmt Ferien. Kinder jeden Alters tobten durch den Sand, kletterten auf die Bäume, schaukelten. Die Mütter auf der Parkbank redeten. Es war wie damals.

Ob Antje und Stephan noch immer hier wohnten? Tim und Leonie waren schon so groß geworden, wirkten erwachsen und ernst, jedenfalls in dem kurzen Moment, in dem ich sie am Friedhof gesehen hatte. Ich stieg mit zitternden Knien aus, ging einen der Stichwege an den Reihenhäusern entlang. Die Thuja-Hecke am Haus von Christophers Schwester war so hoch, dass man nicht auf das Grundstück schauen konnte. In den oberen Fenstern waren die bunten Kindervorhänge durch Lamellenrollos ersetzt worden. Keine Ahnung, ob sie noch hier wohnten.

Dann ging ich weiter. Das kleine Gartentor fand ich sofort. Dahinter wuchs jetzt üppig grüner Rasen, der Teich mit den Seerosen war verschwunden. Der alte Ameling wohnte hier nicht mehr, es standen Kinderfahr-räder und ein Meerschweinchenkäfig auf der Terrasse.

Mir schnürte es die Kehle zu, mein Herz klopfte. Regungslos stand ich und starrte vor mich hin, ich weiß nicht, wie lange. Wir saßen damals beim Kaffeetrinken, konnten von der Terrasse aus scheinbar alles überblicken. Was für eine Illusion.

Tim und Leonie fuhren mit Lilly auf den Rollern durchs Reihenhausgewimmel, unterteilt von kleinen Stichwegen und Plätzen, ein Irrgarten für alle, die nicht hier wohnen.

Irgendwann war sie nicht mehr hinter ihnen gewesen. Wir schwärmten zum Suchen aus und fanden nichts. All die vielen Wege, all die Häuser, die gleich aussehen. Nachbarn halfen, riefen vergeblich ihren Namen.

Bis plötzlich der klägliche Schrei eines Mannes alles in mir absterben ließ. Nicht weit weg vom Spielplatz stand er vor seinem Gartentor und wimmerte.

Christopher war vor mir da, gemeinsam mit Antje und Stephan, die der Mann durchließ, Christoper und mich nicht. Antje schrie »Hier im Teich!«, Christopher stieß den Mann um, ich eilte hinter ihm nach.

Sie lag schon auf dem Rasen neben dem Teich. Das Blatt einer Seerose bedeckte halb ihr Gesicht. Ich rannte zu ihr, wollte sie hochheben, doch Christopher schob mich zur Seite, rief nach dem Notarzt. Früher war er Feuerwehrmann gewesen und wusste, was zu tun war. Ich vertraute ihm und ging zur Seite, liebkoste Lillys Kopf, rief ihren Namen, während er ihren Puls suchte, horchte, ob sie atmete, sie auf die Seite drehte, dann wieder auf den Rücken und mit der Herzdruckmassage begann.

Ob sie Schmerzen gehabt hatte? Ob sie bereits tot gewesen war oder ob sie noch etwas fühlte, uns hören konnte?

Christopher schickte jemanden an die Straße, der den Notarzt zu uns bringen sollte. Er war beschäftigt, hatte das Gefühl, die Dinge im Griff zu haben.

Ich schrie und rief und konnte nichts tun. Wurde immer leiser, flüsterte liebe Worte in ihr Ohr, während der Teichbesitzer ein ums andere Mal klagte, dass der Garten doch nur ganz kurz offen gewesen sei, als er die Mülltonne an die Straße gestellt habe.

Ich sah nur sie, die nassen Haare, zwischen denen Algen klebten, die weißen Wangen, die geschlossenen Augen, und konnte nicht begreifen, was geschehen war. Eben noch hatte sie gelacht, und jetzt?

Dann kamen die Sanitäter und bemühten sich, sie wiederzubeleben. Ihr kleiner Leib bäumte sich auf, schrecklich, einfach nur schrecklich.

Meine Schwägerin legte den Arm um mich, ich zuckte zusammen und wandte mich ab. Ihre Kinder hatten nicht aufgepasst. Ihre Kinder – und ich. Sie versuchte es erneut, ich ließ es geschehen. Ich ließ vieles in der Folgezeit geschehen, ich lebte wie unter einer Glasglocke. Keine Luft, keine Sonne, keine Berührung drang bis zu mir durch.

Ich weinte nicht, war innerlich erstarrt, erfroren, und das an diesem heißen Julitag.

Später erzählte der alte Ameling, wie er Lilly unter den Seerosenblättern nicht sofort entdeckt, sondern sich über die Wellen gewundert hatte. Und dass eine Katze im Garten gewesen war.

In der Uniklinik, als sie mir mitteilten, dass es vorbei sei, zerbrach etwas in mir, etwas, das nie wieder geheilt werden konnte.

Die nächsten Tage lagen wie unter einer Nebelglocke. Ein Arzt im Krankenhaus gab mir Beruhigungsmittel, ich nahm sie, aber es war falsch. Ich kann mich an nichts erinnern.

Als die Tabletten verbraucht waren, nahm ich keine mehr. Auch Alkohol trank ich nicht. Ich wollte den Schmerz spüren. Der Schmerz, das war sie. Sie war fort. Es dauerte, bis der Schmerz sich einstellte, aber dann erschlug er mich fast.

Wir lebten weiter, redeten nicht. Im Herbst ging Christopher wieder arbeiten. Mich packten sie in Watte. Manchmal wachte ich auf und hörte Lilly atmen. Ihre Schritte auf dem Parkett. Ihre Stimme.

Und der Schmerz traf mich mit voller Wucht.

Christopher brauchte mich, brauchte meine Nähe, aber ich konnte nicht. Immer sah ich Lilly vor mir. Jede Berührung war unerträglich, ich verdiente sie nicht. Ich hätte aufpassen sollen, Lilly nicht der Obhut der großen Kinder überlassen sollen. Ich war schuld.

Ich verzog mich in ihr Zimmer. Christopher versuchte alles. Aber als er wieder ein Kind hatte haben wollen, zerbrach unsere Ehe.

Zwei Jungen rannten an mir vorbei und öffneten das Tor. Sie beachteten mich nicht, sondern johlten und grölten. Dann blieben sie vor dem Meerschweinchenkäfig stehen und öffneten ihn still und vorsichtig.

Ich wandte mich um. Wie konnte man dort wohnen, wo jemand gestorben war? Wusste die Familie davon?

Die Jungs verschwanden im Haus, und ich fotografierte meine Füße in den schwarzen Chucks vor dem Gartentor des alten Ameling, als ich auf einmal zu zittern begann. Gerade schaffte ich es noch, das Foto an Philipp zu schicken, als sich meine Kehle zuschnürte und mir schlecht wurde.

Leer und ausgepumpt schleppte ich mich zum Transporter. Die Übelkeit verschwand, aber ich hatte kaum die Kraft, den Motor zu starten. Irgendwie kam ich nach Hause, warf mich aufs Bett und schlief sofort ein.

Und wieder ertrank ich, ein ums andere Mal. Als ich erwachte, außer Atem und völlig erschöpft, war es noch hell. Alles war still, nur der Kühlschrank brummte.

Ich hatte Durst und trank eine Flasche Cola im Stehen, bis mir der Kopf von der ungewohnten Kälte schmerzte. Dann sah ich mich um und wusste nicht, was ich tun sollte. Wieder einmal war alles so sinnlos. Essen, Musik hören, aufräumen. Duschen. Die Wohnung war so verdammt still.

Als ich vor Lillys Tür stand, traute ich mich nicht hinein. Es war alles ein Fehler, Selbstüberschätzung, ich hatte doch gewusst, dass es nicht gut für mich war. Ich konnte nicht weinen, nicht atmen, ich bekam keine Luft und sank auf den Boden. Ich konnte kaum die Hand heben. Doch dann schaffte ich es, mein Handy aus der Tasche zu ziehen und Philipp anzurufen.

Warum hatte er mich gezwungen, die Tür zu öffnen, diese Büchse der Pandora.

»Johanna«, sagte er voller Freude.

Kaum hörte ich seine Stimme, brach ich in Tränen aus.

»Wie konntest du mir das antun«, stotterte ich.

»Was meinst du?«

»Wieso hast du mich gezwungen, wieder in ihr Zimmer zu gehen. Heute war ich in Höchberg und …« Ich konnte nur noch schluchzen.

»Beruhig dich, was ist denn? Hast du dort das Foto gemacht?«

»Der Teich … ich halte das nicht aus …«

»Du packst das, du hast doch schon so viel geschafft. Der Teich – ist sie dort gestorben?«

Und ich schloss die Augen, lehnte mich an den Türrahmen, meine Stimme zitterte. »Ja«, sagte ich, mehr nicht. Doch dann kamen auf einmal die richtigen Worte, und ich erzählte ihm von den Seerosenblättern und wie sie sich aufbäumte und schon so kalt gewesen war …

Er sagte nicht viel. Ich merkte, dass er weinte. Als wir auflegten, fühlte ich mich wieder leer, aber anders. Nicht ausgebrannt, nur müde. Ich legte mich ins Bett und schlief tief und traumlos.

54

Ich erwachte vom Ping meines Handys. Ein neues Foto? Sein Fuß, wie er ins Auto stieg, 23 Uhr. Seine Füße vor einer Zapfsäule, 0:30 Uhr. Seine Füße beim Aussteigen. 04:26 Uhr. Jetzt? Da klopfte es bereits leise, und ich rannte zur Haustür.

»Hallo«, sagte Philipp. Er war braun gebrannt, die Jeans dreckig. Ohne nachzudenken, zog ich ihn in meine Arme und hielt ihn fest.

»Alles in Ordnung?«, fragte er, und als ich in seine blauen Augen sah, trommelte mein Herz. Ich wandte mich ihm zu, und als ich seine Lippen auf meinen spürte, schloss ich die Augen.

»Jetzt schon«, flüsterte ich, und er hielt mich fest, ich dachte nur noch an den Moment, an seine Hände, seine Lippen, an ihn, und er hob mich hoch und trug mich hinüber ins Schlafzimmer. Sanft legte er mich ins zerwühlte Bett. Er war vorsichtiger als das letzte Mal, langsamer und bedächtiger. Als müsse er aufpassen, nichts zu zerstören, doch ich fühlte auf einmal eine unbändige Stärke in mir und packte ihn und legte mich auf ihn. Riss die Knöpfe seiner Jeans auf, zerrte an ihr. Bekam sie nicht schnell genug zu fassen und lachte auf einmal befreit. Die Jeans schleuderte ich auf den Boden, und mein Schlafshirt noch dazu.

Er sah mich erstaunt an, dann zog er mich an sich.

Wir redeten nicht. Ich versank in meinen Gefühlen, in meiner Lust, erwiderte ungeduldig sein Begehren, bekam alles und noch viel mehr.

»Ich habe dich so vermisst«, sagte ich hinterher.

»Natürlich«, antwortete er grinsend und küsste mich auf den Hals. Ein Schauer lief mir über den Rücken.

»Du hast mich dazu gebracht, mich meinen Dämonen zu stellen, und ich habe überlebt.«

»Ich bin dein Dämon«, meinte er und beugte sich knurrend über mich und tat so, als ob er mich beißen wollte.

»Du bist kein Dämon«, sagte ich. »Du bist einfach nur ein eitler Kerl mit Hut.« Und ich griff neben mich und setzte seinen Panamahut auf.

Er umfasste meine Hüften und hob mich auf sich. »Nackte Frauen mit Hut sind unglaublich erotisch«, flüsterte er.

Ich schob mir den Hut in die Stirn und sah ihn keck an.

»Ich will es versuchen.«

»Du brauchst nichts versuchen, du bist extrem sexy.«

»Nein, ich meine, das mit dir.«

Und er küsste mich, als ob er nie mehr aufhören würde.

Die Sonne war schon aufgegangen, als leise Regentropfen ans Fenster perlten. Als ich gegen neun aufstand, schlief Philipp noch tief und fest. Ich strich ihm seine Haare aus der Stirn, küsste ihn sanft und bereute meine Entscheidung nicht eine Minute.

Jetzt war ich schon so weit gekommen, dann würde ich das mit Klara auch noch hinkriegen. Ich beugte mich zu Philipp, küsste sanft seine Wange und spürte, dass es doch noch so etwas wie Liebe in meinem Leben gab.

Am Nachmittag, als ich von Würzburg nach Sommerhausen fuhr, hielt ich bei Christophers Gärtnerei. Wie lange ich nicht mehr dort gewesen war.

Viel verändert hatte sich nicht. Der Eingang war bereits mit Kürbissen und Astern herbstlich dekoriert. Christopher verabschiedete sich gerade von einem Kunden. Er freute sich über meinen Besuch und wollte mir sofort sein neues Belüftungssystem zeigen.

»Weshalb ich eigentlich komme«, unterbrach ich seinen technischen Vortrag. »Wie geht es deiner Schwester?«

Verblüfft sah er mich an.

»Es war für alle schwer.« Er seufzte. »Die Kinder haben sich Vorwürfe gemacht, Antje und Stephan natürlich auch. Sie waren dann in psychologischer Behandlung. Seitdem geht es. Und seitdem sie dort weggezogen sind. Sie konnten den Anblick des Teichs nicht mehr ertragen. Jetzt wohnen sie in Veitshöchheim.«

»Der Teich ist zugeschüttet worden«, sagte ich.

»Ja, der alte Mann hat den Tod von Lilly nie verkraftet und starb nur wenige Monate später an einem Herzinfarkt.«

Auf einmal tat er mir leid. Ich wischte mir Tränen aus den Augenwinkeln.

Christopher brachte mich zum Transporter. Dann bat

er mich, noch kurz zu warten, und kam mit einem kleinen Eimer Kirschen wieder. Der Kirschbaum stand im Garten seiner Mutter, bestimmt hatte auch sie für einen schützenden Eispanzer gesorgt.

»Soll ich dir nicht doch noch das neue Bewässerungssystem zeigen?«

Ich grinste ihn an. »Heute nicht.«

Wieder zu Hause fand ich Philipp da, wo er am liebsten war: lesend im Garten, genauer gesagt: auf seiner Terrasse. In der Sonne.

»Hier fehlt was«, sagte er.

»Nein. Der Sichtschutz hat meinen Garten verschandelt. Wobei ... dich jetzt immer zu sehen macht ihn auch nicht gerade schöner ...«

Er warf mit dem Buch nach mir, traf aber nicht. Dann sprang er auf, küsste mich stürmisch und zog mich zu sich auf die Liege.

»Einfach so zu verschwinden«, beschwerte er sich, »grausam, mich im leeren Bett zurückzulassen.«

»Ja, so bin ich. Und jetzt wird weitergearbeitet.« Ich deutete auf das Gartenhäuschen. »Hilfst du mir? Danach ist alles vorbei.«

»Dein Dornröschen-Haus? Was ist denn mit dem?«

Wie recht er doch gehabt hatte, als er dem Gartenhäuschen diesen Namen verpasst hatte. Hier schlief ein Kind, besser gesagt: die Spielsachen eines Kindes ihren hundertjährigen Schlaf.

Ich holte die Gartenschere, streifte die Gartenhandschuhe über, und als ich die wilden Brombeerranken vor der Tür vorsichtig abschnitt und im Eimer sammelte, linste er durch die Bretterritzen.

»Ach deshalb«, sagte er und seufzte.

»Ja, genau.« Vor der Tür hingen einige besonders schöne, rosafarbene Hortensienkugeln. Ich schnitt die Zweige ab und stellte sie erst einmal in einen Eimer voll Wasser. Dann zog ich den Schlüssel aus meiner Hosentasche. Zum Glück hatte Klara nie ausprobiert, in welche Tür der Schlüssel mit der weißen Blume passte.

Ich öffnete die hölzernen Fensterläden, die seitdem verschlossen gewesen waren, ließ Luft und Licht hinein. Dann schaute ich mich um.

Direkt hinter der Tür stand Lillys Kinderroller. Philipp drückte meine Hand, ich nahm den Roller und stellte ihn nach draußen. Stück für Stück landete alles auf dem Rasen.

In den letzten Jahren hatte das Gartenhäuschen offensichtlich Besucher gehabt. Zwischen den gestapelten Kinderstühlen fand ich den Haselnussvorrat eines Eichhörnchens und unter den Querstreben des Daches ein leeres Vogelnest, vielleicht von Meisen, die zwängten sich gerne durch enge Spalten und hatten auch schon im Rollladenkasten in der Küche genistet. Und an der Wand hing ein leeres Wespennest.

Es fiel mir nicht leicht. Doch dann erzählte ich Philipp, wann ich diese Sandschaufel oder jenen Ball das letzte Mal in ihrer Hand gesehen hatte. Oder die kleine grüne Schubkarre.

Dann musste er Klara bei Katharina abholen, es war ja Freitag, und ihr Besuchswochenende stand bevor. Ich fegte derweil den gröbsten Schmutz raus, säuberte von einer Leiter aus das Dachgebälk und wischte am Schluss den Boden.

Währenddessen kamen Philipp und Klara zurück. Sie beachtete mich kaum, sondern sprang lachend zwischen den Spielsachen herum, probierte den laut scheppernden Kinder-Rasenmäher und die Stelzen aus. Philipp schaute mich fragend an, ich nickte. All diese Sachen waren zum Spielen da. Nur den Roller stellte ich auf die Seite.

Er kochte Kaffee, ich holte die Kirschen, und wir schauten Klara zu, wie sie versuchte, den Hula-Hoop-Reifen um ihre Hüften kreisen zu lassen. Philipp machte sich einen Spaß daraus, die Kirschkerne möglichst weit zu spucken, wobei er auch das Lilienbeet traf.

»Nicht dorthin«, sagte ich.

»Wieso, die verrotten doch.«

»Also, theoretisch sind das Samen, Herr Lehrer. Aber darum geht's gar nicht. Das Lilienbeet – das habe ich zu Lillys Gedenken gepflanzt. Früher war da unser Gartenteich.«

Er schaute mich betroffen an. »Als du mir erzählt hast, dass Lilly im Teich ertrunken ist, dachte ich erst, es wäre hier im Garten geschehen.«

»Dann könnte ich hier nicht wohnen«, erwiderte ich.

»Deswegen war ich auch so erschrocken.«

»Nein, wir haben nach ihrem Tod unseren Teich zugeschüttet. Früher wuchsen auch die Hortensien, die jetzt unten am Gartenhäuschen stehen, am Teich. Die lieben ja Wasser.«

»Und wieso hast du die Hortensien verpflanzt?«, fragte Philipp.

»Wegen des Schattens. Hier am Hang in der prallen Sonne ohne nasse Füße, da würden sie den Hochsommer nicht überleben.« Ich aß eine Kirsche, drehte mich um und spuckte den Kern in die Hecke.

Auf einmal stand Klara neben mir und fragte: »Kann ich auch Kirschen?«

»Was? Reiten? Wegwerfen?«, sagte Philipp. »Seit Neuestem lässt sie immer die Verben weg. Das machen wohl viele Kinder, hat Katharina gesagt. Grauenhaft.«

»Essen, natürlich«, rief Klara. »Ich will auch Kirschen essen und ausspucken!«

Ich reichte ihr die Schüssel, und wir aßen Kirschen und spuckten die Kerne, so weit wir konnten, in die Hecke.

»Fee, wachsen da jetzt Bäume?«, fragte sie, und ich grinste Philipp an.

»Deine Tochter ist schlauer als du!« Ich drehte mich zu Klara um. »Da freuen sich die Mäuse, die fressen das Innere von Kirschkernen. Kleine, niedliche Haselmäuse.« Ich strich ihr über die seidigen Haare. »Ich heiße übrigens Johanna und bin gar keine Fee.«

»Ich weiß«, antwortete sie, »ich bin ja kein Baby, ich bin schon fünf!« Zur Demonstration spreizte sie die Finger ihrer Hand.

»Fee ist doch nur dein Spitzname.«

Abends saßen wir wieder im Garten. Klara schlief, und wir tranken Rotwein, die Sonne ging brennend rot unter, und ich erzählte Philipp von meinem Besuch bei Christopher, von Herrn Wiedinger, meiner Mutter und Karin Bengert und der Alarmanlage.

»Jetzt braucht sie sie gar nicht mehr. Ich habe gehört, dass Valerie verschwunden ist, nachdem sie die Räume im Ochsenfurter Tor verwüstet hat und zwei Monate lang der Gemeinde keine Miete mehr zahlte.«

»Hauptsache, weg«, meinte Philipp, »deine arme Rose.«

»Oh, die blüht wieder. Bisher nur kniehoch, aber das wird.«

»Kein Wunder, wenn du diejenige bist, die sie wieder zum Leben erweckt.« Er stieß mit mir an, und ich merkte, dass ich rot wurde.

»Morgen wollte ich mit Klara einen Ausflug machen, hast du eine Idee?«, fragte er.

»Ich wüsste was – darf ich denn mitkommen?«

»Natürlich« Er ergriff meine Hand und küsste sie.

»Dann lass uns in den Botanischen Garten gehen und die Blumen anschauen, die Philipp Franz von Siebold aus Japan mitgebracht hat.«

»Sehr schön«. Philipp hob ein grünes Buch hoch. »Und jetzt lese ich dir *Der Baron auf den Bäumen* von Italo Calvino vor.«

Alles war wie am Anfang und doch viel besser. Philipps klare Stimme entführte mich ins Italien des achtzehnten Jahrhunderts und zu den Nöten eines kleinen Jungen, der keine Schnecken essen wollte. Aus Trotz kletterte er auf einen Baum und blieb für den Rest seines langen Lebens dort. Eine fantasievolle Geschichte voller Sprachwitz, und ich bedauerte es, als wir nach den ersten beiden Kapiteln aufhörten.

»Na, für dich wäre das ja nichts, nie mehr die Erde unter den nackten Füßen zu spüren.«

»Aber wenigstens lebt er im Grünen«, sagte ich, »wie ein Vogel. Er ist mehr wie eine Mischung aus uns beiden. Weitblick von hoch oben wie ein Vogel, so sehe ich dich. Und in den Händen Äste und Blätter.«

»Jetzt wirst du poetisch«, meinte er, beugte sich zu mir und küsste mich auf die Schulter. »Und wie geht es weiter mit uns beiden? Verstecken wir uns im Kirschbaum für den Rest unseres Lebens?«

»Keine Ahnung. Aber ich glaube, es wird weitergehen.«

»Und wie? Bin ich dein Lover, der im Keller wohnt und nur nachts raufkommen darf?« Er setzte mir erneut seinen Hut auf.

»Vielleicht darfst du mich auch mal tagsüber besuchen. Zum Straßekehren …« Er schnaubte empört, nahm wieder den Hut und setzte ihn sich auf.

»Ach, es wird schrecklich«, seufzte ich theatralisch, »aber ich befürchte, meine Mutter wird dich lieben.«

Epilog

Oktober, das Farbenspiel im Herbst hatte begonnen. Noch war das Gartenjahr nicht zu Ende, jetzt war es Zeit, den Frühling vorzubereiten, eine letzte Düngung, damit Rasen und Stauden den Winter überstanden, Anhäufeln der Rosen, Winterschutz für empfindliche Gräser. Und natürlich neue Blumenzwiebeln zu pflanzen. Ein neues Versprechen auszubringen.

Viel war geschehen. *Agnes bei der Arbeit* war aufgestellt worden, und Isa hatte einen viel beachteten Artikel über Franziskas Kunstwerk verfasst. Ich hatte Lavendel anstelle des Buchsbaums auf Omas Grab gepflanzt und mit Isa einen tollen Plan mit sonnenhungrigen Blumen für ihren Garten entworfen, nächste Woche würden die Bäume gefällt werden. Und ich hatte Hoffnung, dass ihr neuer Garten nicht wieder verkümmerte, weil nun ein junges Paar bei ihr wohnte, das ganz wild aufs Gärtnern war.

Die Gründüngung in Holger Wiedingers Garten verwelkte bereits und verteilte ihre Nährstoffe in der Erde. Anstelle des Gartenteichs bei Karin Bengert wuchs Rasen für ihre Enkel zum Fußballspielen nächstes Jahr, denn sie hatte ihr Haus nicht verkauft.

Christopher hatte gefragt, ob ich ihn nicht ab und an unterstützen könne, auf Honorarbasis natürlich, er habe so viele Planungen zu bewältigen, er schaffe das nicht alleine, jetzt, wo Anton und Max auf der Welt seien.

Das Jahr hatte so vieles gebracht, auch wenn der Frost den Wein im Frühjahr zum Teil zerstört hatte, so war so viel Gutes gewachsen, und ich war dankbar, wenn ich morgens mit meinem grünen Feen-Transporter durch das Maintal fuhr.

Ich liebte das milde Herbstlicht, wenn Nebelschwaden auf dem Fluss wie zarte Schleier schwebten. Morgens glitzerten die taubenetzten Spinnenweben, auf den Stromleitungen sammelten sich die Vögel, und im Garten hörte ich ab und an ein Rascheln in den Laubhaufen, als ob ein Igel es sich dort gemütlich machte.

Am Tag, als Lilly zur Welt kam, am ersten Oktober, war es mittags sehr warm gewesen. Ich dachte nicht an den Herbst, nur an sie. Wehen in der Nacht, wir waren viel zu früh in der Klinik, die Geburt verlief schleppend. Christopher war die ganze Zeit bei mir, und wir weinten, als wir sie endlich in den Händen hielten.

Heute würde sie acht Jahre alt werden. Sie würde ihre Freundinnen einladen, es gäbe eine Schnitzeljagd oder eine Pyjamaparty, das Haus wäre von Lachen erfüllt und voller lauter fröhlicher Kinder.

Ich kramte einen Zopfgummi aus der Hosentasche und band mir die lang gewordenen Haare zusammen, damit sie mir nicht ins Gesicht fielen. Dann atmete ich tief durch und holte eine Sahnetorte aus meinem Kühlschrank. Himbeertorte mochte Lilly am liebsten. Vorsichtig ging ich die Treppe in den Keller hinab. Bloß nicht stolpern! Je näher ich Philipps Wohnung kam, desto mehr hörte ich das Gemurmel vieler Menschen, lachende Kinder und das Auf und Ab in einem Trampolin.

»Vorsichtig, die Torte kommt!«, rief Philipp und passte auf, dass mir niemand in die Quere kam, als ich auf die Terrasse trat.

Fabian schob eine Zuckerdose zur Seite, Franziska ihr leeres Sektglas. Behutsam stellte ich die Torte in die Mitte des langen Tisches. Gegenüber saß meine Mutter und strahlte mich an. Klara wollte mir bereits ihren Teller entgegenstrecken, doch mein Vater forderte sie auf, zu warten, bis die Torte aufgeschnitten sei.

Christopher hatte ein Baby auf dem Arm, Anton – das wusste ich aber nur, weil es auf dem Strampler stand. Sie waren knappe sechs Wochen alt, und Christopher ging so fürsorglich mit ihnen um, dass ich mir keine Sorgen zu machen brauchte. Vanessa legte ihm Max in den anderen Arm und fotografierte die Torte, während Christophers Mutter sich mit einem Taschentuch die Augenwinkel abtupfte und sein Vater sich räusperte. Antje und ihre Familie saßen ganz hinten und schauten mich mit großen Augen an.

»Und die hast du wirklich selbst gemacht?«, fragte meine Mutter, während ich vorsichtig durch die rosa Sahnetupfen schnitt.

»Du weißt, dass ich das kann«, antwortete ich.

»Ja, natürlich.« Sie zog abwehrend die Schultern hoch. Nach der Versöhnung mit Karin war sie einige Zeit lang weniger egozentrisch und anspruchsvoll als sonst gewesen, aber das war leider schon wieder vorbei.

Ein Stück nach dem anderen hob ich auf die Teller. Zuerst kamen natürlich Klara und ihre Kindergartenfreundin Amelie an die Reihe. Oskars Oma war auch da und hatte mir ein Foto von Oskar und eine Karte von ihm für Lilly mitgebracht. Er trug jetzt eine Brille, war schmaler geworden und schrieb, dass er Lilly vermisse.

Es waren so viele Gäste da, dass die Stücke nur sehr klein ausfielen, aber es störte niemanden.

»Noch jemand Sekt?«, fragte Fabian und hob die Flasche. Ich bemerkte, dass Franziska heute keinen Sekt trank, aber ich fragte sie nicht. Ich war mir sicher, sie würde es mir zum gegebenen Zeitpunkt erzählen, wenn es denn so weit sei.

Philipp half Christopher, die beiden Jungs wieder in den Kinderwagen zu verfrachten. Wie er strahlte, als er Max – oder Anton, das konnte ich von hier aus nicht sehen – auf dem Arm hatte und sanft hin und her wiegte.

Ich ging zu ihm und schaute dem kleinen Jungen ins Gesicht. Ja, die Zwillinge hatten keine Haare und Christophers großen Kopf geerbt. So wie Lilly damals.

»Willst du ihn mal halten?«, fragte Philipp. »Ich muss noch was holen.«

Behutsam nahm ich Max. Er war so klein, so leicht und zerbrechlich. Neugierig schaute er mich an, und ich schaukelte ihn sachte hin und her. Ob er ein Gärtner werden würde? Oder Krankenpfleger wie seine Mutter? Oder wie Lilly ein Wirbelwind? Es versetzte mir noch immer einen Stich, wenn ich daran dachte, dass diese Jungs eine Zukunft hatten. Aber wenn ich ihn betrachtete, verflogen diese Gedanken meistens schnell.

Philipp beobachtete mich.

»Wolltest du nicht was holen?«, fragte ich.

»Gleich. Es sieht so schön aus, wenn du ein Baby auf dem Arm hast.«

»Vergiss es.« Ich wusste, was jetzt kommen würde. »Egal, wie süß sie sind und wie gut es mir geht. Ich will kein Kind.«

»Ich weiß. Aber man darf träumen, oder?«, entgegnete er lachend, küsste mich auf die Wange und ging hinüber zum Trampolin. Vanessa nahm mir Max ab, bettete ihn in den Kinderwagen, und ich strich ihm sanft über den Bauch. Ich war froh darüber, wie sich alles zum Positiven gewendet hatte. Dass es wieder Kinder in meinem Leben gab. Aber selber wieder schwanger zu werden, konnte ich mir auch jetzt, wo ich gesund und wieder mitten im Leben stand, nicht vorstellen. Außerdem kannten Philipp und ich uns noch nicht lange.

Wo war er überhaupt? Da sah ich, wie Christopher und er einen Blumenkübel zu mir trugen. Einen großen Terracottatopf mit einer wunderschönen, blau blühenden Hortensie.

Sie stellten ihn ans Lilienbeet, dorthin, wo Philipp mir immer vorlas. Christopher verschwand, und Philipp kam mir strahlend entgegen.

»Für dich. Eine *Hydrangea macrophylla Otaksa*.«

Ich schloss ihn in meine Arme und küsste ihn sanft.

»Das ist die Hortensie, die Philipp Franz von Siebold nach seiner japanischen Geliebten O-Taki-San benannt hat«, flüsterte er mir ins Ohr. »Vielleicht war sie wie du und schillerte in allen Farben, wenn man ganz genau hinsah. Lauter kleine Blüten, die sich zu einer großen und starken Kugel formen.«

Poesie und Mathematik, seine Lieblingsthemen. Ich nahm seinen Hut, setzte ihn mir auf und küsste ihn leidenschaftlich.

Er nahm meine Hände in seine. »Er musste seine Geliebte in Japan zurücklassen. Aber ich verspreche dir, dass ich dich nie verlassen werde, niemals.«

»Ich liebe dich«, flüsterte ich, »du bist einfach das Beste, das mir in diesem Sommer passiert ist.«

Danke

Nun ist er vorbei, der Sommer voller Blumen und Farben. Draußen steht der Nebel im Tal.

Ich möchte die Arbeit an diesem Buch nicht beenden, ohne mich bei all jenen zu bedanken, die stets ein offenes Ohr für alle meine Fragen hatten.

Besonders meiner Schwester bin ich für Rat und Tat in allen Gartenfragen dankbar, nicht nur bei jenen, die dieses Buch betreffen. Sollten trotzdem Fehler enthalten sein, so sind sie alleine mir zuzuschreiben.

Meinem Mann und meinen Kindern danke ich für den Freiraum, den sie mir ließen, wenn ich ihn brauchte, und für die Inspiration, die ich durch sie erfahren darf.

Ich danke meinem Agenten Uwe Neumahr für die vertrauensvolle Zusammenarbeit, dem Verlag für ein wunderschönes Cover und der Redakteurin Friederike Arnold für die akribische Arbeit am Text.

Besonders möchte ich mich bei meiner Lektorin Michelle Stöger dafür bedanken, dass sie genau diese Geschichte ausgewählt hat und die anderen Ideen verwarf. Der Hortensiensommer war ein guter Sommer für mich, voller Farben und Blüten und Ausflüge ins benachbarte Sommerhausen, dieser liebevollen Gemeinde mit ihrer Vergangenheit, Kunst und Schönheit.

Denn Sommerhausen gibt es wirklich.

Als ich mir überlegte, wo der Garten von Johanna sein könnte, fielen mir so viele schöne Gegenden in Deutschland ein. Doch mein Blick auf die Landkarte blieb in der nächsten Nachbarschaft hängen: in Sommerhausen. Wie oft waren wir schon hier gewesen – Kindergeburtstage im Tierpark, Bummeln über den Töpfermarkt, ein Glas Wein im Schlosshof und im Winter Glühwein auf dem Weihnachtsmarkt.

Sommerhausen ist mir schon immer wie ein Paradies erschienen, ein Paradies im Maintal, wo es viel früher blüht als in meinem eigenen Schattengarten.

Genau der richtige Ort für Johanna.

Ulrike Sosnitza

Ein sinnliches Lesevergnügen, so bittersüß wie das Leben

978-3-453-35906-2

HEYNE ‹